DAN Y DDALEN

Hefyd ar gael gan yr un awdur:

Dan yr Wyneb

Dan Ddylanwad

Dan Ewyn y Don

Dan Gwmwl Du

Dan Amheuaeth

Dan ei Adain

Dan Bwysau

Dan Law'r Diafol

Dan Fygythiad

Dan Gamsyniad

Dan Gysgod y Coed

Dan y Dŵr

Pleserau'r Plismon
(Cyfrol o atgofion)

www.carreg-gwalch.cymru

Dan y Ddaear

John Alwyn Griffiths

Mae'r daith yma o ysgrifennu nofelau Cymraeg wedi parhau am dair blynedd ar ddeg erbyn hyn, ac wedi newid fy mywyd yn llwyr mewn ffordd na ddychmygais fyddai'n bosib. Mae hyn i gyd wedi bod yn bosib trwy ddiddordeb Myrddin ap Dafydd a gwaith a chymorth pawb arall yng Ngwasg Carreg Gwalch sy'n gweithio yn y cefndir, ond yn enwedig hoffwn ddiolch i Nia Roberts sydd wedi bod yn gyfrifol am olygu fy holl gyfrolau. Rwy'n diolch iddi am rannu ei phrofiad, am fy ysbrydoli pan fydd angen a'r cymorth rwy'n ei gael ganddi i ddatblygu fy medr fel awdur.

Argraffiad cyntaf: 2024

ⓗ John Alwyn Griffiths/Gwasg Carreg Gwalch

ISBN clawr meddal: 978-1-84527-953-0
ISBN elyfr: 978-1-84524-620-4

CYNGOR LLYFRAU CYMRU

Cyhoeddwyd gyda chymorth Cyngor Llyfrau Cymru

Cynllun clawr: Olwen Fowler

Cyhoeddwyd gan Wasg Carreg Gwalch,
12 Iard yr Orsaf, Llanrwst, Conwy, LL26 0EH.
Ffôn: 01492 642031 Ffacs: 01492 641502
e-bost: llyfrau@carreg-gwalch.cymru
lle ar y we: www.carreg-gwalch.cymru

I Glenys,
gyda llawer o ddiolch am ei chefnogaeth ddi-baid.

I bawb sy'n dioddef efo clefyd Alzheimer's
a'r rhai sy'n gofalu'n ffyddlon a chariadus amdanynt
mewn amgylchiadau mor anodd a thrist.

Hefyd er cof am fy nghyfaill a'm cyn-gydweithiwr,
y Ditectif Huw Vevar, Nefyn,
a fu farw yn gynharach y flwyddyn hon,
am yr holl atgofion hwyliog a'r ysbrydoliaeth a gefais
ganddo i greu'r cymeriad ffuglennol, Jeff Evans.

Pennod 1

Byddai Elwyn Jones yn gwrando ar Radio Cymru drwy glustffonau mawr pan fyddai allan yn aredig, er mwyn boddi sŵn diflas a pharhaus y tractor a thorri ar yr unigrwydd. Roedd o wedi bod allan yng nghaeau Felin Wen am oriau y bore hwnnw, ond er mor undonog y gwaith gwyddai ei fod yn freintiedig iawn yn cael byw a gweithio mewn lle mor braf ag ardal Glan Morfa.

Doedd y cae deuddeg acer ddim wedi cael ei droi ers blynyddoedd lawer yn ôl ei olwg. Edrychodd o'i gwmpas ar y tir a redai i lawr yn raddol i gyfeiriad afon Ceirw, ac ar y llechwedd ysgafn i gyfeiriad y de, lle byddai haul y gwanwyn a'r haf yn cynhesu'r tir i sicrhau'r tyfiant gorau posib. Roedd hi'n fferm hyfryd, meddyliodd Elwyn. Ystyriai ei hun yn ffodus i fod wedi llwyddo, bum mlynedd ynghynt, i rentu'r tir er mwyn magu ei wartheg eidion yno. Cafodd dipyn o lwyddiant hefyd, roedd yn rhaid iddo gyfaddef.

Yn ogystal â ffermio tir Felin Wen, a oedd ychydig dros ddau gan acer, gweithiai ei dir ei hun hefyd: fferm lai o'r enw Tyddyn Drain, saith milltir i ffwrdd yr ochr arall i dref Glan Morfa. Gwartheg llaeth oedd ganddo yn y fan honno, ac roedd godro'r rheiny'n cymryd y rhan helaethaf o'i amser bob dydd. Pan ddaeth y cyfle i rentu tir Felin Wen neidiodd at y cyfle, er bod ei faich gwaith wedi mwy na dyblu. Wedi'r cyfan, roedd o yn ei bedwardegau hwyr, yn gryf ac yn iach ac mewn sefyllfa ddelfrydol i fentro. Yn ogystal â hynny, roedd pris gwair wedi codi'n aruthrol yn y blynyddoedd blaenorol – doedd tir Tyddyn Drain ddim yn addas i dyfu porthiant ond roedd caeau Felin Wen yn berffaith, er nad oedd dim wedi cael ei dyfu yno ers rhai blynyddoedd.

Felly yn fuan ar ôl iddi wawrio y bore hwnnw, roedd Elwyn wedi dechrau ar y gwaith o aredig y cae mawr am y tro cyntaf, gan groesi o'r naill ochr i'r llall yn bwyllog i greu rhesi syth o rychau. Cyn hir, cyrhaeddodd y gwylanod yn eu niferoedd i ddechrau bwydo ar gynnwys y pridd bras na welodd olau dydd ers amser maith, yn berlau gwyn ar y ddaear dywyll. Wrth eu gwylio trodd meddwl Elwyn at yr hadu ddechrau'r gwanwyn. Gwenodd – dyma oedd ffermio ar ei orau.

Wrth iddo nesáu at ben pellaf y cae, tynnwyd ei sylw gan rywbeth anarferol. Roedd rhywbeth yn y pridd oedd newydd gael ei droi. Culhaodd ei lygaid wrth iddo syllu ar yr hyn a edrychai ar yr olwg gyntaf fel darnau o bren, a dringodd oddi ar y tractor er mwyn cael golwg well. Nid darnau o bren oedden nhw, ond esgyrn. Mae'n rhaid bod rhyw anifail druan wedi dod i ddiwedd ei oes yma, yng nghornel y cae, ac wedi cael ei adael i bydru, meddyliodd.

Aeth yn ôl i gaban y tractor i nôl rhaw er mwyn cael golwg well, ac wrth iddo symud mwy o bridd o'r neilltu, daeth ias oer drosto.

Teimlai fel petai am gyfogi. Edrychai'r hyn a orweddai wrth ei draed fel cawell asennau, ac roedd ganddo ddigon o brofiad i wybod nad esgyrn unrhyw anifail fferm oedd y rhain. I gadarnhau ei ofnau, gwelodd rywbeth arall yn y twll – roedd Elwyn yn sicr mai gweddillion dillad oedden nhw, er eu bod wedi pydru'n reit ddrwg.

Wrth iddo brocio ychydig ymhellach daeth penglog

dynol i'r golwg, a baglodd y ffermwr sawl cam yn ôl, ei galon yn curo'n gyflym. Rhuthrodd i gaban y tractor a deialu 999.

Pennod 2

'Jeff, well i ti ddod lawr 'ma. Mae 'na gorff wedi dod i'r fei.' Llais Sarjant Rob Taylor glywodd Ditectif Sarjant Jeff Evans ar system sain y car wrth iddo yrru'n ôl i'r swyddfa o gyfarfod. 'Ond paid â gyrru'n wirion – mae hwn, neu hon, wedi marw ers blynyddoedd lawer,' ychwanegodd.

'Be sgin ti'n union, Rob?'

'Er mai chydig wyddon ni hyd yma, dwi'n ei gweld hi'n anodd dychmygu unrhyw achos arall ond llofruddiaeth,' atebodd Rob. 'Mae rhywun wedi claddu corff mewn bedd bas yng nghongl cae, a fedrwn ni ddim deud heb archwiliad fforensig ers pryd mae o yno.' Yn gyflym, adroddodd rywfaint o'r hanes wrtho.

Ugain munud yn ddiweddarach, cyrhaeddodd Jeff ffermdy Felin Wen. Cododd ei law i gyfeiriad Ceridwen Davies, y blismones a safai nid nepell o ddrws y tŷ, a chododd hithau ei braich i ddangos iddo i ba gyfeiriad y dylai fynd. Nid oedd neb arall o gwmpas y tŷ.

Roedd hwn yn esiampl berffaith o dŷ fferm traddodiadol, ystyriodd Jeff – hen adeilad deulawr â ffenestri bychan, y waliau wedi'u gorchuddio â chalch a fu unwaith yn wyn. Doedd dim arwydd fod gwaith adnewyddu wedi cael ei wneud iddo, heblaw'r ffenestri plastig oedd wedi cael eu gosod yn lle'r rhai gwreiddiol, ac roedd y gwydr yn y rheiny'n ddigon budr. O amgylch y tŷ roedd nifer o adeiladau allanol nad oedden nhw, yn ôl pob golwg, yn cael llawer o ddefnydd, a hen fuarth rownd y cefn yn frith o chwyn. Gyrrodd Jeff ymlaen tua'r caeau, a chyn hir gwelodd un o geir yr heddlu wedi'i adael ar ddiwedd trac garw. Yn amlwg, doedd dim modd iddo fynd ymhellach.

Dringodd allan o'i gar a chau'r drws ar ei ôl, gan sefyll yn ei unfan am funud i geisio cael teimlad a naws y lle. Anadlodd lond ei ysgyfaint o awyr iach, ac edrych o'i gwmpas. Dau gan llath a mwy ymhellach draw, yng nghornel un o'r caeau, gwelodd y plismyn eraill yn symud o gwmpas tractor mawr. Roedd dyn arall yno hefyd – y ffermwr y soniodd Rob amdano, mwy na thebyg. I'r dde iddo roedd caeau mawr yn llawn gwartheg yn pori fel petai dim o'i le. Allai Jeff ddim peidio â sylwi fod gwell graen ar y caeau, y giatiau a'r gwrychoedd nag oedd ar ffermdy Felin Wen.

Edrychodd i'r chwith. Ddeugain llath i ffwrdd, mewn tipyn o bant, roedd adeilad tri llawr wrth ochr nant fechan a redai i lawr trwy'r caeau a'r coed i gyfeiriad afon Ceirw. Hon oedd yr hen felin, yn amlwg, ac er bod y to yn dal i sefyll, roedd y waliau'n drwch o dyfiant. Ar un o'r waliau roedd hen olwyn ddŵr bren, a hyd yn oed o'r fath bellter, gallai Jeff weld ei bod wedi hen bydru. Ceisiodd ddychmygu'r lle ganrif ynghynt, yn fwrlwm o fywyd a diwydiant, ond yr unig beth a glywai heddiw oedd trydar yr adar a thincial ysgafn dŵr y nant.

Yn araf, cerddodd tuag at waelod y cae at y lleill, gan yrru'r gwylanod a oedd yn pigo'r tir i'r awyr yn swnllyd. Os mai tir Felin Wen oedd hwn, ystyriodd, roedd o'n siŵr o fod ar gyrion y fferm, cyn belled â phosib o'r ffermdy ei hun.

Wrth nesáu, gwelodd fod y tapiau glas a gwyn arferol eisoes wedi cael eu gosod o amgylch y llecyn dan sylw, a bod y tri dyn a'r tractor y tu allan i'r cylch. Cafodd ei gyflwyno gan Rob i Elwyn Jones, a throdd y ddau heddwas ymaith am ennyd i sgwrsio.

Amneidiodd Jeff draw i gyfeiriad yr esgyrn, heb droedio ymhellach na'r tâp.

'Lle 'dan ni arni erbyn hyn, Rob?'

'Dim llawer pellach nag oeddan ni pan siaradon ni gynna, Jeff. Dwi wedi ffonio swyddfa'r patholegydd ac mae o ar ei ffordd yma efo'r swyddogion lleoliad trosedd, a'r gwyddonwyr hefyd. Mae'r uwch-swyddogion yn ymwybodol o'r hyn sydd wedi cael ei ddarganfod ac yn fodlon i ni gario mlaen fel rydan ni nes cawn ni fwy o wybodaeth am achos y farwolaeth.'

'Gwneud synnwyr, am wn i,' atebodd Jeff. 'Does 'na ddim pwynt gwneud môr a mynydd o betha heb ddim rheswm. A does 'na ddim brys, beth bynnag, o dan yr amgylchiadau.'

Trodd i wynebu'r ffermwr a oedd yn amlwg yn dal mewn sioc. 'Does dim allwn ni ei wneud fan hyn, Mr Jones,' meddai Jeff. 'Dewch efo fi draw at y car, os gwelwch yn dda, er mwyn i ni gael gair ... hynny ydi, os ydach chi'n teimlo'n ddigon da i sgwrsio.'

'Ydw, dwi'n iawn, tad. Ond be am y tractor? Ga i symud hwnnw i'r cae nesa? Mae gen i dipyn go lew o waith i'w wneud cyn iddi nosi.' Tynnodd y ffermwr ei gap a rhedeg ei law drwy ei wallt. 'Dwi isio i chi ddallt nad fy nhir i ydi hwn ... tenant ydw i, a sgin i ddim syniad be oedd yn mynd ymlaen yma cyn i mi gymryd y caeau drosodd. 'Rochor arall i'r dre dwi'n ffarmio – Tyddyn Drain.'

Roedd y ffermwr yn ceisio'i orau i bellhau ei hun oddi wrth y darganfyddiad erchyll, meddyliodd Jeff. 'Mae'n ddrwg gen i, Mr Jones, ond mi fydd raid i'r tractor gael ei archwilio'n fanwl gan ein tîm fforensig ni'n ddiweddarach heddiw, gan fod llafnau'r aradr wedi bod mewn cysylltiad â'r esgyrn.' Dewisodd beidio defnyddio'r gair 'corff'.

'O ia, dwi'n gweld, siŵr iawn. Dwi 'di gweld sut ma' petha'n gweithio ar y teledu ... dwi'n ffan mawr o *Silent Witness*, 'chi. Ond dwi rioed wedi gweld y peth efo fy llgada fy hun chwaith.'

'Dach chi'n ffodus iawn. Ga i'ch galw chi'n Elwyn?'

'Wrth gwrs.'

Cerddodd y ddau tuag at gar Jeff, a dechreuodd y ditectif ar yr holi.

'Dwi'n dallt nad chi piau'r tir 'ma, ond ma' raid eich bod chi'n eitha cyfarwydd â'r lle erbyn hyn?'

'Ydw, pob twll a chornel. Dyna pam ges i gymaint o sioc heddiw. Dwi wedi cerdded y tir gannoedd o weithiau yn ystod y pum mlynedd ddwytha, heb feddwl bod dim o'i le. Mae'r gongol yna'n reit anghysbell, fel y gwelwch chi, a tydi ffermwyr gwartheg eidion fel fi ddim yn sbio'n rhy fanwl ar gyrion y caeau, heblaw i wneud yn siŵr bod y gwrychoedd a'r ffensys yn gyfa, yntê.'

'A heddiw oedd y tro cyntaf i chi aredig y cae?'

'Ia, dyna chi.'

Ymhen rhai munudau, ar ôl gwneud eu gorau i lanhau pridd y cae oddi ar eu hesgidiau, eisteddodd y ddau yng nghar CID yr heddlu. Parhaodd Jeff â'r sgwrs.

'Deudwch wrtha i am berchnogion y ffarm, Elwyn.'

'Idwal Roberts bia'r ffarm, ac mae o'n byw yn y ffermdy efo'i fab, Morgan. Tydi Idwal ddim wedi bod yn dda o gwbl ers blynyddoedd, a tydi Morgan ddim mewn cyflwr i ffarmio'r tir ar ei ben ei hun chwaith.'

'O?'

'Mae Idwal mewn tipyn o oed erbyn hyn, ac yn diodda efo rhyw fath o ddementia.'

'O, druan ohono. Cyflwr ofnadwy. Ers faint?'

'Wn i ddim yn iawn, ond cyn i mi ddechrau rhentu'r tir, beth bynnag, ac mae hynny'n bum mlynedd. Morgan, ei fab, sy'n edrych ar ei ôl o, ond mi fydda i'n gweld ceir gofalwyr yno'n rheolaidd hefyd. Mae o'n cael gofal da 'swn i'n deud.'

'Pam nad ydi Morgan yn gweithio'r tir?'

'Dwi ddim yn dallt yn iawn a dwi ddim yn nabod y teulu'n ddigon da ... mae o'n hogyn dymunol, ond tydi o ddim fel pawb arall, o be wela i.'

'Faint ydi'i oed o?'

'Mae o yn ei bedwardegau erbyn hyn, siŵr gen i, ond tydi o ddim yn cael ei drin fel oedolyn arferol, mae hynny'n sicr. Cofiwch chi, mae o'n ddigon abl i edrych ar ôl ei dad, a mynd i wneud negas a ballu.'

'Pwy oedd yn ffarmio yma cyn i chi gymryd y tir, Elwyn?'

'Mae gan Idwal fab arall – efell i Morgan – ond tydw i rioed wedi gweld hwnnw, a hyd y gwn i does neb wedi clywed ganddo fo ers blynyddoedd.'

Cododd clustiau Jeff yn syth. 'Be ddigwyddodd iddo fo?'

'William oedd ei enw fo, a dwi'n dallt mai "Billy" oedd pawb yn ei alw fo. Yn ôl y sôn, mi oedd o yma un munud, a'r nesa peth, mi oedd o wedi diflannu.'

'Dyna ryfedd.' Ceisiodd Jeff gofio oedd o wedi clywed

am y diflaniad, ond doedd yr enw ddim yn canu cloch. Trodd ei feddwl wedyn at yr esgyrn.

'Dim mor rhyfedd â fysach chi'n feddwl,' ychwanegodd Elwyn. 'Be glywais i oedd bod ganddo fo gariad oedd yn dod o Seland Newydd, a bod y ddau wedi dianc i'r fan honno efo'i gilydd.'

'Dianc?'

'Dyna'r gair roedd pobol yn ei ddefnyddio.'

'Dianc oddi wrth be?'

'Wn i ddim o'r hanes fy hun, fel ro'n i'n deud, ond ges i ryw deimlad nad oedd pob dim yn iawn rhwng y tri.'

'Y tri?'

'Wel ia, y ddau efell a'r tad, ond dim ond deud be ydw i wedi'i glywed ydw i, cofiwch. A dwi rioed wedi trafod y peth efo neb. I weithio rydw i'n dod yma i Felin Wen, a dim byd arall. Trin y tir a mynd o'ma, heb fysnesu.'

Cyrhaeddodd mwy o swyddogion, gan gynnwys y patholegydd, a threuliodd Jeff a Rob Taylor ugain munud yn rhoi crynodeb o'r sefyllfa iddynt. Wrth i Jeff droi i gyfeiriad ffermdy Felin Wen roedd y gwaith o archwilio'r esgyrn a gweddillion y dillad wedi dechrau.

Pennod 3

Pan gyrhaeddodd Jeff ffermdy Felin Wen roedd BMW 520 coch newydd wedi'i barcio o flaen y tŷ.

'Pwy bia hwn, Ceridwen?' gofynnodd i'r blismones a oedd yn dal i sefyll gerllaw.

'Rhyw foi hunanbwysig mewn siwt smart. Mi driais i holi pwy oedd o, ond y cwbwl ddeudodd o oedd mai teulu oedd o. Mi oedd ganddo fo allwedd i'r drws, ac mi aeth o'n syth i mewn heb guro. Dwi wedi gweld y car o'r blaen o gwmpas y dre – mae o'n lecio dangos ei hun.'

'Ia, mi wn i am y teip. Ers faint mae o yma?'

'Chydig funudau.'

'Ar ei ben ei hun?'

'Ia. Dwi ddim wedi gweld golwg o neb arall yn y tŷ ers i mi gyrraedd, a dwi yma ers dros ddwyawr. Dim hyd yn oed wyneb yn y ffenest yn ceisio gweld be sy'n digwydd.'

Roedd hynny'n rhyfedd, ystyriodd Jeff. Byddai'r rhan fwyaf o bobl, o weld ceir yr heddlu a faniau'r criw fforensig, wedi dod allan i fusnesa'n syth. Ond o gofio am gyflwr iechyd Idwal, ar y llaw arall, efallai na ddylai'r sefyllfa fod yn syndod iddo.

Cnociodd Jeff yn uchel ar y drws ac fe'i agorwyd yn syth gan ddyn yn ei bedwardegau. Roedd o tua'r un taldra â Jeff, tua phum troedfedd a deng modfedd, a'i wallt du trwchus wedi'i gribo'n dwt. Gwisgai siwt dri darn las tywyll â streipen ynddi, crys glas golau a thei melyn llachar oedd yn cyferbynnu â lliwiau gweddill ei wisg. Gwyddai sut i wisgo'n dda, roedd hynny'n sicr, ac roedd ôl arian ar y dillad. Cariai ychydig gormod o bwysau, yn enwedig o amgylch ei wyneb, ei wddf a'i fol, gan roi'r argraff ei fod yn byw'n dda heb wneud digon o ymarfer corff. Ni allai Jeff beidio â sylwi ar y watsh aur drom o amgylch ei arddwrn chwith wrth iddo afael yn ffrâm y drws, bron fel petai'n ceisio atal ei fynediad.

'Dwi'n gobeithio'ch bod chi wedi dod i ddeud wrthon ni'n union be sy'n mynd ymlaen yma,' meddai heb fath o gyfarchiad. Roedd ei lais yn gryf a'i Gymraeg yn dda. 'Dwi'n cymryd mai un o'r plismyn ydach chi?' gofynnodd.

'Ditectif Sarjant Evans,' atebodd Jeff. 'Pwy ydach chi, os ga i ofyn?

'Mr Morris ydw i. Un o'r teulu.'

'Eich enw llawn, os gwelwch chi'n dda, Mr Morris.'

Oedodd y dyn fymryn cyn ateb. 'Crwys Morris. Ylwch, Ditectif Sarjant, newydd gyrraedd yma ydw i, a dwi'n methu dallt pam fod 'na blismones yn sefyll tu allan i dŷ fy ewythr. Ar fin dod allan i holi o'n i pan guroch chi ar y drws.'

'Ddaru chi ddim meddwl gofyn iddi be oedd yn bod ar eich ffordd i mewn i'r tŷ?'

'Wel, naddo. Fy mlaenoriaeth i oedd sicrhau bod fy ewythr a 'nghefnder yn iawn. Morgan, fy nghefnder, ffoniodd fi i ddeud bod y plismyn yma. Tydi 'run ohonyn nhw mewn llawn iechyd, a dwi'n trio gwneud fy ngorau drostyn nhw. Mi fyswn i'n ddiolchgar petai modd i chi adael i mi wybod be sydd wedi digwydd ... mi fysa'n well iddyn nhw ei glywed o gen i.'

'Efallai y bydd hyn yn dipyn o sioc i chi, ond mae corff

wedi cael ei ddarganfod yn un o'r caeau isaf, wedi'i gladdu yno.' Edrychodd Jeff am unrhyw emosiwn, ymateb neu arwydd a fyddai'n datgelu rhywbeth iddo, ond yr unig newid ar wyneb Crwys Morris oedd bod ei lygaid mawr gwyrdd wedi culhau fymryn fel petai'n ceisio dadansoddi'r newyddion annisgwyl.

'Rargian, corff?' gofynnodd Morris o'r diwedd. 'Corff pwy?'

'Amhosib deud ar hyn o bryd, Mr Morris, gan ei fod o yno ers rhai blynyddoedd.'

Edrychai wyneb Crwys Morris fel petai wedi cael ei daro gan ryw fath o ergyd, ac agorodd ei lygaid led y pen. Beth oedd yn mynd trwy ei feddwl, dyfalodd Jeff – yn bendant, roedd rhywbeth wedi gwneud argraff arno.

'Gwrandwch, Mr Morris, tydi hwn ddim yn fater i'w drafod yn y drws fel hyn. Well i mi ddod i mewn dwi'n meddwl.'

'Mi fysa'n well gen i siarad efo chi yn fama, os nad oes ots ganddoch chi. Tydi hi ddim yn ... tydi'r sefyllfa yn y tŷ 'ma ddim yn addas ar gyfer ymweliad o natur swyddogol. Ond gadewch i mi bwysleisio, mi wna i unrhyw beth i helpu.'

Ochneidiodd Jeff. 'Ylwch, Mr Morris, dim bob dydd mae corff yn cael ei ddarganfod. Mae gen i ddyletswydd i ymchwilio i'r digwyddiad, a dyna wna i, i'r eithaf. Dwi'n ymwybodol o sefyllfa iechyd Mr Idwal Roberts ac yn deall y trafferthion, ac mi fydda i'n cymryd hynny i ystyriaeth wrth siarad efo fo. Dwi'n siŵr y byddai'n well o'r hanner i mi gael gair efo fo'n bwyllog ac yn barchus rŵan na gorfod dod yn ôl rywdro eto i'w holi. Ond ei holi fydd raid, Mr Morris, a dwi'n hapus iawn i chi fod yn bresennol wrth i mi wneud hynny.'

Roedd yn ddigon hawdd gweld nad oedd Crwys Morris yn hoff o'r syniad, ond ei fod yn prysur sylweddoli nad oedd yna ddewis arall.

'Reit,' meddai. 'Ond mi fyswn i'n ddiolchgar iawn tasach chi'n peidio ypsetio 'run o'r ddau. A waeth i chi wybod rŵan ddim, Ditectif Sarjant, chewch chi ddim synnwyr na sgwrs o gwbl gan Yncl Idwal. Mae o wedi colli'r gallu i gyfathrebu ers blynyddoedd. Dydw i ddim yn siŵr ydi o'n nabod Morgan bellach, heb sôn amdana i.'

Ochneidiodd Jeff unwaith eto – nid o rwystredigaeth y tro hwn, ond o gydymdeimlad wrth feddwl am greulondeb y cyflwr a'i effaith ar yr unigolyn a phawb o'i gwmpas.

'Cyn i ni fynd i mewn, ga i holi be yn union ydi diagnosis Mr Morris?'

'Alzheimer's. Mae o wedi gwaethygu cryn dipyn yn ddiweddar.'

'Ddrwg iawn gen i glywed, Mr Morris. Ers faint mae o wedi bod yn dioddef?'

'Pum mlynedd o leia – mwy na hynny hefyd, mae'n debyg, cyn i ni sylweddoli be oedd yn bod arno fo.'

'A dwi'n cymryd mai chi sy'n edrych ar ei ôl o?'

'Na ... wel, ddim yn uniongyrchol, beth bynnag. Mae Morgan, ei fab, yma efo fo bob dydd a nos ac mae o'n cael cymorth gan ofalwyr proffesiynol. Wn i ddim be fysa'n digwydd i Yncl Idwal heblaw bod Morgan yn byw efo fo – mynd i gartref, mae'n debyg. Ond dwi wedi derbyn y cyfrifoldeb am oruchwylio pethau. Does 'na neb arall, dach chi'n gweld.'

'Sut yn union ydach chi'n perthyn?'

'Brawd fy mam ydi Idwal.'

'A'ch mam?'

'Gollais i hi ugain mlynedd yn ôl.'

Roedd yn rhaid i Jeff gyfaddef ei fod yn dechrau cydymdeimlo â Crwys Morris, er gwaethaf ei argraff gyntaf negyddol ohono. Erbyn hyn, ymddangosai'n ddyn diffuant.

Ar ôl dilyn Crwys i'r tŷ, synnodd Jeff o weld bod tu mewn y tŷ yn edrych yn llawer gwell na'r tu allan. Roedd tipyn o foderneiddio wedi bod dros y blynyddoedd, er nad oedd ôl glanhau cyson. Gallai weld drwy ddrws y gegin fod yr unedau yn edrych yn reit newydd, a'r waliau wedi'u teilsio'n chwaethus.

Yn y lolfa, cododd dyn tua deugain oed ar ei draed. Roedd o'n dal a thenau gyda mop o wallt coch yn hir dros ei glustiau ac yn gwisgo sbectol fawr a gwydrau trwchus ynddi. Ond tynnwyd sylw Jeff at yr hen ŵr a eisteddai'n llonydd mewn cadair esmwyth ger y tân, yn syllu ar set deledu fawr oedd â'i sain wedi'i diffodd. Allai Jeff ddim penderfynu faint oedd oed Idwal – roedd wedi colli'r rhan fwyaf o'i wallt ac roedd ei wyneb yn denau a gwelw. Doedd dim arwydd o fywyd yn ei lygaid. Disgynnai ei ddillad yn llac am ei gorff a wnaeth o ddim rhoi unrhyw arwydd ei fod wedi sylwi ar bresenoldeb dyn dieithr yn yr ystafell. Heb ei gyfarch, trodd Jeff ei sylw tuag at y dyn ieuengaf.

'Dwi'n cymryd mai Morgan wyt ti,' meddai, gan estyn ei law dde ato.

Cymerodd Morgan ei law yn llipa, ond sylwodd Jeff nad oedd wedi edrych arno. Ni ddywedodd air.

'Jeff ydi f'enw i, ac mi fyswn i'n lecio cael sgwrs efo chdi, os gweli di'n dda,' meddai. Sylweddolodd Jeff ar unwaith nad oedd sgwrsio â Morgan yn mynd i fod yn hawdd.

Eisteddodd y tri i lawr. Crwys ddechreuodd y sgwrs ac roedd Jeff yn fwy na hapus â hynny.

'Gwranda, Morgan. Plisman ydi'r dyn yma. Ditectif. Wyt ti'n dallt?'

Nodiodd Morgan ei ben.

'Does dim isio i ti fod ofn. Mi wnest ti fy ffonio fi, yn do, am dy fod ti wedi gweld car plisman yn mynd i lawr y trac i'r caeau, a phlismones yn sefyll yn ymyl y giât. Ti'n cofio?'

'Do,' atebodd Morgan â'i ben i lawr, yn edrych ar y carped.

'Mae 'na rwbath wedi digwydd yn y cae gwaelod. Mi wnaiff Sarjant Evans yn fama esbonio i ti, ac ella y bydd o angen gofyn un neu ddau o gwestiynau i ti. Ydi hynny'n iawn?'

Nodiodd Morgan heb ddweud gair.

Trodd Crwys i gyfeiriad Jeff. 'Peidiwch â phwyso gormod arno fo, Sarjant Evans,' meddai'n dawel. 'Mae Morgan yn cael dyddiau da weithiau, ac eraill ddim cystal. Mae hyn wedi'i gynhyrfu o.'

Amneidiodd Jeff ei ben i gytuno.

'Dwi'n dallt mai chdi sy'n edrych ar ôl dy dad, Morgan.'

'Ia,' atebodd, gyda'r mymryn lleiaf o atal dweud.

'Dydi hynny ddim yn hawdd, ma' siŵr gen i. Sgin ti waith arall?'

Ysgydwodd Morgan ei ben.

'Pwy sy'n mynd i'r siop i brynu bwyd i chi'ch dau?'

'Fi,' atebodd Morgan, gan geisio rheoli'r atal, 'ac mae un o'r merched helpu yn mynd â fi yn y car.'

'Dwyt ti ddim yn dreifio felly?'

'Nac'di,' torrodd Crwys ar draws. 'Mi oedd o'n giamstar ar yrru'r tractor o gwmpas y ffarm 'ma ar un adeg, pan oedd ei frawd o gwmpas, ond dydi o ddim wedi gwneud hynny ers blynyddoedd bellach. Mae o wedi colli'i hyder. Does ganddo ddim trwydded yrru oherwydd ei epilepsi, felly cheith o ddim dreifio ar y lôn fawr. Mae lleferydd Morgan yn wael pan fydd o'n teimlo'i hun dan dipyn o straen, Sarjant Evans, felly rhaid i chi gymryd pwyll.'

Mi fyddai'r pwysau'n siŵr o gynyddu pan fyddai'n dechrau sôn am y corff o dan y ddaear, meddyliodd Jeff, ond roedd yn rhaid iddo fentro crybwyll y peth. Wedi'r cyfan, dyna pam roedd o yma.

'Roedd Elwyn Jones yn aredig y caeau bore 'ma, ac mi ddaeth ar draws esgyrn ... esgyrn rhywun sydd wedi cael ei gladdu yn y cae isaf,' meddai.

Sylwodd Jeff fod ymateb ar wyneb Morgan – rhyw blwc bychan ar ei foch a dim byd arall, ond ym mhrofiad y ditectif, roedd o'n ddigon o ymateb iddo fentro troedio ymhellach.

'Yn ôl y dillad, mae'n edrych yn debyg mai corff dyn sydd wedi'i gladdu yno, Morgan, a bydd yn rhaid i ni drio darganfod pwy oedd o a be ddigwyddodd.'

'Dyn?' gofynnodd Morgan, ei lais dipyn yn uwch y tro hwn.

'Ia, ac mae o wedi bod yno ers blynyddoedd.' Ni allai feddwl am unrhyw ffordd arall i dorri'r newydd.

Roedd mwy o ymateb y tro hwn. Trodd Morgan i gyfeiriad ei gefnder a dweud un gair yn unig.

'Billy.'

Dechreuodd anadl Morgan gyflymu a dyfnhau, a thynhaodd ei gorff. Cododd Crwys ar ei draed yn syth a mynd i benlinio o flaen ei gefnder gan wneud ei orau i geisio'i dawelu. Trodd at Jeff.

'Dyma o'n i'n ei ofni. Well i chi roi'r gorau i'w holi o,

Sarjant Evans. Dwi'n siŵr eich bod chi'n dallt.'

Gan nad oedd Morgan mewn cyflwr i barhau â'r sgwrs cododd Jeff ar ei draed.

'Mr Morris, mi arhosa i amdanoch chi yn y gegin nes y bydd Morgan wedi dod yn ôl ato'i hun. Gawn ni barhau â'n sgwrs bryd hynny.'

Cytunodd Morris, ac edrychodd Jeff ar Idwal Roberts wrth adael y lolfa. Doedd yr hen ddyn ddim wedi ymateb i ddim o'r hyn a ddigwyddodd yn ystod y munudau blaenorol.

Yn y gegin, eisteddodd Jeff ar gadair bren ac edrych ar ei ffôn. Doedd ganddo ddim negeseuon newydd. Roedd popeth o'i amgylch yn dwt a'r llestri wedi'u gosod ar gyfer y pryd nesaf: roedd un set wedi'u gosod ar hambwrdd, yn barod i'w cario drwodd i Idwal yn ei gadair, tybiodd. Ni allai beidio meddwl am y tad a'r mab, a thristwch eu sefyllfa. O'r hyn roedd o'n ei ddeall roedd Morgan yn treulio'i fywyd yn rhoi gofal i'w dad – gofal nad oedd hyd yn oed yn cael ei gydnabod. Ond beth oedd sefyllfa Morgan? Doedd o ddim yn ymddangos fel petai'n gallu byw ar ei ben ei hun, beth bynnag.

Ar y silff ben tân o'i flaen sylwodd Jeff ar nifer o hen luniau mewn fframiau pren – lluniau teuluol oedden nhw, doedd dim amheuaeth, ac roedd un llun o ddau fachgen yn eu harddegau, y ddau yn edrych yn union yr un fath. Morgan a Billy, mae'n rhaid, meddyliodd, wrth gofio geiriau Elwyn y ffermwr. Roedd o'n dal i edrych ar y llun pan gerddodd Crwys Morris i mewn i'r gegin.

'Mae o wedi dod ato'i hun i ryw raddau,' meddai, 'ond mi welwch chi rŵan pam nad o'n i'n awyddus i chi ddod i mewn i'r tŷ. Os ydi Morgan yn cynhyrfu gormod mae 'na beryg iddo fo gael ffit epileptig, ac mae'r rheiny'n mynd yn waeth wrth iddo fynd yn hŷn. Mae o'n tueddu i orwylltio hefyd ... ei gyflwr o sy'n achosi hynny.'

Dewisodd Jeff beidio holi am gyflwr Morgan am y tro. Trodd y llun yn ei ddwylo er mwyn ei ddangos i Crwys. 'Billy?' gofynnodd.

'Ia,' atebodd Crwys.

'Efeilliaid?'

'Ia,' atebodd eto.

'Be ddigwyddodd iddo fo?'

'Mi adawodd o efo ryw eneth o Seland Newydd ... dyna mae pawb yn ei gredu. Mynd heb ddeud gair wrth neb.'

'Ydach chi fel teulu wedi clywed ganddo yn y cyfamser?'

'Dim gair – ddim hyd y gwn i, beth bynnag.'

'Faint sydd 'na ers hynny?' gofynnodd Jeff wrth roi'r llun yn ôl yn ei le yng nghanol llwch y silff ben tân.

'Pum mlynedd ffor'no.'

'Oes 'na reswm pam y crybwyllodd Morgan enw'i frawd gynna wrth iddo glywed am y corff, Mr Morris?'

'Does dim posib dychmygu sut mae meddwl Morgan yn gweithio, mae gen i ofn, Sarjant Evans.'

'Mi fydd raid i mi gael sampl o DNA Morgan, Mr Morris.'

'Os oes raid, mae'n rhaid, yn does,' atebodd. 'Dwi'n dallt y drefn.'

Pennod 4

Cerddodd Crwys Morris a Jeff i lawr y trac i gyfeiriad car y CID. O'r fan honno gallai weld y prysurdeb yng ngwaelod y cae. Roedd hanner dwsin o bobl yno bellach, i gyd yn gwisgo siwtiau gwyn di-haint, un ohonynt yn tynnu lluniau a'r gweddill yn tyllu'n ofalus o amgylch yr esgyrn a gweddillion y dillad pydredig. Safai'r patholegydd gerllaw, yn goruchwylio popeth yn ofalus cyn i'r holl esgyrn, a beth bynnag arall oedd o ddiddordeb, gael eu rhoi mewn bagiau plastig mawr er mwyn eu cludo i'r labordy i gael eu harchwilio'n fanwl.

'Fyswn i ddim yn mynd yn nes, Mr Morris,' awgrymodd Jeff, 'y lleia'n y byd o bobl sy'n troedio'r tir, y gorau'n y byd mewn amgylchiadau fel hyn.'

'Dwi wedi arfer gweld golygfeydd fel hyn ar y teledu, Sarjant Evans, ond wnes i erioed ddychmygu y byswn i'n gweld y fath beth ar dir ffarm fy nheulu.'

'Fedra i ddim peidio â meddwl am ddiflaniad William,' cyfaddefodd Jeff. 'Dwi'n deall mai fo oedd yn gweithio'r ffarm 'ma cyn iddo fynd, a dwi'n siŵr y byddai wedi cael tipyn o lwyddiant yma petai wedi aros a dal ati – wedi'r cwbwl, mae o'n dir braf. Yn lle hynny mi adawodd o, medda chi, heb ddeud dim wrth neb, a throi ei gefn ar y cwbwl. Mae hynny'n anodd ei gredu, rywsut.'

'Mae'n anodd ateb dros rywun arall, tydi? Ceisio meddwl be sy'n gyfrifol am y dewisiadau mae rhywun arall yn eu gwneud.'

'Gafodd ei ddiflaniad o ei riportio i ni'r heddlu?'

'Do, os dwi'n cofio'n iawn, ond wn i ddim be ddaeth o hynny. Dim llawer, dwi ddim yn meddwl.'

Doedd gan Jeff ddim cof o'r digwyddiad. Ond eto, nid gwaith y CID oedd chwilio am bobl oedd ar goll, yn enwedig oedolion, pan nad oedd rheswm i feddwl bod trosedd wedi digwydd.

'Ei gweld hi'n rhyfedd ydw i ei fod o wedi gadael ei dad a'i efell, yn enwedig ei dad ac yntau'n dechrau gwaelu, heb unwaith gysylltu â nhw wedyn. Pam na fu mwy o ymchwilio i'w ddiflaniad o?'

'Wel doedd petha ddim mor syml â hynny, Jeff. Ga i'ch galw chi'n Jeff?'

'Â chroeso, Crwys,' atebodd Jeff yn yr un modd.

'Y peth ydi, doedd William, neu Billy fel roeddan ni'n ei alw fo, ddim yn cyd-dynnu'n dda efo'i dad, a hynny am sbel cyn iddo fynd. Nag efo Morgan chwaith, a dweud y gwir, oherwydd hynny. Roedd Morgan a'i dad yn ochri efo'i gilydd bob amser. Wn i 'mo'r holl hanes ond roedd dadlau byth a beunydd yn y tŷ 'na. Cofiwch, mi oedd yr efeilliaid yn eu tridegau bryd hynny, a'r tri yn byw dan yr un to. Er nad oedd neb yn ymwybodol o'r peth ar y pryd, dwi'n gwybod bellach fod yr Alzheimer's wedi dechrau cydio yn Idwal erbyn hynny, a bod y cyflwr yn effeithio ar ei gymeriad. Roedd o'n tynnu dadl i'w ben am bob dim, yn hollol groes i sut roedd o cynt.'

'A'r dadlau yn troi yn fwy chwerw, siŵr gen i.'

'Yn hollol. Dim ond ar ôl i Billy fynd yr aeth o at y doctor a chael diagnosis, ac mi ddirywiodd yn eithriadol o gyflym wedyn. Fysach chi ddim yn credu'r fath newid fu ynddo fo.'

'Gyda llaw, be ddigwyddodd i fam y bechgyn? Do'n i

ddim isio gofyn o flaen Morgan yn y tŷ.'

'Anti Jane? Mi fu hi farw o ganser y fron yn ddynes ifanc, pan oedd yr hogia tua deg oed. Mi wnaeth Idwal yn dda iawn i'w magu nhw ar ei ben ei hun, a rhedeg y ffarm ar yr un pryd. Doedd hynny ddim yn hawdd.'

'Wel, os mai gweddillion Billy sydd yn y cae fan acw, Crwys, does dim rhyfedd na wnaeth o gysylltu â neb ar ôl diflannu.' Ochneidiodd Crwys yn drwm. 'A beth am y ddynes o Seland Newydd?' holodd Jeff. 'Be oedd ei hanes hi?'

'Gweithio mewn gwesty yn y dre oedd hi, a doedd 'na ddim sôn amdani hithau chwaith ar ôl i Billy ddiflannu. Dyna oedd yn arwain pawb i feddwl fod y ddau wedi mynd efo'i gilydd i ddechrau bywyd newydd yr ochor arall i'r byd.'

'Mi fydd yn rhaid i ni ystyried pob posibilrwydd unwaith y byddwn ni wedi darganfod i sicrwydd esgyrn pwy ydyn nhw.' Oedodd Jeff. 'Crwys, dwi'n rhyfeddu nad ydan ni wedi dod ar draws ein gilydd o'r blaen. Ydach chi'n byw yng Nglan Morfa?'

'Ydw, ym Maen y Wern, ar y ffordd allan i gyfeiriad y ffordd osgoi, ddim ymhell o lan y môr.'

'O, mi wn i. Wrth ymyl y parc hamdden mawr 'na, Golden Sands. Sut aflwydd gafodd y lle enw mor Seisnigaidd mewn ardal fel hon?'

'Am mai rhyw bobl o Loegr sy'n rhedeg y lle ac wedi mynnu ar yr enw. Doedd 'na ddim y gallai'r Cyngor ei wneud am y peth.'

Gwyddai Jeff fymryn am y lle – cyfleusterau hamdden, siop fawr a thŷ bwyta wedi'u hadeiladu ar dir amaethyddol da.

'Rhaid bod ganddoch chi swydd dda i fod yn berchen

BMW neis fel'na?' Gwenodd Jeff er mwyn ysgafnhau'r cwestiwn.

'Dyn busnes ydw i, Jeff. Busnes eiddo – prynu a rhentu – a dwi'n gwneud yn eitha da, diolch byth. Ylwch, rhaid i mi ei throi hi, ond wnewch chi gadw mewn cysylltiad, plis, Jeff? Mae'r hyn sydd wedi digwydd yma heddiw wedi fy nghynhyrfu i'n lân, rhaid i mi ddeud. A fedra i ddim peidio â meddwl am yr hen Billy rŵan chwaith.'

Edrychodd Jeff arno'n cerdded yn ôl i gyfeiriad y ffermdy heb allu penderfynu'n iawn beth yn union i'w wneud ohono. Doedd o erioed wedi cwrdd â neb o'r enw Crwys o'r blaen – roedd yn enw anghyffredin i ddyn gweddol ifanc. Yr unig Crwys y gwyddai amdano oedd y bardd enwog, ac wrth edrych i lawr i gyfeiriad yr hen felin gwenodd wrth gofio un o gerddi enwocaf y bardd hwnnw. 'Nid yw'r felin heno'n malu ...'

A beth am y ferch o Seland Newydd, cariad William Roberts? Os mai corff William oedd yn y cae, beth felly ddigwyddodd iddi hi, os oedd hi wedi diflannu ar yr un pryd? Oedd ei chorff hithau yn y tir yn rhywle? Neu, ar y llaw arall, ai hi oedd yn gyfrifol am lofruddio Billy a chladdu ei gorff? Atgoffodd Jeff ei hun nad oedd achos y farwolaeth wedi'i chadarnhau eto, ac y dylai bwyllo cyn gadael i'w feddwl redeg i bob cyfeiriad. Ei flaenoriaeth oedd dysgu tipyn mwy am Idwal Roberts a'i deulu.

Galwodd Jeff yn ffermdy Bryn Ceirw Isaf ychydig filltiroedd i ffwrdd i ymweld â'i gyfaill, Arthur Thomas, ar ei ffordd yn ôl. Wrthi'n cael paned o de a thamaid o fara brith oedd Arthur cyn ailddechrau ar ei waith. Roedd hi'n nosi'n gynt erbyn hyn, ac roedd angen manteisio ar bob awr o olau dydd. Eisteddodd Jeff wrth y bwrdd mawr derw yng nghegin y tŷ.

'Panad, Jeff? Mae 'na damaid o fara brith hefyd os lici di.'

Derbyniodd Jeff yn llawen gan nad oedd o wedi cael cinio.

'Be sy'n dod â chdi ffor'ma, Jeff? Gwaith, ma' siŵr. Isio gwybodaeth, synnwn i ddim. Anaml y bydda i'n dy weld di'n gymdeithasol y dyddiau yma.'

'Mi wyddost ti sut ma' hi, Arthur, ond mi wyt ti'n agos iawn at dy le. Isio dipyn o wybodaeth ydw i am deulu Idwal Roberts, Felin Wen, a meddwl y bysat ti'n eu nabod nhw.'

'Ydw, ond paid â deud bod rwbath wedi digwydd i'r hen Idwal?'

Dywedodd Jeff rywfaint o'r hanes wrth ei gyfaill. 'Dydw i na neb arall yn gwybod corff pwy ydi o eto. Mi fydd yn rhaid i ni aros am ganlyniadau'r profion, ond wyddost ti rwbath am ddiflaniad William Roberts bum mlynedd yn ôl?'

'Dim ond bod rhai yn yr ardal 'ma ar y pryd wedi synnu ei fod o wedi mynd a gadael fel y gwnaeth o. Mi oedd Billy yn ffarmwr gwerth chweil, wyddost ti. Buches eidion, gwartheg duon Cymreig cystal â 'run weli di yn nunlla, ac mi oedd pob un ohonan ni'r ffarmwrs yn ei barchu o. Ond fel ma' nhw'n deud, roedd hi'n edrych yn debyg bod ei fai yn ei falog pan ddaeth o ar draws y ferch 'na o Seland Newydd. Hi oedd yn cael y rhan fwyaf o'i sylw o wedyn. Mi oedd hi'n hawdd credu ei fod o wedi gadael y wlad efo hi.'

'Os, wrth gwrs, mai dyna ddigwyddodd. Be am Idwal ei hun, a'i fab, Morgan?'

'Dyna stori drist eto, Jeff. Cyn iddo gael ei daro'n wael

mi oedd Idwal yn ddyn parchus iawn. Un o'r gorau yn yr ardal 'ma. Capelwr a blaenor, ac mi fydda fo'n pregethu hefyd pan nad oedd neb arall ar gael. Y math o ddyn roedd pobol yn mynd ato am gyngor, ac mi oedd yntau'n falch o allu cefnogi pawb yn ei gymuned hefyd. Petai o'n methu helpu rhywun mi ffendia fo rywun allai wneud. Mae 'na lot o bobol o gwmpas yr hen le 'ma sy'n fawr eu dyled iddo fo. I feddwl bod dyn fel'na wedi cael ei daro i lawr mewn ffordd mor greulon – colled fawr i'r gymuned.'

'Does ryfedd felly nad o'n i'n gwybod amdano fo – dwi'n dod i nabod mwy o bobol ddrwg nag o bobol dda yn fy ngwaith i. A be am Morgan?'

'Ia, Morgan. Dim fel'na oedd o ers talwm, wyddost ti. Mi ddigwyddodd rwbath iddo fo – wn i ddim 'ta salwch 'ta be – ond doedd o ddim 'run fath wedyn. Ond mae o wastad wedi gwneud ei orau dros ei dad, ac yn dal i wneud. Fel dwi'n deud, wn i ddim be ddigwyddodd i'r hogyn, ond mi fyddai Idwal bob amser yn deud pa mor ddewr oedd Morgan. Mi wnes i gymryd mai cyfeirio at y ffordd roedd yr hogyn yn delio efo'i salwch oedd o.'

'Wyddost ti rywbeth am Crwys, y cefnder?'

'Wâst o amser, Jeff bach. Wâst o amser. Dyn y geiniog ydi Crwys, yn union fel ei fam ers talwm. Mae ganddo fo eiddo dros y lle i gyd, a tydi o ddim yn trin pobol yn dda iawn, yn anffodus ... cymryd ar ei hôl hi mae o yn fanno eto. Dynes fawreddog oedd ei fam o hefyd, yn ôl be ydw i wedi'i glywed, ond paid â chymryd fy ngair i. Do'n i ddim yn nabod llawer arni, dim ond gwybod amdani.'

Pennod 5

Ben bore drannoeth, eisteddai Jeff yn ystafell aros y corffdy yn Ysbyty Gwynedd. Wrth ei ochr roedd John Owen, un o'r swyddogion lleoliad trosedd. Yn ôl ei arfer gwisgai John gamera rownd ei wddf – prin oedd Jeff yn cofio gweld John heb gamera, ddydd na nos.

Fel rheol, prif uwch-swyddog yr ymchwiliad fyddai'n mynychu post mortem yn dilyn marwolaeth pan fyddai amheuaeth o drosedd, ond gan na wyddai neb eto a oedd hwn yn achos o lofruddiaeth ai peidio, roedd y cyfrifoldeb wedi disgyn ar ysgwyddau Ditectif Sarjant Jeff Evans. Trodd Jeff at John Owen.

'Ffeindiodd yr hogia fforensig rwbath arall diddorol ym mhridd y cae ddoe, John?' gofynnodd.

'Dim llawer,' atebodd hwnnw, 'heblaw am dameidiau bach o bren wrth ymyl yr esgyrn, fel matshys yn sownd yn ei gilydd. Mi oedd 'na fwy ohonyn nhw gerllaw, a gweddillion rhagor wedi pydru. Maen nhw wedi mynd i'r labordy, ond mae gen i luniau fan hyn os wyt ti am gael golwg arnyn nhw.'

Trodd John gefn ei gamera at Jeff a dangos nifer o ddelweddau ar y sgrin. Chwyddodd Jeff y lluniau. 'Edrych yn debyg i fatshys, ti'n iawn,' meddai, 'ond maen nhw wedi pydru cymaint does 'na ddim posib deud yn iawn, nag oes? Be am y dillad?'

'Mae'r un peth yn wir am rheiny – wedi pydru gormod

i fod fawr o ddefnydd i ni, er bod 'na staeniau yma ac acw arnyn nhw a allai fod yn waed. Gawn ni wybod cyn hir. Aeth pob dim i'r labordy neithiwr.'

'Gobeithio cawn ni ganlyniad cyn hir, i ni gael gwybod yn iawn sut i drin yr achos 'ma.'

Agorwyd drws yr ystafell archwilio post mortem gan gynorthwyydd y patholegydd. Roedd Jeff wedi hen arfer gweld cyrff ar y bwrdd mawr metel yng nghanol y llawr, ond dyma'r tro cyntaf iddo weld esgyrn moel arno. Gallai weld bod yr esgyrn hynny wedi pydru dros nifer o flynyddoedd nes oedd eu lliw wedi troi'n frown hyll, ac roedd arwyddion fod pryfetach wedi bod yn gwledda arnyn nhw. Roedd Dr Thwaite, y patholegydd, ar fin dechrau eu rhoi mewn trefn ac roedd y recordydd tâp yn barod wrth ei ochr.

Ar ôl datgan y dyddiad a'r amser a chyflwyno'i hun ar gyfer y recordiad swyddogol, dechreuodd siarad. 'Dyma'r esgyrn yr oeddwn i'n dyst i'w codi o gae ar fferm Felin Wen, Glan Morfa, ddoe. Yn bresennol heddiw mae Mr Osborne, fy nghynorthwyydd, Ditectif Sarjant Jeff Evans a Mr John Owen o Heddlu Gogledd Cymru.'

Roedd John eisoes wedi dechrau tynnu lluniau. Arsyllu yn unig oedd dyletswydd Jeff, a bod yn dyst i beth bynnag fyddai'n cael ei ddarganfod.

Yn ystod yr awr a thri chwarter canlynol, gosododd Dr Thwaite yr esgyrn ar y bwrdd i ail-greu'r sgerbwd. Nid oedd y dasg wedi bod mor anodd â hynny oherwydd y gofal a gymerwyd wrth eu cludo yno o'r cae.

'Un peth sy'n sicr,' meddai Dr Thwaite. 'Dydi'r esgyrn yma ddim wedi cael eu symud ers iddyn nhw ddechrau pydru. Ro'n i'n disgwyl mai dyna fyddai'r achos, ond fedrwch chi byth ddweud. Dyna sut y bu hi mor hawdd rhoi'r sgerbwd yn ôl at ei gilydd. Yr unig beth a aflonyddodd ar yr esgyrn oedd yr aradr ddoe.

'Dyn tua phum troedfedd un ar ddeg modfedd oedd hwn, dyn gweddol ifanc ... yn ei dridegau fyswn i'n meddwl. Rŵan ta, dewch yn nes ac edrychwch,' meddai wrth Jeff a John, 'er mwyn i mi gael dangos ac egluro i chi sut mae hi'n amlwg mai llofruddiaeth oedd achos y farwolaeth 'ma, a sut cafodd y dyn ei ladd.'

Camodd y ddau ymlaen a thynnodd John fwy o luniau.

'Welwch chi'r asennau yn fan hyn, lle maen nhw'n cyffwrdd y sternwm? Edrychwch ar y ddwy asen, un uwch ben y llall, ac mi welwch farciau sy'n dangos bod rhyw arf wedi treiddio i'r corff gyda digon o rym i adael ei ôl yn yr asgwrn. Does gen i ddim amheuaeth mai llafn o ryw fath wnaeth y marc yma – un miniog oedd yn ddigon mawr a thrwchus i adael ei ôl ar y ddwy asen ar yr un pryd. Llafn mawr, llydan, mwy na chyllell, fyswn i'n ddweud. Ac edrychwch ar y lleoliad, yn cyfateb yn union i leoliad calon y dyn.'

Roedd yn ddigon hawdd gweld y marciau. Tynnodd John fwy o luniau o bob ongl.

'Ac os nad oedd hynny'n ddigon i'w ladd o, edrychwch ar y benglog.'

Gafaelodd y patholegydd yn y pen a'i godi i'w ddangos i'r ddau arall.

'Yn yr ochr, uwch ben yr arlais, mae'r asgwrn wedi cael ei dorri gan arf trwm – nid llafn y tro yma – ac eto yng nghefn y benglog yn y fan hon. Welwch chi? Mi fu dwy ergyd i'r pen, a byddai unrhyw un o'r ddwy wedi bod yn ddigon i'w ladd o, heb sôn am y gyllell.'

'Mae rhywun wedi gwneud job dda,' mentrodd Jeff.

Edrychodd y patholegydd arno. 'Yn sicr,' meddai. 'Rydach chi'n chwilio am ddyn brwnt iawn yn fy marn i, Sarjant Evans. Dyn hynod o frwnt.'

'Neu ddynes,' ychwanegodd Jeff, er ei fod yn tueddu, ar ôl deall am y trais a ddefnyddiwyd, i feddwl fod hynny'n annhebygol. Amser a ddengys, meddyliodd.

Cyn gadael Bangor ffoniodd Jeff yr Uwch-arolygydd Talfryn Edwards er mwyn adrodd canlyniad y post mortem. Unwaith y byddai'r achos wedi'i gofnodi'n llofruddiaeth gwyddai y byddai ymchwiliad mawr yn cael ei agor, a'r cyfrifoldeb amdano'n cael ei drosglwyddo i'r uwch-swyddog a fyddai'n cael ei benodi i'w arwain. Byddai timau o dditectifs yn disgyn ar Lan Morfa unwaith eto, a stafell ymchwiliad arbennig yn cael ei sefydlu.

Dewisodd fynd adref am ginio ar ôl cyrraedd Glan Morfa, yn hytrach na mynd yn syth i'r swyddfa. Wedi'r cwbwl, doedd dim brys. Roedd perchennog yr esgyrn wedi marw ers blynyddoedd – pa wahaniaeth wnâi ychydig oriau? Gwyddai hefyd y byddai pwysau gwaith yr ymchwiliad yn ei gadw rhag mynd adref yn brydlon nes y byddai'r ymchwiliad drosodd, felly waeth iddo wneud yn fawr o'r cyfle hwn i weld ei deulu ddim.

Roedd hi'n tynnu at hanner awr wedi dau y prynhawn pan yrrodd i mewn i faes parcio gorsaf yr heddlu. Y person cyntaf a welodd, yn dringo allan o'i char, oedd Ditectif Uwch-arolygydd Lowri Davies. Gwenodd Jeff. Hwn fyddai'r trydydd tro iddo weithio dan ei harweinyddiaeth hi ar ymchwiliad mawr, ac roedd y ddau wedi dod i ddeall ei gilydd yn eitha da. Nid pawb oedd yn parchu pob agwedd o'i chymeriad – roedd steil y Ditectif Uwch-arolygydd o wisgo yn reit unigryw, gan ei bod yn ffafrio siwtiau gwrywaidd eu hedrychiad a bŵts du trwm, a bu rhyw hen fân-siarad yn y cantîn ynglŷn â'i rhywioldeb cyn i bawb ddysgu bod ei gŵr yn dwrnai yng Nghaer. Roedd y ddau yn aelodau o grŵp pync yn eu hamser hamdden, a doedd hynny chwaith ddim yn plesio rhai o aelodau mwy traddodiadol y staff. Ond roedd hi wedi tawelu'r holl feirniadaeth gyda'i phroffesiynoldeb wrth ei gwaith a'i gallu i reoli ymchwiliad mawr yn grefftus.

Er gwaetha'u perthynas waith dda, gwyddai Jeff o brofiad ei bod wastad yn ymddwyn yn orffurfiol ar ddechrau ymchwiliad mawr, a'i bod yn dechrau ymlacio wrth i achos ddatblygu, felly cyfarchodd hi yn ei lais mwyaf proffesiynol.

'Prynhawn da, Ditectif Uwch-arolygydd,' galwodd Jeff ar draws y maes parcio. 'Llongyfarchiadau i chi.'

'Ditectif Sarjant Evans,' meddai hithau'n ffurfiol, 'llongyfarchiadau am be?'

'Mi glywais eich bod chi wedi priodi ers i ni weithio efo'n gilydd ddwytha, yn un peth, ac yn ail ar eich dyrchafiad yn Dditectif Uwch-arolygydd.' Gwyddai mai hi oedd y ddynes gyntaf i gyrraedd y rheng honno yn CID Heddlu Gogledd Cymru.

'Diolch i chi, Sarjant Evans,' meddai, heb fawr o wên. 'Mae hi'n edrych yn debyg ein bod ni'n mynd i fod yn gweithio efo'n gilydd eto,' parhaodd Lowri, 'a'r tro hwn, unwaith eto, rydach chi'n gwybod mwy na fi am yr achos. Does 'na ddim llawer o bwynt i ni fynd i'r swyddfa – ewch â fi yn syth i'r fferm 'ma, Felin Wen.'

Brasgamodd Lowri Davies tuag ato. Yn ôl ei harfer

gwisgai siwt dri darn lwyd tywyll ac esgidiau lledr du oedd â dipyn o blatfform danynt.

'Pryd fydd y trŵps yn cyrraedd?' gofynnodd Jeff wrth yrru i gyfeiriad y fferm.

'Mi fydd y criw technegol yma o fewn yr awr, a dwi wedi gorchymyn iddyn nhw sicrhau fod system gyfrifiadurol yr ymchwiliad yn cael ei rhoi yn ei lle cyn gynted â phosib. Mi fydd y ditectifs yma yn y bore, yn barod am y cyfarfod cyntaf am hanner awr wedi naw.'

'Pwy ydi'ch dirprwy chi? O leia fydd dim rhaid i ni ddelio efo'r Ditectif Sarjant Arfon Prydderch 'na, diolch i'r nefoedd. Faint gafodd o am yr aflonyddu rhywiol a'r camymddwyn?'

'Naw mis o garchar, ac roedd o'n haeddu bob awr. Ro'n i'n meddwl bysa Ditectif Sarjant Peter Edwards yn gwneud dirprwy go lew i mi – mi wnaeth o job dda iawn y tro dwytha ar ôl i Prydderch gael ei wahardd, ond mae'r uwch-swyddogion yn y pencadlys wedi gorchymyn 'mod i i ddefnyddio rhyw Dditectif Arolygydd McDonald sydd newydd symud i Heddlu Gogledd Cymru o Heddlu Glannau Merswy, sydd â pheth wmbredd o brofiad yn ôl be dwi'n ddallt. Ro'n i'n bwriadu'ch defnyddio chi fel cerdyn gwyllt unwaith eto hefyd, rhoi'r rhyddid arferol i chi ddilyn eich trwyn, cyn belled â'ch bod chi'n adrodd yn ôl i mi yn syth ac yn rheolaidd.'

'Siwtio fi'n iawn,' atebodd Jeff, wrth ei fodd. 'Ond yn ystod yr achos dwytha roedd rhai o'r ditectifs yn teimlo 'mod i'n cael gormod o ryddid – lot mwy na nhw oedd yn gorfod dilyn ymholiadau penodol bob dydd.'

'Gadewch i mi boeni am hynny. Dwi'n gwybod eich bod chi wedi cael eich llysenw am reswm da – yr afanc sy'n

36

cnewian ar bob tamaid o wybodaeth – a dwi'n parchu'r teimlad rhyfedd 'na dach chi'n ei gael yn eich stumog pan fyddwch chi'n dilyn rhyw drywydd neu'i gilydd. Tydi o 'mo'r dull mwyaf proffesiynol o weithio, ond mae o'n rhyfeddol o lwyddiannus.' Trodd ei phen a gwenu arno.

Cyn hir, trodd Jeff drwyn y car i lawr y ffordd breifat oedd yn arwain i dir Felin Wen, a dringodd y ddau allan ohono gerllaw'r ffermdy. Roedd Jeff wedi dechrau rhannu'r hyn a wyddai am y teulu â Lowri – hanes y tad, y mab a'r cefnder, a'r stori am y mab arall a ddiflannodd bum mlynedd ynghynt efo'i gariad.

'Be sy'n mynd drwy'ch meddwl chi, Jeff?' gofynnodd. 'Dechreuwch efo'r brawd, y gefell a ddiflannodd.'

'Fyswn i'n dyfalu mai ei gorff o oedd yn y cae. Mae o'n ormod o gyd-ddigwyddiad i fod yn unrhyw un arall,' atebodd.

'A phwy oedd â rheswm i'w ladd o?'

'Mae'n rhy fuan i ddweud hynny. Un o'r teulu, ella, neu'r ferch 'ma o Seland Newydd hyd yn oed. Mae fanno'n lle cystal â 'run arall i ddechrau, am wn i.'

Cerddodd y ddau i lawr y trac i gyfeiriad y cae, gan basio'r hen Felin Wen nad oedd bellach yn wyn ar y chwith, i lawr yn y pant yng nghysgod y coed. Roedd dail prydferth yr hydref yn garped aur o'i hamgylch. Oedodd y ddau i syllu am ennyd.

'Mi fysa'r olygfa yma'n gwneud paentiad olew hyfryd,' meddai Lowri. 'Yn tydi hi'n biti fod adeilad mor urddasol wedi cael ei adael i fynd i'r fath stad. Biti na fysa rhywun wedi ceisio gwneud rwbath i'w adfer o.'

'Gwir,' atebodd Jeff, 'ond mi fysa isio pocedi reit ddwfn i wneud hynny. Pwy sydd ag arian felly y dyddia yma?'

Parhaodd y ddau i gerdded i lawr y trac, wedyn ar hyd y llwybr, gan stopio hanner canllath oddi wrth y cylch o dâp glas tywyll a gwyn ac ufuddhau i'r arwydd oedd yn rhwystro pawb rhag camu'n nes. Roedd y tractor a'r aradr eisoes wedi'u symud. Dechreuodd Jeff ddangos i Lowri lle cafodd yr esgyrn eu darganfod, ac esboniodd y cyfan a wyddai iddi.

'Be am y ferch 'ma o Seland Newydd?' gofynnodd Lowri. 'Be dach chi'n wneud ohoni hi?'

'Mi ddiflannodd yr un pryd â William, felly mae'n bosib mai hi ydi'r llofrudd ... neu ei bod hi wedi ffoi rhag y llofrudd. Wrth gwrs, mae'n bosib ei bod hi wedi methu ffoi. Ddylen ni chwilio mwy ar y tir dach chi'n meddwl, rhag ofn?'

'Yn ôl yr wybodaeth sydd ganddon ni ar hyn o bryd, does gen i ddim dewis ond gwneud hynny, Jeff. Mi drefna i brofion arbenigol ... ond faint o waith fydd hynny ar ôl pum mlynedd, wn i ddim.'

Erbyn i'r ddau gyrraedd yn ôl i gyffiniau'r ffermdy gwelodd Jeff fod y BMW coch y tu allan i'r tŷ unwaith eto.

'Car smart,' meddai Lowri. 'Un o'r teulu?'

'Ia. Car Crwys Morris, y cefnder, ydi hwnna. Digon o arian ganddo fo yn ôl pob golwg.'

'Be ydach chi'n wneud ohono fo?'

'Dwi ddim wedi penderfynu eto. Mi wnaeth o argraff go lew arna i ddoe – do'n i ddim wedi'i gyfarfod o cyn hynny. Dwi'n meddwl mai trio edrych ar ôl ei ewythr a'i gefnder mae o, a dyna pam roedd o chydig yn amddiffynnol i ddechra. Ond dwi'n cadw meddwl agored. Yn ôl yr hyn dwi wedi'i ddysgu, nid pawb sy'n hoff ohono, o bell ffordd. Mae o'n gwarantu mwy o ymholiadau, mae hynny'n sicr. Hoffech chi ei gyfarfod o a Morgan rŵan?'

Gwrthododd y Ditectif Uwch-arolygydd. 'Well gen i adael cyfweliadau personol fel'na i chi a'r timau, Jeff. Dwi'n cael gwell trosolwg drwy reoli. Mae'n edrych i mi fod ganddon ni faint fynnir o wybodaeth yn barod, ond does dim byd wedi'i gofnodi ar y system eto,' parhaodd. 'Mi fydd y cyfrifiaduron a'r cwbwl wedi cael eu gosod ar ein cyfer ni erbyn i ni gyrraedd yn ôl i'r orsaf. Sut mae'ch bysedd teipio chi?' Gwenodd arno. 'Dwi am i chi wneud cofnod o bob manylyn rydach chi wedi'i ddysgu heddiw, fel y bydd popeth yn barod erbyn y bore.'

Wnaeth Jeff ddim gwenu'n ôl. Fyddai ganddo ddim gobaith o gyrraedd adref cyn i'r plant fynd i'w gwlâu.

Pennod 6

Cyrhaeddodd Jeff faes parcio gorsaf heddlu Glan Morfa ychydig cyn hanner awr wedi wyth y bore canlynol. Doedd dim llawer ers iddo adael yr adeilad y noson cynt – diolchodd fod un o'r staff gweinyddol wedi rhoi cymorth iddo i gofnodi popeth neu fyddai o ddim wedi gweld ei wely o gwbwl. Roedd y maes parcio eisoes yn hanner llawn o geir dieithr y ditectifs oedd wedi cael eu galw yno i weithio ar yr achos o wahanol rannau o lu'r gogledd. Gwelodd, heb fawr o syndod, fod car Lowri yn eu plith.

Cerddodd trwy'r drws cefn i'r ddalfa er mwyn cyfarwyddo'i hun â digwyddiadau'r noson cynt. Doedd dim byd wedi digwydd i gymryd ei ddiddordeb na'i amser, diolch byth: dim carcharorion na chyfreithwyr, nag arogl diflas dynion meddw.

'Bore da, Rob,' meddai wrth ei gyfaill, Sarjant Rob Taylor. Doedd y ddau ddim wedi gweld ei gilydd ers iddynt sgwrsio ar gaeau Felin Wen ddeuddydd ynghynt, ac roedd Rob yn ôl yng nghanol ei gyfrifoldebau dyddiol fel sarjant y ddalfa. 'Noson ddistaw neithiwr yn ôl pob golwg,' ychwanegodd.

'Oedd, diolch i'r nefoedd, a dwi 'di cael amser i ddal i fyny efo'r llwyth o waith papur oedd gen i ar ôl bod o 'ma fore Llun.'

'Rwbath newydd?'

'Dim ond bod dirprwy newydd Ditectif Uwch-arolygydd

Davies wedi cyrraedd. I fyny yn swyddfa Lowri maen nhw ar hyn o bryd.'

Sylwodd Jeff fod Rob yn gwneud ei orau i atal gwên ddireidus.

'Be sy'n bod arnat ti?' gofynnodd Jeff.

'Dim, Jeff bach, dim byd o gwbl.'

Dewisodd Jeff beidio â holi mwy, a dechreuodd ddringo'r grisiau i gyfeiriad ei swyddfa.

Ar yr ail lawr gwelodd fod nifer o dditectifs yn y cantîn yn cael paned cyn y cyfarfod boreol. Roedd y rhan fwyaf ohonynt yn wynebau cyfarwydd iddo – rhain oedd y criw a fyddai'n dod at ei gilydd o wahanol rannau o'r llu pan oedd angen gweithio ar ymchwiliad mawr. Cododd ei law arnynt wrth basio, a chafod ymateb tebyg yn ôl. Ar y ffordd i'w swyddfa gwelodd fod drws y stafell y byddai Lowri yn ei defnyddio ynghau. Oedodd am eiliad, ond penderfynodd beidio â churo arno. Gwell oedd gadael i Lowri a'i dirprwy newydd gael llonydd i siarad – wedi'r cyfan, hwn fyddai'r tro cyntaf iddyn nhw gyfarfod. Ceisiodd Jeff ddyfalu pwy oedd o, gan geisio meddwl pwy roedd o'n ei nabod oedd newydd drosglwyddo i ogledd Cymru o Lerpwl. Yna suddodd ei galon. Roedd Jeff yn mwynhau gweithio drwy gyfrwng y Gymraeg, a byddai gorfod troi i'r iaith fain yn dipyn o niwsans, yn enwedig wrth ddelio â thystion lleol fel Morgan. Ond dyna fo, byddai'n rhaid iddo ddod i arfer.

Roedd swyddfa'r ditectif gwnstabliaid yn dywyll ac yn wag, gan mai dim ond newydd droi hanner awr wedi wyth oedd hi, felly camodd heibio iddi ac i mewn i'w swyddfa'i hun. Agorodd y ffenest a chymryd llond ei ysgyfaint o awyr iach cyn troi'r cyfrifiadur ar ei ddesg ymlaen a dechrau ailddarllen y manylion roedd o wedi'u cofnodi y noson cynt.

Erbyn iddo wneud un neu ddau o newidiadau ac ychwanegu ambell beth roedd hi'n bum munud ar hugain wedi naw ac yn amser iddo gymryd ei sedd yn yr ystafell gynhadledd.

Edrychodd o'i gwmpas. Ia, yr un hen wynebau welai y tro hwn eto, yn ddynion a merched, ond roedd un neu ddau yn newydd. Ditectifs profiadol oedd y rhain i gyd, ac er nad oedd yr un ohonynt yn hoffi gweld llofruddiaeth neu drais yn y rhanbarth, roedden nhw i gyd i weld yn mwynhau bod yng nghwmni'i gilydd ar adegau fel hyn. Peth rhyfedd, meddyliodd, oedd gweld pawb mor hwyliog a siaradus o ystyried beth oedd o'u blaenau. Nodiodd nifer eu pennau i gyfeiriad Jeff wrth iddo anelu at gadair yng nghefn yr ystafell, a gwnaeth yntau'r un peth yn ôl. Yr unig un a ddaeth ato i sgwrsio oedd Ditectif Sarjant Peter Edwards. Doedd Jeff ddim wedi'i weld o ers dwy flynedd, ers i'r ddau gydweithio ar lofruddiaeth dynes o'r enw Glenda Hughes yn y dref – yr achos roedden nhw'n gweithio arno pan gafodd Ditectif Sarjant Arfon Prydderch ei wahardd o'i swydd. Dyrchafwyd Peter yn Dditectif Arolygydd dros dro bryd hynny, ac roedd gan Jeff barch mawr ato.

'Pete, sut wyt ti?' Cododd Jeff o'i gadair gan estyn ei law ato. 'Mae bron i ddwy flynedd ers i mi dy weld di. Ti'n cadw'n iawn? Be ydi dy hanes di erbyn hyn?'

'Yma o hyd, Jeff bach, yma o hyd. Dal i drio 'ngorau fel pawb arall.'

'A deud y gwir, Pete, ro'n i'n meddwl mai chdi fysa dirprwy Lowri Davies ar yr achos yma – dwi wedi clywed dy fod ti'n gwneud gwaith aruthrol o dda.'

'Diolch i ti, Jeff, ond tydi hynny ddim yn cyfri llawer y dyddiau yma. Dwi wedi cael dau dro byr fel arolygydd am

chydig fisoedd tra oedd rhywun yn wael, gan fynd yn ôl i
'ngwaith arferol wedyn heb lawer mwy na diolch.'

'Mae gen ti ddigon o amser i ddringo'r ystol, Pete. Ti'n
siŵr o gael y pip 'na ar dy ysgwydd cyn hir 'sti.'

'A sut wyt titha, Jeff? Dwi ddim yn gweld llawer o bips
gen titha chwaith.'

'Dwi'n berffaith hapus yn fama yn dal lladron, Pete.
Dydi dyrchafiad ddim yn flaenoriaeth i mi ... well gen i gael
llonydd.'

Roedd yr ystafell wedi llenwi erbyn hyn a phawb wedi
cael amser i drafod y darganfyddiad yn y cae. Arhosai pawb
yn eiddgar am fwy o fanylion.

Distawodd y mân siarad pan gerddodd y Ditectif Uwch-
arolygydd Lowri Davies yn hyderus drwy'r drws gyda
gliniadur a bwndel o bapurau o dan ei chesail. Tu ôl iddi
roedd dynes tua deg ar hugain oed, dipyn talach na Lowri.
Roedd ei chorff yn fain a siapus, ei chroen yn ddu a'i gwallt
cyrliog yn symud yn ysgafn gyda phob cam. Gwisgai ffrog
flodeuog smart mewn gwahanol raddau o oren – dilledyn
clasurol a oedd eto'n sicrhau ei bod yn cyferbynnu i'r eithaf
â steil Lowri. Symudai ei chorff deniadol yn osgeiddig.

Roedd yr ystafell yn hollol dawel wrth i'r ddwy gerdded
i flaen yr ystafell, ac wrth i Lowri Davies drefnu ei phapurau
o'i blaen cafodd Jeff gyfle i werthfawrogi pa mor dlws oedd
y dirprwy newydd. Roedd hi fel model. Allai o ddim peidio
â sylwi ar ei llygaid mawr tywyll, ei chroen llyfn a strwythur
pendant esgyrn ei bochau. Roedd awgrym o wên ar ei
gwefusau, a thybiai Jeff fod mymryn o swildod yn perthyn
iddi.

Cofiodd Jeff yr edrychiad roddodd Rob Taylor iddo yn
gynharach. Yn amlwg, roedd hi wedi gwneud argraff arno

yntau hefyd, yn ogystal ag ar y gynulleidfa o'i amgylch. Wrth i'r ddwy ddynes eistedd i lawr y tu ôl i fwrdd ar y llwyfan bychan o flaen y gweddill, sylwodd Jeff fod pawb, y dynion yn enwedig, yn ciledrych ar ei gilydd.

Ar ôl gosod popeth yn ei le, safodd y Ditectif Uwcharolygydd ar ei thraed.

'Bore da bawb. Hoffwn eich cyflwyno chi i'r Ditectif Arolygydd Sonia McDonald fydd yn ddirprwy i mi yn ystod yr ymchwiliad hwn. Mae'r Arolygydd McDonald newydd symud i Heddlu Gogledd Cymru o Heddlu Glannau Merswy, ac wedi cael ei dewis i'r swydd hon oherwydd y profiad helaeth sydd ganddi o weithio ar ymchwiliadau mawr yn Lerpwl. Er gwaetha'i gyrfa heriol mae hi eisoes wedi dysgu Cymraeg, ac wedi llwyddo i ennill Lefel A yn yr iaith. Ac ar ben hynny, mae hi wedi cynrychioli Prydain yn y Gemau Olympaidd, yn y gamp Taekwondo.' Oedodd Lowri Davies i wenu. 'Felly byddwch yn ofalus ohoni.'

Chwarddodd y mwyafrif o'r ditectifs o'i blaen.

'Prif ddyletswydd Ditectif Arolygydd MacDonald fel dirprwy i mi yn yr ymchwiliad hwn fydd goruchwylio'r system gyfrifiadurol, darllen adroddiadau a datganiadau, creu ymholiadau a sicrhau eu bod yn cael y sylw angenrheidiol. Bydd yn cael cymorth gan Ditectif Sarjant Peter Edwards i rannu'r gwaith allan, gan ei fod o'n adnabod y rhan fwyaf ohonoch chi eisoes. Mi fydd y D.A. yn arolygu safon y gwaith sy'n dod yn ôl i mewn i ystafell yr ymchwiliad ac yn edrych ar ôl anghenion eraill y staff, yn cynnwys eich lles chi oll. Rydan ni'n croesawu Ditectif Arolygydd McDonald yma i'n plith, a dwi'n sicr y gwnewch chithau bopeth o fewn eich gallu i'w helpu i setlo.'

Cerddodd Lowri o naill ochr y llwyfan i'r llall cyn parhau.

'Rŵan ta, ymlaen at yr ymchwiliad ei hun. Does dim ots bod yr esgyrn hyn wedi bod dan y ddaear am flynyddoedd. Llofruddiaeth ydi hon, yn union fel petai'r peth wedi digwydd rai dyddiau'n ôl. Peidiwch ag anghofio hynny. Daeth canlyniadau'r profion DNA i law y bore 'ma, ac mi alla i gadarnhau fod yr esgyrn, y corff,' pwysleisiodd, 'yn perthyn i ddyn o'r enw William Roberts a ddiflannodd o'r ardal bum mlynedd yn ôl. Un o feibion Idwal Roberts, fferm Felin Wen – lle darganfuwyd ei weddillion – oedd o. Gefell i Morgan Roberts sy'n dal i fyw yno efo'i dad.'

Cododd Jeff ei ben. Roedd yr wybodaeth newydd hon yn cadarnhau'r hyn roedd o wedi'i dybio eisoes.

Parhaodd Lowri i ddisgrifio popeth a ddigwyddodd yn ystod y deuddydd diwethaf, gan ddangos rhai o'r lluniau a dynnodd John Owen ar sgrin fawr drwy ei gliniadur. 'Mae'r lluniau hyn i gyd ar gael i chi edrych arnynt yn eich amser eich hun,' meddai, 'a dwi'n awgrymu eich bod chi oll yn mynd drwyddyn nhw'n fanwl, ynghyd â darllen yr hyn gafodd ei gofnodi ar system yr ymchwiliad neithiwr gan Ditectif Sarjant Jeff Evans. Dwi wedi penodi Ditectif Sarjant Evans fel cerdyn gwyllt ar gyfer yr ymchwiliad, ac mi fydd yn dilyn sawl trywydd yn annibynnol gan adrodd yn ôl i mi neu Ditectif Arolygydd McDonald yn ddyddiol.'

Clywodd Jeff fwy o fân siarad distaw ymysg rhai o aelodau'r timau. Doedd o'n disgwyl dim llai. Nid pawb oedd yn hoff o'r syniad ei fod yn cael y fath ryddid, nid am y tro cyntaf, ac roedd o'n ymwybodol fod sawl un yn meddwl ei fod yn cael ei ffafrio gan Lowri Davies.

'Mae manylion nifer o ymholiadau wedi cael eu paratoi yn barod,' parhaodd Lowri. 'Ewch at Ditectif Sarjant Edwards i gael manylion eich gwaith am y bore, ac mi fydd ganddo fwy ar eich cyfer chi erbyn y pnawn 'ma. Cynhadledd eto am bump o'r gloch heno. Dyma fydd y drefn ddyddiol o hyn ymlaen: cyfarfod am hanner awr wedi naw y bore a phump o'r gloch y pnawn.'

Ar ôl i Lowri a Sonia godi a gadael yr ystafell, dechreuodd y mân siarad eto ond wnaeth Jeff ddim oedi yno. Aeth i'r cantîn i nôl paned o goffi cyn mynd i'w swyddfa. Yn fanno, sylwodd ar unwaith fod ail gyfrifiadur wedi cael ei osod ar y ddesg arall, a nifer o fasgedi i ddal papurau wrth ei ymyl. Gwenodd – byddai'n braf cael rhannu swyddfa efo Pete Edwards.

Ymhen deng munud, tra oedd o'n gweithio wrth ei gyfrifiadur ei hun, ymddangosodd Lowri yn y drws, a Sonia McDonald wrth ei hochr. Cododd Jeff ar ei draed yn syth.

'Sonia,' meddai Lowri, 'ga i'ch cyflwyno chi i Ditectif Sarjant Jeff Evans Q.P.M. Mae rheswm pam 'mod i'n ei benodi yn gerdyn gwyllt, fel y gwelwch chi yn reit fuan dwi'n siŵr. Mae'r trefniant wedi gweithio'n ardderchog yn y gorffennol.'

Ysgydwodd y ddau ddwylo'i gilydd.

'Mae'n bleser gen i eich cyfarfod chi, D.A.,' meddai wrth Sonia, a gwenodd hithau arno. Roedd hi hyd yn oed yn fwy prydferth wyneb yn wyneb, ac allai Jeff ddim peidio â sylwi ar arogl ei phersawr hudolus.

'A finnau chithau,' atebodd Sonia, gan wenu. 'Q.P.M.?' gofynnodd, 'be wnaethoch chi i gael y fath anrhydedd?'

Sylwodd Jeff yn syth fod ei Chymraeg bron yn berffaith, er bod mymryn bach o acen i fradychu'r ffaith mai wedi dysgu'r iaith yr oedd hi.

'O, dim ond ryw achos bach flynyddoedd yn ôl ... ro'n i'n lwcus i allu atal tipyn o drafferth.'

'Peidiwch â gwrando arno fo, Sonia,' torrodd Lowri ar ei draws. 'Roedd Jeff yn gyfrifol am achub y wlad 'ma o afael terfysgwyr a oedd ar fin dinistrio holl bwerdai niwclear Prydain, ac mae o'n haeddu pob clod gafodd o. Ond ta waeth am hynny rŵan. Jeff, dwi am i Ditectif Arolygydd McDonald rannu'r swyddfa 'ma efo chi. Mae 'na ddigon o le yma i'r ddau ohonoch chi ... a pheth arall, mi fydd yn handi cael rhywun arall i gadw golwg arnoch chi, Jeff Evans. Dim ond dau lygad sgin i, wedi'r cwbwl.'

Chwarddodd Jeff, ond gwyddai fod tipyn o wir y tu ôl i'w geiriau ysgafn. Doedd Sonia, ar y llaw arall, ddim yn siŵr beth i'w feddwl.

Wedi i Lowri adael yr ystafell, trodd Jeff at ei gyd-weithiwr newydd. 'Wel, croeso i chi i ogledd Cymru,' meddai. 'Ers faint ydach chi wedi bod yn dysgu'r iaith?'

'Dechreuais o ddifrif ddwy flynedd yn ôl, ond ro'n i wedi bod yn ystyried y peth ers rhai blynyddoedd. Syrthiais mewn cariad â'r wlad pan ddes i yma ar fy ngwyliau yn blentyn, ac ers yr adeg honno, dwi wedi bod yn dysgu mân eiriau yma ac acw.'

'Parch mawr i chi, wir. Ers faint ydach chi wedi ymuno â Heddlu Gogledd Cymru?'

Chwarddodd Sonia. 'Choeliwch chi byth, ond dim ond ers wythnos. Wrthi'n cynefino â'r pencadlys oeddwn i pan ddaeth y job yma i fyny, a chan fod gen i brofiad o weithio ar ymchwiliadau mawr yng Nglannau Merswy penderfynodd rhywun, un o'r penaethiaid am wn i, fy ngyrru fi yma. A dyma fi.'

'Mae tipyn o dasg o'ch blaen chi felly. Yn lle'n union oeddech chi'n gweithio yn Lerpwl?'

'Yn y pencadlys tan ryw dri mis yn ôl. A mynd allan i

sefydlu stafelloedd rheoli ymchwiliadau mawr pan oedd angen.'

'Yr unig reswm dwi'n gofyn ydi bod fy ngwraig wedi bod yn blismones yn Lerpwl, ond roedd hynny flynyddoedd maith yn ôl. Ac ar ôl hynny?' gofynnodd.

Ochneidiodd Sonia'n ddwfn, ac oedi. Sylweddolodd Jeff ei fod wedi troedio i fan sensitif.

'Ges i amser i ffwrdd o 'ngwaith er mwyn edrych ar ôl fy nhad, oedd yn marw o ganser,' esboniodd. 'Ond mi fysa'n well gen i beidio trafod hynny rŵan os nad ydach chi'n meindio. Dyna un rheswm, y rheswm mwyaf mae'n debyg, i mi benderfynu trosglwyddo i ogledd Cymru.'

'Mae ddrwg gen i am eich profedigaeth,' meddai Jeff, 'ac am ofyn y fath gwestiwn.'

Yr eiliad honno, tarodd Peter Edwards ei ben rownd y drws. 'Hei Jeff, gwranda,' meddai, cyn iddo sylweddoli fod Sonia yn yr ystafell. 'Oh, I'm sorry. I didn't know you had company,' meddai. 'I'll call back.'

'Paid â gwastraffu dy Saesneg, Pete. Mae'r Ditectif Arolygydd yn deall a siarad yr iaith cystal â chdi a fi. Chlywaist ti 'mo Lowri'n deud hynny yn y gynhadledd?'

'Siŵr iawn. Anghofiais i.' Trodd i wynebu Sonia. 'Mae'n ddrwg gen i, D.A., a chroeso i chi. Ma' hi'n edrych yn debyg y byddwn ni'n dau yn gweithio'n agos o hyn allan. Dwi'n edrych ymlaen. A rwbath fedra i wneud, wrth gwrs ...'

'Oeddat ti isio gair, Pete?' gofynnodd Jeff, i dynnu'r pwysau oddi ar Sonia.

'O, ia, meddwl am ddiflaniad William Roberts bum mlynedd yn ôl o'n i, a bod angen i ni edrych ar yr ymchwiliad gynhaliwyd i hynny ar y pryd. Mae Lowri ...' oedodd a throi at Sonia, 'ddrwg gen i D.A., y Ditectif Uwch-

48

arolygydd, wedi gofyn i mi drafod efo ti, Jeff – wel, efo chi'ch dau am wn i – pwy fysa'r gorau i wneud hynny.'

'Fel mae'n digwydd bod,' atebodd Jeff, 'dwi'n nabod y plismon ddaru ddelio efo'r mater. Jim Randal, cwnstabl sydd wedi ymddeol ers dwy neu dair blynedd. Ro'n i'n meddwl mynd i'w weld o bore 'ma.' Trodd at Sonia. 'Os ydi hynny'n iawn efo chi, Ditectif Arolygydd?'

'Dim problem,' atebodd Sonia. 'Ond cofiwch, Sarjant Edwards, fod pob un o weithredoedd yr ymchwiliad, pob ymholiad, i ddod drwydda i neu'r Ditectif Siwper yn y lle cyntaf.'

'Wrth gwrs, D. A.,' atebodd Peter cyn gadael.

Wedi iddo fynd, gwenodd Sonia ar Jeff. 'Mae'ch cyfrifoldeb chi fel cerdyn gwyllt dipyn yn wahanol wrth gwrs. Dewis y Ditectif Uwch-arolygydd ydi hynny, er nad ydw i yn bersonol yn hollol siŵr o'r trefniant. Cadwch mewn cysylltiad agos efo fi, os gwelwch yn dda ... a'r Ditectif Uwch-arolygydd hefyd, wrth gwrs.'

'Siŵr iawn,' atebodd Jeff wrth i Sonia eistedd o flaen ei chyfrifiadur.

Pennod 7

Ni allai Jeff gredu cyn lleied o ymchwil a wnaethpwyd ar y pryd i ddiflaniad William Roberts. Yr unig gofnod yn archif heddlu Glan Morfa oedd adroddiad byr nad oedd lawer mwy na thri chwarter tudalen. Daeth y mater i sylw'r heddlu ar y pumed o Awst 2019, dau ddiwrnod ar ôl i William gael ei weld am y tro olaf. Dyddiad y cofnod ar y cyfrifiadur oedd y deuddegfed o'r un mis wedi i'r ymholiadau gael eu cwblhau, a doedd hynny ddim ond wyth diwrnod wedi i'r adroddiad cyntaf gael ei wneud. Caewyd pen y mwdwl ar yr achos pan ddaeth Cwnstabl James Randal, yr unig blismon i ymchwilio iddo, i'r casgliad fod William Roberts wedi mynd i Seland Newydd yng nghwmni ei gariad, Isla Scott. Doedd dim sôn fod y CID wedi cael eu hysbysu, a doedd gan Jeff ddim cof o fod yn ymwybodol o'r mater. Roedd James Randal wedi ymddeol ers tair blynedd bellach, a chofiai Jeff nad oedd o'n un o'r plismyn mwyaf brwdfrydig i droedio'r ddaear pan oedd o yn ei swydd. Roedd hynny'n cael ei adlewyrchu yn yr adroddiad byr a ddarllenodd Jeff, adroddiad oedd yn llawn camgymeriadau. Roedd Jim Randal yn ddyn lleol – roedd o a'i wraig wedi byw yn yr un tŷ teras yn y dref am dros ugain mlynedd – a chyn belled ag y gwyddai Jeff, doedd o ddim wedi mentro i swydd arall ers iddo ymddeol.

Cnociodd ar ddrws ei dŷ ychydig ar ôl amser cinio a

daeth y dyn ei hun i'w agor o fewn hanner munud. Doedd o ddim wedi newid rhyw lawer. Cariai fol mawr a mwstásh hyd yn oed yn fwy, a gwisgai drowsus melfaréd brown llac, slipers a gwasgod wlân olau dros hen grys iwnifform yr heddlu. Cofiodd Jeff nad oedd o'n un twt iawn yn ei waith chwaith.

'Jim, sut wyt ti?' gofynnodd Jeff.

'Wel wir, Ditectif Sarjant Evans. Dewch i mewn, Sarj. Ychydig iawn o'r hen hogia fydda i'n weld y dyddia yma, dim 'mod i'n mynd allan ryw lawer ar y pensiwn bach 'ma 'dan ni'n ei gael.'

Cymerodd Jeff anadl ddofn, ac wrth iddo ddilyn Jim i'r parlwr dewisodd beidio'i atgoffa o ba mor lwcus yr oedd o o'i bensiwn 'bach'.

'Siân,' galwodd Jim i gyfeiriad cefn y tŷ, 'gwna baned, wnei di? Mae Jeff Evans wedi galw i ddeud helô.'

Roedd hi'n amlwg nad oedd gan Jim syniad pam roedd o wedi galw, a doedd Jeff ddim yn synnu. Ond cofiodd wedyn nad oedd y newyddion am y corff wedi taro'r wasg eto, er bod si yn lledu trwy'r dref, a phenderfynodd beidio â bod yn rhy feirniadol ohono. Wedi'r cyfan, roedd Jeff angen ei gymorth o.

'Sut wyt ti'n mwynhau dy ymddeoliad, Jim?' gofynnodd.

'Ardderchog, Sarj, diolch. Fyswn i wedi ymddeol yn syth o'r ysgol taswn i wedi cael y cyfle,' atebodd gan chwerthin.

Brathodd Jeff ei dafod. 'Wel, nid galwad gymdeithasol ydi hon, Jim,' dechreuodd. 'Fyswn i'n licio dy holi di am achos y gwnest ti ddelio â fo bum mlynedd yn ôl.'

Sythodd Jim yn ei gadair.

'Ella bydd hwn yn dy atgoffa di,' meddai Jeff gan roi copi o'r adroddiad byr yn ei law.

Tynnodd Jim ei sbectol o boced ei wasgod a dechrau darllen. Yna, tynnodd y sbectol oddi ar ei drwyn a syllu ar Jeff.

'William Roberts ... Billy Felin Wen,' meddai. 'Be ddaeth ohono fo draw yn Seland Newydd, tybed?'

'Nid i Seland Newydd yr aeth o, Jim. Mi ddaethpwyd o hyd i'w gorff o wedi'i gladdu yn nhir Felin Wen ddeuddydd yn ôl.' Rhoddodd Jeff ychydig eiliadau i Jim dreulio'r wybodaeth cyn dweud mwy. 'Cael ei lofruddio wnaeth o,' ychwanegodd yn ddistaw, a gwyliodd bwysau'r datganiad yn taro'r cyn-gwnstabl.

Ni ddywedodd Jim air, ond roedd y ffordd roedd o'n syllu i'r gwagle o'i flaen, ei lygaid a'i geg yn agored, yn dweud y cwbl. Roedd fel petai ei gamgymeriadau, ei benderfyniad i ddilyn y llwybr hawdd, amlwg, yn llifo'n ôl i'w boenydio.

'Helô, Sarjant Evans, sut ydach chi?' Llais Siân Randal dorrodd ar draws y tawelwch wrth iddi ddod i mewn i'r lolfa gyda hambwrdd ac arno ddwy baned o de a phlât o fisgedi.

'Iawn, diolch, Mrs Randal,' atebodd Jeff, 'diolch yn fawr i chi.'

'Wyt ti'n iawn, Jim?' gofynnodd Siân i'w gŵr wrth sylwi mor anarferol o ddistaw oedd o. Rhoddodd yr hambwrdd i lawr ar fwrdd rhwng y ddau.

'Ydw ... ydw diolch, Siân. Gwaith ydi hyn, yli. Mae'r Sarj isio gair am rwbath go ddifrifol ddigwyddodd flynyddoedd yn ôl.'

'Mi adawa i chi i siarad felly.'

Ar ôl i Siân gau'r drws ar ei hôl, trodd Jim at Jeff. 'Ei lofruddio ddeudoch chi? Sut, ac yn lle gawsoch chi hyd iddo fo?'

Adroddodd Jeff yr hanes. 'Rŵan,' ychwanegodd, 'dwi am i ti ddeud yr holl hanes wrtha i, os gweli di'n dda. O'r dechra hyd y diwedd, a sut y doist ti i'r canlyniad sydd wedi'i nodi yn yr adroddiad 'ma. I ddechra, sut ddaeth y mater i dy sylw di?'

'Mi dria i fy ngora, Sarj. Ond myn diawl, mae 'na sbel ers hynny. Ei dad o, Idwal Roberts, ffoniodd i mewn i'r orsaf 'cw os dwi'n cofio'n iawn, a deud ei fod o'n poeni am ei fab, William. Doedd o ddim wedi'i weld o ers diwrnod neu ddau ac roedd hynny'n beth anarferol, medda fo. Fi gafodd y job o fynd yno i gael gair efo fo.'

'Sut oedd Idwal Roberts yr adeg honno? Dwi'n gofyn am ei fod o wedi cael diagnosis o Alzheimer's rywdro yn y cyfamser.'

'Wel ... iawn am wn i. Ond dwi'n cofio Mr Roberts yn flaenor yn y capel am flynyddoedd, a fedrwn i ddim rhoi fy mys arno'n iawn, ond doedd o ddim 'run un pan siaradis i efo fo. Mi gymris i mai'r straen o fod yn poeni am Billy oedd yn gyfrifol am hynny – yn sicr, wnes i ddim ystyried ei fod o'n wael.'

'Oedd y mab arall, Morgan, yno pan est ti i'w gweld nhw?'

'Oedd, ond ddeudodd o ddim llawer. Dydi o ddim cweit yno i gyd dwi'm yn meddwl. Idwal oedd yn gwneud y siarad.'

'Be yn union ddeudodd o?'

'Wel,' meddai Jim, gan droi yn ei gadair wrth geisio canolbwyntio, 'William, neu Billy, oedd yn edrych ar ôl y ffarm, a Morgan yn gwneud rhywfaint o'r gwaith ochr yn ochr â fo. Roedd Idwal ei hun yn gwneud llawer iawn llai erbyn hynny, ond yn dal i weithio rhywfaint fel ro'n i'n dallt. Gan fod William wedi bod ar goll ers deuddydd ... wel, doedd y gwaith ddim yn cael ei wneud.'

'Oedd gan Idwal unrhyw syniad lle roedd o?'

'Nag oedd, dim ond ei fod o'n treulio llawer iawn gormod o'i amser efo rhyw ddynes roedd o wedi'i chyfarfod. Hogan o'r enw Isla Scott ddaeth i'r ardal 'ma beth amser ynghynt fel y dalltis i. Un o Seland Newydd oedd hi, ac mi oedd y ddau wedi bod yn canlyn am gyfnod go lew. Ges i'r argraff fod Idwal wedi gwylltio ac yn siomedig fod William yn rhoi mwy a mwy o'i amser iddi hi a chymaint o waith i'w wneud ar y ffarm.'

'Sut oedd hynny'n effeithio ar y sefyllfa yn y cartref, tybed?'

'Wel, roedd Billy'n ffraeo efo'i dad, a chan fod Morgan yn ochri efo Idwal, mi waethygodd petha rhwng y ddau frawd. Ar un adeg mi ddaru William fygwth gadael.'

'A'r cwbwl oherwydd y ddynes Isla 'ma? Neu oedd 'na rwbath arall?'

'Roedd 'na ryw anghytundeb ynglŷn ag adfail yr hen felin hefyd, os dwi'n cofio'n iawn, ond does gen i ddim cof pam. Mi ges i'r argraff nad oedd y cartref wedi bod yn lle braf i fyw. Pinacl y cwbwl oedd ffrae rhwng y ddau efell yn nhafarn y Rhwydwr un noson – bu bron iddi fynd yn ffeit rhwng y ddau. Cododd Morgan botel wag a bygwth taro William dros ei ben efo hi, ond eto, wn i ddim be yn union oedd asgwrn y gynnen.'

'Pryd oedd hynny?'

'Chydig ddyddiau cyn i William ddiflannu. Mi welodd

54

Sam Little, y tafarnwr, y cwbl. Fo ddeudodd wrtha i fod y ferch Scott yno hefyd, a dyna pryd y gwelwyd hi yng Nglan Morfa 'ma am y tro dwytha.'

'Ac ymhen rhai dyddiau roedd William wedi mynd hefyd?'

'Hollol. Dach chi'n gweld felly, Sarj, sut roedd hi mor hawdd dychmygu bod y ddau wedi dianc efo'i gilydd. Roedd y ddau yn amlwg mewn cariad ac eisiau bywyd gwell.'

'Lle roedd y ferch 'ma o Seland Newydd yn byw ac yn gweithio?'

'Mewn gwesty, ond wn i ddim pa un.'

'Ddoist ti ar draws Crwys Morris yn ystod dy ymchwiliad?'

'Naddo, ond dwi'n gwybod pwy ydi o. Mae o'n perthyn i'r teulu fel dwi'n dallt, ac yn berchen ar dipyn o eiddo o gwmpas y dre, ond efo Idwal a Morgan wnes i ddelio.'

Roedd te Jim Randal bellach wedi oeri yn ei gwpan, a doedd o ddim awydd bisged. Ysgydwodd ei ben yn araf ac yn isel.

'Rargian, dwi'n gweld bai arnaf fy hun rŵan, Sarj, na fyswn i wedi gwneud mwy, ond peth hawdd iawn ydi edrych yn ôl. Er hynny, fedra i ddim gweld be arall fyswn i wedi medru'i wneud. Doedd 'na ddim amheuaeth nac awgrym fod unrhyw drais wedi digwydd, a doedd y ffaith fod dau oedolyn oedd mewn perthynas â'i gilydd wedi dewis gadael ddim yn annisgwyl, yn enwedig gan fod cymaint o ffraeo wedi bod yn Felin Wen. A'r ffordd hawsaf o wneud hynny oedd ffoi heb ddweud dim byd wrth neb.'

'Wnest ti ddim meddwl dod aton ni yn y CID, Jim, i drafod y mater yn gyffredinol?'

'I be, Sarj? I ddeud bod dau oedolyn cyfrifol wedi gadael y wlad? Cofiwch fod William wedi bygwth gadael unwaith cyn hynny yn ôl ei dad, ac nid gwaith yr heddlu ydi mynd i chwilio am rywun sydd wedi gadael o'i wirfodd.'

Ar ddiwedd y cyfweliad roedd Jeff yn cydymdeimlo ychydig mwy â Jim Randal, ac wedi dysgu mwy am William Roberts a'i deulu agos. Bu bron i Morgan ymosod ar ei frawd yn y Rhwydwr, a hynny ddau ddiwrnod yn unig cyn i William ddiflannu. Oedd gan Morgan ddigon o dymer i ladd ei efell a'i gladdu dan y ddaear, tybed? Wedi'r cwbwl, roedd o wedi dweud enw'i frawd yn syth wedi i Jeff ddweud wrtho am yr esgyrn, ac roedd Crwys wedi crybwyll ei fod yn dueddol o golli'i dymer pan oedd dan bwysau. A beth am Idwal, y tad? Dyn parchus iawn, yn ôl pob golwg, ond gwyddai Jeff y byddai'n rhaid iddo gadw meddwl agored ar ôl iddo ddysgu am yr anghytuno fu yn y cartref cyn i William ddiflannu. Oedd anghytuno wedi troi'n gasineb?

'Lemonêd a phorc pei os gweli di'n dda, Sam,' meddai Jeff wrth y tafarnwr dros y bar yn y Rhwydwr. Roedd hi'n tynnu at un o'r gloch, a'i fol yn dechrau cwyno.

'Lemonêd?' gofynnodd Sam Little yn anghrediniol. 'Byddwch yn ofalus rhag ofn i rywun eich gweld chi. Dwi rioed wedi'ch gweld chi'n yfed dim heblaw cwrw.'

'Rhy fuan yn y dydd, ac mae gen i waith i'w wneud, Sam.'

'Wedi meddwl, anaml iawn fydda i'n eich gweld chi yma amser cinio, Ditectif Sarjant,' meddai'r tafarnwr wrth roi'r gwydr o'i flaen.

'Mae gen i gwestiwn neu ddau i ti heddiw, Sam. Angen dipyn o wybodaeth, os ydi dy gof di'n mynd yn ôl yn ddigon pell. Chydig dros bum mlynedd i fod yn fanwl gywir.'

'Ydach chi isio mynd i'r stafell gefn i siarad yn breifat?' cynigiodd Sam.

'Na,' meddai Jeff wrth edrych o'i gwmpas – roedd hi'n ddistawach nag arfer yn y bar. 'Glywaist ti ein bod ni wedi bod yng nghaeau fferm Felin Wen ddoe ac echdoe?'

'Do. Rhyw esgyrn, dyna 'di'r sôn.'

'Waeth i ti glywed yn iawn ddim – mi fydd o ar y newyddion yn ddiweddarach heddiw. Roedd yr esgyrn yn perthyn i William Roberts, un o feibion Felin Wen, ac mi gafodd o'i lofruddio.'

'Wel, ar f'enaid i. Ro'n i'n meddwl mai wedi mynd i ffarmio yn Seland Newydd oedd o.'

'Dyna oedd pawb yn ei feddwl, Sam. Ond isio gofyn ydw i faint wyddost ti am y berthynas rhwng William, ei frawd, Morgan, ac Idwal, y tad.'

'Chydig iawn. Dydi'r tad erioed wedi croesi'r trothwy 'ma. Tydi o ddim y teip i yfed. Mi oedd Billy yn dod yma o dro i dro, a Morgan efo fo weithiau, ond roedd hynny flynyddoedd yn ôl. Doeddan nhw ddim yn gwneud cymaint efo'i gilydd ar ôl i Billy ddechra cyboli efo'r ddynes 'na o Seland Newydd. Roedd o wedi gwirioni'n lân efo hi, ond wn i ddim pam chwaith. Peth ddigon handi, ond roedd hi'n yfed chydig gormod, a 'swn i'n synnu dim ei bod hi'n cyboli efo cyffuriau hefyd. Wrth gwrs, mae'r dre 'ma'n llawn o bobol fel'na a does dim rhaid edrych llawer pellach na'r bar 'ma i'w gweld nhw. Ond fyswn i ddim yn disgwyl i ddyn fel Billy Roberts fynd â rhywun tebyg iddi hi adra i gyfarfod ei dad.'

'Wyt ti'n cofio rhyw ddadl rhwng y ddau frawd yn fama ryw dro?'

'Ydw wir. Ro'n i'n meddwl bod petha am fynd yn flêr.'

'Be ddigwyddodd?'

'Mi ddaeth y tri i mewn efo'i gilydd. Billy, yr hogan 'na a Morgan. Anaml roedd hynny'n digwydd. Eisteddodd y tri wrth y bwrdd yn fan'cw, a daeth yn amlwg i mi'n reit handi nad oedd petha'n iawn rhwng y tri. Do'n i ddim yn medru clywed y sgwrs, ond ar ôl bod yn y busnas 'ma cyhyd mae rhywun yn dysgu ac yn dod i nabod y ffordd mae pobol yn siarad ac yn ymddwyn. Mi gododd eu lleisiau yn uwch, ac yn uwch fyth. Y ddau frawd oedd wrthi fwya, a hithau fel petai hi'n colli mynadd efo'r ddau. Mae'n anodd cofio'n iawn ar ôl y fath amser, ond mae gen i ryw gof fod Billy wedi cyhuddo Morgan o ochri efo'i dad heb reswm, a bod ganddo fo, Billy, gymaint o hawl i ddewis â neb. Mi aeth hi'n ffrae go iawn ac mi gododd Morgan o'i gadair, gafael mewn potel neu wydr – fedra i ddim cofio p'run – a thrio taro'i frawd ar draws ei ben efo fo. Welais i 'rioed Morgan yn gwneud y fath beth o'r blaen. Yr hogan afaelodd ynddo i'w atal o, ac mi gerddodd hi allan wedyn mewn tempar. Aeth Billy ar ei hôl hi ac mi eisteddodd Morgan ar ei ben ei hun, yn ddistaw, am ryw hanner awr cyn gadael, fel petai o'n stiwio dros y peth. A dyna chi'r tro dwytha i mi weld 'run o'r tri yma.'

'Sut aeth Morgan adra, tybed?'

'Tacsi am wn i. Nid hwnnw fysa'r tro cynta.'

'Be sy'n bod ar iechyd Morgan?' gofynnodd Jeff.

'Wn i ddim. Mae o'n edrych i mi fel tasa fo'n cael trafferth canolbwyntio, ond wn i ddim mwy na hynny. Mae o'n cael dyddiau gwell na'i gilydd ... ond eto, welais i mohono'n agos i'r lle yma ers hynny. Pum mlynedd yn ôl, medda chi? Amser yn mynd.'

'A be am y ddynes? Lle oedd hi'n gweithio a byw?'

'Yn y gegin yng ngwesty Min y Don roedd hi'n gweithio, weithiau'n gweini hefyd os dwi'n cofio'n iawn, ond fedra i ddim cofio'i henw hi na dim byd arall amdani. Dim ond ei bod hi ar binnau isio cael gwisgo modrwy William Roberts ... dyn oedd yn mynd i fod yn berchen ar ffarm fawr, os dach chi'n dallt be sgin i.'

Gwybodaeth ddiddorol, meddyliodd Jeff wrth adael y dafarn, a mwy o dystiolaeth o'r anghytundeb yn nheulu bach Felin Wen.

Aeth Jeff yn syth o'r Rhwydwr i westy Min y Don a oedd, fel roedd yr enw'n awgrymu, ar y promenâd ym mhen pellaf y traeth, yn wynebu'r môr. Roedd yn llecyn braf, distaw, a gwenodd Jeff wrth feddwl sawl gwaith roedd o wedi cyfarfod ei hysbysydd, Nansi'r Nos, yn y cyffiniau.

Doedd y gwesty ddim yn un mawr iawn – tua dwsin o ystafelloedd gwely, tybiai. Cyflwynodd Jeff ei hun i'r perchennog a'r rheolwr, Michael Aston.

'Ymholiad sydd gen i ynglŷn â merch o Seland Newydd oedd yn gweithio yma tua phum mlynedd yn ôl.'

'Isla Scott dach chi'n feddwl?' atebodd.

'Ia, dyna chi. Be ddigwyddodd iddi?' gofynnodd Jeff.

'Mi adawodd hi'n sydyn, heb fawr o rybudd.'

'Pa mor sydyn?'

'Mi ddeudodd ei bod hi'n mynd ryw ddiwrnod neu ddau cyn gadael, os dwi'n cofio'n iawn. Dim mwy. Mi oedd bob dim i'w weld yn iawn un diwrnod, yna'r munud nesa mi ddeudodd hi wrtha i ei bod hi isio gadael. Aeth hi â'r rhan fwyaf o'i heiddo efo hi a gadael chydig o stwff yma.'

'Sut un oedd hi?'

'Doedd gen i ddim cwyn o gwbl yn ei chylch hi. Roedd

hi'n gweithio'n dda ac yn brydlon bob amser. Yr unig beth nad o'n i'n hoff iawn ohono oedd ei bod hi'n dod â'i chariad i aros yma'n aml, a doedd hynny ddim yn beth neis o flaen y gwesteion.'

'Fan hyn roedd hi'n byw felly?'

'Ia, fflat fechan, dwy ystafell yn yr atig.'

'A'r dyn, y cariad?'

'Dyn digon bonheddig. Ffarmwr fel ro'n i'n dallt. Wnaeth o erioed ddim o'i le, dim ond bod y ddau yn mynd a dod yn aml pan nad oedd hi'n gweithio.'

'Sut oedd y berthynas rhwng y ddau?'

'Iawn, am wn i. Welais i 'rioed y ddau yn ffraeo. Bob amser yn gafael yn nwylo'i gilydd, fel plant ysgol. Roeddan nhw'n amlwg wedi mopio efo'i gilydd.'

'Ond mi adawodd hi'n annisgwyl, medda chi?'

'Do. Mae staff yn mynd ac yn dod yn gyson mewn diwydiant fel hwn, ac mi oedd hi wedi cael digon ar y lle 'ma, medda hi.'

'Min y Don 'ta Glan Morfa oedd hi'n feddwl?'

Meddyliodd Aston am ennyd. 'Mi gymris i'n ganiataol mai Glan Morfa oedd hi'n feddwl.'

'Faint o'i stwff adawodd hi ar ôl?'

'Dau lond bag, dim mwy. Hi ofynnodd am gael eu gadael yma, ac mi wnes inna gytuno. 'Ddaeth rhyw ddyn i'w nôl nhw mewn chydig wythnosau ... chydig cynt, ella. Does gen i ddim syniad pwy oedd o.'

'Nid y ffarmwr?'

'Na, yn bendant, nid y ffarmwr oedd o.'

Ar ôl gadael y gwesty oedodd Jeff i feddwl. Edrychai'n debyg fod Isla Scott wedi gadael yr ardal o'i gwirfodd ac wedi cynllunio hynny o leiaf diwrnod neu ddau o flaen llaw. Ond roedd tystiolaeth Aston wedi codi cwestiwn arall: pwy oedd y dyn ddaeth i gasglu gweddill ei heiddo? Edrychai'n llai tebygol erbyn hyn fod ei chorff hithau hefyd dan y ddaear yng nghaeau Felin Wen. Ond os oedd hi a William Roberts mor agos, pam na ddaeth hi'n ôl i chwilio amdano?

Pennod 8

Roedd hi'n tynnu at dri o'r gloch y prynhawn erbyn i Jeff gyrraedd yn ôl i'w swyddfa. Cododd Sonia ei phen oddi wrth sgrin ei chyfrifiadur wrth iddo gerdded i eistedd tu ôl i'w ddesg a rhoi hanner nod a gwên iddo, ond ni ddywedodd hi air.

Wrth ddechrau ar ei waith papur allai Jeff ddim peidio â chodi'i ben bob hyn a hyn i giledrych arni – doedd o ddim wedi arfer rhannu ei swyddfa, heb sôn am weithio ochr yn ochr â merch mor ddeniadol. Edrychai'n debyg ei bod hi wedi gwneud ei hun yn gartrefol, beth bynnag, gan fod ei bag llaw a'i chôt ar y bachyn y tu ôl i'r drws.

'Setlo i lawr yn iawn?' gofynnodd ymhen hir a hwyr, i dorri ar y distawrwydd.

'Iawn, diolch,' atebodd Sonia.

'Mi ges i fore eitha cynhyrchiol,' parhaodd ar ôl eiliad neu ddwy o dawelwch. 'Pan fyddwch chi'n barod, mi ddweda i'r hanes wrthoch chi.'

'Jyst rhowch y cwbl i mewn yn y system, os gwelwch chi'n dda, Jeff. Mi ga i gyfle i'w ddarllen cyn hir. Dwi ar ganol gweithio ar rywbeth fydd o gymorth i ni fel mae'r ymchwiliad yn datblygu – rhywbeth dwi wedi'i drio yn y gorffennol sydd wedi gweithio'n dda.'

Cofiodd Jeff ei fod wedi cytuno i rannu pob gwybodaeth yn syth â Lowri a Sonia, ond doedd ganddo ddim gwrthwynebiad i'w lwytho i grombil y cyfrifiadur.

Dechreuodd ar y gwaith, ac ar ôl iddo fod wrthi am ychydig funudau brasgamodd Lowri Davies i mewn i'r ystafell.

'Sonia,' meddai, ychydig yn swta ym marn Jeff o ystyried mai diwrnod cyntaf y Ditectif Arolygydd newydd oedd hwn. Efallai fod Lowri hefyd dan dipyn o bwysau ar ei diwrnod cyntaf hithau ar achos newydd, ystyriodd. 'Dwi byth wedi cael manylion llawn, rhestr y timau ac yn y blaen ganddoch chi – mi ofynnais i chi wneud hynny y peth cyntaf bore 'ma. Mae gweinyddiaeth yn hollbwysig yn ystod achos fel hwn, ac mi ddylech chi fod yn gwybod hynny efo'ch profiad chi. Rhaid i mi drefnu cyllid treuliau'r plismyn a'r staff sifil, a fedra i ddim gwneud hynny os nad ydi'r wybodaeth gen i.'

'Mae'n ddrwg gen i, Ditectif Uwch-arolygydd,' atebodd Sonia, yr un mor ffurfiol. 'Dyna'r peth cyntaf wnes i ar ôl y gynhadledd. Rhoddodd Ditectif Sarjant Edwards gymorth i mi gan ei fod o'n adnabod pawb, ac mi rois i'r cwbl ar y system fy hun.'

'Welais i 'mo'r wybodaeth,' atebodd Lowri. 'Dangoswch y cofnodion i mi, os gwelwch yn dda.'

Ciledrychodd Jeff ar Sonia yn symud y llygoden, a'r ddwy ddynes, ochr yn ochr, yn edrych ar y sgrin o'u blaenau. Roedd hyn yn mynd i fod yn ddiddorol, meddyliodd. Daliodd Sonia i chwilio.

'Yn y fan hon mewn ffeil dan y pennawd "Personél" rois i'r holl fanylion.'

'Wel, tydyn nhw ddim yno rŵan,' meddai Lowri.

'Mae'n edrych yn debyg bod y ffeil wedi diflannu. Rhyfedd,' meddai Sonia. 'Mi wna i eu lawrlwytho nhw eto i chi rŵan, ond fedra i ddim deall be ddigwyddodd. Diolch byth bod y nodiadau wnes i ar bapur gen i o hyd. Maen nhw yn y bin sbwriel 'ma yn rhywle.' Estynnodd Sonia ei llaw i ganol y papurau er mwyn adennill y nodiadau. Dechreuodd agor y bwndeli bychan o bapur, ac wedi darganfod y rhai cywir dechreuodd eu darllen. 'Dyma nhw. Fydda i ddim yn hir yn eu haildeipio nhw.'

Gallai Jeff weld o wyneb Sonia ei bod hi mewn penbleth llwyr. Doedd hwn 'mo'r dechrau delfrydol i'w bore cyntaf fel rhan o dîm newydd.

'A rŵan 'ta, Jeff,' meddai Lowri wrth droi tuag ato, 'sut ddiwrnod gawsoch chi, a pha wybodaeth newydd sydd 'na i mi a Sonia?' Roedd ei hagwedd wedi dechrau meddalu, ond roedd Jeff yn teimlo'n annifyr ei fod wedi bod yn dyst i'r cywilydd roedd Sonia'n ei deimlo.

'Bore a phnawn eitha da,' dechreuodd Jeff, gan adrodd yr hyn a ddysgodd.

Gwrandawodd y ddwy yn astud a gofynnodd Lowri iddo lwytho'r cyfan i'r system er mwyn gallu ei drafod yn y gynhadledd am bump o'r gloch. Edrychodd Jeff ar ei watsh. Dim ond awr a hanner oedd ganddo.

Dechreuodd y ddau deipio'n wyllt ar ôl i Lowri adael, a sŵn bysedd y ddau'n taro'r bysellfwrdd oedd yr unig sŵn yn y swyddfa fechan.

'Gawsoch chi ginio go lew?' gofynnodd Sonia'n annisgwyl, toc.

'Do, iawn, diolch. A chitha?' atebodd yn ddryslyd. Pam oedd hi'n holi, tybed?

'Es i am dro am hanner awr er mwyn cael tipyn o awyr iach. Lle gawsoch chi fwyd?' gofynnodd Sonia eto.

'Yn nhafarn y Rhwydwr,' atebodd Jeff. 'Lemonêd a phorc pei. Ddim y cinio iachaf dan haul, mi wn i, ond ro'n i angen chydig o wybodaeth yno gan Sam Little, y tafarnwr.'

'Fuoch chi'n ôl yn y swyddfa 'ma wedyn?' gofynnodd.

'Na, mi es i yn syth i westy Min y Don wedyn. Pam dach chi'n gofyn?'

'O, dim byd pwysig. Oes 'na rywun arall yn defnyddio'r stafell 'ma?'

'Na, dim i mi fod yn gwybod. Be sydd ar eich meddwl chi, D. A.?'

Oedodd Sonia i ddewis ei geiriau. 'Fedra i ddim deall be ddigwyddodd i'r wybodaeth ofynnodd Lowri amdano. Dwi bron yn sicr 'mod i wedi uwchlwytho'r cyfan i'r system, a'i gloi i mewn. Ond dwi'n dechrau amau fy hun erbyn hyn. Roedd yn rhaid i rywbeth fel hyn ddigwydd ar fy niwrnod cyntaf, yn doedd, a finnau'n ceisio creu argraff dda ar y bòs.'

'Ella fod rwbath wedi mynd o'i le efo'r cyfrifiaduron. Mae petha fel'na'n digwydd weithiau. Oedd eich cyfrifiadur chi i ffwrdd pan aethoch chi allan am dro?'

'Oedd, a dim ond drwy ddefnyddio fy nghyfrinair i y gellir cael mynediad iddo.'

'Dwi'n siŵr bod 'na esboniad,' ceisiodd Jeff ei chysuro.

Diolch i gymorth gan un o'r staff gweinyddol oedd yn teipio'n llawer iawn cyflymach na fo, roedd Jeff wedi llwyddo i orffen rhoi'r cyfan a ddysgodd y diwrnod hwnnw ar y system erbyn hanner awr wedi pedwar. Llenwodd yr ystafell gynhadledd am bump o'r gloch a chymerodd Lowri a Sonia eu llefydd ar y llwyfan. Eisteddodd Jeff yng nghefn yr ystafell lle gallai gadw golwg ar bawb petai angen.

Y mater cyntaf a drafodwyd oedd lleoliad Isla Scott. Er bod darganfyddiadau Jeff wedi lleihau'r posibilrwydd fod ei chorff wedi'i gladdu ar fferm Felin Wen, penderfynwyd chwilio'r tir yn agos i'r man lle daeth yr esgyrn i'r golwg. Roedd Lowri o'r farn fod Cwnstabl Randal wedi gwneud sawl camgymeriad bum mlynedd yn ôl, ac yn bendant nad oedd ei thîm hi yn mynd i wneud yr un fath drwy beidio â chwilio'n ddigon trylwyr. Rhoddwyd cyfarwyddiadau felly i'r tîm a oedd yn gyfrifol am leoliad darganfyddiad yr esgyrn i barhau i chwilio am gorff arall. Roedd peiriannau arbennig i chwilio am newidiadau yn y pridd yn cael eu defnyddio i archwilio'r cae, ond doedden nhw ddim wedi dod o hyd i unrhyw arwydd o ail gorff hyd yma. Rhoddwyd tîm arall ar waith i holi ynglŷn ag Isla Scott o gwmpas y dref.

Yn dilyn profion manwl ar y pridd ger yr esgyrn, roedd mwy o ddarnau bach o bren tebyg i fatshys, eto yn sownd yn ei gilydd, wedi cael eu hadennill o'r pridd ac yn barod i fynd i'r labordy yn y bore. Roedd Lowri wedi gwneud y datganiad cyntaf i'r wasg yn ystod y prynhawn a'r gobaith oedd y byddai mwy o wybodaeth yn dod i law gan y cyhoedd yn ystod y dyddiau nesaf.

Roedd Sonia yn eistedd tu ôl i'w desg pan gyrhaeddodd Jeff yn ôl i'w swyddfa, yn syllu i'r gwagle o'i blaen.

'Bob dim yn iawn?' gofynnodd. 'O leia mae'ch diwrnod cyntaf chi ar ben,' ychwanegodd, gyda gwên ar ei wyneb. Cymerodd Sonia dipyn o amser cyn ymateb, ond ateb efo cwestiwn arall wnaeth hi.

'Be mae pawb yn feddwl am y ffaith fod dynes Ddu wedi dod yma yn arolygydd? Ro'n i'n un o nifer o heddweision Du yn Lerpwl, ond mae hi'n sefyllfa wahanol iawn yng nghefn gwlad Cymru.'

'A chitha'n siarad Cymraeg,' ychwanegodd Jeff, gan chwerthin i geisio ysgafnhau pa bynnag faich oedd ar ei meddwl hi.

'Na, o ddifrif rŵan, Jeff.' Dyna'r tro cyntaf iddi ddefnyddio ei enw cyntaf.

'Wel ... ydi, mae'n wir mai canran fach iawn o boblogaeth yr ardal 'ma sydd o leiafrifoedd ethnig, ac mae'r ganran o blismyn Du yn llai eto. Dwi'n siŵr mai chi ydi'r unig dditectif arolygydd Du yr ochr yma i Gaer. Ac i ateb eich cwestiwn chi, chlywais i 'run gair drwg gan neb yn ystod y dydd heddiw, ond cofiwch 'mod i wedi bod allan ar ben fy hun am y rhan fwyaf o'r amser. Oes rwbath yn eich poeni chi?'

'Dim ond bod yn wyliadwrus ydw i. Mae'n rhaid i mi fod.'

Sylweddolodd Jeff fod mwy i blismona os nad oedd croen y plismon yn wyn, yn ddyn neu'n ddynes. Roedd ganddo gywilydd nad oedd o wedi gorfod ystyried hynny hyd yma. Ceisiodd ysgafnhau'r sgwrs.

'Faint o amser gymerith hi i chi deithio adra heno?' gofynnodd iddi. 'Does dim gwaith ffordd ar yr A55 am newid, felly mae hynny'n fantais.'

'Pum munud,' atebodd gyda gwên fach. 'Dwi'n aros yng ngwesty Min y Don.'

'Wel, dyna gyd-ddigwyddiad.'

'Mi ddaeth y job 'ma i fyny'n sydyn. Mae fy nhŷ yn Lerpwl ar werth ar ôl i mi golli fy nhad yn ddiweddar, felly waeth i mi aros mewn gwesty ddim. Mae hi dipyn yn bell i deithio'n ôl ac ymlaen bob dydd, os dwi'n mynd i fod yma am sbel.'

'Wel, gobeithio y byddwch chi'n gyfforddus ym Min y Don. Wela i chi yn y bore, felly. Ac os oes 'na rwbath sy'n achosi unrhyw bryder i chi tra byddwch chi yma, peidiwch â'i gadw fo i chi'ch hun. Dallt?' Er bod Sonia o reng uwch na fo, allai Jeff ddim peidio â theimlo'n warchodol drosti.

'Diolch Jeff,' atebodd Sonia gyda gwên.

Ymchwiliad mawr i lofruddiaeth neu beidio, roedd Jeff wedi penderfynu mynd adref yn gynnar, am hanner awr wedi chwech. Roedd hi wedi hen ddechrau tywyllu, ac wrth iddo agor giât ei gartref efo'r teclyn trydan hwylus a gyrru'r car i lawr y dreif tuag at Rhandir Newydd daeth teimlad braf drosto. Gallai weld goleuadau cynnes y tŷ, ac edrychai ymlaen at gael bwyta gyda Meira a'r plant.

'Dwi adra,' galwodd wrth agor y drws ffrynt.

Enfys, y sbaniel fach, oedd y cyntaf i ruthro ato.

'Haia, Dad,' galwodd lleisiau'r plant o'r stafell haul. Clywodd sŵn Meira yn brysur yn y gegin, a cherddodd ati er mwyn gafael ynddi'n dyner.

'Braf cael pawb adra i swper,' meddai Meira.

'Oes gen i amser am gawod sydyn?'

'Paid â bod yn hir. Mae'r bwyd bron yn barod.'

Tarodd ei ben rownd drws y stafell haul wrth basio. Cododd Mairwen ei phen o'i llyfr, ond roedd llygaid Twm wedi'u hoelio ar y ffôn yn ei ddwylo.

Wrth i'r pedwar ohonyn nhw gladdu i mewn i'r stiw a'r pwdin reis, cafodd Jeff holl hanes y diwrnod gan y ddau. Dyma sut roedd petha i fod, meddyliodd.

Am naw o'r gloch cafodd gyfle i ymlacio yng nghwmni Meira. Gwasgodd Meira i gesail ei gŵr ar y soffa.

'Sut mae'r ymchwiliad yma'n dod yn ei flaen?' gofynnodd.

'Dim llawer o ddatblygiadau hyd yma, ond dwi'n gorfod rhannu fy swyddfa efo ditectif arolygydd sydd newydd drosglwyddo i'r llu 'cw o Lannau Merswy. Dynes yn ei thridegau cynnar o'r enw Sonia McDonald – ac mae hi'n uffar o bishyn!'

'Ydi, dwi'n cytuno efo chdi. Mae Sonia'n hogan ddel iawn,' atebodd Meira.

Tynnodd Jeff ei hun oddi wrth ei wraig a syllu arni mewn syndod. Doedd o ddim wedi cysylltu Sonia â Meira er ei bod hi wedi treulio cyfnod hir yn blismones yn Lerpwl cyn iddyn nhw briodi.

'Wyt ti'n ei chofio hi? Wnes i ddim meddwl y bysach chi wedi dod ar draws eich gilydd. Dim ond ers rhyw ddeg neu ddeuddeng mlynedd mae hi yn y job, a ti wedi rhoi'r gorau i dy waith ers deng mlynedd.'

'Fi ddaru edrych ar ei hôl hi yn ystod ei dwy flynedd gyntaf, ac mi ddaethon ni'n ffrindiau agos. Mi fu hi'n byw yn fy fflat i am gyfnod tra oedd hi'n chwilio am rywle i fyw. Tydi hi wedi gwneud yn dda? Ditectif Arolygydd. Ro'n i'n meddwl bod ganddi ddyfodol disglair o'i blaen.'

'Mae hi newydd golli'i thad.'

'O, paid â deud. Dwi ddim wedi cysylltu llawer efo hi ers i ni briodi, mwya'r cywilydd i mi, heblaw ambell gerdyn Dolig. Mi wyddost ti fel mae petha'n newid ar ôl cael plant.'

'Wel, mae'n hen bryd i chi'ch dwy gyfarfod eto felly.'

'Ty'd â hi yma am bryd o fwyd ryw noson.'

Pennod 9

'Tydi'r byd 'ma'n fach, deudwch,' meddai Jeff wrth Sonia, yn wên i gyd, wrth iddo gerdded i mewn i'w swyddfa'r bore canlynol, Roedd Sonia â'i phen yn sgrin y cyfrifiadur ac eisoes wedi ysgrifennu nifer o weithrediadau ar gyfer y timau, a hithau'n ddim ond pum munud ar hugain i naw.

'Byd bach? Be dach chi'n feddwl?' gofynnodd hithau gan edrych arno mewn penbleth.

'Clywed eich bod chi'n arfer gweithio efo plismones o'r enw Meira Lewis yn Lerpwl pan oeddach chi'n dechrau yn y swydd.'

'Oeddwn. Ond sut gwyddoch chi hynny?'

'Wel, Meira Evans ydi hi erbyn hyn. Fy ngwraig i, ac ma' hi'n cofio atoch chi.'

Gwenodd Sonia o glust i glust. 'Wel, dyna gyd-ddigwyddiad. Tydw i ddim wedi bod yn un dda am gadw mewn cysylltiad. Sut mae hi?'

Dywedodd Jeff dipyn o hanes y teulu a dangos lluniau o Meira a'r plant iddi ar ei ffôn. 'Mi fydd raid i chi ddod acw am swper yn o fuan, medda hi.'

'Mi fyswn i wrth fy modd,' atebodd Sonia. 'Ond gwrandwch, well i mi fynd i gael gair sydyn efo Lowri cyn y gynhadledd. Mi gawn ni gyfle i siarad mwy eto.'

Dechreuodd y gynhadledd ar ben hanner awr wedi naw,

ond doedd dim gwybodaeth newydd o bwys wedi cyrraedd ystafell yr ymchwiliad dros nos. Eglurodd Lowri fod ymholiadau newydd wedi'u paratoi ar gyfer pawb gan y Ditectif Arolygydd McDonald ac y byddai Ditectif Sarjant Edwards yn eu dosbarthu i'r timau.

Cyn gadael yr ystafell aeth Jeff yn syth at Ditectif Sarjant Peter Edwards.

'Pete, mae Sonia wedi paratoi gwybodaeth ar gyfer y dasg o holi Morgan Roberts ynglŷn â'r ddadl a gafodd o efo'i frawd yn y Rhwydwr chydig ddyddiau cyn i William ddiflannu. Ga i fynd i wneud hynny? Mi ydw i wedi'i gyfarfod o'n barod, ac er bod y cyfarfod hwnnw wedi bod yn un digon anodd, mae o'n fwy cyfarwydd â fi nag unrhyw un arall o'r tîm. Mi hola i yn fwy eang am y teulu hefyd – mae gen i syniad eitha da lle i fynd am wybodaeth.'

'Â chroeso, Jeff,' atebodd Peter, a disgwyliodd Jeff i'r papurau swyddogol gael eu hargraffu o'r peiriant wrth ddesg Peter.

'Mae Sonia wedi bod yn brysur yn paratoi pentwr o ymholiadau i'r hogia bore 'ma,' meddai Peter. 'Yn ôl y system, hi oedd y gyntaf yma – roedd hi wrthi cyn saith, chwarae teg iddi. Sut wyt ti'n gwneud efo hi?'

'Ardderchog. Ma' hi'n cymryd y gwaith o ddifri, yn gweithio'n galed, ac mi fydd hi'n ased werthfawr i'r ymchwiliad 'ma, does dim dwywaith.'

'Mae hi i weld wedi cynefino â'r system yn gyflym iawn,' meddai Peter.

'Ydi tad,' atebodd Jeff. 'Aeth un neu ddau o betha ar goll ddoe, ond doedd o ddim yn broblem fawr iddi. Mae hi'n ddigon o ddynes i ddelio efo unrhyw anawsterau.'

'Mae pawb yn eiddigeddus iawn ohonat ti 'sti, Jeff,'

meddai Pete gyda gwên awgrymog, 'yn cael rhannu swyddfa efo peth mor secsi.'

'Rŵan, Pete. Ti'n gwbod yn well na siarad fel'na.' Yn sydyn, cofiodd Jeff y cwestiwn a ofynnodd Sonia iddo'r noson gynt. 'Felly be mae gweddill y criw yn feddwl ohoni hi?'

'Cyn belled ag y gwela i mae hi'n cael parch y dynion i gyd, a'r merched hefyd. Ond mi wyddost ti sut ma' hi mewn swyddfa fel hon ... nid bob dydd mae rhywun fel hi, sy'n edrych fel model neu un o sêr Hollywood, yn troi fyny mewn ardal fel Glan Morfa. Mae'r bois yn siŵr o ddechra siarad ymysg ei gilydd. Dyna pam ddeudis i fod ambell un yn genfigennus ohonat ti.'

'Cofia 'mod i'n ddyn priod, Pete.' Gwenodd Jeff wrth gasglu'r dogfennau o'r argraffydd. 'A chadwa dy lygaid a dy glustiau'n agored rhag ofn i rywun fynd dros ben llestri.'

'Fi fydd y cynta i wneud yn siŵr na fydd hynny'n digwydd, Jeff.'

Penderfynodd Jeff ffonio Crwys Morris i ddweud wrtho ei fod yn bwriadu galw yn Felin Wen. Wnaeth o ddim dweud wrth Crwys pam roedd o'n cynnal yr ail gyfweliad, ond rhoddodd ddigon o amser i'r cefnder gyrraedd o'i flaen er mwyn iddo gael paratoi Morgan am yr ymweliad. Gwyddai nad oedd hwn yn mynd i fod yn gyfweliad hawdd.

Parciodd Jeff wrth ochr y BMW coch a char arall nad oedd o'n ei adnabod. Cafodd wybod yn syth pwy oedd ei berchennog pan ddaeth dwy ddynes yn gwisgo lifrai'r Gwasanaethau Cymdeithasol o'r tŷ yng nghwmni Crwys a dringo i mewn iddo.

'Bore da, Crwys,' meddai, ar ôl ffarwelio â'r ddwy ofalwraig.

'Sut ma' hi, Jeff? Ty'd i mewn.'

'Sut mae'r ddau y bore 'ma?'

'Mae Morgan yn cael diwrnod gwell hyd yn hyn. Dwi'n meddwl ei fod o wedi dechrau dod dros sioc y darganfyddiad, ac mae o i weld yn eitha hapus i gael sgwrs efo chdi bore 'ma.'

Dyna oedd Jeff wedi'i obeithio.

'Ar y llaw arall, wrth gwrs, does 'na ddim newid yng nghyflwr Yncl Idwal, a fydd 'na ddim chwaith, er gwell. Mae o' n dirywio o flaen ein llygaid ni.'

Cododd Morgan Roberts o'i gadair pan gerddodd Jeff i mewn i'r lolfa y tu ôl i Crwys. Roedd Idwal yn eistedd yn yr un gadair freichiau â'r diwrnod blaenorol, yn edrych ar yr un set deledu fawr a honno eto'n fud. Wnaeth o ddim troi ei ben pan gyrhaeddodd y ditectif.

'Paid â chodi, Morgan,' meddai Jeff yn ysgafn. 'Rydan ni'n nabod ein gilydd rŵan, tydan? Ga i ista i lawr wrth dy ochor di?'

'Ia, iawn,' atebodd Morgan, ac edrychodd ar Jeff drwy wydrau trwchus ei sbectol.

Eisteddodd Jeff ar y gadair nesaf at Morgan, gan symud yn ôl rhyw fymryn rhag iddo darfu gormod ar ei ofod personol. Roedd Crwys wedi setlo ar y soffa yr ochr arall i'r ystafell fechan. Dechreuodd Jeff y cyfweliad yn ofalus.

'Fel y gwyddost ti, Morgan, mae petha wedi symud yn gyflym ers i ni gyfarfod ddwytha. Ac mi fyswn i, yn bersonol, yn lecio cydymdeimlo efo chdi a dy deulu yn eich profedigaeth.'

'Diolch, Sarjant Evans.'

'Dwi'n rhoi fy ngair i ti, Morgan: mi wna i, a phob plismon arall sy'n gweithio ar yr achos 'ma, bob dim o fewn

73

ein gallu i ddarganfod pwy laddodd Billy.'

'Mi wn i y gwnewch chi'ch gorau, Ditectif Sarjant Evans,' atebodd.

'Mi fysa'n well gen i tasat ti'n fy ngalw i'n Jeff,' meddai. 'Dyna fydd y rhan fwyaf yn fy ngalw i.' Trwy ochr ei lygaid gwelodd Crwys yn gwneud ei hun yn fwy cyfforddus ar y soffa.

'Iawn, Jeff,' meddai Morgan.

'Wel rŵan 'ta, Morgan, mewn ymchwiliad fel hwn, rhaid i ni gael ateb i bob math o gwestiynau. Ella na fydd y cwestiynau'n ymddangos yn berthnasol, ond mae'r atebion yn mynd i roi darlun gwell i mi o'r sefyllfa. Wyt ti'n dallt?'

Nodiodd Morgan ei ben.

'Y math o beth dwi'n mynd i ofyn i ti amdano fo ydi'r berthynas rhwng pobol. Sut berthynas oedd gan Billy efo'i gariad, Isla, er enghraifft?'

Edrychai Morgan dipyn yn ddryslyd.

'Be oeddat ti'n feddwl o'u perthynas nhw?'

Cododd Morgan ei ysgwyddau i ddangos nad oedd ganddo farn benodol.

'A be am dy dad?'

Edrychodd Morgan at ei dad cyn troi yn ôl i wynebu Jeff.

'Doedd Dad ddim yn ei licio hi.' Oedodd. 'Doedd Billy byth yma, a'r gwaith yn cael ei adael.'

'Sut berthynas oedd 'na rhwng Billy ac Isla?' gofynnodd Jeff eto.

Cododd Morgan ei ysgwyddau eto. 'Iawn, am wn i. Ond doedd Dad ddim isio hi yma. Da i ddim fel gwraig, medda Dad. Ar ôl ei bres o oedd hi.'

Roedd hyn i'w weld yn cadarnhau tystiolaeth Jim Randal y diwrnod cynt.

'Oedd hyn yn achosi dadlau yn y tŷ 'ma, Morgan?'

'Oedd, o hyd,' atebodd Morgan, heb oedi y tro hwn.

'Ar ochr pwy oeddat ti?'

'Dad. Fo oedd yn iawn bob amser, ers pan o'n i'n hogyn bach.'

'Ond eto mi oeddat ti'n mynd allan am beint efo Billy bob hyn a hyn. Felly roeddach chi'ch dau yn ffrindiau?'

'Ddim bob amser. Ond ro'n i'n licio mynd am beint efo fo.'

'Ac efo Isla hefyd?' mentrodd Jeff.

Sylwodd Jeff fod Morgan wedi edrych i gyfeiriad Crwys cyn ateb.

'Dim ond unwaith es i allan efo Billy ac Isla efo'i gilydd.'

'I Dafarn y Rhwydwr?'

'Ia.'

'Dyna pryd wnest ti ei fygwth o efo potel?'

Oedodd Morgan am dipyn eto. 'Ia, ond fyswn i byth wedi ei hitio fo. Dim Billy, byth,' meddai trwy'r dagrau oedd wedi dechrau cronni yn ei lygaid.

'Pryd oedd hynny?' gofynnodd Jeff.

'Jyst cyn i Billy fynd.' Tynnodd ei sbectol er mwyn sychu ei lygaid.

Edrychodd Jeff i gyfeiriad Crwys. Nodiodd hwnnw'i ben cystal â dweud ei fod yn fodlon â'r ffordd roedd y sgwrs yn mynd.

'Rhaid i mi ofyn hyn i ti,' parhaodd Jeff. 'Mi wyt ti i weld yn ddyn mor addfwyn, Morgan. Pam wnest ti'r fath beth â'i fygwth o efo potel fel'na?'

'Roeddan ni wedi ffraeo eto. Ro'n i'n meddwl ein bod ni wedi mynd am beint i drio dallt ein gilydd. Ond roedd Billy yn codi'i lais, deud bod ganddo fo hawl i wneud fel roedd o isio. Ro'n i isio i'n tŷ ni fod yn hapus eto. Dyna pam godais i'r botel.'

'Oedd 'na reswm arall am y ffraeo, Morgan, heblaw perthynas Billy ac Isla?'

Am yr eilwaith edrychodd Morgan i gyfeiriad Crwys, am eiliad neu ddwy yn hirach y tro hwn. Ni welodd Jeff unrhyw ymateb yn llygaid nac ymddygiad y dyn ar y soffa.

'Na, dim byd arall,' atebodd cyn hir.

'Welaist ti Isla ar ôl hynny?'

'Naddo.'

'Be am Billy?'

'Ddaeth Billy ddim adra y noson honno, ond mi oedd o yma y diwrnod wedyn. Yn gweithio. Dyna pryd welais i o am y tro dwytha. Dwi wedi bod yn poeni mai fi oedd ar fai a dyna pam wnaeth o adael.'

'Ddeudodd o ei fod o'n meddwl gadael y ffarm?'

'Naddo.'

'Dwi'n dallt ei fod o wedi bygwth gadael cyn hynny, Morgan.'

'Do'n i na Dad yn meddwl ei fod o o ddifri.'

'Sut oedd iechyd dy dad yr adeg honno, Morgan?'

'Iawn, am wn i, ond doedd o ddim yn medru gwneud bob dim erbyn hynny chwaith.' Dechreuodd corff Morgan grynu wrth i fwy o ddagrau lifo.

'Dwi'n meddwl ei fod o wedi cael digon, Jeff,' meddai Crwys. 'Mi welsoch chi be ddigwyddodd y tro dwytha. Ofn iddo fo gael ffit ydw i.'

Eisteddodd Jeff yn ei gar y tu allan i'r ffermdy er mwyn ystyried y cyfweliad. Roedd o wedi cael mwy o sgwrs efo Morgan nag yr oedd wedi'i ddisgwyl, ac wedi cael esboniad am y digwyddiad yn y Rhwydwr bum mlynedd ynghynt. Ond roedd Morgan yn dal i greu penbleth iddo – tybed oedd ei gyflwr yn ganlyniad i nam ar ei ymennydd? Doedd neb y tu allan i'r teulu i weld yn gwybod. Un peth oedd yn sicr, doedd Jeff dim yn ystyried bod Morgan yn ddyn a allai ladd ei efell. Ond pam oedd o wedi edrych mor hir i gyfeiriad Crwys wrth drafod y ffraeo o fewn y teulu?

Pennod 10

Roedd Jeff angen mwy o wybodaeth am deulu Felin Wen gan rywun dibynadwy ac annibynnol, a gwyddai'n union ble i fynd.

Pan ddaeth â'i gar i stop yn y stryd gwelodd fod Rolant Watkin, mewn oferôls glas ac esgidiau glaw, yn sgubo dail aur yr hydref yn yr ardd o flaen ei dŷ. Wrth ei ochr roedd berfa bren hen ffasiwn yn hanner llawn o ddail a fyddai'n gompost erbyn y gwanwyn. Sythodd yr hen ŵr yn araf gan bwyso ar ei gribin pan gerddodd Jeff tuag ato.

'Pnawn da, Mr Watkin,' meddai Jeff. 'Sut ydach chi ers talwm?'

'Ditectif Sarjant Jeff Evans,' meddai hwnnw, 'mi fyswn i'n well o'r hanner, 'ngwas i, heb yr hen gric'mala 'ma. Ond henaint ... wel, mi wyddost ti weddill y dywediad.'

Roedd Rolant Watkin yn ei wythdegau erbyn hyn, ond edrychai'n heini am ei oed gan nad oedd yn cario gormod o bwysau. Roedd ei wallt trwchus wedi britho a'i wyneb main yn frown, hyd yn oed yr adeg hon o'r flwyddyn. Arferai fod dros chwe throedfedd o daldra, ond roedd y blynyddoedd wedi'i grebachu. Ar ôl iddo ymddeol o fod yn athro yn ysgol uwchradd y dref, roedd wedi ysgrifennu nifer o lyfrau ffeithiol a chyhoeddi cyfrol o'i gerddi ei hun. Bu'n gynghorydd poblogaidd ac uchel ei barch am flynyddoedd hefyd, ond ar ôl colli ei wraig, Gladys, ddwy flynedd ynghynt, roedd wedi ymddeol yn llwyr.

'Falch o'ch gweld chi'n dal i allu trin yr ardd 'ma. Ma' hi'n edrych yn dda.'

'Rhyngddat ti a fi, Jeff, mi fydda i'n cael tipyn o help llaw bob hyn a hyn. Ond rŵan 'ta, be fedra i wneud i ti?'

'Mi glywsoch chi'r newyddion am yr esgyrn oedd wedi'u claddu i fyny yn Felin Wen, siŵr gen i?'

'Sobor o beth. Sobor i'r teulu yn enwedig, ond i holl gymuned y dref 'ma hefyd, fod y fath beth wedi digwydd. Anodd gen i gredu ... mae'r teulu bach 'na wedi diodda digon fel ma' hi.'

'Glywsoch chi mai esgyrn William, y mab, ydyn nhw?'

'O, diar,' meddai Rolant Watkin, gan ysgwyd ei ben yn araf. 'Naddo wir, a phawb yn meddwl ...'

'Ia, mi wn i,' meddai Jeff. 'Gobeithio o'n i y bysach chi'n gallu rhoi chydig o gefndir y teulu i mi. Dwi'n gwybod y ca' i dipyn o synnwyr ganddoch chi.'

Gwenodd Rolant. 'Well i ti ddod i mewn felly, Jeff. Hen bryd i mi gael tipyn o seibiant o'r hen ardd 'ma, ac mi allwn i wneud efo panad.'

Ar ôl i Rolant dynnu ei oferôls a pharatoi paned o de i'r ddau, dechreuodd y sgwrs o ddifrif yn y lolfa gyfforddus.

Gwrandawodd Jeff wrth i Rolant sôn am Idwal Roberts, y dyn parchus, parod ei gymwynas. Bu Rolant ac yntau'n flaenoriaid yn yr un capel am flynyddoedd cyn i'w salwch creulon ei daro, a throdd y dyn addfwyn yn flin a diamynedd dros sawl blwyddyn cyn iddo fethu â chyfathrebu o gwbl. Allai Jeff ddim peidio â theimlo'n siomedig na ddysgodd ddim byd newydd am yr hen ffermwr.

Fel pawb arall, roedd Rolant Watkin wedi bod yn barod i gredu bod William Roberts wedi ymfudo efo'i gariad newydd. Er bod hynny'n syndod ar y pryd, doedd dim rheswm i amau'r stori.

'Be am Morgan?' gofynnodd Jeff. 'Mae'n edrych yn debyg i mi fod ganddo yntau ei broblemau.'

'Yn sicr, ond nid fel'na oedd o erioed, wyddost ti. Dwi'n ei gofio fo yn yr ysgol cyn i mi ymddeol. Hogyn clyfar, galluog dros ben, chwim ei feddwl a ffit. Roedd o'n eithriadol o dalentog ar y meysydd chwaraeon, gan droi ei law at bêl droed, rygbi a mabolgampau a llwyddo yn y cwbwl.'

'Be ddigwyddodd iddo fo felly? Salwch?'

'Na. Wn i 'mo'r holl stori. Mi basiodd ei arholiadau a chael graddau da. Roedd o â'i fryd ar fynd i goleg amaethyddol a dyna wnaeth o. Rhywle yn Lloegr, os cofia i'n iawn. Ond beth bynnag, tra oedd o yno mi ddigwyddodd rwbath – rhyw anaf neu ddamwain dwi'n meddwl – oedd yn ddigon drwg i'w yrru o i'r ysbyty am gyfnod go hir. Mi wnaeth o ddioddef niwed go sylweddol i'w ymennydd. Felly glywais i, beth bynnag, ond chafodd neb yn y dre 'ma wybod be ddigwyddodd yn iawn. Doedd neb isio gofyn i Idwal na William am y peth, a wnaethon nhwytha ddim sôn gair. Roedd y ddau efell yn agos iawn at ei gilydd pan oedden nhw'n fengach, ac mi fysa William yn teimlo'n arw drosto, 'swn i'n meddwl.'

'Stori drist iawn,' meddai Jeff. 'Mae'n edrych yn debyg nad ydi'i ymennydd o wedi gwella – tydi o'n ddim byd tebyg i'r llanc dach chi newydd ei ddisgrifio, beth bynnag. Ta waeth, i ddilyn trywydd arall, dwi'n dallt mai Crwys Morris, cefnder Morgan, sy'n helpu'r ddau y dyddiau yma.'

'Crwys Morris ... ia. Crwys Morris Roberts ydi ei enw

llawn o, ond mi ddaru o ollwng y "Roberts" ar ôl i'w fam o, chwaer Idwal, farw flynyddoedd yn ôl.'

'Deudwch dipyn o'r hanes wrtha i. Roedd hyn cyn i mi ddod i'r ardal 'ma dwi'n siŵr.'

'Dwi'n cofio Crwys yn yr ysgol. Hogyn bach reit unig oedd o bryd hynny, a doedd ganddo fo ddim ffrindiau agos. Digon yn ei ben o, cofia, ond roedd o'n cael ei drin yn od iawn gan ei fam, Ethni. Mi oedd hitha'n ddynas reit ecsentrig.'

'Be am ei dad o?'

'Does neb yn gwybod pwy oedd hwnnw. Dynes sengl oedd ei fam o, Jeff, a dim ond y tad ei hun fysa'n gwybod ... wel, am wn i, beth bynnag. Mae hynny'n beth od ynddo'i hun.'

'Sut felly?'

'Oherwydd cymeriad Ethni Roberts. Bod dynes fel hi wedi cael plentyn y tu allan i briodas. Gad i mi roi dipyn o'i hanes hi i ti. Roedd hi'n ddynes reit fawr o gorff ac yn ofnadwy o fawreddog a ffroenuchel hefyd, ond roedd hi'n glyfar ac yn ddylanwadol ym myd busnes o gwmpas y lle 'ma. Dipyn o fwli, a deud y gwir, a phawb yn ei thrin hi efo cyllell a fforc. Roedd nifer ei hofn hi, a hynny'n cynnwys dynion. Mi fyddai'n gwthio'i hun i mewn i wahanol sefyllfaoedd a bygwth pawb oedd ddim yn cytuno efo hi. A hi oedd yn cael ei ffordd ei hun bob tro.'

'Dynes bwerus?' gofynnodd Jeff.

'Yn sicr. Digon pwerus a medrus ym myd busnes i brynu bob math o eiddo yng Nglan Morfa, eiddo busnes a thai preifat, eu rhentu nhw allan a defnyddio'r incwm i brynu mwy. Roedd ganddi bortffolio anferth, gan ei gwneud hi'n ddynes gyfoethog iawn. Mi gafodd ei ffordd hi o fyw ddylanwad mawr ar gymeriad Crwys, ac nid mewn ffordd bositif chwaith.'

'Sut felly?'

'Mi oedd hi'n gwisgo yn steil y pumdegau – ac roedd hyn yn y saithdegau a'r wythdegau. Dwi'n ei chofio hi yn y capel bob Sul, yn gwisgo rhyw got ffwr neu rwbath tebyg, yr holl ffordd i lawr at ei thraed, haf a gaeaf. Rownd ei sgwyddau roedd sgarff wedi'i wneud o groen a ffwr llwynog, a'i ben a'i gynffon o yn dal yn sownd ynddo fo, ac mi fyddai het fawr wastad ar ei phen a phlu ffesant ynddi. Roedd hi bob amser yn eistedd yn yr un sedd yng nghanol y llawr isaf, yn canu alto yn uwch na neb arall ac yn chwifio'i llyfr emynau yn yr awyr o'i blaen wrth ganu. Mi fyddai Crwys bach yn gorfod sefyll wrth ei hochr yn ei siwt orau a'i dici-bo.'

'Rargian,' mentrodd Jeff. 'Druan ohono fo.'

'Pan fyddai'r plant i gyd yn mynd i'r set fawr i ddeud adnod, Crwys oedd yr olaf i gerdded i fyny yno bob tro, a'r dwytha i adrodd. Mi fyddai ei adnod o yn hirach nag un neb arall ac mi fydda fo'n chwifio'i ddwylo o'i gwmpas yn ddramatig wrth ei deud hi. Byddai Ethni yn eistedd yno'n falch, yn edrych o'i chwmpas i wneud yn siŵr fod pawb yn y gynulleidfa'n gwerthfawrogi'r perfformiad, ac ar ôl i'r plant fynd yn ôl i'w seddi mi oedd Ethni'n gwneud ffŷs fawr o Crwys a'i ganmol o flaen pawb. Roedd yn ddigon hawdd gweld bod gan yr hogyn gywilydd mawr o'r holl syrcas.'

'Dwi'n dechrau teimlo drosto fo fy hun,' ategodd Jeff.

'Mi elli di ddychmygu felly ei bod hi'n gwneud ei gorau i ddylanwadu ar bob rhan o'i fywyd wrth iddo dyfu. Roedd o'n gorfod gwisgo'i ddillad dydd Sul i'r ysgol – y dici-bo a'r cwbwl – nes bod y plant eraill i gyd yn chwerthin am ei ben o. Dyna sut cafodd o'i lysenw, Dici. Ond drwy hynny mi ddysgodd y Crwys ifanc yn reit handi sut i edrych ar ôl ei hun.'

'Mae hynny'n egluro pam nad oedd ganddo ffrindiau.'

'Yn hollol. A pheth arall, pwy, hyd yn oed yn y saithdegau, fysa'n galw'i mab yn "Crwys"?'

'Rhywun oedd wrth ei bodd efo barddoniaeth Gymraeg, ac eisiau i bawb arall gael gwybod hynny hefyd?' cynigiodd Jeff.

'Ti'n iawn. Mi fyddai Ethni'n beirniadu adrodd mewn eisteddfodau lleol – dyna oedd ei phetha hi. Does dim byd o'i le ar hynny, wrth gwrs, ond meddylia sut effaith gafodd y cwbl ar ei mab, a chanlyniad hynny. Wnaeth o erioed lwyddo i gael ei dderbyn gan y plant lleol – doedd o erioed yn un ohonyn nhw. Wn i ddim pa mor ymwybodol oedd o ar y pryd faint o destun gwawd oedd o, na faint roedd pawb yn chwerthin am ei ben o.'

'Be ddigwyddodd iddo fo ar ôl gadael yr ysgol? Aeth o i'r coleg?'

'Na, doedd o ddim angen mwy o addysg yn ôl ei fam. Roedd Ethni am iddo weithio iddi hi yn y busnes teuluol. Unwaith eto, roedd o yn ei fyd bach ei hun yn gwneud gwaith dwy a dimai i'w fam, heb fawr o gyflog 'swn i'm yn meddwl, yn dreifio rhyw racsyn o gar. Gan fod ei fam o gymaint yn erbyn smocio, yfed alcohol a gamblo, mi giciodd Crwys yn erbyn y tresi a gwneud dipyn o'r tri, ond dim yn ormodol chwaith ... dim ond digon i wylltio dipyn arni.'

'Be ddigwyddodd i Ethni? Mi fu hi farw'n weddol ifanc, do?'

'Pum deg naw oed oedd hi ar y pryd, ac mi fu farw yn ei chartref ar ôl i nwy ddechrau gollwng yno. Damwain anffodus oedd dyfarniad y cwest ar y pryd, ac roedd Crwys yn torri'i galon.'

'Fo oedd perchennog y busnes wedyn, dwi'n cymryd?'

'Ia, a doedd dim rhaid iddo wneud dim ond byw ar yr incwm. Ond cofia di, Jeff, mi oedd o wedi dysgu dipyn go lew gan ei fam, ac wedi etifeddu ei dawn am brynu a rhentu eiddo. Yn ôl y sôn, mae ei bortffolio wedi tyfu'n enfawr erbyn hyn ac ae o'n ddyn cyfoethog iawn.'

'Mi newidiodd ei ffordd o fyw ar ôl iddo golli'i fam felly, 'swn i'n meddwl?'

'Mi gafodd ryddid am y tro cyntaf, ac mi wnaeth yn fawr ohono. Ceir, dillad da, yfed a bwyta yn y llefydd gorau, merched. Ond does ganddo ddim llawer o ffrindiau hyd heddiw. Dim ffrindiau go iawn, beth bynnag. Mae sawl un yn gwneud efo fo, ond mae o'n un am daflu'i bres o gwmpas, felly prynu ei gyfeillion mae o. Ac mae'r rheiny'n newid fel y gwynt.'

'Mi welais i ei fod o'n gyrru BMW mawr drud. Mae'r hen racsyn o gar wedi mynd ers talwm, mae'n siŵr.'

'Ydi, a fydd o ddim yn cadw'i geir yn hir iawn chwaith. Fel soniais i, mae o'n ffond iawn o wario, a synnwn i ddim ei fod o'n gyrru dan ddylanwad alcohol neu gyffuriau. Ac mae ganddo dymer pan fydd o wedi cael gormod i'w yfed.'

Cododd Jeff ei aeliau i annog Rolant Watkin i ymhelaethu.

'Roedd 'na si, rai blynyddoedd yn ôl bellach, ei fod o'n gamblo un noson – chwarae cardiau efo sawl un o ddynion cefnog y dre. Mi wnaeth o drio blyffio a cholli dros fil o bunnau. Yn ei dymer mi gododd a throi'r bwrdd drosodd nes roedd y cardiau a'r arian dros bob man. Chafodd o ddim gwahoddiad i ymuno yn y gemau wedi hynny.'

Cerddodd Jeff tua'r car yn hapus. Roedd o wedi dysgu dipyn mwy am gyflwr Morgan a mwy fyth am gymeriad ei gefnder, Crwys. Câi fyfyrio ar y cwbl ar ei ffordd yn ôl i'r swyddfa.

Pennod 11

Doedd Sonia ddim wrth ei desg pan gyrhaeddodd Jeff yn ei ôl, ac roedd drws swyddfa Lowri Davies – yn anarferol – ynghau. Dim ond pan oedd hi mewn cyfarfod personol neu gyfrinachol roedd hi'n ei gau yn sownd; fel rheol, byddai'r Ditectif Uwch-arolygydd yn ei adael yn gilagored fel bod un glust bob amser yn gwrando ar beth bynnag oedd yn digwydd ar lawr yr ymchwiliad.

Aeth Jeff ati i wneud ymholiadau ynglŷn â Crwys Morris. Cyn hir roedd wedi darganfod bod Morris wedi'i gael yn euog ugain mlynedd ynghynt o niweidio gyda bwriad i glwyfo'n ddifrifol. Dyn ifanc arall o'r enw Marc Potter oedd y dioddefwr yn yr achos. Dim ond un euogfarn oedd ganddo, oedd yn awgrymu nad oedd yn droseddwr cyfresol, ond yr hyn a darodd Jeff yn syth oedd mai cyllell gafodd ei defnyddio yn yr ymosodiad. Cyllell a ddefnyddiwyd i ladd William Roberts hefyd, cofiodd, yn ogystal â rhywbeth arall trwm a wnaeth y niwed i'w benglog. Dan yr enw Crwys Morris Roberts y cafodd ei gyhuddo ar y pymthegfed o Ebrill 2004 – ar ôl hynny, felly, y stopiodd o ddefnyddio'i gyfenw llawn a dod yn Crwys Morris. Nodwyd yn yr adroddiad fod y drosedd wedi cael ei chyflawni o fewn tri mis i farwolaeth mam Crwys – roedd Ethni wedi marw, felly, ryw dro ym mis Ionawr y flwyddyn honno. Yn ôl yr hyn a ddarllenodd, roedd yr ymosodiad wedi digwydd mewn bwyty Indiaidd ychydig y tu allan i'r dref ar ôl i Potter herian Crwys a'i alw'n 'Dici'. Defnyddiodd Crwys gyllell oddi ar un o'r byrddau yno i'w drywanu, felly doedd dim cyhuddiad o gario arf. Yn ôl pob golwg roedd Crwys a Potter yn adnabod ei gilydd ers eu plentyndod ac wedi mynychu'r un ysgolion. Roedd Potter ymysg y bechgyn fu'n ei bryfocio yr adeg honno, arferiad nad oedd wedi stopio, yn ôl pob golwg. O ystyried y bwlio hwnnw a'r ffaith fod Crwys Morris newydd gladdu ei fam, penderfynodd y barnwr yn Llys y Goron Caernarfon, ar y trydydd o Awst 2004, beidio ei yrru i'r carchar. Cafodd ddedfryd o chwe mis wedi'i gohirio am ddwy flynedd, a bu'n rhaid iddo dalu iawndal i Potter ynghyd â chostau. Tybed ai'r digwyddiad hwnnw oedd yn gyfrifol, neu'n rhannol gyfrifol, am y newid cyfenw? O gloriannu'r cyfan penderfynodd Jeff nad oedd cysylltiad rhwng yr ymosodiad ar Potter a llofruddiaeth William Roberts bymtheng mlynedd yn ddiweddarach, ond gwyddai y byddai angen iddo dyrchu ychydig yn ddyfnach i orffennol Crwys Morris.

Trodd ei sylw at farwolaeth Ethni Roberts – ni wyddai pam yn union, ond pan oedd rhywbeth yn cnewian ym mol yr afanc, roedd yn rhaid dilyn y trywydd.

Roedd Jeff ar fin gadael y swyddfa pan gerddodd Sonia i mewn heb edrych arno. Roedd hi'n cario bwndel o bapurau: datganiadau, sylwodd Jeff. Byddai'r holl nodiadau a wnaed gan y ditectifs wrth holi tystion yn cael eu teipio gan y staff gweinyddol a'u llwytho i'r system gyfrifiadurol cyn cael eu hargraffu – ac yn ôl maint y bwndel roedd pawb wedi bod yn brysur iawn. Gollyngodd Sonia'r papurau yn drwm ar ei desg ac eistedd yr un mor drwm ar ei chadair. Edrychai'n flin a rhwystredig, fel petai'n chwilio'i chof am ryw ddarn o wybodaeth oedd y tu hwnt i'w chyrraedd.

'Be sy'n bod?' gofynnodd Jeff, er nad oedd o'n sicr a ddylai fod yn gofyn.

Ochneidiodd Sonia, ac oedodd cyn ateb. 'Y Ditectif Uwch-arolygydd sy'n siomedig yndda i oherwydd nad ydw i wedi darllen y bwndel yma o ddatganiadau ddaeth i mewn i ystafell yr ymchwiliad bnawn ddoe, a'u marcio i fyny er mwyn gweithredu arnyn nhw. Fedra i ddim dallt, wir.'

Dyna oedd un o brif gyfrifoldebau Sonia: sicrhau fod pob tamaid o wybodaeth ym mhob datganiad ac adroddiad yn cael ei nodi, a chreu ymholiadau newydd i'r ditectifs ar sail yr wybodaeth honno. Dyma sut roedd yr ymchwiliad yn symud yn ei flaen o ddydd i ddydd, a sut roedd y timau yn gwybod beth i'w flaenoriaethu bob dydd.

Penderfynodd Jeff beidio ag ateb. Nid ei le o oedd dod rhwng y ddwy, yn enwedig o gofio bod Sonia a Lowri o reng uwch na fo. Ond newidiodd ei feddwl wrth gerdded allan drwy'r drws, a throdd yn ei ôl.

'Ylwch, D. A., dwi ar gychwyn allan rŵan, ond os na fyddwch chi wedi gorffen y gwaith erbyn i mi ddod yn f'ôl mi fyswn i'n falch iawn o roi help llaw i chi.'

'Diolch, Jeff,' atebodd Sonia gyda hanner gwên. 'Siŵr y bydd 'na lwyth arall wedi cyrraedd fy nesg erbyn hynny.'

Ni allai Jeff beidio ag ystyried a oedd pwysau'r gwaith yn ormod iddi, a hithau ddim ond ar ei hail ddiwrnod llawn yn y swydd, ac wedi cael profedigaeth mor ddiweddar.

Roedd y cyn-sarjant Osmond Pritchard wedi ymddeol ers deunaw mlynedd, a fo fu'n gyfrifol, fel Swyddog y Crwner, am yr ymchwiliad i farwolaeth Ethni Roberts. Roedd Jeff wedi ei gyfarfod unwaith neu ddwy, ond doedd y ddau erioed wedi cydweithio gan ei fod wedi ymddeol cyn i Jeff gyrraedd Glan Morfa. Ar ôl ffonio i ofyn a gâi o alw, gyrrodd Jeff i'w gartref am sgwrs.

'Falch iawn o'ch gweld chi, Ditectif Sarjant. Gobeithio y medra i fod o gymorth i chi ar ôl yr holl flynyddoedd. Marwolaeth Ethni Roberts ddeudoch chi dros y ffôn, ia?' Aeth y ddau trwodd i'r parlwr. 'Panad?' gofynnodd.

Gwrthododd Jeff y cynnig, am unwaith, ac wrth i Osmond Pritchard eistedd mewn cadair freichiau gyfforddus sylwodd pa mor ffit ac iach roedd y cyn-blismon yn edrych.

'Mae'n amlwg i mi eich bod chi'n mwynhau eich ymddeoliad,' meddai gan wenu. 'Galwch fi'n Jeff, os gwelwch yn dda.'

'Wel, mi ydach chi'n lwcus fy nal i adra, Jeff. Mae fy ngwraig a finna'n hedfan i Sbaen ymhen deuddydd ac yno fyddwn ni am bedwar mis er mwyn osgoi'r tywydd oer 'ma. Mi fyddwn ni'n mynd bob blwyddyn. Ond rŵan ta, Ethni Roberts. Dwi wedi bod yn meddwl am yr achos ers i chi ffonio gynna – be ydach chi ei angen gen i?'

'Mae petha wedi newid cryn dipyn ers i chi ymddeol, Osmond, ac yn anffodus fedra i ddim cael gafael ar y gwaith papur perthnasol. Y cwbwl wn i ydi ei bod hi wedi cael ei darganfod yn farw ar yr unfed ar hugain o Ionawr 2004. Fedrwch chi ddeud mwy wrtha i? I ddechrau, pwy oedd yn byw yn y tŷ efo hi?'

'Dim ond hi a'i mab, Crwys. Biti mawr, dynes mor llwyddiannus wedi marw yn y ffasiwn ffordd. Roedd hi'n dipyn o ddynas, wyddoch chi, yn mynnu cael ei ffordd ei hun, ond dyna oedd ei chymeriad hi erioed. Ei mab, Crwys, ddaeth o hyd iddi yn gynnar yn y bore mewn cadair yn y parlwr cefn – stafell reit fawr oedd yn gegin hefyd. Roedd o wedi bod allan drwy'r nos, ers y pnawn cynt os dwi'n cofio'n iawn, efo rhyw ferch ifanc. Doedd hi ddim yn lleol, ond mi gadarnhaodd hi ei fod o efo hi drwy'r nos.'

'Pwy oedd y ferch?'

'Fedra i ddim cofio'i henw hi. Nid fi ddaru ei chyfweld hi, ond un o'r cwnstabliaid, pwy bynnag oedd hwnnw. Ta waeth, mi ddaeth Crwys o hyd i'w fam yn eistedd o flaen y teledu, ac roedd yn amlwg i fois yr ambiwlans be oedd wedi digwydd – roedd ei chorff hi wedi chwyddo ac yn binc oherwydd effaith y nwy. Ro'n i'n teimlo'n ofnadwy dros Crwys druan, yn dod adra a darganfod ei fam yn y ffasiwn stad. Mi oedd o'n torri'i galon nes i'r sioc ei hitio fo. Synfyfyrio oedd o wedyn. Canlyniad y post mortem oedd ei bod hi wedi anadlu nwy carbon monocsid. Ar ôl edrych ar y dystiolaeth daeth yn amlwg fod hynny wedi digwydd y noson cynt wrth iddi wylio'r teledu – roedd hwnnw'n dal ymlaen pan gyrhaeddodd y mab adra yn y bore.'

'Oedd hi'n rhyfedd iddi fod yn gwylio'r teledu yn y parlwr cefn gyda'r nos, dach chi'n meddwl, yn hytrach nag yn y lolfa?'

'Ro'n i ar ddallt mai'r parlwr cefn roedd hi'n ei ddefnyddio gan amlaf. Dim ond pobol ddiarth oedd yn cael mynd i'r lolfa grand, ac roedd y rheiny'n gorfod tynnu'u sgidiau cyn mynd i mewn.'

'Deudwch wrtha i am y nwy.'

'Yn y parlwr cefn roedd boeler y gwres canolog – roedd o'n hen a rwbath yn bod efo'r ffliw. Roedd hi'n oer y noson honno o Ionawr a'r gwres canolog ymlaen yn uchel. Os dwi'n cofio'n iawn, roedd y gwres wedi cael ei osod i ddod ymlaen ar ôl iddi dywyllu ... be fysa hynny, deudwch, tua hanner awr wedi pump i chwech yr amser honno o'r flwyddyn ... ac yna i ddiffodd yn awtomatig am un ar ddeg y nos. Roedd yn dod ymlaen wedyn am saith y bore. Roedd y boeler yn dal ymlaen pan gyrhaeddodd Crwys, ac mi wyddai'n syth fod rhywbeth o'i le oherwydd yr arogl. Mi roddodd o fwgwd dros ei geg a'i drwyn ac agor pob drws a ffenest ond roedd hi'n rhy hwyr. Yn ôl y doctor ddaeth yno i ddatgan y farwolaeth roedd Ethni wedi marw tua wyth o'r gloch y noson cynt, os nad cyn hynny.'

'Ac mi fu ymchwiliad i gyflwr y ffliw dwi'n cymryd?'

'Mi alwais i'r gwyddonwyr fforensig allan yn syth. Eu barn nhw oedd bod rhywbeth wedi blocio peipen y ffliw, ac oherwydd hynny roedd y mygdarth yn llifo'n ôl i mewn i'r tŷ. Petai rhywun wedi edrych ar ôl y boeler a'r ffliw a'u glanhau, efallai y byddai Ethni druan yn dal efo ni.'

'Osmond, mae gen i gwestiwn i chi, ac ar ôl yr holl flynyddoedd dwi'n dallt os na fedrwch chi ei ateb. Oedd ganddoch chi unrhyw amheuaeth, ar unrhyw adeg yn ystod yr ymchwiliad, fod rwbath sinistr wedi digwydd i achosi marwolaeth Ethni Roberts? Hynny ydi, nad damwain oedd hi?'

'Dim, Jeff ... tan rŵan. Oes 'na dystiolaeth newydd? Rhyw amheuaeth?'

'Na. Dim ond ceisio bod yn drwyadl ydw i yn dilyn digwyddiadau mwy diweddar. Dyna'r cwbl.' Cododd Jeff i adael. 'Mwynhewch eich cyfnod yn Sbaen,' meddai, gan adael y cyn-heddwas â golwg ddryslyd ar ei wyneb.

Wrth i Jeff gerdded i gyfeiriad y swyddfa roedd o bellach yn ei rhannu â Sonia McDonald, cafodd ei alw gan Lowri Davies i'w swyddfa hi.

'Lle dach chi arni heddiw, Jeff?' gofynnodd. 'Cofiwch 'mod i'n disgwyl i chi rannu pob gwybodaeth, a hynny'n gyson.'

'Wrth gwrs,' atebodd, 'ar y ffordd i'r swyddfa o'n i rŵan i lwytho canlyniad fy ymholiadau i'r system. Ond gan 'mod i yma ....'

Dechreuodd drwy roi adroddiad iddi o'i ail gyfweliad efo Morgan, yn dilyn yr wybodaeth gafodd o gan Sam Little yn y Rhwydwr.

'Mae'n amlwg felly fod petha'n ddigon anodd yn yr wythnosau cyn i William Roberts ddiflannu,' sylwodd Lowri. 'Oes ganddoch chi amheuaeth, unrhyw damaid o amheuaeth o gwbl, y gallai Morgan fod yn gyfrifol am ladd ei efell?'

'Wel, doedd y berthynas rhwng y ddau ddim yn berffaith, dim o bell ffordd, na'r berthynas rhwng William a'i dad chwaith. O ganlyniad, fedra i ddim anwybyddu'r posibilrwydd yn gyfan gwbl. Ac os felly, mae'n rhaid i gariad William fod yn y ffrâm hefyd. Ac un aelod arall o'r teulu, sef Crwys.'

'Crwys Morris? Sut felly?'

'Wel hyd yma mae o wedi bod yn iawn efo fi ac yn barod i roi ei gymorth, ond mae 'na rwbath yn ei gylch o sy'n gwneud i mi amau nad ydw i'n cael y gwir i gyd. Mae'n anodd i mi roi fy mys ar y peth.'

'Triwch esbonio,' meddai Lowri gan eistedd yn ôl yn ei chadair a chodi ei choesau i fyny nes bod ei bŵts mawr duon yn gorffwys ar gongl ei desg.

'Mae'n wir bod Crwys yn gwneud ei siâr i edrych ar ôl Idwal a Morgan, ond dwi'n amau'n gryf fod ganddo fo dipyn go lew o ddylanwad arnyn nhw. Sut ddylanwad ac i ba bwrpas, wn i ddim.'

'Ac mae'r ddau – Morgan, yn sicr – yn dibynnu'n helaeth arno.'

'Siŵr iawn, ond mi sylwais y bore 'ma, fwy nag unwaith, fod Morgan yn ciledrych ar ei gefnder yn gyson cyn ateb rhai o 'nghwestiynau i, yn union fel petai'n gofyn am ganiatâd i ateb.'

'Mae hynny'n naturiol dan yr amgylchiadau, siŵr gen i?' cynigiodd Lowri.

'Efallai wir, ond fedra i ddim peidio â dychmygu fod 'na rwbath yn mynd ymlaen dan yr wyneb, rwbath sydd allan o'n cyrraedd ni ar hyn o bryd.'

'Dwi'n siŵr y dewch chi at y gwir, Jeff, os ydach chi'n gywir.'

'Wyddech chi fod Crwys wedi colli'i fam ugain mlynedd yn ôl yn dilyn damwain yn y tŷ?' Dywedodd yr hanes wrthi, yn cynnwys disgrifiad o gymeriad Ethni a'r ffordd y cafodd y bachgen ei fagu, a manylion euogfarn Crwys am ddefnyddio cyllell i anafu.

'Ia, mi wela i'ch pwynt chi, Jeff, ond dwi ddim am i chi wastraffu amser yn ymchwilio i ddamwain ddigwyddodd ugain mlynedd yn ôl. Mae ganddon ni ddigon ar ein plât yn ymchwilio i lofruddiaeth ddigwyddodd bum mlynedd yn ôl.'

Gwenodd Jeff. 'Wyddoch chi, mi o'n i'n disgwyl i chi ddeud rwbath fel'na.'

Chwarddodd y ddau.

'Rydan ni'n gwybod lle 'dan ni'n sefyll felly,' atebodd Lowri.

'Ond cofiwch, Ditectif Siwper, pam rydach chi wedi fy rhoi fi yn y sefyllfa ffodus o gael dilyn fy nhrwyn ... mae fy ngreddf i wedi bod yn o agos ati yn y gorffennol.'

Newidiodd Lowri destun y sgwrs. 'Deudwch i mi, Jeff, o safbwynt rhywun sy'n rhannu swyddfa efo hi, sut mae'r Ditectif Arolygydd McDonald yn setlo? Mae ei gwaith gweinyddol hi i'w weld yn gampus, wir.'

Cafodd Jeff y teimlad y byddai'n well iddo fod yn wyliadwrus wrth ateb. Oedd Lowri yn pysgota am wybodaeth, tybed? Oedd hi'n amau nad oedd hi'n gwbl hyderus? 'Braidd yn gynnar ydi hi i ddeud,' atebodd, 'er ei bod hi'n siarad Cymraeg yn rhugl dyma'r tro cyntaf iddi weithio mewn tref Gymraeg fel Glan Morfa. Mae'n siŵr o gymryd amser iddi ddod i arfer â'r lle, a chofiwch mai dim ond newydd golli'i thad mae hi, ar ôl bod yn gofalu amdano yn ei waeledd.'

'Ia, dach chi'n iawn.'

Nid oedd Jeff yn siŵr mai dyna'r ateb roedd hi'n ei ddisgwyl.

Ymhen rhai eiliadau roedd Jeff yn ôl yn ei swyddfa'i hun lle roedd Sonia yng nghanol pentwr o waith papur.

'Sut ma' petha'n mynd?' gofynnodd iddi.

Cododd Sonia ei phen – doedd dim math o wên ar ei hwyneb, a wnaeth hi ddim dweud gair.

'Dewch, mi fedrwch chi ymddiried yndda i. Mae'n amlwg i mi fod rwbath yn eich poeni chi. Os fedra i helpu, mi wna i.'

Anadlodd Sonia'n drwm ac ochneidio'n hir cyn ateb. 'Wyddoch chi'r datganiadau ro'n i'n sôn amdanyn nhw gynna? Roedd 'na ddwsin ohonyn nhw roedd Lowri yn honni nad o'n i wedi'u darllen a'u marcio i fyny i greu gweithrediadau i'r timau ditectifs. Ond mi es i drwyddyn nhw i gyd neithiwr yn fanwl a gwneud y gwaith marcio i fyny i gyd – dwi'n cofio'u darllen nhw. Ro'n i wedi marcio pob dogfen yn fy llawysgrifen i fy hun ... a rŵan mae'r un dogfennau yn ôl ar fy nesg i, heb fath o sylw arnyn nhw. Ond dwi'n cofio cynnwys bob un. Bob gair.'

'Ydi hi'n bosib eich bod chi wedi'u darllen nhw ar y sgrin yn hytrach nag oddi ar gopi caled? Wedi'r cyfan, dwi'n siŵr eich bod chi wedi darllen bron i hanner cant o ddatganiadau ddoe, a mwy heddiw, a dim ond dwsin ydi'r rhain yng nghanol y gweddill.'

Gwelodd Jeff fod Sonia'n ystyried y posibilrwydd.

'Na, achos dwi'n cofio'r gweithrediadau ac yn cofio sgwennu pa ymholiadau roedd angen eu gwneud, a marcio hynny ar y copïau caled.'

'Be wnaethoch chi efo nhw wedyn?'

'Mynd â nhw i'r fasged yn stafell y staff gweinyddol erbyn y bore. Nid yn unig y dwsin yma rydan ni'n sôn amdanyn nhw, ond y cwbwl ro'n i wedi bod yn gweithio arnyn nhw drwy'r pnawn a gyda'r nos. Doedd neb arall yno pan adewais i nhw yno – roedd pawb wedi mynd adref. Roedd hi'n naw o'r gloch. Fi oedd yn unig un ar ôl yma.'

'Ella'u bod nhw wedi mynd ar goll o'r fan honno?' mentrodd Jeff.

'Dydw i ddim yn meddwl bod hynny wedi digwydd.'

'Sut felly?'

'Ar ôl i mi ddarllen datganiad neu adroddiad, mae'n rhaid i mi nodi ar y system gyfrifiadurol 'mod i wedi gwneud hynny ac wedi'i basio fo ymlaen er mwyn creu'r tasgau ymchwil i'r timau. Fel'na, mae hi'n bosib dilyn llwybr pob datganiad o'r munud mae'r wybodaeth yn cyrraedd yr adeilad nes y bydd pob ymholiad wedi cael ei greu a'r cwbwl wedi'i gofnodi ar y system. Mae pob datganiad wnes i ddoe wedi cael eu marcio, heblaw am y dwsin yma.'

'Oes posib fod rhywun wedi ymyrryd â'r broses?' gofynnodd Jeff. 'Mi fyddai hynny'n golygu bod y rhywun hwnnw wedi newid yr hyn wnaethoch chi ei fewnbynnu ar y system, ac all neb wneud hynny heb eich cyfrinair personol chi.'

'Un ai hynny, neu 'mod i'n dechrau colli arni – 'mod i wedi dychmygu'r cwbl. Wir, dwi'n dechrau amau fy hun.'

'Peidiwch â meddwl felly. Mae'n siŵr fod 'na reswm arall.' Ni wyddai Jeff sut i geisio'i chysuro. Yna, cafodd syniad. 'Ylwch,' meddai, 'ma' hi'n saith o'r gloch, bron iawn. Fedrwch chi orffen yn y gwaith am heno?'

'Medraf,' atebodd Sonia.

Cododd Jeff y ffôn. 'Meira, dwi'n dod â Sonia adra efo fi rŵan. Ia, rŵan ... na, dim ond i ddeud helô. Mi wnawn ni drefniadau iddi ddod acw am swper ryw noson arall yn fuan.'

Trodd Jeff at Sonia. 'Reit, dewch. Gewch chi fy nilyn i yn eich car eich hun.'

Gwelodd wên ar wyneb Sonia am y tro cyntaf y diwrnod hwnnw.

Pennod 12

Eisteddodd Jeff yng nghefn ystafell y gynhadledd y bore canlynol. Doedd o ddim wedi gweld Sonia'r bore hwnnw – roedd hi a Lowri yn siŵr o fod yn cael cyfarfod cyn dechrau'r diwrnod gwaith, dyfalodd. Daeth Ditectif Gwnstabl Owain Owens i eistedd wrth ei ochr.

'Bore da Sarj,' meddai. 'Sut ydach chi?'

'Eitha diolch, Sgwâr. Sut mae'r byd troseddol yng Nglan Morfa yn ymdopi heb fy mhresenoldeb i'r wythnos yma?'

'Popeth dan reolaeth, Sarj. Peidiwch â phoeni. Sut ma' hi'n mynd efo'r peth handi 'na sy' rhannu'ch swyddfa chi?'

'O, paid ti â dechra, Sgwâr. Dwi'n disgwyl gwell gen ti.'

'Wrth gwrs, Sarj, ond mae 'na reswm pam 'mod i'n tynnu'ch coes chi. Mae 'na dipyn o glebran wedi bod yn y cantîn y bore 'ma, ac ro'n i'n meddwl 'swn i'n gadael i chi wybod. Mi welodd rywun chi'ch dau – y D.A. newydd a chitha, 'lly – yn gadael y stesion 'ma efo'ch gilydd neithiwr, hi yn eich dilyn chi yn ei char ei hun. Ac mi wyddoch chi sut le ydi hwn am fân siarad ... dau a dau yn gwneud saith a ballu.'

'Pwy welodd hynny?' gofynnodd Jeff yn awyddus.

'Wn i ddim, dim ond bod y stori ar wefusau nifer o'r hogia diarth sydd, gyda llaw, yn deud eich bod chi'n uffar o bry cyflym o gofio mai dim ond diwrnod neu ddau mae hi wedi bod yn eich swyddfa chi. Ydach chi isio i mi drio ffeindio pwy ddechreuodd y si?'

'Rargian, na, paid ti â meiddio. Dim ond rhoi mwy o danwydd ar y tân fysa peth felly. Ond diolch i ti am ddeud wrtha i, Sgwâr, a chofia adael i mi wybod os oes 'na fwy o lol fel'na'n cael ei rannu.'

Wrth i Sgwâr godi i adael yr ystafell cerddodd Lowri a Sonia i mewn ac eistedd ar y llwyfan bychan o flaen pawb. Aeth y lle yn ddistaw.

Edrychodd Jeff ar Sonia, a sylwodd ei bod yn edrych yr un mor smart ag arfer mewn top a throwsus lliwgar, ac yn cyferbynnu'n drawiadol â Lowri yn ei siwt ddu.

Cofiodd y cyfarfod rhyngddi hi a Meira'r noson gynt. Roedd y ddwy wedi gwirioni o gael gweld ei gilydd ar ôl y fath flynyddoedd, a'r plant wedi cymryd at Sonia'n syth. Sylwodd Jeff ar y newid yn ei chymeriad a'i hymddygiad – roedd hi fel petai wedi ysgafnhau drwyddi. Wnaeth hi ddim aros yn hir, ond gwnaethpwyd trefniadau iddi ddod am swper ymhen deuddydd, trefniant oedd yn plesio pawb, yn enwedig Twm a Mairwen a oedd yn edrych ymlaen i weld Anti Sonia eto. Gobeithiai Jeff ei fod wedi llwyddo i godi calon y ditectif arolygydd ... petai hynny ddim ond am noson.

Agorodd Lowri'r gynhadledd drwy ddatgan bod yr archwiliad o dir Felin Wen ar fin dod i ben. Doedd yr offer arbenigol ddim wedi llwyddo i ganfod corff Isla Scott nac unrhyw beth arall yn y pridd o gwmpas y man lle darganfuwyd esgyrn William Roberts, felly doedd dim diben parhau i chwilio. Er hynny, roedd Isla Scott yn dal i fod o ddiddordeb mawr i'r ymchwiliad fel tyst os dim byd arall. Eglurodd Lowri fod nifer fawr o bobl yn ardal Glan Morfa yn ei chofio hi, a bod eu datganiadau wedi'u cofnodi. Disgrifiwyd hi fel merch gyfeillgar oedd yn hoff o fynd i'r dafarn, ac y bu ganddi fwy nag un cariad yn ystod y ddwy flynedd y bu hi'n byw yn y dref. Roedd un tyst yn meddwl fod Scott wedi bod o gwmpas yr ardal rai blynyddoedd ynghynt hefyd, ond allai hi ddim cadarnhau hynny. Yr un peth cyffredin yn yr holl ddatganiadau oedd y ffaith ei bod hi wedi diflannu o'r dref heb ffarwelio â 'run o'i chyfeillion. Gwaith y timau, meddai Lowri, oedd darganfod pam.

Trodd y Ditectif Uwch-arolygydd ei sylw at William Roberts. Roedd angen mwy o wybodaeth amdano a'r bobl oedd agosaf ato, ond doedd hynny ddim yn mynd i fod yn hawdd o ystyried cyflwr iechyd ei frawd a'i dad.

'Tydw i ddim isio i neb yma feddwl nad ydw i, na neb arall sy'n gysylltiedig â'r ymchwiliad yma, yn cydymdeimlo efo Idwal Roberts a'i gyflwr,' meddai Lowri yn bendant, 'ond mae ganddon ni ddyletswydd i fod yn broffesiynol a dilyn pob posibilrwydd. Doedd yr Alzheimer's ddim wedi cael ei gadarnhau pan laddwyd William, ac mae'n rhaid i ni gofio hynny. Gobeithio fod pawb yn deall.'

Clywodd Jeff don o sibrwd yn rhedeg drwy'r ystafell.

'A be am Morgan?' ychwanegodd Lowri. 'Mae o'n edrych ar ôl ei dad ac wedi bod yn gwneud hynny ers blynyddoedd. Mae pawb yn cydymdeimlo efo fo hefyd – fo oedd y brawd a oedd yn ochri efo'i dad bob amser, yn erbyn ei efaill. Allai o fod wedi lladd William bum mlynedd yn ôl pan oedd pethau ar eu gwaethaf yn y cartref? Edrychwch ar yr wybodaeth sydd ar y system sy'n disgrifio'i ymddygiad yn y Rhwydwr ddyddiau yn unig cyn i'w frawd ddiflannu. Fedrwn ni ddim anwybyddu hynny,' pwysleisiodd.

'Ac yna mae Crwys Morris, y cefnder. Dyn busnes lleol llwyddiannus, sy'n edrych fel petai'n gwarchod arian a lles ei ewythr a'i gefnder, ond mae ganddo yntau dipyn o hanes. Yr euogfarn yn ei erbyn am ymosod ar ddyn ifanc ugain mlynedd yn ôl, ei dymer sy'n ffrwydro'n ddirybudd weithiau, a'i ffordd o fyw yn gyffredinol. Bydd angen i chi ymchwilio mwy i'w gymeriad o. Ydi o'n defnyddio cyffuriau, er enghraifft? Faint o gamblwr ydi o? Ydi o'n yfed gormod o alcohol? 'Dan ni angen bod yn ymwybodol o unrhyw beth allai newid ei gymeriad.'

Cododd un ditectif ei law ac amneidiodd Lowri arno i siarad.

'Dwi'n gweld ar y system fod Ditectif Sarjant Jeff Evans wedi gwneud rhywfaint o ymholiadau i farwolaeth mam Crwys Morris flynyddoedd yn ôl. Ddylen ni ystyried hynny wrth weithio ar yr ymchwiliad i lofruddiaeth William Roberts?'

Roedd Jeff yn awyddus i glywed sut y byddai Lowri'n ymateb i'r cwestiwn.

'Does 'na ddim byd i awgrymu nad damwain oedd marwolaeth Ethni Roberts. Wel, dim ar hyn o bryd, beth bynnag. Anffawd oedd dyfarniad y cwest ar y pryd, ac mae ymchwiliad trwyadl wedi'i gynnal i'r achos hwnnw eisoes. Dilyn yr ymholiad i gymeriad Crwys Morris cyn belled â phosib oedd Ditectif Sarjant Evans. Mae'r wybodaeth ar y system, ond gwybodaeth gefndir ydi hi, ac yn y cefndir y bydd hi'n aros oni bai bod achos cryf i ailedrych ar yr amgylchiadau. Oes ganddoch chi rwbath i'w ychwanegu at hynna, Sarjant Evans?' gofynnodd.

'Dim, ar hyn o bryd,' atebodd Jeff o'r cefn. Nid dyma'r amser i ddechrau cyfiawnhau'r amser a dreuliodd yng nghwmni Osmond Pritchard y diwrnod cynt.

Ar ôl i'r cyfarfod ddod i ben, ac wrth i Lowri gerdded allan yng nghwmni Sonia, safodd y timau mewn rhes ger desg Ditectif Sarjant Peter Edwards i ddisgwyl am fanylion eu gweithrediadau ar gyfer y diwrnod o'u blaenau. Roedd eraill yn aros i gyflwyno canlyniadau'r ymholiadau a wnaethpwyd ganddynt y diwrnod cynt. Gwyddai Jeff fod Pete Edwards yn feistr ar y gwaith o reoli a chofnodi'r gweithrediadau. Gwyddai hefyd yn union ble i fynd i ddarganfod a oedd Crwys Morris yn defnyddio cyffuriau. Doedd o ddim wedi gweld Nansi'r Nos ers tro byd, ac edrychai ymlaen at fwynhau ei chwmni unwaith yn rhagor.

Ganol y bore oedd yr amser gorau i fynd i'w gweld hi er mwyn iddi gael digon o amser i godi, felly roedd gan Jeff ychydig o amser i'w wastraffu. Aeth i'w swyddfa i weld beth oedd yn ei ddisgwyl yn y fan honno.

Cerddodd drwy'r drws a chafodd ei gyfarch gan wên fawr Sonia McDonald.

'Bore da,' meddai wrthi.

'Bore da, Jeff,' atebodd Sonia'n syth, 'a diolch am neithiwr. Wnes i fwynhau fy hun gymaint, wir, a fedra i ddim disgwyl tan nos fory.'

Nid oedd yr un o'r ddau wedi sylwi ar Lowri yn cerdded i mewn ar sodlau Jeff. Roedd hi wedi clywed pob gair. Edrychai'n syfrdan wrth sefyll yn stond yn y drws, ond ddaru hi ddim cydnabod yr hyn roedd hi newydd ei glywed.

'Dyma'r gweithrediadau roeddan ni'n sôn amdanyn nhw gynna, Sonia,' meddai Lowri gan adael y papurau ar y ddesg o'i blaen. 'Hoffwn i chi fynd trwyddyn nhw cyn gynted â phosib, os gwelwch yn dda.' Gadawodd yr ystafell heb ddweud gair arall, a heb gymryd sylw o gwbl o Jeff, oedd yn beth anghyffredin. Prin y gallai Jeff fygu ei chwerthiniad ar ôl iddi fynd yn ddigon pell, ond roedd wyneb Sonia'n fwy sobr yr olwg.

'Roedd Meira wedi mwyhau eich gweld chi neithiwr

hefyd, ac mae'n edrych ymlaen i'ch cael chi draw i swper er mwyn cael dal i fyny'n iawn,' meddai Jeff, cyn newid y pwnc. 'Dwi'n cymryd mai yn swyddfa Lowri oeddech chi bore 'ma cyn y gynhadledd?'

'Ia. Roedd angen trafod un neu ddau o bethau ynglŷn â rheoli'r system. Dim byd mawr, dim ond y ffordd mae pethau'n cael eu mewnbynnu i'r cyfrifiadur gan y staff gweinyddol.'

'Rwbath arall?' gofynnodd Jeff.

'Be dach chi'n feddwl?'

'Rwbath mwy personol? Y peth sydd wedi bod yn eich poeni chi yn ystod y deuddydd dwytha?'

'Na, ddaru hi ddim sôn gair, a wnes innau ddim codi'r mater chwaith.'

'Pam ddim, os ga i ofyn?'

Oedodd Sonia cyn ateb, ac edrychodd yn syth i'w lygaid. 'Reit,' meddai, 'mae hyn rhyngddoch chi a fi, iawn?' Wnaeth hi ddim rhoi amser iddo ateb. 'Dwi mewn amgylchedd hollol newydd. Dwi wedi cael fy ngyrru i fod yn rhan o'r ymchwiliad yma am fod gen i enw da am wneud yr un math o waith yn Lerpwl. Yr unig beth dwi isio'i wneud ydi gweithio hyd gorau fy ngallu er mwyn gwneud argraff, ac efallai cael fy nyrchafu ymhen amser, yn fy llu newydd. Ond tydi pethau ddim wedi dechrau'n dda. Dydw i ddim yn sicr be sy'n mynd ymlaen – ro'n i'n meddwl mai fi oedd ddim yn deall sut mae pethau'n gweithio yma, neu 'mod i wedi gwneud camgymeriadau gwirion, ond wn i ddim am hynny erbyn hyn. Dwi'n cael y teimlad na alla i ymlacio, rywsut. Er, wedi i mi ddechrau dod i'ch nabod chi, Jeff, yn enwedig ar ôl i mi ddysgu am eich cysylltiad efo Meira, dwi'n teimlo'n llawer iawn mwy cyfforddus yn eich cwmni chi na neb arall. Dwi erioed wedi bod mewn sefyllfa fel hon o'r blaen – efallai fod straen y misoedd dwytha wedi effeithio mwy arna i nag y gwnes i sylweddoli. Ac ar ben bob dim arall mi ofynnodd Lowri i mi'r bore 'ma be dwi'n wneud gyda'r nosau. Dim llawer mwy na gweithio, medda fi, ond wedyn gofynnodd yn blwmp ac yn blaen lle o'n i neithiwr.'

'Ddaru chi ei hateb hi?'

'Naddo. Pa fusnes ydi o iddi hi be dwi'n wneud y tu allan i oriau gwaith?'

'Wel, dwi'n falch iawn eich bod chi wedi bod mor agored efo fi ... mae 'na ryw fân-siarad maleisus wedi bod yn y cantîn y bore 'ma fel dwi'n dallt. Mae rhywun wedi'n gweld ni'n gadael yr orsaf 'ma efo'n gilydd neithiwr ac wedi gwneud rhyw stori fawr flêr am y peth.'

Ystyriodd Sonia yr wybodaeth yn ofalus. 'Ac mae Lowri newydd fy nghlywed i'n diolch yn fawr i chi am neithiwr, a deud 'mod i'n edrych ymlaen at y tro nesa!'

Ochneidiodd Jeff. Roedd hyn yn fwy difrifol nag yr oedd wedi'i ddychmygu.

'Fysach chi'n licio i ni'n dau fynd rŵan i weld Lowri, er mwyn esbonio'r cwbwl iddi?'

'Na. Camgymeriad fysa hynny,' atebodd Sonia'n bendant.

'Dwi'n meddwl y bysa fo'n syniad da, i glirio'r aer,' mynnodd Jeff.

'Na,' meddai Sonia eto, yr un mor bendant.

Pennod 13

Roedd hi'n tynnu at un ar ddeg y bore felly roedd Nansi'r Nos wedi codi pan ffoniodd Jeff hi.

'Nansi bach, sut wyt ti? Dy hoff blisman yn y byd i gyd yn grwn sy 'ma,' meddai'n hwyliog. Dysgodd dros y blynyddoedd nad oedd ffordd well o'i thrin hi. Bu'n hysbysydd gwych iddo ers dechrau ei yrfa yn dditectif ifanc yn y dref, a sawl gwaith bu'r wybodaeth gafodd o ganddi'n gyfrifol am roi troseddwyr dan glo. Roedd y bartneriaeth rhyngddyn nhw wedi gweithio'n ardderchog, er ei fod o'n gorfod anwybyddu ambell beth a wnâi yn groes i'r gyfraith.

'Lle ddiawl 'ti wedi bod, Jeff Evans?' atebodd. 'Dwi'm 'di cael gafael yn iawn ynddat ti ers wsnosa! Ma' raid gen i dy fod ti isio rwbath ... isio 'nghorff i wyt ti? Dwi'n byw mewn gobaith.'

'Nansi bach, ti'n gwybod y sgôr. Ond mi wyt ti'n iawn, fel arfer. 'Swn i'n licio cael sgwrs fach. Ti isio dod i 'nghyfarfod i ym mhen draw lôn y traeth?'

'Na, ty'd i'r tŷ 'ma. Rownd y cefn rhag i bawb dy weld di.'

'Fydda i draw ymhen ugain munud.'

Wrth iddo roi'r ffôn i lawr sylwodd Jeff fod Sonia'n ciledrych arno, yn wên o glust i glust. Yn amlwg roedd hi wedi deall beth oedd yn mynd ymlaen.

'Os na fydda i'n ôl erbyn amser cinio,' meddai wrthi, 'gyrrwch rywun i chwilio amdana i. A pheidiwch â phoeni, mae Meira'n gwybod yn iawn am yr hen Nansi.'

Yn ôl ei arferiad, gadawodd ei gar mewn stryd gyfagos a cherdded gweddill y ffordd i gartref Nansi. Wyddai o ddim pam roedd Nansi'n mynnu ei fod o'n defnyddio'r drws cefn – roedd cymaint o fynd a dod yno ag yn ffrynt y tŷ. Ond os mai dyna oedd dymuniad Nansi'r Nos, neu Miss Dilys Hughes i roi ei henw iawn iddi, pwy oedd o i ddadlau?

Wrth iddo gerdded i lawr y llwybr tua'r tŷ gwelodd Jeff fraich noeth yn ffenest y llofft gefn yn amneidio arno i fynd i mewn. Roedd y drws cefn yn gilagored, a chaeodd ef ar ei ôl wrth gamu i'r gegin, oedd yn anarferol o daclus a glân.

'Dos i'r rŵm ffrynt,' galwodd y llais cras, cyfarwydd. 'Taro rwbath amdanaf ydw i, fydda i lawr mewn chwinciad.'

Doedd dim cystal trefn ar yr ystafell honno, ac yn wir roedd olion parti'r noson gynt yn dal yn amlwg. Duw a helpo'r cymdogion, meddyliodd. Clywodd sŵn traed Nansi'n dod i lawr y grisiau, ac ymddangosodd yn nrws y stafell fyw. Suddodd calon Jeff. Gwisgai ddresin-gown a fu'n wyn unwaith, amser maith yn ôl, a honno wedi'i chlymu'n llac amdani. Roedd ei chluniau noeth, gwyn, swmpus yn y golwg gan nad oedd y defnydd yn cyfarfod yn iawn yn y canol, a'i gwallt du, hir wedi'i gribo'n ôl yn weddol daclus er bod y gwreiddiau gwyn yn amlwg. Dyma pam roedd Jeff wastad yn dewis eistedd ar gadair yn hytrach nag ar y soffa.

'Sut wyt ti'r hync mawr, y ditectif gora'n y byd?' gofynnodd Nansi gan eistedd yn drwm ar y soffa isel gyferbyn â fo, a chroesi'i choesau. Gwnaeth Jeff ei orau i osgoi'r olygfa gan nad oedd hi'n gwisgo llawer o dan y ddresin-gown. Ceisiodd ganolbwyntio ar ei hwyneb ond doedd hynny chwaith ddim yn hawdd gan fod ei bronnau anferth yn gwneud eu gorau i ddianc.

'Ti isio panad?' gofynnodd Nansi, 'neu rwbath cryfach os lici di.'

'Dwi'n iawn, diolch,' atebodd. 'Newydd gael panad cyn dod, a ti'n gwbod na fydda i'n yfed alcohol yn ystod y dydd.'

'Be arall fedra i neud i ti? Ista ar dy lin di?'

'Bihafia, ddynes. Mi ddylat ti wybod yn well, a chditha yn dy oed a d'amser.'

'Yn f'oed a f'amser, wir! Dim ond rhif 'di oed, Jeff bach, sut ti'n teimlo sy'n bwysig...' meddai Nansi gan lyfu ei gwefusau'n awgrymog.

'Sôn am fynd yn hŷn, Nansi,' meddai Jeff i newid y pwnc, 'wyt ti'n dal i wybod be sy'n mynd ymlaen ar y stryd y dyddia yma? Pa gyffuriau sy'n boblogaidd, pwy sy'n delio a phwy sy'n prynu?'

'Jeff bach, wrth gwrs 'mod i'n gwbod, er nad ydw i'n rhan o'r busnas dyddia yma gymaint ag y byddwn i. Fy chwaer fenga a'r ferch 'cw sy'n dablo rŵan, ond does 'na ddim llawer yn digwydd heb 'mod i'n gwbod am y peth.'

'Wyddost ti rwbath am ddyn o'r enw Crwys Morris?'

'O! Mochyn o ddyn. Tasa fo ddim mor gyfoethog fysa fo ddim yn cael hanner y merched mae o'n potsian efo nhw.'

'Be ti'n feddwl? Ydi o'n prynu rhyw?'

'Wel, ddim ar y stryd, ond mae o'n licio dangos ei hun ac yn gwario lot o bres ar y ferch sydd wedi cymryd ei ffansi ar y pryd.'

'Pam wnest ti ei alw fo'n fochyn?'

'Am ei fod o'n frwnt yn y gwely ac yn defnyddio'r genod fel tasan nhw'n faw. Pryd o fwyd a gwin mewn lle crand, jymp sydyn, ac adra â hi. Dim 'mod i wedi bod efo fo erioed, ond paid â dechra gofyn i mi be mae o'n lecio'i neud iddyn nhw. Mae'n ddigon i ti wybod ei fod o'n eu trin nhw'n warthus, yn gorfforol, fel petai'n gas ganddo fo ferched a dim ond isio un peth ganddyn nhw, y bastad budur iddo fo.'

'Ydi o'n defnyddio cyffuriau?'

'Dwi wedi bod yn gwerthu stwff iddo fo ers blynyddoedd. Dim gymaint â hynny, dim ond bob hyn a hyn.'

'Sut fath o stwff?'

'Dim ond stwff meddal mae o wedi'i gael gen i, ond mae o wedi gofyn am grac bob hyn a hyn hefyd. Yn ôl y genod, mae o'n dal wrthi ... canabis fwya, ond synnwn i ddim 'i fod o'n cael petha caletach yn rwla, saff i ti. Pam ti'n holi amdano fo, Jeff?'

'Glywaist ti am yr esgyrn 'na ar dir Felin Wen? Wel, mae Crwys Morris yn perthyn i'r teulu, a dwi'n trio cael cymaint o wybodaeth â phosib amdano fo.'

'Ia, glywis i am hynny. Esgyrn Billy Twin, druan ohono fo. Ofnadwy ... dan y ddaear ar hyd yn adag, a neb ddim callach.'

'Sut un oedd Billy? Oedd o'n prynu gen ti?'

'Nagoedd, na gan neb arall chwaith i mi fod yn gwbod,' atebodd Nansi.

'Be am ei gariad o, yr hogan 'na o Seland Newydd?' Mentrodd Jeff ofyn felly yn hytrach na defnyddio'i henw hi, a chafodd ei synnu gan ateb ei hysbysydd.

'Isla Scott? Duwcs, hogan reit ddymunol, dipyn o hwyl efo hi, chwarae teg iddi ... ond wn i ddim sut gafodd hi afael ar ddyn fel Billy. Gwd catsh, 'de! Mi o'n i'n gwerthu dipyn o wîd iddi hi'n reit aml. Roedd hi'n licio cael smôc bach, ac wrth ei bodd pan fydda dynion yn prynu drinc iddi yn y Rhwydwr hefyd.'

'Oes gen ti syniad be ddigwyddodd iddi?'

'Na. Mynd yn ôl adra meddan nhw. Un munud roedd hi yma, a'r funud nesa roedd hi wedi mynd, ac mi oedd 'na sôn ei bod hi'n disgwyl babi pan aeth hi o'ma hefyd.'

'Plentyn William Roberts?'

'Pwy a ŵyr. Doedd neb yn siŵr iawn ar y pryd.'

'O?'

'Doedd o ddim yn gyfrinach ei bod hi'n licio hel ei thin o gwmpas y lle 'ma. Dyna pam roedd pawb yn meddwl na fysa hi byth yn cael ei thraed dan bwrdd yn Felin Wen – pobol capal, 'sti. Mi oedd 'na sôn ei bod hi'n mynd efo Crwys Morris yr un pryd ag yr oedd hi'n canlyn Billy. Ella nad oedd hi ei hun yn gwybod pwy oedd y tad, os oedd hi'n disgwyl.'

'Be arall fedri di ddeud wrtha i am Isla a Billy?'

Meddyliodd Nansi am ennyd. 'Mi ddeudodd Isla wrth un o'i ffrindiau – fisoedd, ella blwyddyn cyn iddi ddiflannu – fod Crwys Morris isio datblygu rhyw hen felin ddŵr ar dir Felin Wen ar gyfer twristiaid. Wn i ddim os ydi hynna'n help i ti.'

'Hm. Diddorol,' atebodd Jeff. 'Wrth pwy ddeudodd hi hynny?'

'Rargian, Jeff bach, wyt ti'n disgwyl i mi gofio? Mae 'na lot o ddŵr wedi mynd dan bont ers hynny. Rhywun oedd Crwys yn ei thrin ar y pryd, siŵr gen i.'

'Diolch i ti, Nansi, ti wedi bod yn help mawr. Os glywi di rwbath arall amdano fo, gad i mi wybod, wnei di? Ond rhaid i mi fynd rŵan.'

'Be? Cyn i mi roi snog i ti?'

Tynnodd Jeff bapur ugain punt o'i waled. 'Pryna botel i ti dy hun heno,' meddai.

Gafaelodd Nansi yn ei law a'r arian a cheisio stwffio'r cyfan i lawr rhwng ei bronnau.

'Yn y ffilms, pan mae ditectifs yn rhoi pres i genod am wybodaeth, fel'ma ma' nhw'n gwneud, yli.'

Ysgydwodd Jeff ei ben o un ochr i'r llall wrth dynnu ei hun o'i gafael, a gwenu. Wnâi hi fyth newid.

'Yn y byd go iawn dwi'n byw, Nansi, dim ar y sgrin fawr. Wela i di eto'n fuan ... a bihafia rŵan.'

Ar ei ffordd yn ôl i'r swyddfa meddyliodd Jeff am yr hyn a ddysgodd gan Nansi. Roedd Crwys yn un am y merched ond yn dreisgar efo nhw yn y gwely – doedd dim angen seicolegydd i egluro cefndir yr ymddygiad hwnnw. Ac yn groes i'r hyn a ddywedodd, roedd o'n adnabod Isla Scott yn reit dda. Pam oedd o wedi celu hynny, a'r ffaith ei fod yn cael perthynas efo hi pan oedd hi'n gariad i'w gefnder, Billy? Os oedd hynny'n wir, wrth gwrs. Roedd y cwestiynau'n llifo drwy ben Jeff. Oedd hi'n disgwyl babi, ac os felly babi pwy? Pa mor berthnasol oedd hynny i'r ymchwiliad i lofruddiaeth William Roberts? Heb os, dyma drywydd newydd. A beth am y syniad o ddatblygu'r felin ddŵr? Gallai weld sut y byddai hynny'n apelio at Crwys. Byddai datblygiad o'r fath yn costio cannoedd o filoedd, a doedd dim arwydd fod unrhyw waith wedi'i wneud ar y felin hyd y gwelai. Yn sicr, roedd tipyn i'w ystyried.

'Sut ma' hi'n mynd, Jeff?' gofynnodd Ditectif Sarjant Peter Edwards iddo fel roedd o'n dringo allan o'i gar ym maes parcio gorsaf yr heddlu.

Sythodd Jeff a throi rownd i'w wynebu. 'O, eitha, diolch i ti, Pete. Be ti'n wneud allan yn yr awyr iach? Dan do ac o flaen sgrin cyfrifiadur wyt ti fel arfer,' cellweiriodd.

'Wedi dod allan am smôc bach, ac i ddianc oddi wth Lowri Davies am chydig funudau. Mae'r ddynes 'na wedi bod ar f'ôl i drwy'r bore, isio hyn a'r llall. Does 'na ddim diwedd arni. Oes gen ti rwbath newydd a diddorol i ni heddiw?'

'Dwi newydd fod yn gweld rhywun sy'n gwybod be 'di be yn yr ardal 'ma, ac wedi cael tipyn mwy o wybodaeth am Crwys ac Isla Scott.' Dywedodd rywfaint o'r hanes wrtho. 'Mi fydda i'n rhoi'r cwbwl ar y system yn y munud i ti gael gweld yr holl fanylion.'

'Diddorol,' meddai Pete wrth i'r ddau gerdded i fyny'r grisiau i'r llawr cyntaf. 'Dwi'n edrych ymlaen.'

Aeth Pete at ei ddesg yn yr ystafell gynhadledd a cherddodd Jeff i'w swyddfa. Camodd yn ddistaw heibio swyddfa Lowri gan fod y drws yn gilagored – byddai'n well ganddo lwytho'i wybodaeth newydd i'r system cyn cael ei holi'n dwll ganddi. Pan gyrhaeddodd ei swyddfa'i hun roedd Sonia â'i phen mewn llwyth o bapur o flaen sgrin y cyfrifiadur.

'O, dach chi'n ôl,' meddai. 'Does dim rhaid i mi yrru neb i chwilio amdanoch chi felly.'

Chwarddodd Jeff yn ysgafn ond ddaru hi ddim gwenu, hyd yn oed, ar ei jôc ei hun.

'Fysach chi ddim yn coelio be sydd raid i mi wneud weithia yn y job 'ma ... ond dach chi ddim isio clywed am hynny. Ro'n i'n dallt bod Lowri wedi bod yn gwneud niwsans ohoni'i hun bore 'ma. Pete Edwards oedd yn deud.'

'O, mae Pete wedi bod yn ei chael hi ganddi hefyd, ydi o? Doedd yna ddim diwedd arni bore 'ma, ond mae gan bawb ei waith i'w wneud, siŵr gen i.' Gwthiodd Sonia ei chadair yn ôl oddi wrth ei desg a phlethu'i breichiau o'i blaen yn amddiffynnol. 'Deudwch i mi, Jeff. Oes 'na rywun arall yn defnyddio'r ystafell yma fel swyddfa pan nad oes ymchwiliad mawr ar y gweill?'

'Na, fy swyddfa bersonol i ydi hon. Pam?'

'Oes 'na oriad i'r drws?'

'Siŵr bod 'na un yn rwla, ond dwi erioed wedi'i ddefnyddio fo. Dydi drysau ddim yn cael eu cloi yn yr adeilad 'ma fel arfer, dim ond y stafelloedd lle mae eiddo wedi'i feddiannu'n cael ei gadw. Pam?'

'Dwi'n meddwl y byddai'n syniad da i ni gloi'r drws pan nad oes un ohonon ni yma.'

Synhwyrodd Jeff fod rhywbeth mawr wedi ysgogi'r datganiad. Edrychodd arni'n ddifrifol.

'Be sydd wedi digwydd i wneud i chi ofyn y ffasiwn gwestiwn? Mae 'na rwbath arall wedi'ch ypsetio chi, does?'

Ochneidiodd Sonia'n ddistaw. 'Fysa'n well gen i adael y mater am rŵan, os gwelwch yn dda, Jeff. Ond oes, mae 'na rwbath yn fy mhoeni i, yn fawr iawn, ond dydw i ddim yn barod i drafod y peth ar hyn o bryd.'

'Ylwch, D. A., dwi'n cydnabod eich bod chi reng yn uwch na fi, ond wna i ddim gadael i neb eich cynhyrfu chi. Fedra i ddim eich helpu chi ar ben fy hun, felly mae'n rhaid i chi ystyried deud wrth y bòs am beth bynnag sydd wedi digwydd ers i mi adael y swyddfa'r bore 'ma.'

'Ddim eto, Jeff.'

Pennod 14

Yn gynnar y prynhawn hwnnw eisteddai Jeff yn ystafell aros adran gynllunio'r Cyngor Sir. Er ei fod o'n awyddus i ddysgu mwy am ddatblygiad arfaethedig Crwys Morris, allai o ddim peidio â meddwl am Sonia a beth bynnag oedd yn ei phoeni. Roedd hi wedi sôn wrtho am y datganiadau a ddiflannodd oddi ar y system gyfrifiadurol, felly roedd yn rhaid bod rhywbeth arall wedi digwydd y bore hwnnw, rhywbeth nad oedd hi'n barod i'w rannu â fo. Beth, tybed?

Dechreuodd ystyried y datganiadau coll. Pwy allai fod yn gyfrifol ... os oedd rhywun yn gyfrifol o gwbwl? Beth petai Sonia wedi gwneud camgymeriad, wedi pwyso'r botwm anghywir ar y cyfrifiadur? Camgofio? Wedi'r cwbwl, roedd hi'n dal i ymgynefino â gweithio i Heddlu Gogledd Cymru, a hynny yn ei hail iaith. Oedd hi'n gwneud môr a mynydd o'r sefyllfa, neu a oedd rhywun yn tanseilio'i gwaith yn fwriadol? Dechreuodd ystyried gweddill y tîm. Oedd rhywun wedi bod yn trin Sonia'n wahanol? Na, roedd yr unig sylwadau roedd o wedi'u clywed amdani yn stafell y ditectifs yn rhai canmoliaethus, yn dweud pa mor dlws a rhywiol roedd hi'n edrych, er nad oedd hynny'n addas yn y gweithle chwaith.

A beth am Lowri? Ni allai hyd yn oed feddwl am ei hamau hi. Gwyddai o brofiad ei bod hi'n bennaeth teg ac yn rheoli'i thîm yn ddoeth. Peter Edwards? Gŵr bonheddig arall, egwyddorol, un o'r rhai gorau, a hynod o dda yn ei waith. Ystyriodd y ditectifs eraill – wedi'r cwbwl, un ohonyn nhw oedd wedi dechrau'r stori amdano fo a Sonia'r bore hwnnw. Ond allai o ddim meddwl y byddai 'run ohonyn nhw'n amharu ar ddatblygiad yr ymchwiliad – wedi'r cyfan roedden nhw i gyd yn gweithio tuag at yr un nod.

Torrwyd ar draws ei ddamcaniaethu gan lais y ferch wrth y dderbynfa yn galw'i enw.

'Ditectif Sarjant Evans? Mae Mr Huws yn rhydd i'ch gweld chi.'

Dilynodd Jeff hi drwy'r coridor golau, oedd â waliau gwydr i wahanu nifer o swyddfeydd. Roedd yn gas ganddo adeiladau modern fel hyn, ond gallai weld mantais medru gweld drwy waliau ar ôl ei sgwrs efo Sonia. Cafodd ei arwain i swyddfa ym mhen draw'r adran a'i gyfarch yn y drws.

'Mr Evans, Jeff, sut ydach chi ers tro byd. Faint sydd 'na deudwch?'

'Helô, Martyn. Wel, mae Meira a finna wedi bod yn byw yn Rhandir Newydd er 2016, felly mae 'na tua deng mlynedd ers i ni fod yn trafod y cais cynllunio i adeiladu'r tŷ. Doeddech chi ddim yn sôn am ymddeol?'

'Mi ga i fynd ar bensiwn ymhen y flwyddyn, os byw ac iach. Gan ei bod yn edrych yn debyg na cha i, fel dirprwy, ddyrchafiad pellach yn yr adran 'ma waeth i mi adael a gwneud dipyn o waith preifat ddim, tra dwi'n weddol ifanc. Ond rŵan, be ga i wneud i chi, Jeff? Tydach chi ddim am adeiladu tŷ arall, siawns?'

Eisteddodd y ddau i lawr.

'Na, isio gofyn i chi am gais hanesyddol ydw i, os gwnaed un o gwbwl, hynny ydi. Cais fysa fo i ddatblygu'r hen felin ddŵr ar dir ffarm Felin Wen.'

Cododd Martyn Huws ar ei draed a brasgamu at y drws er mwyn ei gau yn dynn. Roedd y syndod ar wyneb Jeff yn amlwg felly dechreuodd Martyn roi esboniad heb iddo orfod gofyn. Siaradodd yn ddistaw.

'Dwi'n cymryd eich bod chi'n mynd i ofyn i mi am Crwys Morris. Mae o'n ffrindiau mawr efo'r Prif Swyddog Cynllunio, Tom Harris, sydd yn y swyddfa drws nesa. Mae Crwys yn ymwelydd rheolaidd yma.'

'O. Dwi'n dallt, Martyn,' meddai Jeff yn ddistaw.

'Dwi'n cymryd bod hyn yn ymwneud â'r esgyrn a ddarganfuwyd yng nghaeau Felin Wen yn gynharach yr wythnos yma?'

'Cywir,' atebodd Jeff. 'Mi glywais i si fod Crwys Morris wedi bod isio datblygu'r hen felin er mwyn ei throi yn atyniad ar gyfer twristiaid. Ydi hynny'n wir? O be welis i, mae'r hen le bron â mynd â'i ben iddo.'

Gwenodd Martyn Huws o glust i glust. 'Wel, dach chi'n agos iawn i'ch lle, Jeff. Mi fu cais, ac roedd yr adran 'ma'n edrych arno'n ffafriol o'r dechrau. Dod â phobol i'r ardal, chwyddo'r economi leol, y math yna o beth. Mae Crwys yn ddyn busnes da, pob parch iddo fo, ac mi wnaeth ei waith ymchwil cyn cyflwyno'r cais. Roedd o wedi cynnwys canolfan ymwelwyr, arddangosfeydd rhyngweithiol, caffi, maes parcio, creu mynedfa newydd o'r lôn fawr ac ati, a chyfrifo pob dim, o'r costau i'r effaith amgylcheddol.'

'Rhaid bod y gwaith hwnnw wedi costio dipyn go lew iddo fo.'

'Miloedd, fyswn i'n dweud. Ac fel sonis i, roedd petha'n edrych yn dda iddo fo.'

'Pryd oedd hyn?'

'Chwe neu saith mlynedd yn ôl. Mi fedra i ffendio'r union ddyddiadau i chi.'

'Pwy oedd yn delio efo'r cais o'ch ochr chi?'

'Tom Harris, wrth gwrs, fel popeth arall sy'n ymwneud â Crwys.'

'Be aeth o'i le felly?'

'Fel y gwyddoch chi, Jeff, mi geith unrhyw un wneud cais cynllunio i ddatblygu unrhyw dir. Does dim rhaid i'r sawl sy'n gwneud y cais fod yn berchen ar y tir.'

'Dwi'n dallt.'

'Wel, un diwrnod, pan oedd popeth yn agos i gael ei gyflwyno gerbron y pwyllgor cynllunio, brasgamodd William Roberts i mewn i'r swyddfa 'ma, yn flin fel cacwn.'

'Peidiwch â deud, mi fedra i ddyfalu.' Gwenodd Jeff.

'Dwi'n siŵr eich bod chi wedi dyfalu'n gywir, Jeff. Doedd William, na'i dad na'i frawd, sef perchnogion y tir, yn gwybod dim am y cais.'

'A'r cais wedi bod ar droed ers peth amser.'

'Misoedd, dros flwyddyn dwi'n siŵr.'

'Be ddigwyddodd wedyn?'

'Roedd yn rhaid rhoi stop ar y cwbwl.'

'Dipyn o siom i Crwys, siŵr gen i, ar ôl yr holl waith a chostau. Deudwch i mi, Martyn, wnaeth Crwys geisio atgyfodi'r cais ar ôl i William ddiflannu?'

'Do,' atebodd Martyn gydag awgrym o wên, 'tua phedair blynedd yn ôl.'

'Blwyddyn ar ôl i William ddiflannu, felly. Be ddigwyddodd bryd hynny?'

'Dim. Dim byd o gwbl. A'r rheswm am hynny ydi bod llythyr wedi'i yrru aton ni gan Mr Iestyn Bowen o gwmni cyfreithwyr Ellis a Bowen, sy'n cynrychioli'r teulu, yn datgan nad oes cais o'r fath i gael ei ystyried eto heb ganiatâd y teulu trwy ei swyddfa o.'

'Doedd Tom Harris ddim wedi deud wrth Crwys Morris am y llythyr cyn iddo drio atgyfodi'r cais?' gofynnodd Jeff.

'Mae'n edrych yn debyg na wnaeth o.'

'Oes posib i mi gael gweld y gwaith papur?'

'Cewch, â chroeso. Mae popeth ym mharth y cyhoedd. Ond mi fydd Tom Harris yn dod i wybod eich bod chi wedi gwneud hynny, a Crwys hefyd, drwyddo fo, o bosib.'

'Tydi hynny ddim o bwys. Wnaiff o ddim drwg i Mr Morris deimlo bod 'na chydig o bwysa arno fo.'

Ymhen deng munud roedd y ffeil drwchus o'i flaen, a threuliodd Jeff yr awr nesaf yn mynd trwyddi mewn ystafell ar ei ben ei hun. Tynnodd luniau o rai dogfennau er mwyn cael cofnod o'r dyddiadau cywir.

Meddyliodd am Crwys Morris wrth fodio drwy'r papurau. Mae'n rhaid ei fod yn flin a siomedig ar ôl i William Roberts roi stop ar y cais, wedi iddo wneud cymaint o waith arno. Meddyliodd hefyd am gostau'r prosiect – oedd Crwys wedi sicrhau buddsoddiad allanol, neu oedd o'n ddigon cefnog i allu mentro ar ei ben ei hun?

'Mae'n ddrwg gen i alw heb apwyntiad,' meddai Jeff wrth y derbynnydd yn swyddfa Ellis a Bowen. 'Dwi angen trafod mater sy'n ymwneud â llofruddiaeth William Roberts efo Mr Bowen. Oes 'na siawns i mi fedru cael gair efo fo, tybed?'

'Mae ganddo fo gleient efo fo ar hyn o bryd, ond fydd o ddim yn hir, fyswn i ddim yn meddwl. Ydach chi isio aros iddo fo orffen, Ditectif Sarjant?'

Ymhen chwarter awr cafodd ei arwain i'r swyddfa hen ffasiwn oedd yn gyfarwydd iawn i Jeff. Roedd o wrth ei fodd yn edrych ar y rhesi o lyfrau cas lledr ar y silffoedd a'r pentyrrau o bapurau ar hyd yr hen ddesg bren. Sut roedd Iestyn Bowen yn gallu rhoi ei fys ar bopeth, wyddai o ddim. Cododd y cyfreithiwr ar ei draed i'w gyfarch.

'Prynhawn da, Ditectif Sarjant Evans. Mater o lofruddiaeth sy'n dod â chi yma, fel dwi'n deall. Wel, does dim rhaid i mi ddyfalu'n hir am bwy rydan ni'n sôn, nag oes? Eisteddwch i lawr a gofynnwch be liciwch chi. Os fedra i ateb, mi wna i.'

'Diolch, Mr Bowen. Achos trist iawn. Dach chi'n adnabod y teulu'n dda, siŵr gen i.'

'Trist ofnadwy, ac ydw, dwi wedi bod yn cynrychioli Idwal a'r teulu ers blynyddoedd.'

'Dwi'n gwerthfawrogi bod cyfrifoldeb arnoch chi i gadw cyfrinachedd eich cleient, Mr Bowen ...'

Wnaeth Bowen ddim gadael iddo orffen. 'Ylwch, Mr Evans. Dwi'n gwybod am sefyllfa'r teulu a pha mor anodd ydi hi iddyn nhw ar hyn o bryd, ac i chithau sy'n ymchwilio i'r mater hefyd, dwi'n siŵr. Dydw i ddim yn bwriadu dweud dim byd na ddylwn i, ond mae 'na lawer o'r cefndir y galla i ei drafod, felly cariwch chi 'mlaen os gwelwch chi'n dda.'

Dyma'r math o ymateb roedd Jeff wedi gobeithio'i gael. Roedd y ddau wedi cyfnewid gwybodaeth sawl gwaith o'r blaen a hynny er lles cleientiaid Ellis a Bowen ac er budd ymchwiliadau Jeff ei hun.

'Reit, gadewch i mi ddechrau efo diflaniad William.' Cymerodd Jeff rai munudau i adrodd y prif ffeithiau. 'Oes 'na rywbeth ychwanegol y gallwch chi ei rannu efo ni?'

'Dim llawer. Roedd hi'n syndod i mi ar y pryd, fel pawb arall, fod William wedi gadael efo'r ddynes 'na o Seland Newydd, a hynny heb ddweud dim wrth neb. Ond roedd un digwyddiad, o edrych yn ôl, yn arwydd posib nad oedd o am fod o gwmpas yn hir. Neu dyna feddyliais i ar y pryd, beth bynnag. Ychydig fisoedd cyn iddo ddiflannu, gofynnodd i mi drefnu iddo fo gael pŵer twrnai dros ei dad, Idwal.'

'I be oedd o isio pŵer twrnai os oedd o'n meddwl gadael?'

'Dyna'r pwynt, Ditectif Sarjant. Roedd o'n bwriadu cymryd y cyfrifoldeb am y teulu, ond ymhen rhai wythnosau, cyn i mi fedru trefnu'r pŵer, newidiodd ei feddwl a gofyn i'r pŵer gael ei roi yn f'enw i.'

'A dyna pam y gwnaethoch chi feddwl ei fod o am adael? Ydi'r pŵer twrnai hwnnw'n ddilys?'

'Nac ydi, yn anffodus. Mi ddiflannodd William cyn iddo gael ei drefnu.'

'Pam "anffodus"?'

'Anffodus am ddau reswm. Y cyntaf ydi bod cyflwr Idwal wedi gwaethygu'n gyflym ers hynny, a'r ail, gan nad oedd pŵer twrnai yn bodoli, mae'r dyn Crwys Morris 'na wedi neidio i mewn a chymryd y cyfrifoldeb dros y ddau, er nad oes ganddo hawl cyfreithiol i wneud hynny. Mae popeth mae o'n ei wneud yn digwydd trwy ganiatâd.'

'Caniatâd pwy? Fedar Idwal ddim ei roi iddo.'

'Caniatâd y ddau trwy Morgan. Efallai fod Morgan yn cael trafferth cyfathrebu ond mae o'n ddigon tebol yng ngolwg y gyfraith a'r awdurdodau meddygol i wneud ei benderfyniadau ei hun.'

'Be ddigwyddodd i Morgan, Mr Bowen? Dwi wedi clywed mai rhyw fath o ddamwain gafodd o.'

'Wn i 'mo'r hanes i gyd, ond fel dwi'n dallt, ymosododd rhywun arno pan oedd o mewn coleg amaethyddol yn

Swydd Amwythig. Mi gafodd o niwed sylweddol i'w ymennydd yn yr ymosodiad, a tydi o ddim wedi dod ato'i hun yn llwyr byth ers hynny.'

'Oedd 'na reswm pam fod William isio cael pŵer twrnai dros ei dad, yn ei enw fo neu yn eich enw chi?' gofynnodd Jeff.

'Wn i ddim yn iawn ...' atebodd Bowen, ond oedodd cyn gorffen ei frawddeg.

'Oedd posib,' gofynnodd Jeff, 'fod y penderfyniad yn gysylltiedig â'r cynllun oedd gan Crwys i ddatblygu'r felin ddŵr ar dir y ffarm?'

Gwenodd Bowen. 'O, mi wyddoch chi am hynny? Oedd, mwya tebyg. Roedd y cais hwnnw'n sioc enfawr i William, ac i Idwal a Morgan hefyd, am wn i. Unwaith y daeth William yn ymwybodol o'r cais mi ruthrodd i adran gynllunio'r Cyngor i roi stop ar y peth. Wedyn, mi ddaeth yma i 'ngweld i.'

'Mi wn i am y llythyr yrroch chi i'r Cyngor,' meddai Jeff.

'William ofynnodd i mi ei ysgrifennu, a dwi'n cymryd bod ei dad wedi cytuno er na alla i fod yn siŵr o hynny. Yn ôl pob golwg, roedd dadlau mawr wedi bod am y peth yn y cartref – rhwng y tri a Crwys Morris. Roedd yn gas gan William ei gefnder erioed, fel dwi'n dallt, a rhyngoch chi a fi, does gen innau ddim llawer o amser iddo fo chwaith. Doedd 'na ddim siawns fod William am adael iddo ddatblygu'r felin.'

'Oedd 'na reswm am hynny. Mr Bowen?'

'Efallai nad oedd William isio i Crwys ymyrryd â busnes y ffarm mewn unrhyw ffordd?'

'Ond erbyn hyn Crwys sy'n rheoli popeth yn Felin Wen, a hynny'n cynnwys cyllid y teulu.'

'Mi fuasai William yn flin gacwn am hynny.'

'Rhaid bod digon o incwm yn dod o'r ffarm i gadw Idwal a Morgan, felly?'

'Oes. Maen nhw'n cael swm go lew gan Elwyn Jones am gael ffarmio'r tir. Roedd Idwal wedi cynilo tipyn dros y blynyddoedd hefyd, ac mae o'n berchen ar ddau adeilad yn y dre 'ma sy'n dod ag incwm rhent rheolaidd.'

'Pa fath o adeiladau?'

'Dwy siop a fflatiau uwch eu pennau nhw – mi adawodd Ethni, ei chwaer, nhw i Idwal yn ei hewyllys.'

'Dyna ddiddorol. Sut gwyddoch chi hynny, os ga i ofyn?'

'Fi oedd cyfreithiwr Ethni hefyd, a fi ysgrifennodd ei hewyllys hi. Yn ôl yr hyn ddywedodd Idwal wrtha i flynyddoedd yn ôl, roedd Crwys o'i go' fod ei fam wedi gadael y ddau eiddo iddo fo – wyddai o ddim fod ei fam wedi gwneud ewyllys. Roedd o wedi gobeithio y byddai'r cwbwl yn pasio iddo fo, ac mae'r briw hwnnw'n dal i fod yn agored, coeliwch fi. Ond dwi'n methu dallt pam roedd o mor ddig ynglŷn â'r peth, ac yntau wedi cael cymaint o eiddo ac arian ar ei hôl hi. Cyfran fach iawn o'i stad oedd yr hyn gafodd Idwal. Ond un barus ydi Crwys.'

'Ai chi ydi cyfreithiwr Crwys hefyd?'

'Naci wir, diolch i'r nefoedd. Ar ôl damwain anffodus Ethni, ac wedi i Crwys gymryd y busnes, aeth â'i waith cyfreithiol i ffyrm arall y tu allan i'r dre 'ma. Mae ugain mlynedd ers hynny. Dwi ddim yn meddwl ei fod o isio i neb yng Nglan Morfa fod yn ymwybodol o fanylion ei fusnes o, a deud y gwir. A dwi'n diolch i'r nefoedd am hynny – fyswn i ddim yn hoffi ei gynrychioli o. Mae o'n un gwahanol iawn i'w fam, a fyswn i ddim yn ei drystio fo o gwbl.'

'Felly be am faterion ariannol teulu Felin Wen?'

'Yn ôl yr hyn wn i, llofnod Morgan yn unig sydd ei angen yn y banc i ryddhau arian, ac mae'n siŵr bod yr un peth yn wir efo'r materion swyddogol eraill. Ond dwi'n siŵr nad ydi'r hogyn druan yn gweld dim o'r datganiadau banc, nac unrhyw waith papur arall, gan fod Crwys yn gallu ei droi o rownd ei fys bach. Ond be fedra i wneud? Does gen i 'mo'r awdurdod i ymyrryd.'

'Ydi'r ffordd mae arian teulu Felin Wen yn cael ei weinyddu yn achos pryder, fysach chi'n deud?'

'Ditectif Sarjant Evans, dwi'n meddwl eich bod chi wedi ateb eich cwestiwn eich hun.'

Pennod 15

Roedd yr ystafell gynhadledd yn llawn am hanner awr wedi pump pan gerddodd Lowri a Sonia i mewn. Roedd si wedi cyrraedd clustiau'r timau fod gwybodaeth newydd a diddorol wedi cyrraedd yn ystod y dydd ac roedd pawb yn awyddus i ddysgu mwy. Er nad oedd Lowri'n berson emosiynol gallai synhwyro'r tensiwn trydanol a lifai drwy'r ystafell, felly yn ddistaw hyderus, cododd ar ei thraed i annerch ei chynulleidfa. Dechreuodd drwy ddatgan bod yr wybodaeth newydd wedi dod o ddwy wahanol ffynhonnell: yr hyn a ddysgodd Jeff yn ystod y dydd, a'r ffaith fod y tîm oedd yn gyfrifol am geisio olrhain Isla Scott wedi dod o hyd i gyfeiriad iddi yn Llundain, a darganfod ei bod yn gweithio ym mhencadlys cwmni o beirianwyr sifil.

Gan na chafodd Jeff ddigon o amser i lwytho'r holl wybodaeth i'r system cyn y gynhadledd, galwodd Lowri arno i ddod i'r llwyfan i gyflwyno manylion ei ymholiadau. Ar ôl iddo orffen, cododd Lowri ar ei thraed drachefn.

'Wel, mae'n edrych yn debyg bod statws Crwys Morris yn yr ymchwiliad 'ma wedi altro cryn dipyn,' meddai. 'Rydan ni bellach yn gwybod llawer iawn mwy am ei gymeriad o. Mae o'n ddyn sy'n defnyddio cyffuriau, yn defnyddio merched mewn ffordd amharchus ac wedi bod yn gyfrifol am gryn dipyn o anghytundeb yn Felin Wen dros y blynyddoedd. Mae'n edrych yn debyg bod hynny wedi achosi rhwyg rhwng Idwal, Morgan a William. Aeth Crwys tu ôl i gefn pawb drwy geisio gwneud cais cyfrinachol i ddatblygu'r hen felin ddŵr. Mae o'n ddyn a wnaiff unrhyw beth i ychwanegu at ei gyfoeth, ac yn fy marn i mae hynny'n achos i ni ei amau yn yr ymchwiliad hwn.'

'Sgynnon ni ddigon i ddod â fo i mewn a'i arestio fo ar amheuaeth o ladd William?' gofynnodd llais o'r llawr. 'Mae'n edrych yn debyg mai fo fyddai'n elwa fwya o farwolaeth William Roberts.'

'Be ydi'ch barn chi am hynny, Ditectif Sarjant Evans?' gofynnodd Lowri.

'Ddim eto,' atebodd Jeff. 'Ydi, mae o jyst y boi i wneud rwbath er ei les ei hun. Ond llofruddio'i gefnder er mwyn chwyddo'i gyfoeth, ac yntau'n ddyn cyfoethog yn barod, wn i ddim. Does dim tystiolaeth bendant ei fod o wedi troseddu o gwbl, a tydi o ddim yn mynd i gyfaddef i ladd neb, mae hynny'n sicr i chi, euog neu beidio. Dal i dyllu i'w hanes o fysa'r peth gorau yn fy marn i, a gawn ni weld be ddaw. Wedi'r cwbwl, does ganddo fo ddim syniad ein bod ni'n ei amau o.'

'Dwi'n cytuno,' meddai Lowri'n bendant. 'Rŵan 'ta, Isla Scott,' parhaodd. 'Mi wnaethoch chi waith ardderchog yn ei darganfod hi. Diolch. Bydd yn rhaid i ni fynd i lawr i'w gweld hi cyn gynted â phosib. Fory, er ei bod hi'n ddydd Sadwrn. Ditectif Gwnstabliaid Harrison a Powell, gan mai chi'ch dau gafodd hyd iddi, hoffech chi fynd i Lundain i'w chyfweld? Tydw i ddim isio gwneud trefniadau ymlaen llaw i'w chyfarfod hi – mewn achos fel hyn mae'n well o lawer i ni roi tipyn o sioc iddi ar stepen ei drws y peth cynta yn y bore. Mae hithau hefyd dan rywfaint o amheuaeth, cofiwch. Dewch i gael gair efo fi wedyn, eich dau, os gwelwch yn dda. Mae 'na rai ohonoch chi'n gweithio dros y Sul, ond y gweddill ohonoch chi, mwynhewch eich penwythnos. Bydd llawer iawn mwy o waith yn eich disgwyl chi fore Llun.'

Diflannodd y rhan fwyaf o'r staff yn reit handi. Arhosodd Harrison a Powell ar ôl, a gwelodd Jeff y ddau yn trafod yn ddistaw gyda'i gilydd. Cerddodd Lowri a Sonia atynt ac eisteddodd y pedwar i lawr wrth ymyl desg Peter Edwards.

'Ditectif Siwper,' meddai Powell. 'Fysa modd i chi yrru rhywun arall i Lundain fory os gwelwch yn dda?'

'Pam? Be 'di'r broblem?' brathodd Lowri.

'Mae gen i apwyntiad meddygol,' meddai Powell, 'un rydw i wedi bod yn disgwyl amdano ers misoedd.'

'Dydi fy rheswm i ddim cystal,' cyfaddefodd Harrison. 'Mae gen i bedwar tocyn i fynd i Anfield i wylio gêm Lerpwl – dwi'n mynd â'r plant efo fi. Maen nhw wedi costio ffortiwn i mi, ac ma' hi braidd yn hwyr i gael gwared arnyn nhw heno. Hefyd, mi fysa'r plant yn torri'u calonnau taswn i'n canslo'r trip.'

'Dwi'n fodlon mynd,' cynigiodd Jeff, a oedd wedi clywed y cwbl.

'Mae hon yn job i ddau,' mynnodd Sonia, 'ac efallai y byddai'n well i ddynes fod yn bresennol pan mae Isla yn cael ei holi. Does gen i ddim gwrthwynebiad i fynd efo Ditectif Sarjant Evans.'

Ar unwaith, meddyliodd Lowri am y sibrydion a glywodd y diwrnod cynt ynglŷn â Sonia a Jeff, a'r cip o'u sgwrs glywodd hi yn eu swyddfa.

'Na, dwi ddim yn meddwl, Sonia, ond diolch i chi am gynnig,' meddai. 'Fan hyn ydi'ch lle chi. Rhaid i chi ddysgu mai rheoli ydi eich gwaith chi a finnau, nid cyfweld.'

Am ateb amharchus, meddyliodd Jeff, o ystyried pa mor brofiadol oedd Sonia. Ond ni welodd unrhyw arwydd o ymateb ganddi.

'Mi fedra i fynd,' cynigiodd Peter Edwards. 'Mi fyswn i'n falch o unrhyw gyfle i gael mynd allan o'r adeilad 'ma am ddiwrnod. Dim ond dau dîm fydd yn gweithio dros y penwythnos ac mae 'na ddigon o weithrediadau iddyn nhw eu gwneud heb i mi fod yma i'w harolygu nhw.'

'Iawn, felly,' cytunodd Lowri. 'Gwnewch chi'ch dau eich trefniadau.'

Am hanner awr wedi tri y bore canlynol sleifiodd Jeff o'r tŷ yn ddistaw heb ddeffro neb. Erbyn pedwar, yn ôl ei addewid, roedd yn codi Peter Edwards yn ei gartref, a chychwynnodd y ddau i brifddinas Lloegr. Dewisodd Jeff y ffordd gyflymaf, yr M6 a'r M1, gan wybod na fyddai llawer o geir ar y lôn. Tarodd ei droed ar y sbardun gan obeithio na fyddai'r camerâu cyflymder wedi deffro eto.

'Sut wyt ti'n meddwl mae'r ymchwiliad yn mynd, Jeff?' gofynnodd Peter. 'Ydi Crwys Morris yn rhy amlwg i ni ei amau, ti'n meddwl?'

'Anodd deud. Ma' hi'n rhy gynnar i benderfynu dim eto, ond ydi, mae pob dim yn pwyntio i gyfeiriad Crwys Morris, rhaid i mi gyfaddef.'

'Mae o'n un am y geiniog, ond ydi o'n ddyn fysa'n lladd ei gefnder er mwyn cael ei ffordd ei hun?'

'Dydi o ddim yn fy nharo i fel llofrudd,' atebodd Jeff, 'tydi o ddim yn foi ymosodol, a 'dan ni wedi gweld digon o'r rheiny yn ystod ein gyrfaoedd, yn do. Fysa'n haws gen i gredu y bysa fo'n twyllo er mwyn cael ei ffordd ei hun nac yn lladd, ond rhaid i ni gofio ei fod o wedi ymosod efo cyllell ar fachgen ifanc tuag ugain mlynedd yn ôl, ac mae ganddo fo goblyn o dymer.'

Newidiodd Peter y pwnc. 'Tydi o'n beth rhyfedd, ein bod ni'n ymchwilio i rwbath ddigwyddodd gymaint o amser yn ôl.'

'Ydi,' cytunodd Jeff. 'Pan fydd corff yn ffres mae'r ymchwil yn berwi o'r dechrau, a'r momentwm yn tyfu o ddydd i ddydd. Dwi ddim yn cael yr un teimlad y tro yma.'

'Ond mae Lowri'n un dda am reoli'r cwbl,' ychwanegodd Pete.

'Be am Sonia?' gofynnodd Jeff er mwyn pysgota rhyw fymryn. 'Sut mae hi'n gwneud ei rhan?'

'Ardderchog, wir. Mae'n ddigon hawdd gweld bod ganddi brofiad o reoli ymchwiliadau mawr, er gwaetha'r ffaith nad oes ganddi gymaint â hynny o flynyddoedd yn y job. Ond ...' oedodd Peter am ennyd.

'Ond be, Pete?'

'Wn i ddim sut mae Lowri a hitha'n gwneud efo'i gilydd.'

'Be sy'n gwneud i ti ddeud hynny?'

'Dwi wedi sylwi sawl tro bod Sonia'n gwneud penderfyniad, a Lowri'n mynd allan o'i ffordd i'w ddisodli o, a hynny heb reswm da. Mae hi fel petai hi isio dangos pwy ydi'r bòs.'

'Ydi Sonia'n ymddwyn mewn ffordd debyg?'

'Ydi, ond ddim cymaint. Ti'n sylwi ar y petha bach pan ti yn fy safle i, 'sti.'

'Dwi'n siŵr,' cytunodd Jeff. 'Sut mae staff y timau ymchwil yn gwneud efo hi?'

'Mae'r rhan fwya ohonyn nhw'n meddwl ei bod hi'n grêt. Wn i ddim ydi hynny am ei bod hi'n beth mor handi 'ta be – fedar rhywun ddim anwybyddu hynny. Neu ella am ei bod hi wedi dysgu'r iaith Gymraeg. Ond ddoe, ar ôl cynhadledd y bore, ges i fy siomi wrth glywed un o'r dynion yn defnyddio gair ... amharchus wrth sôn amdani. Hiliol. Roedd 'na griw o flaen fy nesg i yn disgwyl am weithrediadau, a chan 'mod i â 'mhen i lawr yn canolbwyntio ar rwbath, does gen i ddim syniad pwy ddeudodd y gair.'

'Glywaist ti fwy o'r sgwrs?'

'Naddo, yn anffodus, dim ond y gair hyll safodd allan.'

'Ydi hi'n bosib mai camglywed wnest ti?' cynigiodd Jeff.

'Ydi,' atebodd Peter, 'ac mi fysa'n well gen i hynny na'r dewis arall.'

Pennod 16

Roedd hi wedi troi naw o'r gloch y bore pan barciodd Jeff y car y tu allan i 15 Elmgate Gardens yn Edgware a rhoi pwniad i Pete Edwards i'w ddeffro. Er nad oedd y cyfeiriad ymhell o'r draffordd, diolchodd Jeff am y llywiwr lloeren. Roedd o wedi gobeithio cyrraedd dipyn ynghynt, ond roedd y ffaith fod y cyrtens i gyd ar gau yn awgrymu nad oedd Isla Scott wedi gadael ei chartref am y dydd. Roedd dwy gloch wrth y drws a phwysodd Jeff yr un gyferbyn â'r enw 'Scott'. Dim ateb. Pwysodd eto arni, ac ymhen ychydig eiliadau ymddangosodd wyneb dynes rhwng cyrtens un o ffenestri'r llawr cyntaf. Agorodd y ffenest.

'Ia?' gofynnodd y ddynes gysglyd yr olwg.

'Isla Scott?' gofynnodd Jeff.

'Ia. Pwy ydach chi?'

'Heddlu Gogledd Cymru. CID Glan Morfa.'

'Glan Morfa? Be ar y ddaear ydach chi isio efo fi?' Roedd tipyn o gynnwrf yn ei llais.

'Rydan ni isio gair efo chi am fater pwysig. Mi ddaethon ni yma yn unswydd i'ch gweld chi.'

'Rhoswch i mi newid,' meddai, cyn diflannu.

Ymhen ychydig funudau, agorwyd y drws a dangosodd Jeff ei gerdyn gwarant iddi. Dynes yn ei phedwardegau cynnar oedd Isla, tua phum troedfedd a hanner, eitha tenau gyda gwallt melyn cwta. Gwisgai jîns denim golau a chrys glas blodeuog ychydig tywyllach. Edrychai'n smart a deniadol o ystyried mai newydd ddeffro oedd hi.

Cyflwynodd Jeff ei hun a Peter Edwards iddi, a phenderfynodd ddod yn syth at y pwynt. 'Isio'ch holi chi am eich perthynas efo William Roberts, Felin Wen, ydan ni.'

'Dydw i ddim wedi gweld na chlywed gan Billy ers tro byd,' atebodd Isla gan edrych ar y ddau ohonynt yn chwilfrydig.

Edrychodd Jeff a Peter ar ei gilydd. Roedd y datganiad nesaf yn mynd i gael cryn effaith arni, os oedd hi'n dweud y gwir.

'Mae Billy wedi marw,' meddai Jeff, wrth wylio'i hymateb yn fanwl. 'Ei lofruddio.'

'Ei lofruddio!' Roedd y syndod yn amlwg ar draws ei hwyneb. Cododd ei llaw dde at ei cheg ac agorodd ei llygaid mewn dychryn. 'Llofruddio,' meddai eto. 'Pryd ddigwyddodd hyn? Dwi ddim wedi'i weld o, na chlywed ganddo, ers i mi adael Glan Morfa.'

'Mi gafodd o ei weld yng Nglan Morfa am y tro olaf ar y trydydd o Awst 2019, a bryd hynny roedd pawb yn meddwl ei fod o wedi gadael y wlad efo chi, i fynd i Seland Newydd.'

Roedd yr wybodaeth hon fel petai'n hollol newydd iddi. Nid yn unig yn newydd, ond yn sioc. Un ai hynny neu mi oedd Isla Scott yn actores eithriadol o dda.

'A dyna pam rydach chi wedi dod yr holl ffordd yma mor fore?' gofynnodd.

'Dydi mwrdwr rhywun roeddach chi'n ei nabod mor dda ddim yn ddigon o reswm?' gofynnodd Jeff.

'Well i chi ddod i fyny i'r fflat felly,' meddai.

Dilynodd y ddau hi ar hyd y cyntedd tywyll, heibio i

ddrysau'r fflatiau eraill, gan basio seidbord cul oedd â nifer o lythyrau wedi cael eu taro arno. Cawsant eu harwain i mewn i lolfa gyfforddus, ac edrychodd Jeff o'i gwmpas. Roedd y dodrefn o safon eitha da ond doedd dim ohono'n edrych yn newydd – roedd hi wedi eu prynu'n ail-law, mwyaf tebyg, ystyriodd. Crogai tri ffotograff o draethau ar un wal, a dychmygodd Jeff mai llefydd yn Seland Newydd oedden nhw, i'w hatgoffa o'i chartref. Eisteddodd y tri i lawr.

'Mae'n ddrwg gen i,' meddai Isla. 'Mae hyn yn dipyn o sioc i mi. Roedd Billy a finna'n agos, yn agos iawn ar un adeg, cyn i betha ddechra mynd yn flêr. A do, mi wnaethon ni drafod y posibilrwydd o ymfudo o Gymru i Seland Newydd at fy nheulu i – mi fysa Billy wedi gwneud yn dda yn fanno ... digon o waith ffermio i ddyn mor abl â fo. A fysa gadael Glan Morfa ddim wedi bod yn beth drwg iddo fo chwaith.' Doedd dim cymaint o nerfusrwydd yn ei llais bellach, a gwyddai Jeff ei bod yn dechrau ymlacio yn eu cwmni.

'Y peth gorau, dwi'n meddwl, Isla,' meddai Jeff, gan dorri ar ei thraws, 'ydi i chi adael i ni eich holi chi am eich perthynas efo Billy o'r dechrau hyd y diwedd. Ydach chi'n hapus i ni wneud hynny?'

'Ydw. Dim ond gobeithio y medra i gofio petha'n ddigon da.'

'Mae hyn yn debygol o gymryd peth amser,' awgrymodd Pete wrth agor y cês roedd o'n ei gario. 'Dwi am gymryd nodiadau, os ydach chi'n hapus i mi wneud.' Chwiliodd trwy'r papurau yn y cês. 'O,' ychwanegodd, 'dwi wedi gadael fy llyfr nodiadau yn y car. Esgusodwch fi tra dwi'n mynd i'w nôl o. Jeff, ga i oriadau'r car?'

'Mi wna i be fedra i i'ch helpu chi,' meddai Isla wrth Jeff ar ôl i Pete fynd, 'ond fedra i ddim dallt pam eich bod chi yma bum mlynedd ar ôl iddo ddiflannu.'

'Mi ddaw hynny'n amlwg mewn munud,' esboniodd Jeff. Erbyn hyn, roedd yn sicr nad oedd hi wedi clywed yr hanes am yr esgyrn yn y cae.

Cynigiodd Isla wneud paned i'r tri ohonynt, a dilynodd Jeff hi i'r gegin fechan.

'Ar ben eich hun ydach chi'n byw yn y fflat 'ma, Isla?' gofynnodd.

'Ia, ar hyn o bryd, ond mi fysa lojar yn help gan fod y rhent yn Llundain 'ma mor ofnadwy o ddrud,' atebodd. 'Ond dwi'n lwcus fod gen i swydd eitha da.'

'Be dach chi'n wneud felly?'

'Gweithio yn y Ddinas, ym mhencadlys un o'r peirianwyr sifil mwyaf ym Mhrydain.'

'Dipyn o gam o fod yn gweithio mewn gwesty yng Nglan Morfa.'

Gwenodd Isla. 'Mi wnes gwrs gweinyddu busnes ar ôl gadael gogledd Cymru. Mae 'na gymaint mwy o gyfleoedd i lawr yn fama, a mwy o gyflog er bod costau byw yn aruthrol.'

Ar ôl i Pete gyrraedd yn ôl efo'i lyfr nodiadau ailddechreuodd Jeff yr holi gan esbonio i Isla mai yn gynharach yr wythnos honno y darganfuwyd corff William, wedi'i gladdu yn y cae. Gadawodd Jeff iddi dreulio'r wybodaeth honno cyn rhannu mwy o'r hanes, a dewisodd beidio datgelu gormod o'r ffeithiau. Eisteddodd y ddau dditectif yn dawel wrth i lygaid y ferch lenwi.

'Sut ddaethoch chi i adnabod Billy?' gofynnodd Jeff wrth i Isla sychu'i dagrau.

'Crwydro rownd Cymru o'n i, a chan fod Glan Morfa'n ardal mor braf mi wnes i ddewis aros yno am dipyn. Roedd 'na ddigon o waith i'w gael oherwydd y diwydiant twristiaid, ac mi ges i waith yn un o'r gwestai. Mi ddechreuais fynd i dafarn y Rhwydwr efo rhai ro'n i'n gweithio efo nhw a dyna lle gwnes i gyfarfod Billy. Mi wnes i gymryd ato fo'n syth.'

'Am faint fuoch chi a Billy'n gariadon, Isla?'

'Roeddan ni'n nabod ein gilydd am tua blwyddyn cyn dod yn gariadon, ac mi oeddan ni efo'n gilydd am tua blwyddyn wedyn.'

'A phryd ddaethoch chi i adnabod ei deulu o yn Felin Wen?'

'Ar ôl ychydig o fisoedd.'

'Oeddach chi'n treulio dipyn o amser ar y ffarm? Oeddach chi'n gyfarwydd â'r tir?'

'Dim ond unwaith neu ddwy fues i yno, a doedd gen i ddim cymaint â hynny o ddiddordeb mewn caeau a gwartheg i fod yn berffaith onest efo chi. Dwi'n cofio i Billy fynd â fi i weld yr hen felin ddŵr – roedd Billy wrth ei fodd yn y fan honno, wrth yr afon, ac yn meddwl y byd o'r lle. Fanno oedd o'n chwarae efo'i ffrindiau pan oedd o'n blentyn.'

'Be oedd eich barn chi am ei deulu o?'

'Pobol neis iawn, ond dwi ddim yn meddwl fod tad Billy, Idwal, yn hoff iawn ohona i, er na wnaeth o erioed ddweud hynny wrtha i. Ond roedd o'n gwrtais wrth siarad efo fi bob amser.'

'Sut gawsoch chi'r argraff nad oedd Idwal yn hoff ohonoch chi?'

'Y teimlad ges i oedd bod Idwal wedi gobeithio y bysa

Billy wedi dewis Cymraes barchus yn wraig, yn hytrach na rhywun o dramor oedd yn digwydd pasio trwy'r dre. Doedd o ddim isio rhywun fel fi yn wraig i'w fab o ac yn rhedeg y tŷ.'

'Be oedd barn Billy am hynny?'

'Mi oedd o wastad yn deud wrtha i am roi amser iddo fo, y bysa fo'n siŵr o ddod rownd.'

'Sut oedd iechyd Idwal bryd hynny?'

'Iawn, am wn i. Roedd o wedi rhoi'r gorau i weithio'r ffarm ei hun, a Billy oedd yn gwneud y rhan fwyaf o'r gwaith caled a Morgan, ei efaill, yn ei helpu.'

'Be am iechyd meddyliol Idwal?'

'Peth rhyfedd i chi ofyn. Ar ôl i mi ei nabod o am ychydig o fisoedd, mi sylwais ei fod o'n anghofio petha, ac roedd o'n dadlau mwy a mwy efo Billy gydag amser.'

'A Morgan?'

'Doedd 'na ddim asgwrn drwg yn ei gorff o. Welais i erioed ddau efell mor debyg yn fy nydd – ro'n i'n ei chael hi'n anodd ofnadwy i ddeud y gwahaniaeth rhwng y ddau i ddechra. Yn waeth na hynny, roedd y ddau wrth eu boddau'n chwarae triciau arna i. Wrth gwrs, y munud roedd un ohonyn nhw'n agor ei geg mi allwn i ddeud y gwahaniaeth yn syth. Os dach chi'n nabod Morgan mi wyddoch chi be dwi'n feddwl.'

'Ydach chi'n gwybod hanes yr hyn ddigwyddodd i Morgan?' gofynnodd Jeff.

'Fel dwi'n dallt, mi gafodd o anaf dychrynllyd flynyddoedd cyn i mi ei gyfarfod o, a fu o ddim yr un fath ar ôl hynny. Dyna pam nad oedd o'n gallu gweithio'r ffarm ei hun, er ei fod o'n trio'i orau i helpu cymaint â phosib ar Billy pan fedrai o. Methu canolbwyntio oedd ei ddiffyg mwyaf o. Mi wnes i ofyn unwaith be ddigwyddodd iddo fo ond ches i ddim ateb. Doedd y teulu byth yn siarad am y peth.'

'Sut oedd y ddau frawd yn gwneud efo'i gilydd?'

'Roedd ganddyn nhw berthynas dda iawn yn ôl Billy – mi allwn i weld eu bod nhw'n agos iawn, a Billy yn gwneud ei orau i edrych ar ôl Morgan. Ond dim ond am gyfnod gweddol fyr ro'n i'n eu nabod nhw, cofiwch.'

Arhosodd Jeff i Peter orffen ysgrifennu ei nodiadau cyn parhau.

'Pam, Isla,' gofynnodd toc, 'ddaru chi adael mor sydyn? Nid yn unig Felin Wen ond tref Glan Morfa hefyd?'

'Stori hir. Mi sylwais fod mwy o ddadlau rhwng Billy, Morgan ac Idwal, ac mi aeth y ffraeo o ddrwg i waeth wrth i'r misoedd fynd heibio. Mi newidiodd cymeriad Idwal Roberts yn aruthrol yn ystod y cyfnod hwnnw – roedd o a Morgan ar un ochr pob dadl a Billy ar y llall. Ochri efo'i dad fyddai Morgan bob amser.'

'Pam oeddan nhw'n ffraeo? Oedd y dadlau'n ymwneud â'r hen felin ddŵr?' gofynnodd Jeff.

Daeth hanner gwên ar wyneb Isla. 'O, mi wyddoch chi am hynny.'

'Dim y cwbl,' atebodd Jeff. 'Mi fyswn i'n lecio cael yr hanes o'ch safbwynt chi, os gwelwch yn dda.'

'Wn i ddim sut ddaeth Billy i wybod bod ei gefnder, Crwys, wedi bod yn paratoi cais i ddatblygu'r felin, ond pan ddaru o ffeindio allan, roedd o'n lloerig. Mi aeth yn ffrae ofnadwy rhwng y ddau ohonyn nhw. Ro'n i yno, yn digwydd bod, pan aeth hi'n ffeit go iawn rhwng y ddau.'

'Billy a Crwys?'

'Ia. Mi darodd Billy drwyn Crwys nes bod gwaed ym

134

mhob man. Dwi'n cofio Crwys yn mynd allan yn dal hances waedlyd dros ei wyneb, ac yn addo y byddai'n talu'r pwyth yn ôl i Billy. Ond dim dyna ddiwedd y mater – aeth y ddadl ymlaen am fisoedd. Er eu bod nhw wedi gwrthwynebu i ddechrau, roedd yr hen ddyn, a Morgan hefyd, yn cefnogi Crwys ac o blaid ei gynlluniau ar gyfer y datblygiad. Dwi'n meddwl fod Crwys wedi'u darbwyllo nhw y byddai'r prosiect yn siŵr o ddod ag incwm da i'r teulu ryw dro yn y dyfodol.'

'Pam oedd Billy yn gwrthwynebu cymaint, felly?'

'Am ei fod o'n casáu Crwys. Doeddan nhw ddim yn cyd-dynnu pan oeddan nhw'n hogia ifanc, ac mi waethygodd petha fel yr aeth y blynyddoedd heibio, yn ôl be o'n i'n ddallt. Dyma'r rheswm am y dadlau cyson. Syniad Crwys oedd y bysa fo'n ariannu'r gwaith o ddatblygu'r felin ond y bysa'r felin a'r tir yn dal yn eiddo i deulu Felin Wen. Felly byddai partneriaeth yn cael ei sefydlu rhwng Crwys a'r teulu i rannu unrhyw elw. Ond y peth dwytha roedd Billy isio oedd partneriaeth efo'i gefnder.'

'Swnio'n gynllun busnes da i mi,' meddai Jeff.

'Mi oedd o, i bawb ond i Billy. Ond cofiwch chi, mae Crwys yn ddyn busnes craff ofnadwy. Mae ganddo fo eiddo ym mhob man, tai a siopau, a Duw a ŵyr be arall. Os oes cyfle iddo fo wneud elw, mae o â'i drwyn yn y busnes. Ta waeth, mi oeddan nhw wastad yn dadlau, hyd yn oed o 'mlaen i pan fyddwn i yn Felin Wen, ac ro'n i'n casáu'r peth.'

'A chitha'n ddistaw yn y canol,' awgrymodd Jeff.

'Ddim yn hollol ddistaw, a dyna oedd fy nghamgymeriad mwyaf i, Ditectif Sarjant. Ro'n i'n gweld manteision datblygu'r felin, ac mi ddeudis i hynny. Wrth gwrs, roedd Billy wedyn yn teimlo 'mod i'n ochri efo Idwal a Morgan. Ond ym marn Billy ro'n i'n ochri efo Crwys hefyd, ac roedd hynny yn ddigon i droi Billy yn f'erbyn i.'

'Ai dyna achosodd y ddadl yn y Rhwydwr un noson, pan wnaeth Morgan fygwth Billy efo potel?'

'Ia,' cyfaddefodd Isla. 'Welais i erioed Morgan yn ymddwyn fel'na cyn hynny – na hyd yn oed codi'i lais ar Billy. Roedd hi'n edrych yn debyg fod rwbath wedi'i wthio fo'n rhy bell. Mi ges i ddigon ar y cwbwl a gadael, ond dilynodd Billy fi adra i'r gwesty. Er i mi drio fy ngorau i resymu efo fo, i'w annog i weld y mater o'u hochor nhw, doedd o ddim am wrando. Mi aeth hi'n ffrae, ac mi darodd o fi ar ochr fy wyneb nes i mi ddisgyn a brifo fy mhen. Dyna'r tro cyntaf a'r tro olaf iddo wneud y ffasiwn beth, a dyna'r tro olaf i mi weld Billy hefyd. Y bore wedyn penderfynais 'mod i wedi cael hen ddigon, a gadewais ymhen diwrnod neu ddau, heb ddweud gair wrtho fo.'

'Isla?' gofynnodd Jeff, gan edrych yn syth i'w llygaid, 'oeddach chi'n disgwyl plentyn Billy ar y pryd?'

Wedi oedi am ennyd, atebodd y ferch. 'Oeddwn,' meddai, gan ddechrau sychu ei dagrau eto.

'Erthyliad?' gofynnodd Jeff yn ddistaw.

Cododd Isla ei phen yn araf ond ni allai edrych ar Jeff. 'Ia. Do'n i ddim isio bod yn fam sengl, ddi-waith. Ro'n i wedi meddwl fod gan Billy a fi ddyfodol, ond nid felly roedd hi i fod.'

'Pwy aeth yn ôl i'r gwesty i nôl gweddill eich stwff chi?'

'O, dim ond ffrind.'

'Mae gen i reswm da am ofyn hyn i chi, Isla. Oeddach chi mewn unrhyw fath o berthynas efo Crwys Morris ar yr un pryd?'

Doedd Isla ddim wedi disgwyl y fath gwestiwn, ac roedd hynny'n amlwg ar ei hwyneb.

'Does gen i 'run gair da i'w ddweud am Crwys Morris, Ditectif Sarjant, ac wn i ddim o ble gawsoch chi'r fath syniad.'

Sylwodd Jeff na wnaeth hi wadu, chwaith. Efallai fod honiadau Nansi'r Nos yn gywir wedi'r cyfan, meddyliodd. Penderfynodd beidio â holi rhagor am y tro.

'Un cwestiwn arall cyn i ni orffen, os gwelwch yn dda, Isla. Wyddoch chi am rywun roeddach chi yn ei nabod yng Nglan Morfa oedd yn adeiladu pethau efo matshys, fel hobi?'

'Na,' atebodd ar ôl ystyried. 'Neb.'

Roedd hi'n tynnu at un o'r gloch erbyn i'r holi ddod i ben. Doedd dim tystiolaeth i awgrymu fod Isla Scott wedi chwarae unrhyw ran yn llofruddiaeth ei chyn-gariad, nac wedi cyflawni unrhyw drosedd arall chwaith.

Penderfynodd Jeff a Pete chwilio am damaid o fwyd cyn teithio adref. Dros y pryd, gofynnodd Jeff i'w gydweithiwr am ei farn ar Isla Scott.

'Ma' hi'n dod drosodd yn eitha gonest ar yr wyneb, ond mi ddylen ni ei thrin hi'n ofalus,' atebodd Pete. 'Wnest ti sylwi na wnaeth hi wadu cael perthynas efo Crwys Morris?'

'Do siŵr,' atebodd Jeff. 'Ond be oedd y busnas 'na gen ti ynglŷn â nôl y llyfr nodiadau o'r car cyn dechrau'r holi, ac un arall gen ti yn dy fag?'

'Esgus oedd hynny i fynd drwy'r llythyrau oedd ar y bwrdd yn y cyntedd.'

'Rwbath diddorol?'

'Roedd 'na un llythyr wedi'i gyfeirio at ryw Michael

Caldwell, a rhif fflat Isla Scott oedd ar yr amlen. Chydig ddyddiau'n ôl y postiwyd y llythyr, yn ôl y marc post ar yr amlen.'

'Oedd 'na rwbath ar y llythyr i awgrymu pwy yrrodd o?'

'Doedd dim logo cwmni na chyfeiriad i'w yrru o'n ôl ar y cefn – dim ond amlen blaen.'

'Michael Caldwell. Mae'r enw yn canu cloch. Dwi'n siŵr fod 'na deulu Caldwell yng Nglan Morfa,' meddai Jeff.

Pennod 17

Cafodd Jeff gyfle i bendwmpian ar y ffordd adref, ac ychydig ar ôl hanner awr wedi chwech o'r gloch yr hwyr parciodd Peter Edwards y tu allan i'w dŷ ei hun. Daeth y ddau ddyn allan o'r car.

'Diolch am dy gwmni, Pete,' meddai Jeff wrth ymestyn ei gorff cyn gorfod camu i sedd y gyrrwr. 'Buan y daw bore Llun, ac mae ganddon ni dipyn mwy o wybodaeth i'w lwytho i'r system cyn hynny.'

'Duwcs, mae o wedi bod yn newid braf o'r swyddfa 'cw. Be wnei di heno?'

'Pryd neis, gwin coch a chysgu'n hwyr fory, os ga i lonydd gan y plant 'cw.'

Ar ôl ffarwelio â Pete, ffoniodd Jeff ei wraig drwy system sain y car.

'Haia, cariad. Jyst gadael i ti wybod y bydda i adra mewn llai na hanner awr, erbyn saith ar yr hwyraf. Ydi Sonia wedi cyrraedd?'

'Ydi,' atebodd Meira. 'Mae hi yma ers chwech ac yn cael hwyl garw efo'r plant tra dwi'n gorffen coginio. Chlywis i 'rioed y ffasiwn reiat!'

'Mi fydda i angen cawod a newid cyn swper, felly does na ddim brys efo'r bwyd.'

'Well i ti frysio neu fydd 'na ddim gwin ar ôl i ti.'

Gwenodd Jeff wrth daro'i droed dde ar y sbardun. Roedd o'n falch fod Sonia wedi dechrau mwynhau cwmni'r plant ac i weld yn ymlacio. Wedi'r cyfan, dyna un o'r rhesymau pam roedd o wedi'i gwahodd hi i'w gartref – hynny ac ailgysylltu efo Meira, wrth gwrs. Ond roedd gan Jeff reswm arall, er nad oedd o am fentro procio i gyfeiriad trafferthion Sonia yn y gwaith os na fyddai hi'n codi'r pwnc gyntaf.

Gyrrodd gar yr heddlu i faes parcio gorsaf yr heddlu, a tharo gwaith papur y diwrnod ar ei ddesg yn frysiog. Heb aros i sgwrsio â neb, nid bod fawr neb o gwmpas beth bynnag, gyrrodd adref yn ei gar ei hun.

Pan gyrhaeddodd y tŷ doedd dim sôn am gar Sonia. Parciodd ei gar yn y garej fel arfer a chamu i mewn i'r tŷ gan ddefnyddio'r drws mewnol rhwng y garej a'r gegin.

'Dwi adra!' gwaeddodd ger drws y gegin wag. Gallai arogli'r bwyd yn coginio, a gwelodd fod platiau'r cwrs cyntaf – salad ac eog wedi'i fygu – ar y cownter, yn barod i'w cario at y bwrdd.

Mairwen oedd y cyntaf i daflu'i hun ato a'i gofleidio.

'Dad, Dad, ma' Anti Sonia yma, a wnewch chi byth goelio be ma' hi'n medru wneud!'

'Ga i weld mewn munud, dwi'n siŵr,' atebodd, gan godi'i ferch yn ei freichiau a cherdded i'r lolfa.

Yno roedd y tri arall yn eistedd yn gyfforddus: Meira a Sonia efo gwydrau o Prosecco a Twm efo gwydryn o sudd oren. Neidiodd Twm ar ei draed.

'Hei Dad,' meddai, yn llawn cyffro, 'ma' raid i chi weld pa mor uchel mae Anti Sonia'n medru cicio. Ma' hi'n briliant!'

'O, peidiwch â gwrando arno fo, Jeff,' meddai Sonia gan godi ar ei thraed i'w gyfarch. Roedd hi'n gwisgo trowsus hamdden gwyn a chrys T llac, ac er bod ei dillad yn llawer llai ffurfiol na'r rhai a wisgai i'w gwaith, roedd hi'n dal i edrych yr un mor drwsiadus.

'Anti Sonia,' plediodd Mairwen, 'dangoswch i Dad be fedrwch chi neud.'

'Na wnaf wir! Rwbath rhyngddoch chi a fi oedd hynna.'

'O, ty'd yn dy flaen, Sonia,' meddai Meira wrth i'r plant ddal i swnian. 'Dim ond unwaith, i gau cegau'r ddau yma.'

'Wel ... iawn,' atebodd, 'ond well i ni fynd yn ôl i'r stafell haul rhag ofn i mi dorri rhywbeth yn fama.'

Aeth y pump yno'n un rhes, a gafaelodd Twm mewn raced denis a'i dal mor uchel ag y gallai, tua chwe throedfedd uwchben y llawr. Yn ei thraed noeth, safodd Sonia lathenni oddi wrtho.

'Ti'n barod?' gofynnodd iddo.

'Ydw,' atebodd Twm, gan hanner cau ei lygaid i baratoi ei hun.

Mewn chwinciad, neidiodd Sonia ato a chodi'i choes mor uchel nes i'w throed dde daro'r bat yn galed. Yn yr un symudiad, trodd ei chorff mewn pirwét tebyg i ddawnsiwr bale, a gwneud yr un fath â'i throed arall heb gyffwrdd y llawr. Cymerodd yr holl beth lai nag eiliad, a phan laniodd Sonia ar y llawr roedd ei chydbwysedd yn berffaith.

'Dyna fo, dach chi wedi cael eich ffordd rŵan,' meddai Sonia. 'Dim mwy o Taekwondo am heno.'

Roedd Jeff wedi anghofio'n llwyr fod Lowri wedi crybwyll iddi gynrychioli Prydain yn y Gemau Olympaidd yn y gamp honno. 'Wel, well i mi fod yn ofalus efo bòs newydd sy'n medru gwneud petha fel'na,' chwarddodd.

Chwarddodd Meira hefyd. 'Hen bryd i ti gael meistr go iawn arnat ti yn y stesion 'na.'

'Ydi Anti Sonia yn fòs arnoch chi, Dad?' gofynnodd Mairwen, wedi rhyfeddu.

'Dim heno,' meddai Sonia, yn gwenu i gyfeiriad Jeff.

'Dwi'n mynd am gawod ac i newid,' meddai Jeff. 'Ma' heddiw wedi bod yn ddiwrnod hir. Tywallta win coch i mi plis, cariad,' meddai wrth Meira, 'fydda i ddim yn hir.'

'Un bach,' atebodd.

'Pam un bach?' gofynnodd Jeff.

'Fi gynigiodd fynd i nôl Sonia gynna, ac mi o'n i'n gobeithio y bysat ti'n mynd â hi adra er mwyn i'r ddwy ohonon ni gael rhannu'r botel Prosecco 'ma wrth siarad am yr hen ddyddiau.'

Ochneidiodd Jeff yn dawel ond cytunodd, gan obeithio nad oedd ei siom yn rhy amlwg.

Ymhen deng munud daeth Jeff yn ôl i lawr. Roedd Meira ar waelod y grisiau yn aros amdano gyda gwydryn mawr iawn o win coch yn ei llaw.

'Fedra i ddim gyrru ar ôl yfed hwn i gyd,' meddai Jeff wrth iddi roi'r gwin yn ei law.

'Does dim rhaid i ti yrru rŵan,' meddai Meira. 'Mae Sonia yn aros yma heno. Mae 'na frwsh dannedd newydd yn y stafell molchi, a fues i ddim yn hir yn ei pherswadio hi chwaith.'

'Wel, iechyd da i ni i gyd felly!'

'Dos i siarad efo hi am ddau funud tra dwi'n rhoi'r cwrs cynta ar y bwrdd.'

'Dad, gan fod Anti Sonia yn aros efo ni heno, gaiff Twm a fi aros ar ein traed chydig yn hwyrach nag arfer, plis?' gofynnodd Mairwen.

'Cewch siŵr,' atebodd Jeff, yn hapus ei fyd. Cododd ei

wydryn i fyny i gyfeiriad Sonia. 'Iechyd da, bòs,' meddai gyda gwên.

'Sonia ydw i y tu allan i'r gwaith, Jeff,' gwenodd hithau'n ôl. 'Sut aeth petha i lawr yn Llundain heddiw?'

'Eitha da,' atebodd, a rhoi crynodeb cyflym iddi. 'Mi fydd 'na dipyn o waith dilyn i fyny ar yr hyn ddysgon ni, ond does dim byd i awgrymu bod Isla Scott yn gyfrifol am ladd William.'

'Hei, llai o siarad siop, y ddau ohonoch chi,' galwodd Meira o'r drws, 'a dewch at y bwrdd.'

Roedd Meira wedi paratoi pryd tri chwrs godidog, a gwaith Jeff oedd sicrhau fod gwydrau pawb yn llawn. Am ddeg o'r gloch gyrrwyd y plant i'w gwlâu, ac ar ôl clirio'r bwrdd aeth y tri yn ôl i'r lolfa. Tywalltodd Jeff wydryn o Baileys yr un i'r ddwy, a gadael y botel ar y bwrdd o'u blaenau.

'Os wnewch chi'ch dwy f'esgusodi i, ma' heddiw wedi bod yn ddiwrnod hir. Dwi am fynd i 'ngwely,' meddai. 'Mi a' i â'r plant i nofio yn y bore, Meira, er mwyn i ti a Sonia gael ymlacio. Mi dynna i damaid o gig eidion allan o'r rhewgell rŵan, a gwneud cinio Sul i ni i gyd. Sut mae hynna'n swnio?'

'Ardderchog,' atebodd Meira.

'Os nad ydi o'n ormod o drwbwl,' meddai Sonia, 'diolch yn fawr iawn i chi'ch dau.'

Pennod 18

Eisteddai Meira a Sonia ar gadeiriau esmwyth yn wynebu'i gilydd. Aeth un gwydryn yn ddau ac yn dri wrth i'r atgofion lifo.

'Ro'n i'n meddwl y bysat ti wedi priodi erbyn hyn 'sti, Sonia. A dwyt ti ddim hyd yn oed yn canlyn?' gofynnodd Meira.

Nid atebodd Sonia'n syth, gan wneud i Meira feddwl ei bod wedi codi hen grachen. 'Na, does dim rhaid i ti ateb, Sonia,' ychwanegodd, 'fi sy'n busnesa gormod.'

'Na, dim o gwbl,' atebodd Sonia. 'Does gen i ddim problem efo'r cwestiwn ... yr ateb sy'n anodd.'

'Sori. Anghofia 'mod i wedi gofyn.'

'Na, na. Efallai y bydd yn help i mi siarad am y peth.' Oedodd am rai eiliadau, fel petai wedi sobri drwyddi mwya sydyn. 'Mi fues i'n briod am bron i ddwy flynedd. Alister oedd ei enw fo. Blwyddyn yn hŷn na fi, a'r dyn mwyaf caredig a chariadus welaist ti erioed. Ond mi gafodd o'i ladd.'

'O, mae mor ddrwg gen i, Sonia bach. Rhyw fath o ddamwain?'

'Na, dim byd felly. Plismon oedd o hefyd. Ditectif Sarjant ar y pryd, ac yn un o'r tîm arfog, er ei fod o'n gweithio mewn adrannau eraill hefyd. Saethwyd o'n farw flwyddyn a hanner yn ôl yn ystod ymgyrch i arestio gang o ddynion oedd yn smyglo cyffuriau i Lerpwl drwy'r dociau.'

Oedodd er mwyn cael digon o nerth i barhau heb i'r dagrau lifo. 'Mi fydda i'n meddwl amdano bob dydd, cofia. Ro'n i'n feichiog ar y pryd – dyddiau cynnar, ac roedd y ddau ohonan ni wrth ein boddau – ond mi oedd y sioc yn ddigon i mi golli'r babi. Mi oedd o'n gyfnod ofnadwy. Newydd golli Mam o'n i flwyddyn ynghynt, ac er bod y job wedi bod yn eithriadol o dda efo fi, Dad, yn fwy na neb arall, oedd yn gefn i mi.'

'Sonia, mae'n wir ddrwg gen i glywed. Ac mi wyt ti newydd ei golli yntau'n ddiweddar, medda Jeff? Rargian, mi wyt ti wedi bod drwyddi.'

'Do. Troi at fy ngwaith wnes i ar ôl colli Alister, er mwyn ceisio canolbwyntio ar rywbeth arall, ond cyn hir mi gafodd Dad ei ddiagnosis, a ddaru o ddim para'n hir wedi hynny gan fod ei ganser wedi datblygu cymaint. Do'n i ddim am iddo fo dreulio'i fisoedd olaf mewn hosbis felly mi ges i dri mis i ffwrdd o 'ngwaith i edrych ar ei ôl o adra.'

Roedd Meira yn ei dagrau erbyn hyn.

'Dyna pam y gwnes i ddewis symud i ogledd Cymru,' parhaodd Sonia. 'Ro'n i wedi bod yn dysgu'r iaith ers tro ac roedd y syniad o ailafael yn fy ngyrfa mewn ardal wahanol, gwlad wahanol, yn apelio. Dechrau newydd. Ond wn i ddim erbyn hyn a wnes i'r penderfyniad cywir. Pedwar diwrnod dwi wedi'u treulio yma yng Nglan Morfa, a dwi'n meddwl mai camgymeriad oedd yr holl beth.'

'Sut felly?'

'Wn i ddim alla i wneud y gwaith bellach. Dwi'n amau fy ngallu, ac yn waeth na hynny, dwi wedi colli fy hyder. Dwi'n trio gwneud argraff dda, ond mae 'na ormod o bethau'n mynd o'i le. Dwi ddim yn medru gwneud y gwaith i'r safon y mae'r bòs yn ei ddisgwyl.'

'Sonia, mi wyt ti'n un o'r swyddogion gorau, mwyaf galluog i mi ddod ar eu traws erioed. O be dwi'n gofio roedd dy waith di'n berffaith. Be sy wedi newid?'

'Dwi'n amau bod holl straen y blynyddoedd dwytha wedi dal i fyny efo fi, a dwi'n ystyried gadael yr heddlu'n gyfan gwbl. Dwi'n dechrau amau 'mod i'n cael chwalfa nerfol, achos wn i ddim ble i droi.'

'O, Sonia bach, dwyt ti ddim yn edrych yn debyg i mi fel dy fod ti'n cael unrhyw fath o chwalfa. Deud wrtha i yn union be sydd wedi bod yn digwydd.'

Cymerodd Sonia ugain munud i ddweud wrth Meira sut roedd hi wedi treulio oriau yn llwytho gwybodaeth i'r system gyfrifiadurol, a bod dim cofnod ohono erbyn y diwrnod wedyn; sut roedd hi'n siŵr ei bod yn gwneud nodiadau ar ddogfennau ond bod aelodau eraill o'r tîm yn mynnu nad oedden nhw wedi'u gwneud.

'Ac ar ben hynny,' ychwanegodd, 'pan dwi'n ailedrych ar fy ngwaith ar y system mae 'na wallau gwirion yno, neu stwff sydd ddim yn gwneud synnwyr o gwbl. Wn i ddim be sy'n bod efo fi.' Gwrandawodd Meira yn astud arni. 'Ac ar ben hyn i gyd,' meddai, 'wnes i ddim disgwyl y byswn i'n dod ar draws hiliaeth mewn lle fel Glan Morfa.'

'Hiliaeth?' ebychodd Meira.

'Ro'n i'n meddwl mai cyd-ddigwyddiad oedd o y tro cynta – rhywun wedi gadael croen banana yn y fasged sbwriel wrth ochr fy nesg. Mi fysa rhywun wedi medru gwneud hynny heb feddwl. Ond ers hynny, mae bananas wedi cael eu gadael ar fy nesg, ac yn nrôr fy nesg. Mae rhywun yn eu gadael nhw yno pan dwi allan o'r ystafell, mae'n rhaid. Mi wyddost ti be mae hyn yn ei olygu i rywun Du fel fi. Mae o'n un o'r ffyrdd clasurol o'n sarhau ni.'

'Dwi wedi gweld achosion o bêl-droedwyr yn gorfod dioddef rwbath tebyg yn aml, ond yng ngorsaf heddlu Glan Morfa? Mae'r peth yn gywilyddus.'

'Ac wedyn, bore 'ma,' parhaodd Sonia, 'mi es i mewn i'r swyddfa am awr neu ddwy er mwyn tacluso petha tra oedd hi'n ddistaw ac roedd rhywun wedi gadael amlen i mi wedi'i farcio â'r gair "cyfrinachol". Yn yr amlen roedd llun o fwnci.'

Roedd Meira'n gegrwth. 'Ddeudodd Jeff ddim byd wrtha i. Ydi o'n gwybod?'

'Nac'di. Mae o'n gwybod rhywfaint o hanes y cofnodion coll, ac wrth gwrs mi oedd o i lawr yn Llundain y bore 'ma efo Peter Edwards. Ond dwi wedi dewis peidio deud wrtho fo am yr hiliaeth, er ei fod o'n gwybod fod rhywbeth yn fy mhoeni i.'

'Gwranda, Sonia. Dwi'n falch dy fod ti wedi deud wrtha i. Gobeithio y galla i, fel rhywun o'r tu allan, roi fy marn onest i ti am yr hyn sy'n mynd ymlaen. Dwyt ti ddim yn colli arni nac ar fin cael chwalfa. Mae rhywun yn gyfrifol am hyn o'r dechrau i'r diwedd. Dwi'n bendant o hynny.'

Edrychodd Sonia ar ei chyfaill. 'Sut hynny?'

'Wyt ti wedi clywed y term *gaslighting*? Ymgais ydi o i wneud i rywun golli hyder, i amau eu hunain, ac yn aml iawn mae o'n digwydd mewn perthynas pan mae un partner isio rheoli'r llall a'u cadw'n ufudd a dihyder. Ond mae o'n gallu digwydd yn y gweithle hefyd, pan fydd rhywun isio tanseilio cydweithiwr am ryw reswm – fel arfer i wneud iddyn nhw'u hunain edrych yn dda. Mae pob un o'r pethau rwyt ti wedi sôn amdanyn nhw'n swnio'n ddigon diniwed ar eu pennau eu hunain, ond rho di'r cwbwl at ei gilydd a dwi'n bendant bod rhywun yn dy dargedu di yn y gwaith. Y cwestiwn ydi pam. Mi fydd Jeff yn wallgof pan ddaw o i wybod. Wyt ti am ddeud wrtho fo?'

'Wn i ddim fedra i ... ond mi fyswn i'n hapus i ti rannu'r sefyllfa efo fo, Meira. Ar yr amod nad ydi o'n dweud gair wrth neb arall heb fy nghaniatâd i.'

'Dwi'n siŵr y bysa fo'n fodlon efo hynny. Mae o mewn gwell sefyllfa i benderfynu ar y cam nesa na fi.'

'Diolch, Meira. Diolch o galon i ti am wrando. O leia mae gen i ryw fath o sicrwydd rŵan nad fi sy'n colli arni. Sgin ti ddim syniad be mae peth fel hyn yn gallu'i wneud i rywun.'

Pennod 19

Roedd ymweld â'r pwll nofio'n draddodiad bore Sul a theimlai Jeff yn well o'r hanner ar ôl bod. Tra oedd o'n paratoi'r llysiau ar gyfer cinio edrychodd trwy'r ffenest i'r ardd gefn – roedd Sonia'n chwarae'n hapus efo'r plant ac Enfys y ci.

'Peth rhyfedd fod Sonia'n sengl,' meddai wrth Meira. 'Mi fysa hi'n dipyn o gatsh – yn glyfar, talentog a thlws ... ac yn siarad Cymraeg, wrth gwrs!'

'Mi oedd hi'n briod,' atebodd Meira, gan ddweud wrtho'r hanes a glywodd y noson gynt am farwolaethau ei gŵr a'i rheini.

Ochneidiodd Jeff yn drwm. 'Sonia druan. Am drasig,' meddai o'r galon. 'Yn tydi rhai pobol yn gorfod mynd trwyddi, dŵad?'

'Dyna pam y gwnaeth hi adael Lerpwl a dod i ogledd Cymru. Ac mae gan y gryduras fwy o broblemau ers iddi gychwyn yma yng Nglan Morfa, yn does?' Trodd Meira i edrych ar ei gŵr.

'Oes,' atebodd hwnnw. 'Mae hi wedi deud wrthat ti am y trafferthion cyfrifiadurol yn y gwaith 'cw felly?' Nodiodd Meira. 'Faint mae hi wedi'i ddeud wrthat ti, Meira?' gofynnodd. 'Dwi'n siŵr ei bod hi'n celu rhai petha rhagdda i.'

'Dim rŵan, Jeff. Yli, maen nhw'n dod i mewn o'r ardd. Mi ddeuda i'r cwbl wrthat ti wedyn, ar ôl iddi fynd.'

Ar ôl llond bol o ginio blasus cynigiodd Meira lifft i'w chyfaill yn ôl i'w gwesty. Cofleidiodd Sonia y ddau blentyn yn y drws cyn estyn ei llaw i gyfeiriad Jeff, ond fel yr oedd o'n paratoi i'w hysgwyd, newidiodd Sonia ei meddwl. Camodd yn nes ato a rhoi cusan ysgafn, annisgwyl, ar ei foch.

'Wyddost ti ddim faint dwi wedi gwerthfawrogi hyn, Jeff. A pha mor braf ydi gweld Meira a titha a'r plant yn deulu bach mor hapus.'

'Jyst cofia 'mod i yma i dy gefnogi di, Sonia,' atebodd. 'Bob amser, ti'n dallt?'

'Wela i di yn y bore,' meddai hithau wrth ddringo i gar Meira.

Ymhen yr awr, ar ôl i Meira ddod yn ôl, ac wedi i Jeff a'r plant orffen clirio'r llestri cinio, eisteddodd y ddau wrth fwrdd y gegin yn mwytho cwpaned o goffi bob un.

'Mae gen ti broblem yn y stesion 'cw, Jeff bach, ac mae Sonia wedi rhoi caniatâd i mi ddeud y cwbwl wrthat ti. Ond ar un amod – nad ydi hyn yn mynd ymhellach nes bydd hi'n fodlon. Wyt ti'n addo peidio sôn gair wrth neb?'

'Ydw siŵr. Dwi wedi bod yn amau nad ydi hi wedi deud y cwbwl wrtha i ers dyddiau.'

Ysgydwodd Jeff ei ben yn araf wrth wrando ar Meira'n ailadrodd yr hyn a ddysgodd y noson gynt, y siom a'r dicter yn amlwg ar ei wyneb.

'Wyddost ti fod hyn wedi bod yn digwydd bron iawn o'r munud y dechreuodd hi weithio yng Nglan Morfa?' gofynnodd Meira ar ôl gorffen. 'Tydi hi ddim wedi profi hyn yn unlle arall – ddim yn Lerpwl nac ym mhencadlys Heddlu Gogledd Cymru. Dim ond yma yng Nglan Morfa. Mae 'na rywun cas iawn ar waith acw – y *gaslighting* i ddechra efo safon ei gwaith hi, ac ar ôl iddyn nhw weld nad oedd hynny'n cael cymaint o effaith â'r disgwyl, mi ddechreuon nhw ar y bwlio hiliol.'

'Y drwg ydi bod cymaint o blismyn diarth yma ar hyn o bryd, a dwi ddim yn nabod lot ohonyn nhw. Ac mae 'na gymaint o fynd a dod efo'r achos 'ma, dwi ddim wedi sylwi ar ddim byd allan o'r cyffredin. Yn sicr, dwi ddim wedi gweld neb yn gadael dim byd ar ddesg Sonia. Mi gadwa i lygad barcud ar bob dim o fory ymlaen, rhag ofn y digwyddith rwbath arall.'

'Dwi'n siŵr y bydd mwy o hyn, Jeff. Mae pwy bynnag sydd wrthi yn glyfar, ac yn amlwg yn mwynhau gweld Sonia druan yn dioddef. Ond pam? Be ydi'r cymhelliad? Hiliaeth oherwydd lliw ei chroen? Casineb yn erbyn merched? Oes rhywun wedi cymryd yn erbyn Sonia am ei bod hi'n Saesnes, er ei bod hi wedi dysgu Cymraeg? Neu ydyn nhw'n eiddigeddus ohoni a'i llwyddiant proffesiynol? Mi fydd yn rhaid i ti ddechrau efo'r elfen hiliol, oherwydd y bananas a'r llun yn yr amlen.'

'Pa lun mewn amlen?'

'O, sori, nes i ddim sôn am hynny, naddo? Yn ogystal â'r croen banana yn y bin a'r bananas ar ei desg, mi adawyd amlen efo llun mwnci ynddi iddi.'

Teimlodd Jeff ei galon yn curo'n drwm. 'Yn lle gadawyd yr amlen?'

'Yn y fasged lle bydd hi'n casglu ei gwaith papur dyddiol, medda hi. Roedd ei henw hi ar yr amlen a'r gair "cyfrinachol".'

'Mewn llawysgrifen?'

'Na, wedi'i deipio neu ei argraffu.'

'Lle mae'r llun a'r amlen rŵan?'

'Yn saff gan Sonia.'

'A phwy sy'n gwybod am hyn?'

'Neb ond ti, fi a Sonia.'

'A'r bastard sy'n gyfrifol, pwy bynnag ydi o neu hi,' meddai Jeff. 'Wn i ddim sut y gall peth fel hyn ddigwydd mewn unrhyw weithle y dyddia yma, ac yn enwedig mewn gorsaf heddlu. Ddois i erioed ar draws y fath beth o'r blaen.'

'Ond rhaid i ti sylweddoli, Jeff, mai mewn cornel fach o Gymru rydan ni'n byw, a hynny mewn ardal sydd â nifer fechan iawn o gynrychiolaeth o grwpiau ethnig gwahanol.'

'Ti'n iawn. Dyma'r tro cynta i mi weld enghraifft o hiliaeth – ac mae o ar stepen fy nrws i, ar f'enaid i.'

'Reit. Os wyt ti am fedru gwneud rwbath am y peth a dal pwy bynnag sydd wrthi, mae'n rhaid i ni gofnodi pob dim sydd wedi digwydd i Sonia. I ddechrau, ei gwaith yn diflannu oddi ar y system gyfrifiadurol, a phethau eraill yn cael eu newid. Mae datganiadau ac adroddiadau ar bapur wedi diflannu hefyd ar ôl iddi hi wneud nodiadau arnyn nhw.'

'Sy'n gwneud i Lowri feddwl nad ydi Sonia'n medru gwneud ei gwaith i'r safon angenrheidiol. Mi welais i Lowri'n dod i mewn i'r swyddfa i gwyno amdani, ac mi oedd hi'n flin iawn.'

'Mae'r cynllun yn gweithio felly. Mae Sonia yn amau ei gallu, a phawb arall yn gwneud hynny hefyd, a'r cwbwl ar gam. Esiampl berffaith o *gaslighting*. Wedyn mae'r bwlio hiliol.'

'Mae pwy bynnag sydd wrthi yn slei iawn, i fedru gwneud y cwbwl heb gael ei weld. Neu bod mwy nag un person yn cydweithio, ond mi fysa hynny'n golygu bod hiliaeth yn rhemp yn y ffôrs 'cw, a dwi ddim isio gorfod ystyried y posibilrwydd hwnnw.'

'Be fedri di wneud, Jeff? Ma' raid i ti wneud rwbath – ma' hi'n blismones rhy dda i droi ei chefn ar y job oherwydd un cachgi.'

'Wn i ddim be fedra i wneud heb ei chaniatâd hi. Ond wna i ddim gadael i'r sefyllfa 'ma gario mlaen, mae hynny'n sicr i ti, Meira bach.'

Ceisiodd Jeff feddwl. Pwy allai o ei drystio? Neb, ystyriodd. Ar hyn o bryd byddai'n rhaid iddo amau pawb, a hynny'n cynnwys Lowri.

Pennod 20

Pan gerddodd Jeff i mewn i'w swyddfa am hanner awr wedi wyth ar y bore Llun, roedd Sonia'n brysur wrth ei gwaith. Tyfodd ei edmygedd tuag ati – roedd hi'n broffesiynol ym mhob agwedd o'i gwaith, er gwaetha'r pwysau oedd arni.

'Bore da, Ditectif Arolygydd,' meddai'n ysgafn wrth gerdded at ei ddesg. 'Gawsoch chi benwythnos braf, gobeithio?'

Cododd Sonia ar ei thraed a cherdded at y drws. Tarodd ei phen allan i wneud yn siŵr nad oedd neb yn gwrando yn y coridor, yna trodd yn ôl tuag ato.

'Yli, Jeff, mae "Sonia" yn hen ddigon da pan fydd neb arall o gwmpas. Cadwa dy ffurfioldeb ar gyfer gweddill y tîm. Dyna orchymyn gan dy fòs newydd di,' ychwanegodd gan wenu'n ôl arno'n ddireidus.

Agorodd Jeff un o ddrôrs ei ddesg a gafael mewn dwy allwedd wedi'u clymu i damaid o gortyn. Taflodd nhw ati a daliodd Sonia nhw gydag un llaw.

'Does gen i ddim goriad i ddrws y swyddfa 'ma ond mi wnaiff y rheina gloi drôrs dy ddesg di, ac mi fydd yn rhaid i hynny wneud y tro am rŵan, mae gen i ofn. Gobeithio y bydd hynny'n rhoi stop ar yr anrhegion bach ti wedi bod yn eu derbyn.'

'Diolch, Jeff. Dwi'n cymryd bod Meira wedi dweud y cwbwl wrthat ti?'

'Do. Ro'n i wedi dychryn pan glywis i am y llun atgas 'na adawyd i ti mewn amlen ddydd Sadwrn. Dwi'n addo na wna i ddim ynghylch y peth heb dy ganiatâd di, ond plis paid byth â chadw peth fel hyn i ti dy hun eto. Dwi yma i fod yn gefn i ti, gant y cant. Rŵan 'ta, *bòs*, ydan ni'n dallt ein gilydd?'

'Siŵr iawn, Jeff.'

'Gad i mi wneud yn siŵr 'mod i wedi dallt yn iawn. Yng nghanol papurau eraill oedd yr amlen, ia?'

'Ia.'

'Ac mi ddoist ti â'r papurau a'r amlen yma o dy fasged ym mhrif swyddfa'r ymchwiliad lle mae'r staff gweinyddol yn gweithio.'

'Cywir.'

'Pryd oedd hynny?'

'Y peth cyntaf bore Sadwrn, tua hanner awr wedi wyth. Doedd neb arall yno ar y pryd, na neb arall yn unrhyw un o'r ystafelloedd ymchwil chwaith.'

'Neb o gwbl?'

'Nag oedd,' atebodd Sonia. 'Dim ond llond llaw o dditectifs oedd yn gweithio dros y penwythnos, a fi oedd y cyntaf i gyrraedd y bore hwnnw.'

'Pryd fuest ti yn y fasged cyn hynny?'

'Chydig cyn y gynhadledd nos Wener. Mi es i adra'n syth ar ôl y gynhadledd gan 'mod i wedi cael hen ddigon.'

'Siaradaist ti efo rhywun ar ôl i ni drafod pwy oedd yn mynd i lawr i Lundain?'

'Naddo, dim ond Lowri er mwyn dweud nos da wrthi.'

'Oedd hi yma dydd Sadwrn?'

'Nag oedd. Welais i mohoni beth bynnag.'

'Felly mi fyddai'n bosib i'r amlen fod wedi cael ei rhoi

yn y fasged unrhyw dro ar ôl, ddeudwn ni, pedwar o'r gloch, bnawn Gwener.'

'Cywir. Ar waelod y twmpath papurau oedd yr amlen, felly un ai mi gafodd hi ei rhoi yno'n syth ar ôl i mi wagio'r fasged neu ei gwthio i'r gwaelod wedyn er mwyn ei chuddio hi.'

Nodiodd Jeff i gytuno. 'Wel,' meddai, gan edrych ar ei watsh, 'ma' hi bron yn amser cynhadledd gyntaf yr wythnos, Sonia. Dwi am fynd i ystafell y ditectif gwnstabliaid i ddysgu be sy wedi bod yn digwydd yn y dre 'ma dros y penwythnos.'

Pan gyrhaeddodd Jeff swyddfa'r cwnstabliaid, dim ond Cwnstabl Owain Owens oedd yno.

'Sut wyt ti, Sgwâr?' gofynnodd Jeff. 'Pwy oedd ar ddyletswydd yma dros y penwythnos?'

'Dim ond fi, Sarj. Ar ben fy hun fel arfer, i fyny at fy ngheseiliau mewn carcharorion.'

'Rwbath diddorol?'

'Na, dwyn o garafanau gwag, dwyn injan o gwch yn yr harbwr, a dau sgowsar wedi torri i mewn i dŷ tu allan i'r dre. Pawb wedi'i ddal ac wedi'u cyhuddo, diolch i'r drefn. A'r gwaith papur yn barod i'r arolygydd sy'n cymryd y llys bore 'ma am na chafodd y sgowsars fechnïaeth – dim cyfeiriad parhaol gan 'run ohonyn nhw, a llwyth o euogfarnau blaenorol gan y ddau am dorri i mewn i dai.'

'Da iawn ti, Sgwâr. Ond dyma gwestiwn dipyn yn anarferol i ti. Welaist ti rywun yn bihafio'n amheus o gwmpas swyddfa'r ymchwiliad nos Wener neu ben bore Sadwrn?'

'Fedra i ddim cofio gweld dim,' atebodd Sgwâr gyda golwg ddryslyd ar ei wyneb.

'Anghofia fo,' meddai Jeff. 'Gyda llaw, glywaist ti unrhyw siarad blêr am Ditectif Arolygydd McDonald ers i ni drafod y mater ddwytha?'

'Dim llawer, Sarj, dim ond bod un neu ddau yn cellwair fymryn oherwydd ei hacen ... mae hi'n siarad Cymraeg efo acen sgowsar meddan nhw. Dim mwy na hynny, sy'n naturiol mewn lle fel hyn am wn i.'

'Wel, cadwa dy lygaid a dy glustiau'n agored, os gweli di'n dda, Sgwâr.'

Yn y cyfamser roedd Ditectif Sarjant Peter Edwards wedi cael ei alw i ystafell y Ditectif Uwch-arolygydd. Curodd y drws a cherddodd yn syth i mewn.

'Bore da,' meddai wrth Lowri Davies. Yna, wrth gerdded trwy'r drws sylweddolodd fod Sonia yn yr ystafell ac ar ganol trafodaeth efo Lowri. Nodiodd arni.

'Ydach chi isio i mi ddod yn ôl yn y munud?' gofynnodd Edwards.

'Na, does dim angen,' atebodd Lowri. 'Diolch am ddod i 'ngweld i mor handi. Dau beth sydd gen i, Peter. Hoffwn i chi greu cyflwyniad PowerPoint o'r lluniau a dynnwyd gan John Owen o esgyrn William Roberts a lleoliad y darganfyddiad. Dewiswch y rhai mwyaf addas er mwyn atgoffa'r timau i gyd o bob agwedd o'r achos. Yn fy mhrofiad i, mae'n fanteisiol dangos y lluniau mewn cynhadledd i bawb efo'i gilydd fel bod pob darn o wybodaeth yn cael ei drafod. Syniadau pawb yn cymysgu, y math yna o beth.'

'Erbyn pryd?' gofynnodd Peter.

'Cynhadledd bore fory. Ydi hynny'n rhoi digon o amser i chi?'

'Mi wna i 'ngorau.'

'Ac yn ail, eich cyfarfod chi a Jeff ddydd Sadwrn efo Isla Scott. Oes 'na nodiadau? Wela i ddim byd ar y system.'

'Oes, fi gymerodd y nodiadau, ond dwi ddim wedi cael amser i'w llwytho nhw i'r cyfrifiadur bore 'ma eto,' atebodd.

'Os felly, wnewch chi roi adroddiad bychan, crynodeb yn unig, i ni yn y gynhadledd bore 'ma, er mwyn i ni gael rhywfaint o'r wybodaeth tra byddwn ni'n aros am yr adroddiad llawn?'

'Siŵr iawn,' atebodd.

Wrth adael swyddfa Lowri Davies, sylwodd Peter ar Jeff yn nrws swyddfa'r ditectif gwnstabliaid, yn siarad efo rhywun yn yr ystafell.

'Jeff,' gofynnodd wrth basio, 'lle roist ti nodiadau'r cyfweliad efo Isla Scott?'

'Ar fy nesg i maen nhw ers nos Sadwrn,' atebodd Jeff.

Pan aeth Jeff yn ôl i'w swyddfa gwelodd fod Peter yn bodio drwy bapurau ar ei ddesg.

'Biti na fasat ti wedi ei holi hi'n arafach, Jeff ar f'enaid i,' meddai hwnnw wrth sylwi fod Jeff yn ei wylio. 'Fedra i ddim dallt fy sgwennu fy hun gan 'mod i wedi brysio cymaint!'

Chwarddodd Jeff.

Cyfweliad Isla Scott oedd yr unig beth i gael ei drafod yn y gynhadledd y bore hwnnw. Cytunodd y mwyafrif fod angen llawer iawn mwy o ymchwil iddi hi a'i chyfnod yng Nglan Morfa, a chynigiodd Jeff wneud ymholiadau ynglŷn â Michael Caldwell, hwnnw roedd ei enw ar lythyr yng nghyntedd fflat Scott yn Llundain.

Pennod 21

Gan ddefnyddio'r llyfr ffôn a Chofrestr yr Etholwyr, roedd Jeff wedi darganfod rhywun o'r enw Caldwell oedd yn byw yng Nglan Morfa heb adael ei ddesg, dynes o'r enw Margaret oedd yn byw ei hun yn 1 Ponc y Fedwen. Roedd o'n lle da i ddechrau.

Tŷ pen mewn rhes o ddeuddeg ar gyrion y dref oedd 1 Ponc y Fedwen: tai cerrig deulawr reit dwt wedi'u hadeiladu cyn y Rhyfel Cyntaf, tybiodd. Doedd dim gardd o flaen 'run o'r tai, dim ond llwybr byr o'r drws ffrynt yn arwain at y lôn gul a redai o'r dref i gyfeiriad y bryniau. Curodd Jeff yn weddol drwm ar y drws, heb gael ateb. Curodd ddwy a thair gwaith cyn i ddynes ddod allan o'r tŷ drws nesaf yn ei barclod blodeuog.

'Fedra i'ch helpu chi?' gofynnodd.

'Oes 'na rywun adra yn fama, deudwch?' gofynnodd Jeff.

'Mae Magi i ffwrdd ar ei gwyliau ar hyn o bryd, ond dwi'n meddwl bod y mab adra. Fyswn i'n trio rownd y cefn taswn i'n chi. Cyboli efo ceir yn y garej fydd o.'

'Michael dach chi'n feddwl?'

'Ia, dyna chi. Mae o wedi bod adra ers chydig wsnosa rŵan, ond peidiwch â gofyn i mi lle mae o wedi bod.'

Diolchodd Jeff iddi, a cherddodd rownd talcen y tŷ at garej a gardd hir oedd yn ymestyn i fyny o'r drws cefn. Clywodd sŵn taro a miwsig ysgafn yn dod o'r garej.

'Helo 'na!' gwaeddodd.

Daeth dyn i'r golwg trwy ddrws ochr y garej – dyn ffit a chryf yng nghanol ei bedwardegau, ychydig yn hŷn efallai, tua chwe throedfedd o daldra. Roedd wedi colli'r rhan fwyaf o'i wallt ac roedd ei wyneb yn galed yr olwg ac esgyrn ei fochau fel cerrig dan ei groen. Nid oedd wedi eillio ers dyddiau. Gwisgai oferôls glas a chariai sbaner fechan yn ei law dde.

'Ia?' gofynnodd mewn llais main, annisgwyl, a oedd bron yn ferchetaidd.

'Michael Caldwell?' gofynnodd.

'Pwy sy'n gofyn?'

'Ditectif Sarjant Evans, CID.' Dangosodd ei gerdyn gwarant iddo.

Edrychodd Caldwell ar y cerdyn yn ddigon hir i ddarllen pob gair arno.

'Be dach chi isio gen i?' gofynnodd â thinc o nerfusrwydd yn ei lais, oedd eto'n annisgwyl.

'Mi glywsoch chi, ma' siŵr gen i, fod corff William Roberts wedi cael ei ddarganfod ar dir Felin Wen wythnos dwytha. Mae'n angenrheidiol ein bod ni'n cael gair efo pawb oedd yn ei nabod o, neu oedd â chysylltiad â fo.'

'Prin o'n i'n ei nabod o, Sarjant, felly does 'na ddim llawer o bwynt i chi wastraffu'ch amser. Does gen i ddim cysylltiad efo neb o'i deulu o chwaith.'

'Gadewch i mi esbonio, Mr Caldwell. Mi fues i yn Llundain ddeuddydd yn ôl, i Elmgate Gardens yn Edgware. Ydi'r cyfeiriad hwnnw'n canu cloch?'

Gwelodd lygaid Caldwell yn culhau wrth iddo ystyried y datganiad a'r goblygiadau, a sylweddoli pam roedd y ditectif yno.

'Roedd 'na amlen ar fwrdd yn y cyntedd yno wedi'i

chyfeirio atoch chi,' esboniodd.

'Sut mae Isla erbyn hyn?' gofynnodd. 'Dydw i ddim wedi'i gweld hi ers rhai wythnosau.'

'Mae hi i weld yn iawn. Felly mi welwch chi'r cysylltiad dwi wedi'i wneud.'

'Ydach chi isio dod i mewn i'r tŷ, neu wnaiff y garej 'ma'r tro?'

'Oes 'na le i ista yn y garej?' gofynnodd Jeff.

Cerddodd y ddau i mewn trwy ddrws bychan yn ochr y garej lle gwelodd Jeff hen Jaguar coch tywyll 2.4 marc 2 o'r chwedegau oedd wrthi'n cael ei adnewyddu. Roedd yn amlwg, o edrych o gwmpas, mai dyma brif bwrpas y garej. Eisteddodd y ddau i lawr ar hen gadeiriau esmwyth yn un cornel ger stof fechan oedd â photel o nwy wrth ei hochr. Yn amlwg, roedd Caldwell yn byw ac yn bod yma. Trodd sain y radio'n is.

'Eich gwaith chi?' gofynnodd Jeff, gan amneidio at y car.

'Na, dwi allan o waith ar hyn o bryd, ond dyma be 'n i'n wneud i lawr yn Llundain. Trwsio ac ailadeiladu ceir oedd wedi bod mewn damweiniau, neu wneud hen geir i fyny. Mae o'n pasio'r amser tra dwi'n disgwyl am waith go iawn.'

'Am faint fuoch chi efo Isla Scott?'

'Pedair blynedd a hanner, drosodd.'

'Byw efo'ch gilydd?'

'Ia. Ond dim ers tro bellach. Ddaru ni benderfynu gwahanu tua thri mis yn ôl. Ro'n i wedi syrffedu ar fywyd yn y brifddinas erbyn hynny felly mi ddois i adra.'

'Be ddigwyddodd rhyngoch chi ac Isla?'

'Doedd ganddon ni ddim byd i'w gynnig i'n gilydd.

Roedd petha'n dda ar y dechra, ond mae petha'n newid. Mi liciwn i feddwl ein bod ni'n dal yn ffrindiau.'

'Ac mi wyddoch chi felly am y berthynas rhyngddi hi a Billy Roberts?'

Amneidiodd Caldwell â'i ben yn gadarnhaol.

'Aethoch chi i lawr i Lundain yr un adeg â hi?'

Edrychai Caldwell fel petai'n gyndyn o ateb, ond wedi oedi meddai, 'Mwy neu lai.'

'Be mae hynny'n feddwl?'

'Reit, ylwch, Sarjant Evans, dwi ddim yn falch iawn o sut wnes i ymddwyn yn y dyddiau hynny, ond mae pob dim y tu ôl i mi rŵan, a hithau hefyd.'

'Oeddach chi'n canlyn efo Isla pan oedd hi'n mynd efo Billy Roberts? Dyna ydach chi'n ei olygu?'

'Mae hynny'n dibynnu'n hollol be ydach chi'n feddwl efo "canlyn". Rhyw air hen ffasiwn ydi o, 'de? Mi oedd petha wedi bod yn dirywio am hir rhwng Isla a Billy. Dadlau mawr yn dragwyddol. Ro'n i'n gwneud dipyn o waith ar gar yn perthyn i un o'i ffrindiau hi, a dyna sut ddaru ni gyfarfod, a ... wel, mi arweiniodd un peth i'r llall.'

'Faint o amser oedd 'na rhwng i chi gyfarfod ac i chi symud i lawr i Lundain efo'ch gilydd?'

'Mis, chwe wythnos, ella.'

'Oeddach chi'n gwybod bod Isla yn disgwyl plentyn Billy ar y pryd?'

'Ar ôl i ni symud i Lundain ddysgis i hynny, a dim ond ar ôl iddi gael erthyliad. Ddeudodd hi ddim byd o gwbl cynt.'

'Oedd hi'n bosib, Mr Caldwell, nad plentyn William Roberts oedd y babi?' Roedd goblygiadau'r cwestiwn yn amlwg.

Oedodd Caldwell am nifer o eiliadau cyn ochneidio'n ddwfn. 'Mae popeth yn bosib, yn tydi?'

'Efallai mai'ch plentyn chi gafodd ei erthylu, felly?'

'Wel, mi oedd hi'n rhy hwyr i boeni am hynny wedyn, doedd?'

'Oedd Isla ei hun yn gwybod pwy oedd tad y babi?'

'Mi fysa'n rhaid i chi ofyn hynny iddi hi.'

'Yn eich barn chi?'

Oedodd Caldwell eto cyn ateb. 'Sut allai hi fod yn gwybod?'

'Pwy aeth i nôl gweddill ei dillad hi o westy Min y Don ar ôl iddi adael Glan Morfa?'

'Fi oedd hwnnw, ar un o fy nhripiau yn ôl yma i gasglu fy stwff fy hun.'

'Ar eich pen eich hun?'

'Ia. Doedd Isla ddim isio dod ar gyfyl Glan Morfa rhag ofn iddi weld Billy neu un o'i deulu.'

'Wyddech chi fod Billy wedi diflannu pan ddaethoch chi'n ôl i gasglu'r eiddo?'

'Na wyddwn. Wel, dim ar y pryd beth bynnag.'

'Pryd glywsoch chi fod corff Billy wedi'i ddarganfod yng nghaeau Felin Wen?'

'Yr un pryd â phawb arall, am wn i. Diwedd yr wsnos dwytha, pan dorrodd yr hanes ar y newyddion.'

'Be oedd ymateb Isla pan ddeudoch chi wrthi hi?'

'Wnes i ddim. Dydw i ddim wedi siarad efo hi ers i mi adael Llundain.'

'Pam na wnaethoch chi gysylltu i ddeud wrthi am y peth? Wedi'r cwbwl, roedd Billy a hitha wedi bod yn agos iawn ar un adeg.'

'Be oedd y pwynt, Sarjant? Roedd hynny ymhell dros

bum mlynedd yn ôl. Pa reswm oedd 'na i ddod â'r gorffennol yn ôl, yn enwedig rhan o'r gorffennol roedd yn well gan Isla anghofio amdano fo? Mae hi wedi gwneud bywyd lot gwell iddi hi'i hun ers hynny, a wnes i ddim hyd yn oed ystyried sôn wrthi am Billy.'

'A be ddaeth i'ch meddwl chi pan ddysgoch chi ei fod o wedi cael ei lofruddio?'

'Dim byd neilltuol. Do'n i ddim yn nabod y boi.'

'Roedd pawb yn meddwl ei fod o wedi rhedeg i ffwrdd efo Isla. Mi ddiflannoch chithau ar yr un pryd ...'

'Dydw i ddim yn lecio'r hyn dach chi'n ei awgrymu, Sarjant Evans. Doedd gen i ddim byd i'w wneud â diflaniad Billy Roberts, na'i lofruddiaeth o. Ella'i bod hi'n edrych i chi fel taswn i wedi dwyn ei gariad o, ond dim fel'na oedd hi. Dod ata i ddaru hi wedi i betha orffen rhyngddi hi a Billy. Roeddan nhw'n dal i weld ei gilydd, ond doedd hi ddim yn ei garu o erbyn hynny, medda hi.' Roedd Caldwell yn mynd yn fwy ymosodol gyda phob brawddeg.

'Wnes i ddim awgrymu eich bod chi wedi gwneud niwed iddo fo, Mr Caldwell,' atebodd Jeff, 'Ond dwi'n falch eich bod chi wedi egluro'r sefyllfa.' Penderfynodd ei bod hi'n amser i newid tac. 'Sut berthynas oedd gan Isla efo Crwys Morris ar y pryd?' gofynnodd.

Aeth Caldwell yn hollol ddistaw, a gwyrodd ei ben. Edrychai'n debyg nad oedd o'n disgwyl y cwestiwn.

'Crwys Morris,' parhaodd Jeff. 'Mi wyddoch chi pwy dwi'n cyfeirio ato – cefnder Billy a Morgan.'

'Mi wn i'n iawn pwy ydi o, ond does gen i ddim syniad am unrhyw berthynas rhwng Isla a Crwys.'

'Mae mwy nag un yn honni ei bod hi'n ei weld yntau ar yr un pryd.'

'Dyna'r tro cynta i mi glywed y fath beth, ac mi fysa hynny'n syndod mawr i mi.'

Ni allai Jeff ddarllen ei wyneb, a doedd ganddo ddim syniad a oedd Caldwell yn ddiffuant. 'Wel, dyna'r cwbwl am y tro,' meddai wrtho. 'Ydach chi'n bwriadu aros yng Nglan Morfa, neu symud ymlaen eto?'

'Does gen i nunlle arall i fynd, felly aros yma yn nhŷ Mam wna i nes bydda i wedi ailsefydlu fy hun eto.'

'Pryd fydd hi adra oddi ar ei gwyliau?'

'Ymhen chydig dros wsnos.'

'Peidiwch â mynd yn bell,' awgrymodd Jeff, er nad oedd ganddo hawl i fynnu'r fath beth. Ond teimlai y dylai roi chydig bach o bwysau ar y dyn mawr, dim ond digon i adael iddo fo wybod lle roedd o'n sefyll.

Safodd Jeff yn nrws y garej a throi yn ôl i wynebu Caldwell.

'Un peth arall,' meddai. 'Fyddwch chi'n adeiladu petha – modelau, tai neu rwbath arall, drwy ludo matshys at ei gilydd?'

'Na,' atebodd. 'Dim ond ceir fydda i'n eu hadeiladu.'

'Wyddoch chi am rywun sy'n gwneud y fath beth?'

'Na,' atebodd, gan ysgwyd ei ben.

Yn ôl yn y swyddfa galwodd am gyfarfod brys yng nghwmni Lowri a Sonia er mwyn dweud wrthyn nhw fod rhywun arall o ddiddordeb i'r ymchwiliad wedi dod i'r amlwg. Galwodd Lowri ar Peter Edwards i ymuno â nhw hefyd, gan ei fod yntau wedi bod yn gysylltiedig â'r cyfweliad ag Isla Scott ac wedi darganfod enw Caldwell yn ei fflat. Eisteddodd y pedwar o amgylch desg Lowri Davies, a chymerodd Jeff ugain munud llawn i egluro'r cyfan.

Wel, mi ydach chi yn llygad eich lle, Jeff,' meddai Lowri ar ôl iddo orffen. 'Yn sicr, mae Michael Caldwell yn haeddu sylw. Diolch am ddod â'r wybodaeth i ni mor gyflym.'

'A da iawn chi, Peter,' ychwanegodd Sonia, 'am ddarganfod ei enw o ar yr amlen yng nghyntedd tŷ Scott.'

'Dim problem. Diolch i chi am gydnabod hynny,' atebodd yntau.

'Be sy'n mynd drwy'ch meddwl chi rŵan, Jeff?' gofynnodd Lowri.

'Ei bod hi'n bosib mai Caldwell oedd tad babi Isla Scott.'

'A hithau'n dal mewn perthynas â William,' ychwanegodd Peter.

'Ac felly bod ganddo reswm da iawn i ladd Billy,' awgrymodd Sonia.

'Hyd yn oed os oedd Isla Scott yn gwybod neu beidio,' meddai Lowri.

'Ond mae'n amlwg erbyn hyn fod Scott wedi bod yn gynnil efo'r gwir pan welson ni hi ddydd Sadwrn,' meddai Jeff, 'er nad oes ganddi unrhyw beth i'w wneud â'r llofruddiaeth ei hun. Pam hynny, tybed?'

'Efallai ei bod hi'n teimlo'n euog am fod mewn perthynas efo dau ddyn ar yr un pryd?' mentrodd Sonia.

'Ond oes 'na drydydd dyn yn y cawl, tybed?' Rhoddodd Jeff ei big i mewn eto. 'Oedd Crwys Morris yn cysgu efo Isla hefyd? Mi wyddon ni bellach sut un ydi o efo'r merched.'

'Ddylen ni gael gair bach arall efo Scott?' gofynnodd Peter, 'neu ddod â Caldwell i mewn i'w holi ar dâp ac o dan bwysau?'

'Dim eto,' gorchmynnodd Lowri. 'Mwy o ymholiadau i fywydau'r tri i ddechrau, dwi'n meddwl, yn enwedig Crwys Morris. Mi fyswn i'n lecio i chi, Jeff, fynd ar ei drywydd o.

Oedd o mewn perthynas, neu yn cael rhyw, efo Isla Scott ai peidio? Wn i ddim sut ar y ddaear rydach chi'n mynd i ddarganfod hynny ar ôl cymaint o amser, ond os oes rhywun am allu gwneud, chi ydi'r dyn.'

Pennod 22

Bu Jeff wrth ei ddesg am y rhan fwyaf o'r prynhawn Llun hwnnw yn ymchwilio. Roedd wythnos ers i weddillion William Roberts gael eu darganfod ym mhridd Felin Wen, a doedd gan neb fawr o syniad pwy oedd yn gyfrifol am ei lofruddio.

Er hynny, roedd y nifer o bobl oedd yn cael eu hamau yn tyfu, a rhai yn uwch ar y rhestr nac eraill. Ond gwyddai Jeff, fel pob ditectif gwerth ei halen, nad oedd amheuaeth yn unig yn ddigon i gyhuddo neb. Roedd mwy o waith i'w wneud.

Er mai Michael Caldwell oedd yr enw mwyaf diweddar i ymddangos ar y rhestr o'r rhai dan amheuaeth, ni allai Jeff lusgo'i feddwl oddi wrth y cefnder, Crwys Morris. Ymchwilio i'w gefndir o oedd y dasg ddiweddaraf a roddwyd iddo gan y Ditectif Uwch-arolygydd Lowri Davies.

Cryfder mwyaf Crwys Morris, meddyliodd Jeff, oedd ei fod yn ddyn busnes llwyddiannus. Tybed mai dyna oedd ei wendid hefyd? Roedd ei holl eiddo yn enw cwmni Eiddo Glan Morfa Cyf., y busnes y bu'n ddigon ffodus i'w etifeddu gan ei fam, Ethni. Ond roedd Jeff wedi dod i ddeall fod Crwys wedi ehangu cryn dipyn ar y cwmni ers iddo fod wrth y llyw – roedd yn rhaid rhoi rhywfaint o glod iddo am hynny. Penderfynodd mai dyna fyddai'r allwedd i ddysgu mwy am fywyd personol Crwys Morris.

Ffoniodd un o'i gysylltiadau yn Nhŷ'r Cwmnïau yng

Nghaerdydd. Roedd swyddfa wedi'i sefydlu yno gan Heddlu De Cymru er mwyn hwyluso ymholiadau gan luoedd Cymru a Lloegr i unrhyw dwyll neu gamweinyddu, ac roedd Sarjant Helen Glynn wedi bod o gymorth mawr iddo ers iddi gael ei phenodi yn bennaeth yr adran fechan. Ymhen yr awr, roedd pob darn o wybodaeth am Eiddo Glan Morfa Cyf. ar sgrin ei gyfrifiadur, ac yn araf ac yn ofalus dechreuodd Jeff bori trwy'r wybodaeth.

Dysgodd fod y cwmni wedi'i ymgorffori yn 1987 pan oedd Ethni yn ddynes gymharol ifanc. Dim ond hi a Iestyn Bowen, y cyfreithiwr a phartner yn ffyrm Ellis a Bowen, oedd yn gyfranddalwyr ar y cwmni yn y dechrau, a dim ond am fod rhaid, yn gyfreithiol, roedd Bowen wedi cael ei enwi. Ym mhob ystyr, Ethni Roberts oedd y cwmni. Trosglwyddwyd y cwmni a'i holl eiddo i Crwys Morris Roberts yng Ngorffennaf 2004, bum mis ar ôl marwolaeth ei fam. Bu'n rhaid iddo dalu dipyn o dreth etifeddiant, ond diolch i fedrusrwydd Ethni, llwyddodd i wneud hynny heb werthu dim o'r eiddo. Gadawodd Ethni eiddo i'w brawd, Idwal Roberts, hefyd, ond cyfran fach iawn oedd hwnnw o'i gymharu â'r hyn a etifeddodd ei fab. Gwelodd Jeff fod cyfrifon y cwmni yn cael eu cyflwyno i Dŷ'r Cwmnïau ar amser bob blwyddyn gan ffyrm o gyfrifyddion o Fangor. Cwmni oedd yn ddigon pell o Lan Morfa, fel yn achos y cyfreithiwr newydd a benododd Crwys i sicrhau nad oedd neb lleol yn ymwybodol o'i gyfoeth. Cafodd ei syfrdanu pan ddysgodd werth y cwmni: dros ddwy filiwn a hanner o leiaf. Dim rhyfedd fod Crwys wedi cynnig ariannu datblygiad yr hen felin ddŵr yn Felin Wen. Byddai sawl un wedi dewis peidio gweithio a mwynhau eu cyfoeth, ond nid dyna natur Crwys, yn amlwg. Roedd o'n ormod o un am y geiniog.

Wrth ymchwilio ymhellach, gwelodd Jeff gyfeiriad at achos a fu gerbron y Llys Sirol tua dwy flynedd ar ôl i Crwys ddechrau rheoli'r cwmni. Doedd dim manylion, ond tybed fyddai Iestyn Bowen, y cyfreithiwr, yn gyfarwydd â'r achos, dyfalodd Jeff. Cododd y ffôn, a heb lawer o oedi cafodd ei gysylltu â Bowen ei hun.

'Mae'n ddrwg gen i'ch poeni chi eto, Mr Bowen,' meddai. 'Gwneud ychydig mwy o ymholiadau ynglŷn â Crwys Morris a'i gwmni, Eiddo Glan Morfa Cyf., ydw i.'

'Wel, dwi'n diolch bob dydd 'mod i wedi medru golchi fy nwylo o'r cwmni hwnnw, a Mr Morris ei hun hefyd. Dyna'r cwbwl ddweda i,' atebodd Bowen. Roedd hynny'n ddweud mawr, nododd Jeff – roedd o'n ddyn fyddai'n dewis ei eiriau'n ofalus iawn fel arfer, rhag tramgwyddo neb.

'Mi hoffwn i ddysgu mwy am yr achos fu gerbron y Llys Sirol ychydig wedi i Crwys gael ei ddwylo ar y cwmni. Fedrwch chi fy helpu fi?'

'Medraf, gan nad oeddwn i'n gyfranddaliwr efo Crwys Morris erbyn hynny, ac nid fi oedd ei gyfreithiwr o chwaith. Roedden ni ... sut faswn i'n deud ... wedi cael gwahaniaeth barn. Ond mi wn i dipyn o'r stori, ac un ddiddorol iawn ydi hi hefyd.'

'Dwi'n gwrando,' meddai Jeff.

'Mater rhwng Crwys a'i gwmni a dyn o'r enw Sydney Potter oedd o. Roedd gan Mr Potter fusnes llwyddiannus yma yng Nglan Morfa ar y pryd, yn gwerthu dodrefn o safon dda o siop fawr yng nghanol y dref oedd, ar y pryd, yn eiddo i Ethni Roberts. Roedd Potter yn ddyn da, yn gweithio'n galed ac yn magu'i fab ar ei ben ei hun. Roedd y rhent roedd o'n ei dalu i Ethni am y siop a'r fflat uwch ei phen, lle roedd o wedi byw ers blynyddoedd, yn isel iawn, a doedd Ethni ddim wedi'i godi erioed. Dyna oedd y drefn am flynyddoedd heb ddim ond cytundeb ar lafar rhwng y ddau. Doedd dim byd o gwbl ar bapur.'

'Oedd hynny'n beth anarferol i rywun fel Ethni Roberts? O'r hyn dwi wedi'i glywed amdani roedd hi'n ddynes fusnes graff,' meddai Jeff.

'Synnwn i ddim nad oedd Sydney Potter ac Ethni Roberts yn dipyn o ffrindiau, a'i fod o'n rhyw drefniant arbennig. Ond pan gymerodd Crwys awenau'r busnes, mi godd y rhent, a hynny heb fawr o rybudd. Doedd dim byd o'i le ar hynny, wrth gwrs. Roedd ganddo bob hawl i wneud fel y mynnai.'

'Ei godi i rent rhesymol i gyd-fynd â'r farchnad leol?'

'Wel,' oedodd Bowen, 'roedd o dipyn go lew yn fwy na hynny. Os gofia i'n iawn, mi oedd Crwys yn mynnu rhent oedd tua chwech neu wyth gwaith yn fwy nag yr oedd Potter wedi bod yn ei dalu i'w fam. Gwrthododd Potter dalu ac mi aeth hi'n ffrae rhyngddyn nhw, a dyma Crwys yn terfynu'r cytundeb llafar fu rhwng ei fam a Potter, a'i luchio fo allan o'r siop a'r fflat, ei gartref. A dyna ddiwedd busnes dodrefn Sydney Potter. Mi driodd Potter siwio Crwys yn y Llys Sirol am ddod â'i fusnes i ben ond doedd ganddo ddim gobaith.'

'Arhoswch am funud, Mr Bowen, mae'r cyfenw Potter yn canu cloch. Oes ganddo fo fab o'r enw Marc?'

'Oes.'

'Yr un y cafodd Crwys ei gyhuddo yn Llys y Goron o'i drywanu efo cyllell?'

'Cywir eto. Digwyddodd hynny chydig wedi i Ethni farw.'

'Oes 'na gysylltiad, dach chi'n meddwl, Mr Bowen? Yr ymosodiad gan Crwys ar Marc, ac ychydig wedyn, Crwys yn cymryd camau a fyddai'n debygol o chwalu busnes a bywyd ei dad?'

'Rhywbeth i chi ei ystyried ydi hynny, Ditectif Sarjant. Rhoi'r ffeithiau i chi ydw i. Ond os dwi'n cofio'n iawn, doedd y berthynas rhwng Crwys a Marc ddim wedi bod yn un dda trwy blentyndod y ddau. Marc oedd yr hynaf o ddwy flynedd, ac yn dipyn o fwli yn yr ysgol fel ro'n i'n dallt.'

'Mi ddeudoch chi gynna fod Sydney Potter wedi magu Marc ar ei ben ei hun. Lle roedd ei fam o?'

'Mi fu hi farw ar eni Marc.'

'Ddaru Sydney Potter ailbriodi?'

'Naddo.'

'Diolch i chi, Mr Bowen, am yr holl wybodaeth. Be ydi hanes Sydney Potter erbyn hyn?'

'Dal i fyw o gwmpas y lle 'ma yn rhywle. Ar ôl colli'r busnes mi fu o'n gweithio mewn siopau ac ati, ond mae o wedi ymddeol erbyn hyn. Mi symudodd i dŷ cyngor ar ôl gorfod symud o'r fflat uwchben y siop.'

Eisteddodd Jeff yn ôl yn ei gadair. Ceisiodd benderfynu a oedd yr hyn a ddysgodd o ddefnydd i'r ymchwiliad ai peidio. Allai o ddim dweud eto, ond yn sicr roedd hi'n stori ddifyr, ac yn peintio darlun diddorol iawn o bersonoliaeth Crwys Morris.

Parhaodd Jeff i chwilota trwy'r wybodaeth a gafodd o Dŷ'r Cwmnïau yng Nghaerdydd. Sylwodd fod cwmni Eiddo Glan Morfa Cyf. yn berchen ar bob eiddo yn llawn – heblaw un, oedd â chyd-berchennog. Enw'r eiddo hwnnw oedd Golden Sands Holiday Supplies and Restaurant – y cwmni ar gyrion y dref y clywodd sôn amdano gan Crwys rai dyddiau ynghynt. Roedd y safle yn un godidog, ger y traeth, ar lecyn oedd yn arfer bod yn dir amaethyddol da. Gwyddai Jeff am y lle er na fu'n gwsmer erioed. Busnes Seisnigaidd iawn oedd o, a'r rhan fwyaf o'r cwsmeriaid yn berchnogion ail gartrefi ac yn ymwelwyr i'r ardal. Roedd y lle yn gwerthu a llogi offer hamdden o bob math: cychod mawr, beiciau dŵr, beiciau mynydd, offer syrffio ac ati. Gan fod bwyty ffasiynol yno hefyd roedd yn baradwys i rai oedd â digon o arian i'w wastraffu. Clywodd adroddiadau gan rai oedd wedi bwyta yno – roedd delwedd y lle i'r dim ar gyfer Instagram ond siomedig oedd safon y bwyd.

Eiddo Glan Morfa Cyf. oedd perchen y busnes hwnnw ynghyd â chwmni arall o'r enw Sandy Lane Ltd a oedd wedi'i sefydlu yng Nghanolbarth Lloegr. Un o gyfranddalwyr y cwmni hwnnw oedd dynes o'r enw Glenda Fairclough. Un cyfranddaliwr arall oedd i'r busnes, cwmni o'r enw Gulf Sea Assests Ltd a oedd wedi'i gofrestru yn Ynysoedd Cayman. Gwyddai Jeff o brofiad mai gwastraffu ei amser fyddai o drwy geisio cael manylion y perchnogion o'r wlad honno.

Trodd at Gyfrifiadur Cenedlaethol yr Heddlu a darganfod bod tair merch o'r enw Glenda Fairclough ym Mhrydain oedd wedi'u cael yn euog o droseddau yn y gorffennol. Deunaw oed oedd y gyntaf, ac wedi cael ei dal yn rhannu cyffuriau yn ninas Efrog. Roedd yr ail o Bradford a chanddi record hir am buteinio a byw ar enillion anfoesol. Penderfynodd anwybyddu'r ddwy hynny. Roedd y drydedd yn ei phedwardegau, wedi'i chael yn euog o dwyll, a'i chyfeiriad oedd 13 Field Street, Dudley. Roedd hon yn edrych yn fwy addawol. Aeth yn ôl at Dŷ'r Cwmnïau yng Nghaerdydd a gofyn i Helen Glynn edrych ar ffeil Sandy

Lane Ltd. O fewn rhai munudau cadarnhawyd bod y Glenda Fairclough oedd yn gyfranddaliwr a rheolwr-gyfarwyddwr ar y cwmni yn defnyddio'r un cyfeiriad yn Dudley. Gofynnodd i Helen am gopi o'r ffeil.

Ei gam nesaf oedd ffonio Adran Dwyll Heddlu Gorllewin y Canolbarth. Eglurodd pam roedd yn holi, a chafodd addewid y byddai swyddog o'r adran honno yn ei ffonio'n ôl petai ganddyn nhw wybodaeth am Fairclough neu ei chwmni. Bron i awr yn ddiweddarach, canodd y ffôn.

'Ditectif Gwnstabl O'Reilley, Adran Dwyll Birmingham,' meddai'r llais dros y ffôn. 'Ga i siarad efo Ditectif Sarjant Evans, os gwelwch yn dda?'

'Siarad,' atebodd Jeff. 'Diolch am ffonio'n ôl. Oes ganddoch chi rwbath i mi?'

'Oes, rhywfaint,' atebodd y swyddog. 'Mae Glenda Fairclough wedi dod i'n sylw ni. Roedd hi'n rhedeg cwmni a aeth i'r wal flynyddoedd yn ôl a chafwyd hi'n euog o dwyll.'

'Sut fath o dwyll?' gofynnodd Jeff.

'Masnachu drwy dwyll oedd y cyhuddiad mwyaf yn ei herbyn hi ar y pryd – roedd hi'n gwerthu nwyddau heb fwriad o'u cyflenwi. Collodd aelodau o'r cyhoedd dros hanner miliwn i gyd gan nad oedd y nwyddau roedden nhw wedi'u prynu dros y we yn bodoli. Cafodd flwyddyn a hanner o garchar a'i gwahardd rhag bod yn swyddog neu gyfarwyddwr ar gwmni am dair blynedd.'

'Mae hi'n gyfranddaliwr ac yn gyfarwyddwr cwmni o'r enw Sandy Lane Ltd ar hyn o bryd.'

'Rhaid bod y gwaharddiad wedi dod i ben felly. Cafodd ei gwneud yn fethdalwr ar yr un pryd, a bosib fod hynny hefyd wedi dod i ben erbyn hyn. Mae 'na saith mlynedd ers iddi gael y ddedfryd.'

'Oes 'na unrhyw beth mwy diweddar amdani ar y ffeil?' gofynnodd Jeff.

'Mae hi wedi cadw'i thrwyn yn lân ers hynny, yn ôl pob golwg, ond rydan ni'n dal i gadw llygad arni. Tydi person fel Glenda Fairclough ddim yn rhoi'r gorau i dwyllo.'

'Ydach chi'n ei hamau hi o rwbath penodol?'

'Mae ei henw hi'n codi bob hyn a hyn pan fyddwn ni'n cael clywed am unrhyw fath o dwyll. Be ydi'ch diddordeb chi yng ngogledd Cymru ynddi?'

'Mae'n edrych yn debyg ei bod hi'n berchen yn rhannol ar fusnes yma efo dyn lleol rydan ni'n ymchwilio iddo.'

'Does 'na ddim sôn am hynny yn yr wybodaeth sydd ganddon ni. Deudwch wrth eich dyn chi am fod yn wyliadwrus ohoni, pwy bynnag ydi o. A phan gewch chi amser, gwnewch gofnod i ni o'i gweithgareddau hi acw, os gwelwch chi'n dda, a gyrrwch o draw.'

'Siŵr o wneud,' atebodd.

Cymerodd Jeff ennyd i feddwl ar ôl rhoi'r ffôn yn ôl yn ei grud. Dweud wrth Crwys Morris am fod yn wyliadwrus? Dim peryg! Roedd Crwys yn ddigon profiadol i edrych ar ôl ei hun. Tybed sut roedd Crwys Morris a Glenda Fairclough wedi dod ar draws ei gilydd yn y lle cyntaf – hi o ochrau Birmingham ac yntau o ogledd Cymru? Byddai'n braf cael gwybod sut roedd y ddau wedi cyfarfod a phenderfynu mentro i sefydlu busnes efo'i gilydd. A ddylai fynd â Meira allan am bryd i fwyty Golden Sands er mwyn gwneud dipyn o ymchwil? Penderfynodd beidio. Beth petai Crwys yn ei weld o yno?

Cododd ei ffôn symudol a dewisodd y rhif cyfarwydd wrth bwyso'r botwm gyferbyn â'r enw.

'Nansi, sut wyt ti 'mach i?'

'Hiraethu am y ditectif gorau yn y byd,' atebodd. 'Be wyt ti isio heddiw? Ti'n gwybod gei di rwbath gen i,' ychwanegodd yn awgrymog.

'Isio prynu pryd o fwyd i ti mewn bwyty neis,' atebodd, gan geisio peidio â swnio'n rhy chwareus.

'O, Jeff. Dwi 'di bod yn aros am flynyddoedd i ti fynd â fi allan am ddêt. Pryd 'dan ni'n mynd ac i lle? Mi a' i i chwilio am ffrog newydd a chael gwneud fy ngwallt a bob dim. Yn ôl i fama wedyn, ia? Fydda i wedi newid dillad y gwely ...'

'Paid â mwydro, Nansi bach. 'Deud y byswn i'n prynu pryd neis i ti wnes i, nid y byswn i yno efo chdi.'

'Sboilsbort,' atebodd yn bwdlyd.

'Gwranda rŵan, Nansi. Dwi am roi pres i ti i fynd am fwyd i'r lle Golden Sands 'na ar gyrion y dre. Ella bysa dy chwaer yn licio dod efo chdi. Mi dala i am dacsi i chi hefyd.'

'I be?'

'Er mwyn i ti ddysgu hynny fedri di am y lle. Be sy'n mynd ymlaen yno, pwy sydd o gwmpas ... does dim rhaid i mi ddeud mwy, dwi'n siŵr.'

'Be sy'n digwydd yno, felly?'

'Wn i ddim. A dyna 'di'r broblem. A does 'na ddim brys gwyllt – yn y diwrnod neu ddau nesa 'ma. Ond paid â deud wrth dy chwaer mai fi sy'n eich gyrru chi yno rhag ofn iddi agor ei cheg yn wirion.'

Ar ôl ffarwelio â Nansi a threfnu i'w chyfarfod i drosglwyddo'r arian iddi, aeth am sgwrs efo'i gyfaill Sarjant Rob Taylor i'r cantîn. Eisteddodd y ddau i lawr dros baned.

'Mae gen i reswm i wneud ymholiadau i berchnogion y lle Golden Sands 'na, Rob, ond dydw i ddim isio i neb gael gwybod fod gan y CID ddiddordeb yn y busnes. Fedri di drio darganfod chydig i mi am y lle, gan smalio gwneud ymholiad ynglŷn â thrwydded alcohol y bwyty neu rwbath?'

'Medraf tad, Jeff. Dim problem. Fi ddeliodd efo'r peth pan oeddan nhw'n gwneud cais am y drwydded yn y lle cynta, flynyddoedd yn ôl. Rhyw ddynes o ochra Birmingham sy'n rhedeg y lle, ond mi oedd 'na ryw broblem os dwi'n cofio'n iawn, ac nid yn ei henw hi mae'r drwydded.'

'Ydi'r enw Glenda Fairclough yn canu cloch?'

'Dyna chdi, ond fedra i ddim cofio'r amgylchiadau chwaith.'

Dywedodd Jeff yr hanes wrtho a'r rheswm am ei ymholiad cudd.

'Ddo i'n ôl atat ti. Rho ddiwrnod neu ddau i mi.'

Pennod 23

Cyrhaeddodd Jeff ei swyddfa'n gynnar fore trannoeth, ac yn dynn ar ei sodlau roedd ei gyfaill, Peter Edwards, yn cario gliniadur o dan ei fraich. Caeodd Peter ddrws y swyddfa'n dynn ar ei ôl, ac roedd hynny'n anarferol.

'Ti yma'n gynnar bore 'ma, Pete,' meddai Jeff.

'Ydw, a diolch byth 'mod i hefyd.'

'O, sut felly?'

'Ti'n cofio i Lowri ofyn i mi baratoi cyflwyniad o luniau i'w dangos yn y gynhadledd bore 'ma – lluniau'r esgyrn a ballu – er mwyn iddi hi gael deud gair neu ddau am bob un i gadw'r cwbwl yn fyw yn ein meddyliau ni?'

'Ydw, dwi'n cofio.'

'Lle mae Sonia?'

'Tydi hi ddim wedi cyrraedd eto. Fydd hi ddim yn hir, dwi'n siŵr. Pam?'

'Mi gei di weld mewn munud. Ddois i i mewn yn gynnar er mwyn mynd trwy'r cyflwyniad cyn ei osod ar y sgrin fawr yn ystafell y gynhadledd, a dwi'n falch iawn 'mod i wedi gwneud.'

Doedd Jeff ddim yn deall, ond roedd o ar binnau wrth ddisgwyl i Peter agor y gliniadur a'i roi ymlaen.

'Edrycha ar hyn,' meddai Peter, gan droi'r sgrin i wynebu'r ddau.

Dechreuodd y cyflwyniad PowerPoint ac edrychodd Jeff ar y ddelwedd gyntaf, fideo a ddangosai'r tir o amgylch fferm Felin Wen cyn stopio ar y llecyn lle darganfuwyd gweddillion William Roberts. Llun agos o'r pridd y bu William yn gorwedd ynddo am bum mlynedd oedd y nesa, y pridd wedi'i godi'n dwmpath ar ôl cael ei archwilio'n fanwl. Wedyn gwelodd Jeff lun o'r esgyrn ar slab metel y patholegydd, y sgerbwd cyfan wedi'i osod mewn trefn.

'Lluniau da hyd yma,' meddai Jeff, yn methu â deall pam roedd ei gyfaill wedi cyffroi cymaint.

Yna, symudodd Peter i'r llun nesaf ac roedd y ddelwedd a welodd Jeff yn ddigon i wneud iddo rewi. Llanwyd y sgrin â llun o wyneb mwnci. Tsimpansî, a'i lygaid mawr yn syllu arnynt yn heriol.

Wedi eiliadau o ddistawrwydd, Peter Edwards oedd y cyntaf i siarad. 'Beth petai hwnna wedi cael ei ddangos i bawb yn yr ystafell bore 'ma, Jeff? Fedri di ddychmygu'r canlyniadau? A fi fysa'n cael y bai am mai fi roddodd y cyflwyniad at ei gilydd.'

Ysgydwodd Jeff ei ben yn araf, ond roedd ei feddwl ar garlam. 'Lle gest ti weddill y lluniau, Pete?' gofynnodd.

'Gan John Owen y ffotograffydd bnawn ddoe, ar go' bach.'

'Lle mae'r co' bach rŵan?' gofynnodd Jeff.

'Fama,' atebodd Peter wrth ei dynnu o'i boced.

Cymerodd Jeff y teclyn ganddo a'i roi yn ochr ei gyfrifiadur ei hun.

'Waeth i ti heb â gwastraffu dy amser, Jeff. Dydi llun y mwnci ddim yno,' meddai Peter.

'Os gweli di'n dda,' atebodd Jeff, 'gad i mi weld drosof fy hun.'

Fel yr awgrymodd Pete doedd y llun ddim ymysg lluniau'r achos.

'Reit,' meddai Jeff. Gwna gopi o'r cyflwyniad PowerPoint fel mae o rŵan a'i yrru i mi, ac yna dileu'r llun hyll 'na oddi arno fo a chadw'r fersiwn lân ar dy liniadur di.'

Ufuddhaodd Peter, a rhyfeddodd Jeff ei fod wedi gallu gwneud y cwbwl mewn chwinciad, bron heb edrych i lawr oddi ar y sgrin.

'Wyt i'n siŵr nad oes 'na lun arall tebyg wedi cael ei ychwanegu i'r cyflwyniad?' gofynnodd Jeff.

'Na. Dwi wedi chwilio, ac mi chwilia i eto rŵan i wneud yn hollol siŵr.'

'Be sydd wedi digwydd fan hyn felly, Pete?' gofynnodd yn ddifrifol.

'Rargian, ty'd o 'na, mêt, ar f'enaid i. Mae'n amlwg fod rhywun yn gwneud ei orau i gael hwyl am ben y Ditectif Arolygydd, a rhoi'r bai arna i.'

'Fedra inna chwaith ddim gweld unrhyw bwrpas arall ond i sarhau Sonia McDonald,' atebodd Jeff. 'Y cwestiwn ydi, sut gafodd y llun ei roi yn dy gyflwyniad di, a chan bwy?'

'A phryd?' ychwanegodd Peter. 'Ti'n gweld, tydi'r ffolder gyflawn o luniau'r achos ddim ar y co' bach 'ma. Mae 'na gannoedd o luniau i gyd, a fi ofynnodd i John Owen ddewis y rhai mwyaf addas ar gyfer y cyflwyniad bore 'ma a'u rhoi nhw ar y co' bach i mi.'

'Pryd gest ti'r co' bach gan John Owen?'

'Ganol pnawn ddoe. Mi wnes i lawrlwytho'r cwbl ar y gliniadur 'ma, a dechrau eu tynnu nhw i mewn i'r cyflwyniad PowerPoint cyn y gynhadledd neithiwr. Ar ôl y cyfarfod mi orffennais y gwaith. Mae un peth yn sicr i ti, Jeff – doedd llun y mwnci ddim yno pan rois i'r gliniadur i ffwrdd cyn mynd adra neithiwr. Bendant.'

'Lle oedd y gliniadur dros nos?'

'Ar fy nesg i yng nghornel ystafell y gynhadledd.'

'Wedi'i ddiffodd?' gofynnodd Jeff.

'Oedd, fel ddeudis i. Yr unig beth y medra i feddwl amdano ydi bod rhywun clyfar, rhywun clyfar iawn, wedi medru ei droi o ymlaen gan wyrdroi'r system i osgoi gofyn am fy nghyfrinair i, er mwyn rhoi'r llun yn y cyflwyniad.'

'Wel, mae petha fel'na'n bosib, dwi'n dallt, ond ti'n lot mwy gwybodus am y maes yma na fi. Fysa gen i ddim syniad lle i ddechra.' Meddyliodd Jeff am y dogfennau roedd Sonia wedi'u huwchlwytho a sut yr oedden nhw wedi diflannu.

'Ella 'mod i wedi bod yn ddiniwed, Jeff, i feddwl bod y gliniadur yn saff mewn swyddfa agored, hyd yn oed yng ngorsaf yr heddlu. Mi ddylwn i fod wedi mynd â fo adra efo fi. Uffar o wers i'w dysgu. Ond fedra i ddim meddwl pwy fysa'n gwneud y fath beth. Mi fydd raid i ni ddeud wrth Lowri Davies y munud y daw hi i mewn.'

'Na, paid â gwneud hynny,' mynnodd Jeff.

'Rargian, fedrwn ni ddim cadw peth fel hyn i ni'n hunain. Mae o'n ddigwyddiad llawer iawn rhy ddifrifol.'

'Na, Pete. 'Dan ni ddim yn mynd i ddeud wrth neb ar hyn o bryd. Neb o gwbl. Mi fydda i yn y gynhadledd yn nes ymlaen, ac mi dria i gadw golwg ar bawb fydd yno er mwyn gweld fydd 'na ymateb ar wyneb unrhyw un wrth ddarganfod nad ydi'r llun yn cael ei ddangos ar y sgrin fawr fel rhan o'r cyflwyniad. Mi fydd pwy bynnag sy'n gyfrifol yn siŵr o fod yn siomedig ac yn teimlo dryswch wrth ddyfalu be sydd wedi digwydd.'

'Wyt ti'n siŵr? Be tasa rhywun yn ffeindio ein bod ni'n

dau wedi cadw peth fel hyn i ni'n hunain?'

'Wel, mi wyt ti wedi deud wrtha i, mêt, ac mi fydda i'n dyst i hynny os bydd rhywun yn gofyn cwestiynau anodd i ti yn y dyfodol.'

'Rhaid i ni drystio'n gilydd felly, Jeff.'

'Pam ddoist ti ata i yn y lle cynta, Pete, yn lle mynd yn syth at y Siwper?'

'Am 'mod i'n teimlo na fedra i drystio neb ond chdi ar hyn o bryd. Mae rhywun yn yr adeilad 'ma yn gyfrifol am wneud hyn, rhywun sy'n rhan o'r ymchwiliad, hyd yn oed, ac mae hynny'n cynnwys y Ditectif Siwper mae gen i ofn. Ti'n cofio fi'n deud bod y ddwy yn tynnu'n groes i'w gilydd bob hyn a hyn ...'

'A dyna pam mai cadw'n ddistaw sydd orau ar hyn o bryd, Pete. Trystia fi.'

Ar hynny, agorodd drws y swyddfa a cherddodd Sonia i mewn.

'Ddrwg gen i os ydw i'n dod ar draws rhywbeth cyfrinachol,' meddai ar ôl gweld y ddau ochr yn ochr. 'Mi a' i allan os liciwch chi.'

'Dim o gwbl, Arolygydd,' atebodd Peter. 'Mi o'n i ar fynd beth bynnag. Trafod y cyflwyniad bore 'ma efo Jeff o'n i.'

Heb ddweud gair, gwyliodd y ddau Sonia'n tynnu ei chôt a'i hongian tu ôl i ddrws y swyddfa cyn eistedd wrth ei desg.

'Reit 'ta, Jeff,' meddai Peter. 'Popeth yn iawn felly?'

'Ardderchog, Pete,' atebodd yntau.

'Bore, da, Jeff,' meddai Sonia wedi i Pete Edwards fynd. 'Rwbath newydd i'w adrodd bore 'ma?'

Meddyliodd Jeff am ennyd cyn ateb. Roedd llawer i'w ystyried.

'Dim byd na all aros, Sonia,' atebodd. Ni allai feddwl am unrhyw beth arall i'w ddweud.

Parhaodd Jeff i ystyried ei gam nesaf. Yn amlwg, roedd pwy bynnag oedd yn gyfrifol am ychwanegu'r llun i'r cyflwyniad wedi bwriadu i bawb yn y gynhadledd foreol ei weld o. Roedd yn rhesymol meddwl mai'r un person oedd yn gyfrifol am y llun tebyg a yrrwyd i Sonia yn yr amlen, ond roedd hwnnw wedi'i anfon yn gudd, a'i ddynodi'n gyfrinachol. Roedd o, neu hi, yn mynd yn fwy hyderus ynglŷn â'r bwlio hiliol felly. Beth fyddai'r cam nesaf, tybed? Ac ai'r un person oedd wedi dileu gwaith Sonia oddi ar y system, a chael gwared o'i nodiadau ar ddogfennau pwysig? Roedd o wedi addo na fyddai'n gwneud dim heb drafod efo Sonia yn gyntaf, ond nid hwn oedd yr amser iawn i gael y sgwrs honno.

Ni chymerodd Jeff ei sedd arferol yng nghefn y gynhadledd. Arhosodd nes roedd y cyfarfod ar fin dechrau, ac ar ôl i Lowri godi ar ei thraed i siarad, cerddodd i mewn ac eistedd wrth y drws fel y gallai weld wynebau rhan helaethaf y gynulleidfa. Wedi'r cyflwyniad byr gan Lowri, dechreuodd y sioe PowerPoint. Tra oedd pawb arall yn gwylio'r sgrin, edrychai Jeff ar wynebau'r gweddill. Dangoswyd y llun cyntaf o'r tir, yr ail o'r man lle darganfuwyd yr esgyrn, ac yna'r sgerbwd. Daliodd Jeff i edrych ar wynebau pawb wrth i Lowri siarad.

Yna, dangoswyd y ddelwedd nesaf, sef llun agos o'r sgerbwd ar slab oer y patholegydd. Er i Jeff syllu ar hyd y rhesi o wynebau o'i flaen, ni welodd 'run ymateb oedd yn datgelu pwy oedd yn gyfrifol. Edrychodd ar Pete Edwards – roedd yntau'n sganio'r gynulleidfa, ac ysgydwodd ei ben y mymryn lleiaf i ddynodi nad oedd o wedi gweld dim byd anarferol chwaith. Teimlodd Jeff siom yn llifo drosto.

Dangoswyd gweddill y cyflwyniad yn ddidrafferth, ac er ei fod o a Pete wedi atal embaras mawr i Sonia – a gweddill y tîm pan fyddai'r stori wedi lledaenu ar draws Heddlu Gogledd Cymru – gwyddai y byddai'n rhaid i Sonia gael gwybod cyn gynted â phosib.

'Be sy'n newydd?' Clywodd Jeff lais Lowri wrth iddo gerdded ar hyd y coridor tuag at ei swyddfa ar ôl i'r gynhadledd orffen.

Trodd rownd a'i gweld hi'n cerdded tuag ato, a Sonia wrth ei hochr.

'Fel y gofynnoch chi i mi ddoe, Ditectif Siwper, dwi wedi bod yn gwneud mwy o ymholiadau i gefndir Crwys Morris. Os oes ganddoch chi amser, mi wna i rannu'r hyn dwi wedi'i ddarganfod efo chi rŵan.'

'Dewch i'm swyddfa fi felly, a chitha hefyd, Sonia. Mae tri phen yn well na dau bob amser.'

Eisteddodd y tri i lawr a dechreuodd Jeff sôn am ei ymholiadau i fusnes Crwys a'r cyfan a ddysgodd am Eiddo Glan Morfa Cyf.

'Cwestiwn sydyn,' meddai Lowri, 'pam ydach chi'n rhoi cymaint o bwyslais ar fusnes Crwys yn hytrach na'i fywyd personol?'

'Mae 'na rwbath yn deud wrtha i y dylan ni ei amau o,' atebodd Jeff, 'a synnwn i ddim fod cysylltiad rhwng ei fusnes o a llofruddiaeth William.'

'Y ffaith ei fod o wedi cyflwyno cais i ddatblygu'r felin heb ganiatâd William dach chi'n feddwl?' gofynnodd Sonia.

'Mae hynny'n un peth,' atebodd Jeff, 'ond be am y ddynes Glenda Fairclough 'ma? Dynes ddrwg sydd â hanes o dwyllo pobol, yn ôl pob golwg, yn cuddio dan fantell y cwmni Sandy Lane Ltd. Pwy arall sy'n rhan o'r busnes hwnnw, tybed, heb gael eu henwi yn ffeiliau Tŷ'r Cwmnïau? Mae'r ffaith fod y cyfranddaliwr arall, Gulf Sea Assests Ltd, wedi dewis cofrestru'r cwmni yn Ynysoedd Cayman yn sicr yn awgrymu bod gan rywun rywbeth i'w guddio.'

'A fedra i ddim peidio meddwl am amserlen y berthynas rhwng Crwys Morris a Fairclough ac amseriad datblygu Golden Sands,' meddai Sonia.

'Ym mha ffordd?' gofynnodd Lowri.

'Tua phedair neu bum mlynedd yn ôl oedd hynny, fel dwi'n deall, o gwmpas yr amser y gwnaeth William Roberts ddiflannu.'

'Dyfalu ydi hynny, Sonia,' atebodd Lowri heb roi llawer o sylw i'w rhesymeg.

'Efallai ddim,' atebodd Jeff. 'Edrychwch faint o ddigwyddiadau sy'n mynd yn ôl i'r un cyfnod. William yn diflannu, Isla Scott yn diflannu, Michael Caldwell yn symud oddi yma i ymuno ag Isla yn Llundain. Y syniad o ddatblygu'r felin yn mudferwi yn y cefndir ac yna, erbyn hyn, Glenda Fairclough yn sefydlu busnes efo Crwys. Dwi'n cytuno efo Sonia,' ychwanegodd, 'fedrwn ni ddim osgoi'r posibilrwydd fod y cyfnod o bedair neu bum mlynedd yn arwyddocaol mewn rhyw ffordd neu'i gilydd.'

'Dim ond dadlau o'n i,' meddai Lowri'n bryfoclyd. 'Be ydi'ch bwriad chi felly, Jeff?' gofynnodd.

'Dal i chwilio, dal i dyllu i'r un cyfeiriad. Ond mae 'na un mater bach arall sy'n troi a throsi yng nghefn fy meddwl i.'

Edrychodd y ddwy arno'n ddisgwylgar.

'Efallai nad ydi o'n berthnasol, ond mi hoffwn edrych i

mewn i'r achos yn y Llys Sirol tua dwy flynedd ar ôl i Crwys etifeddu'r busnes gan ei fam.'

'Rargian,' ebychodd Lowri, 'mae mynd yn ôl bedair neu bum mlynedd yn ddigon heb sôn am bymtheng mlynedd a mwy!'

'Rhowch dipyn mwy o ryddid i'r cerdyn gwyllt, Siwper, rhag ofn.'

Ni allai Lowri atal y wên a ledodd ar draws ei hwyneb. Wedi'r cyfan, hi oedd wedi rhoi'r rhyddid hwnnw iddo yn y lle cyntaf.

Cododd Jeff a Sonia er mwyn mynd yn ôl i'w swyddfa, a sylwodd Lowri fod Jeff wedi gwneud pwynt o agor y drws er mwyn i Sonia fynd allan o'i flaen o. Doedd hi ddim yn sicr, ond tybiodd iddi weld gwên swil ar wyneb Sonia wrth ei basio. Oedd ganddi achos i amau fod rhywbeth yn mynd ymlaen rhwng y ddau?

Aeth Jeff i'r cantîn i nôl dwy baned o goffi cyn dychwelyd i'w swyddfa. Erbyn hynny roedd Sonia wedi dechrau ar ei dyletswyddau dyddiol o flaen sgrin ei chyfrifiadur.

'Panad, Sonia,' meddai. Gwyddai erbyn hyn sut yn union yr roedd hi'n cymryd ei choffi. 'Mi fyddi di ei hangen hi ar ôl i ti glywed be sgin i i'w ddeud.' Caeodd y drws yn sownd cyn eistedd i lawr, a gwyddai Sonia ar unwaith fod rhywbeth difrifol ar ei feddwl.

'Mae'n ddrwg gen i orfod codi'r hen fusnes cas 'ma eto, Sonia, ond sgin i ddim dewis. A chan dy fod di wedi addo bod yn agored efo fi am bob dim, mi wna innau'r un peth.'

Dechreuodd Sonia deimlo'n anghyfforddus, profiad yr oedd hi wedi dechrau dod i arfer â fo.

'Y llun mwnci 'na gafodd ei adael i ti yn yr amlen fore Sadwrn. Lle mae o?'

'Yn fy stafell yn y gwesty, wedi'i guddio. Pam?'

'Ty'd yma i gael golwg ar hwn.'

Trodd ei gyfrifiadur ymlaen a chwilio am y ddelwedd roedd o wedi'i chuddio ym mherfeddion ei ffolderi. Dangosodd y llun iddi, a gallai weld yr ias oer a redodd i lawr ei hasgwrn cefn. Heb feddwl ddwywaith am y goblygiadau, rhoddodd Jeff ei fraich o'i hamgylch, am eiliad yn unig, a wnaeth hithau ddim gwrthwynebu.

'Yr un llun ydi o,' meddai. 'Lle gest ti hwn?' gofynnodd. Roedd ei llais yn grynedig, ond roedd yn amlwg ei bod yn ceisio dangos cyn lleied o emosiwn â phosib.

'Ar liniadur Peter Edwards oedd o bore 'ma. Yng nghanol y cyflwyniad gafodd ei ddangos yn y gynhadledd. Diolch i'r nefoedd fod Pete wedi dod ar ei draws o a thynnu'r llun allan cyn i bawb ei weld o.' Dywedodd yr holl hanes wrthi.

'Mi wyddost ti be mae hyn yn ei feddwl, Jeff. Mae pwy bynnag sydd tu ôl i hyn i gyd wedi mynd gam ymhellach, a tydi o ddim yn gam bach. Maen nhw'n fodlon rhannu eu casineb tuag ata i gyda phawb o dîm yr ymchwiliad.'

'Efallai ddim, Sonia,' meddai Jeff. 'Be tasa fo, neu hi, wedi cymryd yn ganiataol y byddai Pete yn dod ar ei draws cyn y gynhadledd, yn union fel y digwyddodd, a'i dynnu allan? Gan mai Lowri oedd wedi gofyn i Pete greu'r cyflwyniad mi fysa'n rhesymol i ti ofyn am gael ei weld o cyn pawb arall ... ella mai dyna fwriad y diawl hiliol?'

'Pwy sy'n gwybod am hyn?' gofynnodd Sonia.

'Dim ond Pete a ni'n dau. Wnes i ofyn iddo fo beidio deud wrth Lowri nes i mi gael cyfle i drafod y mater efo chdi, ond dwi'n meddwl y dylat ti ystyried riportio'r mater iddi rŵan.'

'Gad i mi feddwl am y peth yn ystod y dydd heddiw,' meddai, yn amlwg yn ystyried yn ddwys. 'Rhaid i mi wneud yn siŵr 'mod i'n gwneud y peth iawn.'

Pennod 24

Cyn diwedd y bore curodd Jeff ar ddrws ffrynt 8 Bro Dawel, ar gyrion tref Glan Morfa. Safodd yn ôl wrth ddisgwyl am ateb, gan edrych o'i gwmpas ar res o dai preifat a oedd yn bell o fod yn foethus. Tai bychain oedden nhw, heb ardd o'i blaenau, ond roedd rhif wyth yn edrych fel petai angen dipyn o sylw. Sylwodd fod ffenestri plastig yng ngweddill y tai, a nifer wedi cael eu chwipio'n dwt, ond go siabi oedd muriau'r tŷ y safai o'i flaen.

Agorwyd y drws gan ddyn yn ei saithdegau hwyr, ychydig dros bum troedfedd a hanner, a mop o wallt tonnog brith ganddo. Roedd croen ei wyneb a'i wddf yn llac, awgrym ei fod wedi colli pwysau wrth heneiddio, a'i lygaid gwyrdd yn siarp. Gwisgai drowsus melfaréd, crys siec coler agored heb dei, a siwmper wlân.

'Ia?' meddai'r dyn yn swta, heb fath o gyfarchiad.

'Ditectif Sarjant Evans, Glan Morfa CID. Mi hoffwn i gael gair efo chi, Mr Potter.'

'Fi? Pam? Be sy gan y CID isio efo fi?'

'Rydan ni'n gwneud ymholiadau i'r digwyddiad yn Felin Wen – yr esgyrn a ganfuwyd yn y cae yno wythnos yn ôl,' meddai, yn y gobaith y byddai'n cael mwy o groeso a gwahoddiad i'r tŷ.

'Fedra i ddim gweld be sgin hynny i wneud efo fi.'

'Esgyrn William Roberts oedden nhw, dyn a ddiflannodd bum mlynedd yn ôl, ac mae'n bwysig ein bod ni'n cael gair efo pawb sy'n gysylltiedig â'r teulu.'

'A pha gysylltiad sydd gen i efo nhw? Prin dwi'n nabod 'run o'r tri.'

'Meddwl mwy am y cysylltiad efo'r pedwerydd oeddwn i, Mr Potter.' Oedodd Jeff yn fwriadol ond wnaeth Potter ddim ymateb. 'Crwys Morris,' ychwanegodd.

'A be ar y ddaear ydi'r cysylltiad rhwng y diawl hwnnw a fi? Fo ydi'r person dwytha yng Nglan Morfa fyswn i isio unrhyw gyswllt efo fo.'

Ceisiodd Jeff feddalu ei arddull holi. 'Rhaid i chi sylweddoli, Mr Potter,' meddai, 'mewn achos o lofruddiaeth fel hyn, fod yn rhaid i ni ymchwilio i bawb sydd wedi bod yn agos i'r dioddefwr. Yn ychwanegol at hynny, unrhyw drafferthion yn ymwneud â'r bobol hynny.'

'A sut ydw i'n ffitio i mewn i'ch rhesymeg chi, Ditectif Sarjant?'

'Mewn mwy nag un ffordd, Mr Potter. Efallai y dylen ni ddechrau efo'r achos yn y Llys Sirol rhyngddoch chi a Crwys Morris ac Eiddo Glan Morfa Cyf. Yn Mr Morris mae fy niddordeb mwyaf i.'

Gwelodd Jeff fod Sydney Potter yn ystyried y sefyllfa'n ofalus.

'Fedra i ddim dallt pam fod hynny o ddiddordeb i chi rŵan,' protestiodd.

'Mae'r ymchwiliad yn un hanesyddol, Mr Potter, a bydd yn rhaid i mi gael atebion ryw ffordd neu'i gilydd. Mi fyswn i'n lecio'u cael nhw ganddoch chi.'

Ochneidiodd Potter. 'Mi o'n i ofn y bysa'r diawl yna'n dod yn ôl i 'mhoenydio fi ryw dro. Well i chi ddod i mewn, am wn i.'

Dilynodd Jeff yr hen ddyn i lolfa fechan dywyll a oedd

wedi'i dodrefnu'n syml. Roedd nifer o luniau teuluol ar y silff ben tan ond gallai Jeff weld nad oedden nhw wedi'u tynnu'n ddiweddar.

'Ar ben eich hun ydach chi'n byw yma, Mr Potter?' gofynnodd Jeff.

'Ia. Mae'r mab, Marc, wedi priodi ac yn byw yn Lloegr, ac mi gollais fy ngwraig flynyddoedd yn ôl.'

'Wedi ymddeol ydach chi?'

'Ia, o'r diwedd, ac edrychwch arna i.' Cododd gledrau ei ddwylo mewn arwydd o anobaith. 'Be sgin i i'w ddangos am fywyd o weithio'n galed? Dim. Ro'n i'n gwneud yn dda ar un adeg, nes i'r bastad 'na chwalu bob dim. Mi oedd o'n gwybod yn iawn be roedd o'n wneud hefyd. Mi aeth o allan o'i ffordd i fy ninistrio i.'

'Y siop ddodrefn? Mi wn i rywfaint am yr achos ond mi fyswn i'n lecio clywed y cwbwl ganddoch chi ... am Crwys a be wnaeth o i chi.'

Gwelodd Jeff fod y dyn o'i flaen bellach dan deimlad.

'Rhoi diwedd ar fy musnes i, a 'mywyd i hefyd. Chwalu bob dim yn rhacs. Dyna ddaru o.'

'Rwbath i'w wneud â rhent fel dwi'n dallt?'

'Rhentu'r siop gan ei fam o, Ethni, o'n i, a hynny ers blynyddoedd. Mi dyfodd fy musnes dros amser, a'r fflat uwchben y siop oedd ein cartref ni – fflat mawr, cyfforddus. Ac yna, pan gafodd o ei fachau ar ei busnes hi, mi benderfynodd Crwys godi'r rhent, heb rybudd, yn fwy o lawer bob mis na fyswn i wedi medru'i fforddio. Wel, mi wnes i wrthod talu, ac mi ddaeth Crwys â'r les i ben ... nid bod 'na unrhyw waith papur wedi bod rhwng Ethni a finna erioed gan ein bod ni'n ffrindiau ac yn dallt ein gilydd. Mi es i â fo i'r llys a cholli'r achos. Ar ei ochr o oedd y barnwr

– mi awgrymodd hwnnw 'mod i wedi cael lle rhy dda dros
y blynyddoedd, a'i bod hi'n amser i mi dalu rhent oedd yn
agos i werth y lle. Nid yn unig colli fy musnes wnes i, ond
mi aeth y rhan fwya o'r pres ro'n i wedi'i safio ar hyd y
blynyddoedd i dalu am fy nghyfreithiwr a 'margyfreithiwr
fy hun, a chostau Morris hefyd. Ro'n i'n ddi-waith am
gyfnod wedyn, a'r cwbwl dwi wedi'i wneud ers hynny ydi
bod yn was bach i rywun arall, a gweithio tu ôl i gownter.
Gwerthu oedd y cwbwl wyddwn i. Fedrwn i ddim fforddio
ymddeol fel pawb arall, fel y byswn i wedi medru'i wneud
tasa'r helynt 'na i gyd ddim wedi digwydd.'

'Faint o rent oeddach chi'n ei dalu i Ethni, Mr Potter?'

'Dim llawer.'

Edrychai'n debyg ei fod o'n gyndyn o ateb. 'Telerau da,
mae'n rhaid, Mr Potter,' awgrymodd Jeff. 'Pa mor dda?'

'Pymtheg punt y mis i ddechrau – ond cofiwch, roedd
hynny ddeugain mlynedd a mwy yn ôl, ac roedd arian yn
mynd llawer iawn pellach yr adeg honno.'

'Gododd Ethni y rhent yn y cyfamser?'

'Naddo.'

'Dim dros gyfnod o ugain mlynedd? Tydi hynny ddim
yn swnio yn debyg i'r Ethni Roberts rydw i wedi clywed
cymaint amdani. Ro'n i'n meddwl ei bod hi'n ddynes fusnes
graff.'

Ochneidiodd Potter yn drwm. 'Fedra i ddim disgwyl i
chi ddallt, Ditectif Sarjant. Roedd Ethni Roberts a finna'n
ffrindiau, welwch chi ... mwy na ffrindiau.'

Roedd Jeff ar binnau. 'Ym mha ffordd?' gofynnodd yn
awyddus.

'Roedd fy ngwraig, Eirlys, ac Ethni wedi bod yn
ffrindiau gorau ar hyd eu hoes. Fel dwy chwaer, bron iawn,

ac yn agos ofnadwy i'w gilydd. Mi fu Eirlys farw wrth eni Marc, a wnes i ddim dygymod yn dda iawn efo hynny. Ges i fy chwalu gan y peth, i fod yn onest efo chi. Ro'n i'n dad sengl efo babi bach i'w fagu, a doedd bod yn dad sengl ddim yn beth cyffredin yn y dyddiau hynny. Ethni, chwarae teg iddi, ddaeth â fi drwyddi. Wn i ddim be fyswn i wedi'i wneud hebddi. Drychwch ar y llun 'na ar y silff ben tân. Dyna'r tri ohonan ni.'

Cododd Jeff ar ei draed a gafael yn y ffrâm i gael golwg well. Sydney Potter oedd yn y canol, a'r ddwy ddynes un bob ochr iddo.

'Eirlys sydd ar y dde i mi ac Ethni'r ochr arall,' esboniodd.

Roedd y tri yn eu tridegau, tybiodd Jeff. Yna cododd lun arall a safai wrth ochr y cyntaf: llun priodas. 'Chi ac Eirlys?' gofynnodd.

'Dewadd annwyl, naci,' atebodd Potter. 'Priodas Marc, yr hogyn 'cw, a'i wraig ydi hwnna,' eglurodd.

'Mae'r ddau ohonoch chi 'run ffunud â'ch gilydd,' meddai Jeff wrth edrych ar y ddau lun ochr yn ochr. Yna, gwawriodd ffaith arall arno. Roedd Sydney a Marc yn debyg i'w gilydd, ond roedd tebygrwydd eithriadol rhwng y ddau a Crwys Morris hefyd. Yr un siâp corff, yr un gwallt tonnog tywyll a'r un llygaid gwyrdd. Dewisodd beidio â thynnu sylw at hynny – am y tro, o leiaf.

'Deudwch i mi, Mr Potter, faint o rent yn union gododd Crwys arnoch chi ar ôl iddo gymryd y busnes rhentu drosodd?'

'Mi fynnodd gael pedwar cant y mis. Sut fedrwn i fforddio hynny, a finna'n cyflogi dau ddyn arall yn y siop hefyd?'

'Mi fedra i weld pam eich bod chi wedi gwrthod talu.'

'Biti ar y diawl na fysa rhywun wedi cytuno efo chi. Tasa gin i rwbath ar bapur gan Ethni ... ond yn anffodus doedd 'na ddim cytundeb les, a doedd Ethni ddim yno i roi tystiolaeth ar fy rhan i. Ochri efo Crwys ddaru'r llys a dyna oedd fy niwedd i. Roedd y Crwys 'na'n gwybod yn iawn be oedd o'n wneud.'

'Oedd 'na ddrwgdeimlad rhwng Crwys a chithau cyn hynny?'

Ddaru Potter ddim ateb yn syth, ond ar ôl i Jeff adael iddo oedi am sbel go lew, atebodd. 'Dim o f'ochr i.' Oedodd eto, a'i ben i lawr. 'Ond doedd y berthynas rhwng Marc a Crwys ddim yn un dda o gwbl pan oeddan nhw'n tyfu i fyny. Cofiwch, ella bod 'na fai ar Marc ... roedd o'n tynnu ar Crwys oherwydd y ffordd roedd o'n gwisgo, a'i natur henffasiwn o.'

'Faint sydd 'na rhwng Marc a Crwys o ran oed?' gofynnodd Jeff.

'Mae Marc ryw ddwy flynedd a hanner yn hŷn na Crwys.'

Gwelodd Jeff fod Potter yn symud yn anghyfforddus yn ei gadair. 'Felly ganwyd Crwys ddwy flynedd a hanner wedi i Eirlys, eich gwraig, farw?'

Edrychodd Potter arno heb ddweud gair.

'Oedd Ethni yn dal i ymweld â chi yn ystod y cyfnod hwnnw, Mr Potter?' Nid atebodd Potter, a dewisodd Jeff ofyn y cwestiwn yn fwy uniongyrchol. 'Ar ôl i Eirlys farw, oeddach chi ac Ethni yn agos, Mr Potter?'

'Ro'n i ofn, ar hyd yr amser, y bysa'r gorffennol yn dod yn ôl ryw dro i 'mrathu fi, Sarjant Evans, ond nid fel hyn. Nid yn dilyn llofruddiaeth perthynas iddi.'

'Does 'na ddim byd o'i le mewn bod yn agos at rywun, Mr Potter.'

'Dwi'n cytuno efo chi'n llwyr, Sarjant Evans, ond triwch chi ddeud hynna wrth ddynes fel Ethni. Pan ddeudodd hi wrtha i ei bod hi'n disgwyl babi, ro'n i wrth fy modd, a chynigiais ei phriodi hi'n syth. Ond na, doedd hi ddim isio hynny. Er i mi drio 'ngorau fedrwn i ddim newid barn dynes mor gryf ei meddwl. Fysa hi byth wedi medru wynebu cyhoedd Glan Morfa a nhwytha'n ymwybodol o'r gwir.'

'Oedd Marc a Crwys yn gwybod?'

'Dwi'n meddwl bod Marc yn amau, ond wn i ddim am Crwys. Ella'i fod o, ac mai dyna'r rheswm am y casineb rhwng y ddau hogyn. Ella mai dyna sy'n gyfrifol am agwedd Crwys tuag ata innau hefyd, a'r rheswm pam y gwnaeth o'i orau i chwalu fy mywyd i.'

'Ac mi ymosododd Crwys ar ei hanner brawd efo cyllell.'

'Chafodd o ddim hanner digon o gosb am wneud hynny, ond mi roddodd o esgus o flaen y llys mai newydd golli ei fam oedd o, a bod hynny wedi effeithio arno. Ethni wnaeth ei fowldio fo i'r hyn ydi o heddiw, a drychwch sut mae o wedi troi allan.'

'Gawsoch chi rywfaint o ddylanwad ar fagwraeth Crwys, Mr Potter?'

'Dim mymryn. Roedd hi'n bendant – y lleia yn y byd ro'n i'n ei wneud efo'r hogyn, gorau yn y byd. Ddaru ni ddim ffraeo ar gownt y peth, ond doeddan ni ddim yn gweld hanner cymaint ar ein gilydd wedi i Crwys gael ei eni. Yr unig beth synnodd fi oedd bod Ethni wedi fy enwi fi fel tad ar dystysgrif geni Crwys. Hi ddeudodd hynny wrtha i, cofiwch, welais i erioed y ddogfen fy hun. Ond wn i ddim hyd heddiw pam wnaeth hi'r ffasiwn beth a hithau isio cyn lleied o gysylltiad efo fi.'

'Wnaeth hi ddim codi rhent y siop bryd hynny chwaith, Mr Potter?'

'Ella 'mod i'n gwneud cam â hi, Sarjant Evans, ond mi deimlais dros y blynyddoedd fod Ethni'n gwneud ei gorau i 'nghadw fi'n ddistaw ynglŷn â Crwys, a dyna pam y gwnaeth hi gadw'r rhent mor isel. Dyna pam y gwnes i synnu cymaint fod fy enw i ar y dystysgrif geni. Rŵan mi fydd pob dim yn siŵr o ddod allan, ac mi fydd pawb yn siarad am ein perthynas ni, ar ôl yr holl amser.'

'Dim cyn belled ag yr ydw i yn y cwestiwn, Mr Potter. Dwi ddim yn gweld rheswm i wneud y fath beth yn gyhoeddus.'

'Ddeudis i, do, y bysa'r blydi dyn 'na'n dod yn ôl i 'mhoenydio fi. Mae gen i gywilydd deud, ond mae'n gas gen i fy mab fy hun. Un drwg ydi o.'

'Ym mha ffordd?'

'Mae mab un o 'ngyfeillion i'n bostman. Mi ddeudodd o'n ddiweddar fod Crwys yn gysylltiedig â'r busnes cychod 'na wrth y traeth, efo rhyw Saesnes, a bod 'na goblyn o lot o barseli bach yn cael eu casglu o'na bob dydd. Mae o'n meddwl bod 'na rwbath amheus yn mynd ymlaen yn y lle – un ai hynny neu maen nhw'n rhedeg canolfan ddosbarthu nwyddau. Fydda i ddim yn achwyn i'r heddlu fel arfer, ond y tro yma dwi'n fodlon gwneud eithriad.'

'Pwy ydi'r postman?' gofynnodd Jeff.

'Wel, nid fi ddeudodd wrthach chi, ond Andy Hughes ydi'i enw fo.'

'Peidiwch â phoeni, Mr Potter, dwi'n nabod Andy Hughes yn dda. Mi ga i air bach efo fo.'

Dyna wybodaeth annisgwyl, ystyriodd Jeff. Trodd ei feddwl at Nansi'r Nos. Pryd oedd hi'n meddwl mynd i'r bwyty, tybed?'

Pennod 25

Cyn mynd yn ôl i orsaf yr heddlu, penderfynodd Jeff alw yn ffermdy Felin Wen er mwyn cael sgwrs efo Morgan Roberts. Doedd ganddo ddim rheswm neilltuol, ond doedd o ddim wedi dangos ei wyneb yno ers rhai dyddiau a theimlai y dylai wneud, petai dim ond er mwyn cadw mewn cysylltiad. Roedd tîm bychan wedi'i benodi i gysylltu â'r teulu o ddydd i ddydd, ond teimlai Jeff ei bod hi'n bwysig cadw'r cysylltiad personol hefyd.

Roedd hwyl eitha da ar Morgan pan gyrhaeddodd. Cafodd Jeff wên ganddo yn y drws a gwahoddiad i fynd i'r lolfa. Roedd o'n amlwg wedi dechrau dod i arfer â'i bresenoldeb yn y tŷ, er gwaetha ei reswm dros alw. Nawr ei fod yn gwybod mai anaf pen roedd Morgan wedi'i ddioddef, gallai Jeff ddehongli a deall ei gyflwr yn well: roedd yn deall pam nad oedd ei lygaid yn ffocysu arno'n berffaith, yn deall yr atal dweud a'i leferydd anghyson. Roedd o'n cael un o'i ddyddiau da heddiw, ystyriodd Jeff.

Yn y lolfa, eisteddai Idwal yn ddiymateb fel arfer o flaen y teledu mawr mud. Allai Jeff ddim peidio â theimlo drosto. Diolchodd nad oedd Crwys yno – ar ôl dysgu cymaint mwy amdano roedd Jeff yn ei weld mewn goleuni newydd, a doedd o ddim yn siŵr y gallai o gelu hynny.

'Wedi galw i weld sut wyt ti ydw i, Morgan,' meddai Jeff.

'Dwi'n iawn, diolch, Jeff,' atebodd yn bwyllog, ond parhaodd y wên.

Edrychodd Jeff o'i gwmpas a gwelodd tua dwsin o gardiau pen blwydd ar y dreser.

'Dy ben blwydd di sydd heddiw, Morgan? gofynnodd. 'Pen blwydd hapus iawn i ti.'

'Diolch. Dwi wedi stopio cyfri fy oed,' atebodd hwnnw. 'Well gen i beidio gwybod.'

Aeth Jeff draw i edrych drwy'r cardiau. Enw Crwys oedd yr unig un cyfarwydd, ac roedd y rhan fwyaf wedi'u gyrru gan ferched – gofalwyr ei dad, efallai? Roedd un gan rywun o'r enw Don Slater.

'Pwy ydi Don Slater?' gofynnodd i Morgan.

'Plismon. Ditectif fel chi. O Birmingham.'

'Sut wyt ti'n ei nabod o, Morgan?'

'Ffrind ...' Oedodd, a diflannodd y wên. 'Ers talwm ...'

Gwelodd Jeff gysgod yn disgyn dros wyneb Morgan, a gwyddai ar unwaith fod y cwestiwn wedi ei gynhyrfu. Dewisodd newid y pwnc yn gyfan gwbl.

'Gei di gacen arbennig heddiw?'

'Mi fydd Crwys yn dod ag un yn y munud,' atebodd.

Ar ôl ychydig o fân siarad, ac ar ôl i Jeff fodloni'i hun fod Morgan yn dawel ei feddwl, penderfynodd adael cyn i Crwys gyrraedd. Wrth yrru'n ôl i orsaf yr heddlu dechreuodd feddwl am yr enw a welodd ar y cerdyn pen blwydd. Don Slater. Pam oedd ditectif o Birmingham, o bob man, yn gyrru cerdyn i Morgan?

Rhoddodd ei ben trwy ddrws swyddfa'r ditectif gwnstabliaid – roedd yr ystafell yn wag. Reit dda, meddyliodd. Allan ar y strydoedd oedd y lle gorau i ddatrys ac atal troseddau, nid y tu ôl i ddesg. Pasiodd ddrws swyddfa Lowri a gweld bod y drws ynghau a golau i'w weld yn y gwydr uwch ben y drws. Mae'n rhaid ei bod hi mewn cyfarfod, meddyliodd, a gwnaeth ei ffordd tuag at ei swyddfa'i hun. Wrth gamu i mewn i'r swyddfa wag daeth arogl anarferol i'w ffroenau oedd yn ei atgoffa o drwsio pynctsiar mewn olwyn beic ers talwm. Ceisiodd ei anwybyddu wrth droi ei gyfrifiadur ymlaen i ateb y llu negeseuon e-bost oedd yn siŵr o fod wedi cyrraedd ers iddo fod yn y swyddfa ddiwethaf. Ar ôl gwneud hynny câi ddechrau ei ymholiadau ynglŷn â Ditectif Don Slater, pwy bynnag oedd hwnnw.

Ymhen ychydig funudau cerddodd Sonia i mewn trwy'r drws â'i gwynt yn ei dwrn.

'Be sy'n bod?' gofynnodd Jeff gan godi ei lygaid oddi ar y sgrin.

'Dim byd anghyffredin,' atebodd Sonia'n flinedig. 'Dim ond bod y Ditectif Siwper yn cael pob math o syniadau ac yn disgwyl i mi baratoi gweithrediadau a'u cael nhw allan i'r timau cyn i mi droi rownd. Mae hi'n hanner awr wedi dau yn barod a dwi byth wedi cael cinio. Dwi ar lwgu.'

'Mae'r cantîn wedi cau mae gen i ofn, Sonia, ond deud wrtha i be wyt ti isio ac mi bicia i allan i'r archfarchnad i'w nôl o. Dwinna isio bwyd hefyd, deud y gwir.'

'Na, mi a' i. Dwi angen awyr iach.'

'Wnei di ddod â brechdan i minna hefyd felly, plis? Dwi ddim yn ffysi ond ma' well gen i fara brown.'

Tynnodd Sonia ei chôt oddi ar gefn y drws a dechrau ei gwisgo. Eiliad yn ddiweddarach, rhoddodd sgrech. Cododd Jeff ei ben i'w gweld hi'n tynnu banana fawr, a honno mewn condom, allan o un o bocedi'i chôt. Gollyngodd Sonia hi ar lawr mewn dychryn, a cheisio sychu'r lleithder annifyr oddi ar ei llaw.

'Ych, dyma'r un mwyaf mochaidd eto,' meddai Sonia. 'Pwy ddiawl sy'n gwneud hyn?'

Aeth Jeff ati i'w chysuro, gan roi ei fraich o amgylch ei hysgwyddau ac estyn hances bapur iddi. Yr eiliad honno, clywsant lais yn y drws.

'A be sy'n mynd ymlaen yn fama?' gofynnodd Lowri Davies yn siarp.

Neidiodd y ddau oddi wrth ei gilydd, a throdd Jeff i wynebu Sonia.

'Dwi'n meddwl ei bod hi'n hen bryd i ni ddeud wrth y Ditectif Siwper be sydd wedi bod yn digwydd.'

Nodiodd Sonia ei phen.

'Mi fyswn i'n meddwl wir,' poerodd Lowri Davies.

'Caewch y drws, os gwelwch yn dda, Siwper,' meddai Jeff. ''Dan ni'n tri angen sgwrs.'

Roedd llygaid Lowri Davies yn llawn tân nes i Jeff blygu i lawr a chodi'r fanana oddi ar y llawr. Roedd cwlwm wedi'i roi ym mhen y rwber er mwyn sicrhau na wnâi'r ffrwyth syrthio allan. Safodd y tri yn fud am rai eiliadau.

'Mi glywsoch chi'r sgrech, mae'n debyg,' meddai Jeff o'r diwedd. 'Daeth Sonia o hyd i hwn ym mhoced ei chôt, ac mae bwriad y sawl a roddodd o yno'n amlwg i bob un ohonon ni.'

Doedd gan Lowri Davies ddim syniad beth i'w ddweud. Aeth i gau drws y swyddfa, ac wrth i'r merched eistedd i lawr roedd yn amlwg fod Sonia'n dal i grynu fel deilen. Arhosodd Jeff ar ei draed ac edrych ar Lowri.

'Ditectif Siwper,' dechreuodd, 'mae angen i chi wybod be sy wedi bod yn mynd ymlaen yn y lle 'ma, a pham nad ydach chi, fel pennaeth tîm yr ymchwiliad, wedi bod yn ymwybodol o'r cyfan hyd yma.'

'Dwi'n gwrando,' atebodd Lowri.

'Mae Sonia wedi bod yn dioddef bwlio hiliol ers yn fuan

ar ôl iddi ddechrau gweithio yma yng Nglan Morfa, ac mae'r sefyllfa wedi bod yn gwaethygu bron bob dydd. Un o'r rhesymau rydw i'n ymwybodol o'r peth ydi bod Sonia a minnau wedi dod yn dipyn o ffrindiau yn y dyddiau dwytha 'ma – dyna pam dwi'n cyfeirio ati wrth ei henw cyntaf rŵan.'

Roedd golwg fuddugoliaethus, bron, ar wyneb Lowri Davies, fel petai ei hamheuon am berthynas amhriodol y ddau wedi cael eu cadarnhau, ond pharodd hynny ddim yn hir.

'Cyn i chi ddeud dim, y rheswm am hynny ydi bod Sonia a fy ngwraig, Meira, yn nabod ei gilydd ers blynyddoedd, ac yn ffrindiau ers i'r ddwy fod yn cydweithio yn Heddlu Glannau Merswy. Ers iddi symud i Lan Morfa rydw i, Meira a'r plant wedi'i chroesawu hi acw, fel un o'r teulu. Felly dwi'n gobeithio eich bod chi'n gwerthfawrogi nad oes dim amhriodol yn mynd ymlaen rhyngddon ni. Mae wedi dod yn amlwg i mi fod ambell un wedi camdeall y sefyllfa yn ddiweddar.'

'Dwi'n derbyn eich eglurhad am eich perthynas, Jeff, ond pam rydach chi wedi oedi tan rŵan cyn deud wrtha i am y bwlio, Sonia? Mae'n fater hynod ddifrifol, un y dylwn i, fel pennaeth yr ymchwiliad, fod wedi cael gwybod amdano lawer cynt.'

'Mae 'na reswm am hynny hefyd.' Trodd at Sonia. 'Wyt ti am i mi egluro?'

Nodiodd Sonia ei phen fel arwydd ei bod yn caniatáu iddo rannu'r wybodaeth.

'I ddechra o'r dechra felly. Mi adawodd rhywun groen banana ym min sbwriel Sonia. Gallai hynny fod yn ddiniwed, ond ar ôl hynny gadawyd bananas cyfan ar ei desg, yn ei bag llaw ac ati.'

Ysgydwodd Lowri ei phen mewn anghrediniaeth wrth i Jeff egluro'r gweddill, gan orffen efo hanes llun y mwnci ar y cyflwyniad PowerPoint ddeuddydd ynghynt. Eglurodd hefyd mai diolch i Ditectif Sarjant Peter Edwards y cafodd sefyllfa hynod anghyfforddus yn y gynhadledd ei hosgoi.

Wrth i Lowri ddechrau dadansoddi'r wybodaeth parhaodd Jeff i siarad.

'Yn ogystal â'r achosion afiach yma o fwlio hiliol, mae rhywun sydd â gwybodaeth dechnegol dda iawn wedi bod yn ymyrryd â'i gwaith hi drwy ddileu adroddiadau, newid cynnwys dogfennau a chael gwared ar nodiadau. Canlyniad hynny ydi eich bod chi wedi dod i feddwl nad ydi Sonia'n gwneud ei gwaith gystal ag y dylai, a bod Sonia wedi dechrau amau ei gwaith a'i gallu – a'i chof – ei hun. Mae hwn yn achos clasurol o *gaslighting* proffesiynol.'

Nodiodd Lowri ei phen. 'Dwi'n cytuno. A dwi'n cymryd, gan mai rŵan rydach chi'ch dau yn dod â hyn ata i, fy mod i dan amheuaeth o wneud rhai o'r pethau rydach chi newydd eu disgrifio.' Ochneidiodd yn siomedig.

'Roedd yn rhaid i ni amau pawb,' meddai Sonia. 'Rhowch eich hun yn fy sgidiau i – mae'n ddigon anodd i swyddog newydd wneud argraff dda fel mae hi, ond i swyddog newydd Du, benywaidd, mae'n rhaid i mi weithio'n galetach fyth i brofi fy hun. Fy mlaenoriaeth i oedd dangos i chi 'mod i'n ddigon medrus i wneud y gwaith, a'i wneud o'n dda. Y peth olaf ro'n i isio'i wneud oedd rhedeg at fy mòs newydd i gwyno bob tro roedd rhywbeth bach yn mynd o'i le.' Roedd Lowri'n ystyried yr wybodaeth yn fanwl wrth i Sonia siarad. 'Ges i amser i drafod yr holl beth efo Meira dros y penwythnos, a dyna sut y daeth Jeff i wybod am y cwbl. Mi gawson ni sgwrs am y peth fore Llun, a dod i'r canlyniad y byddai ganddon ni well siawns o ddal pwy bynnag oedd yn gyfrifol petaen ni'n cadw'n dawel a bod yn wyliadwrus, yn y gobaith y byddai'r bwli yn gwneud camgymeriad fyddai'n ein harwain ni ato i'w ddal. Pan ddaeth Ditectif Sarjant Edwards â'r cyflwyniad PowerPoint i sylw Jeff, mi geision ni osod trap drwy wylio pawb yn y gynhadledd am unrhyw ymateb dadlennol wrth iddyn nhw sylweddoli nad oedd y llun ffiaidd 'na yn y sioe luniau.' Oedodd, ac edrych ar Jeff. 'Rhaid i mi bwysleisio, Ditectif Siwper, fod Jeff wedi ceisio 'nghael i i riportio'r mater i chi yn gynt na hyn. Fy newis i oedd peidio gwneud hynny, am y rhesymau dwi newydd eu rhoi i chi.'

'Ac oes un ohonoch chi rywfaint callach pwy sy'n gyfrifol?' gofynnodd Lowri.

Edrychodd Sonia a Jeff ar ei gilydd.

'Na,' meddai'r ddau ar unwaith.

'Wel, i ddechrau, dwi yr un mor awyddus â chi i ddarganfod pwy sy'n gyfrifol am hyn,' meddai Lowri, 'ond mae'n rhaid i mi ddweud 'mod i'n siomedig efo'r ddau ohonoch chi am beidio dod ata i'n gynt. I droi at y cam nesaf, felly. Tydw i ddim yn awyddus, ar hyn o bryd, i ddod â hyn i sylw'r pencadlys. Os wna i hynny mi ddaw tîm ohonyn nhw yma yn eu sgidiau hoelion mawr i frasgamu ar draws ein hymchwiliad ni, a wnawn ni byth ddarganfod pwy laddodd William Roberts. A byddai'n debygol na fydden ni byth yn dod i wybod pwy sydd wedi bod yn eich cam-drin chi'n hiliol a seicolegol, drwy roi cyfle iddyn nhw gael gwared ar unrhyw dystiolaeth. Gadewch i mi ystyried hyn dros nos, ac mi gawn ni sgwrs fory. Tan hynny mi wnawn ni ymddwyn fel petai dim yn bod, a gobeithio y bydd pwy bynnag sydd wrthi yn gwneud camgymeriad.'

Cododd Lowri ar ei thraed a cherdded allan heb ddweud gair arall.

'Wel, Sonia, mae hi'n gwybod rŵan,' meddai Jeff.

'Sut gymerodd hi'r cwbwl, ti'n meddwl?'

'Dim yn rhy dda.'

Pennod 26

Rhyw lonyddwch digon rhyfedd oedd yn y swyddfa wrth i'r ddau droi'n ôl at eu gwaith. Roedd Sonia'n paratoi'r gweithrediadau diweddaraf a Jeff yn ceisio darganfod mwy am Ditectif Don Slater, a anfonodd y cerdyn pen blwydd i Morgan Roberts.

Tynnodd Jeff gopi o Almanac Heddluoedd Prydain allan o ddrôr ei ddesg a throi i'r tudalennau oedd yn berthnasol i Heddlu Gorllewin Canolbarth Lloegr – roedd yn llu mawr, yn ail yn unig i Heddlu'r Met yn Llundain. Wrth ddod at fanylion rheolwyr Uned Reoli Weithredol G1 yn ardal Wolverhampton gwelodd yr enw roedd o'n chwilio amdano – roedd Ditectif Brif-arolygydd D. Slater yn rheoli adran y CID yno. Penderfynodd ei ffonio'n syth.

Cafodd yr alwad ei throsglwyddo o switsfwrdd yn y pencadlys rhanbarthol i ysgrifenyddes y swyddog, ac ar ôl i Jeff roi ei fanylion gofynnwyd iddo aros ar y lein er mwyn i honno gael gweld a oedd y Ditectif Brif-arolygydd ar gael. Doedd o ddim yn obeithiol iawn – wedi'r cyfan, doedd hi ddim yn arferol i dditectif sarjant o Gymru ofyn am sgwrs efo uwch-swyddog yn un o luoedd mwyaf Prydain. Ond yna, ar ôl rhai munudau, clywodd lais cadarn ar yr ochr arall i'r ffôn.

'Slater,' meddai.

'Mae'n ddrwg gen i'ch poeni chi, Ditectif Brif-arolygydd,' meddai, 'Ditectif Sarjant Jeff Evans ydw i o CID

Glan Morfa, Heddlu Gogledd Cymru.'

'Felly dwi'n deall. Maddeuwch i mi am fod yn hir yn dod at y ffôn – ro'n i mewn cyfarfod, a fydda i ddim yn cymryd galwadau ffôn digymell fel arfer. Ond pan glywais i mai o Lan Morfa roeddech chi'n galw, mi wnes i eithriad. Ydi hyn yn ymwneud â rhywun sy'n dathlu ei ben blwydd heddiw?'

'Wel, ydi,' atebodd Jeff yn syth ac yn syfrdan. Doedd o ddim wedi disgwyl y fath lwyddiant mor sydyn.

'Gobeithio fod Morgan yn iawn. Peidiwch â deud bod Idwal wedi'n gadael ni?'

'Na, na, mae'r ddau cystal â'r disgwyl dan yr amgylchiadau.'

'Be alla i wneud i chi felly?' gofynnodd Slater.

'Rydan ni ar ganol ymchwiliad mawr yma ar ôl i gorff brawd Morgan, a ddiflannodd bum mlynedd yn ôl, gael ei ddarganfod ar dir y fferm. William Roberts, neu Billy fel roedden nhw'n ei alw fo. Roedd o wedi cael ei lofruddio: cafodd ei drywanu â llafn mawr llydan a'i daro ar ei ben.' Dywedodd dipyn mwy o'r hanes.

'Ofnadwy,' meddai Slater, 'ac annisgwyl. Mi glywais i mai wedi symud i fyw i Awstralia neu Seland Newydd oedd o.'

'Yn anffodus, na. Dyna roedd pawb yn ei feddwl, ond nid felly roedd hi. Ro'n i yn Felin Wen yn gynharach heddiw a gwelais y cerdyn pen blwydd yrroch chi at Morgan.'

'Wyddoch chi pwy oedd yn gyfrifol am y llofruddiaeth, neu oes rhywun dan amheuaeth?'

'Na, dim syniad cadarn ar hyn o bryd. Ond gan 'mod i'n ymchwilio i hanes y teulu, ro'n i'n gobeithio y bysach chi'n fodlon deud wrtha i be ydi'ch cysylltiad chi efo nhw. Roedd Morgan yn gyndyn iawn o ddeud am ryw reswm. Ydach chi'n perthyn iddyn nhw?'

'Nac'dw wir, nac yn gyfaill agos chwaith. Dim ond dwywaith y flwyddyn y bydda i'n cysylltu â Morgan drwy yrru cardiau pen blwydd a Nadolig ato fo.'

Agorodd Jeff ei geg i holi mwy, ond doedd dim rhaid iddo ofyn am esboniad.

'Mi ddois i ar draws Morgan oddeutu ugain mlynedd yn ôl, pan gafodd o ei anafu ar un o strydoedd Wolverhampton un nos Sadwrn, a dwi'n dal i gysylltu efo fo oherwydd be wnaeth o'r noson honno.'

'Be ddigwyddodd felly?'

'Ditectif ifanc oeddwn i ar y pryd, newydd ddechrau yn y CID, a fi ddeliodd â'r achos. Myfyriwr yng Ngholeg Amaethyddol Harper Adams oedd Morgan, yn ei drydedd flwyddyn, ac ar fin gorffen yno ar ôl gwneud yn arbennig o dda. Roedd o a'i ffrindiau, tua hanner dwsin ohonyn nhw, wedi dod i Wolverhampton i ddathlu diwedd yr arholiadau terfynol. Yn hwyr y noson honno, rywsut neu'i gilydd, mi wahanwyd Morgan oddi wrth gweddill ei ffrindiau. Cerdded ar hyd y strydoedd anghyfarwydd yn ceisio dod o hyd iddyn nhw oedd o pan ddaeth ar draws pump o fechgyn ifanc lleol yn curo a threisio merch ifanc. Roedd hi ar y llawr, yn waed drosti, ac roedd un o'r llanciau yn ei threisio'n rhywiol tra oedd y lleill yn ei dal hi i lawr a'i annog o. Wnaeth Morgan druan ddim meddwl ddwywaith cyn rhuthro atyn nhw a llusgo'r treisiwr oddi ar y ferch. Wrth gwrs, trodd y pump yn ei erbyn, ac er bod Morgan wedi cwffio'n ôl yn gryf, doedd ganddo ddim gobaith o'u trechu nhw. Ar ôl iddo gael ei daro i'r llawr dechreuodd y pump ei gicio'n ddidrugaredd dros ei gorff a'i ben. Yn y cyfamser roedd y ferch wedi medru dianc a hi ffoniodd yr heddlu. Yn ôl ei thystiolaeth hi roedd Morgan wedi ymladd hynny allai o er mwyn gwneud yn siŵr ei bod hi'n gallu dianc. Erbyn i'r heddlu a'r ambiwlans gyrraedd roedd o'n anymwybodol a chafodd ei ruthro i'r ysbyty. Roedd golwg ofnadwy arno fo. Fi oedd yn gweithio'r shifft nos yng nghar y CID y noson honno felly ro'n i'n un o'r cyntaf i gyrraedd lleoliad y trais. Welais i erioed y ffasiwn lanast ar neb. Roedd gwaed yn llifo o'i geg, ei drwyn a'i glustiau, ac ro'n i'n sicr y bydden ni'n delio â llofruddiaeth. Bu'n rhaid iddo gael llawdriniaeth frys ar ei ben – fanno oedd y niwed gwaethaf – a threuliodd ddeng niwrnod yn yr uned gofal dwys.'

'Be ddigwyddodd i'r ferch?' gofynnodd Jeff.

'Yn ffodus roedd hi wedi medru adnabod tri o'r bechgyn, a thrwy wneud ymholiadau, mi fedrais i arestio'r pump a'u cyhuddo nhw o dreisio rhywiol ac ymgais i ladd.'

'Cafodd Morgan niwed i'w ymennydd, felly?' gofynnodd Jeff.

'Do, ond o fewn wythnosau roedd o wedi gwella'n ddigon da i fynd o flaen rhes adnabod ac i wneud datganiad llawn. Mi wnaeth o allu adnabod tri allan o'r pump. Wythnosau yn ddiweddarach daeth yr achos i Lys y Goron, a thystiolaeth Morgan oedd yn gyfrifol am gael y tri yn euog o bob cyhuddiad.'

'Faint gawson nhw?'

'Pymtheng mlynedd yr un, ond nid dyna ddiwedd yr hanes. Cafodd Morgan ei anrhydeddu ymhen rhai misoedd gan ein Prif Gwnstabl ni am yr hyn wnaeth o'r noson honno, ond methodd â dod i'r seremoni. Yr adeg honno y dysgais i fod yr anaf i'w ymennydd wedi dechrau gwaedu eto, a bod hynny wedi bod yn ddigon i achosi niwed dwys, parhaol iddo. Mae rhywun yn dod ar draws pob math o bethau yn y job yma, fel y gwyddoch chi, Ditectif Sarjant, ond welais i erioed y fath ddewrder cynt, nac wedi hynny chwaith. Mi wnaeth o raddio'n uchel iawn yn Harper Adams a chael cynnig gwneud gwaith ymchwil, ond erbyn hynny roedd hi'n rhy hwyr. Mi fyddai wedi medru gwneud cyfraniad mawr i fyd amaethyddol y wlad 'ma, ond chwalwyd y cwbl ar un nos Sadwrn drist yn Wolverhampton. Dyna pam y bydda i'n cadw mewn cysylltiad â Morgan Roberts. Fel ro'n i'n dweud, dydyn ni ddim yn gyfeillion agos, ond dyna'r peth lleiaf fedra i ei wneud.'

'Dydi pymtheng mlynedd o gosb ddim yn swnio'n llawer am ddinistrio bywyd rhywun,' meddai Jeff.

'Yn sicr, dydi o ddim. Ond o leiaf roedd yn rhaid i'r tri aros yn y carchar am y rhan fwyaf o'r ddedfryd.'

'Dim parôl?'

'Na, cafodd hynny ei wrthod dro ar ôl tro, wedi i'r panel gael gwybod am effaith parhaol yr ymosodiad ar Morgan.'

'Ydyn nhw allan rŵan?'

'Ydyn, ers blynyddoedd, ond wn i ddim be ydi'u hanes nhw bellach. Roedd dau yn frodyr, hogia o'r enw Forecroft, ac os dwi'n cofio'n iawn, Wilson oedd enw'r trydydd. Bu hwnnw farw tra oedd o yn y carchar.'

'Peth rhyfedd na wnaeth y stori hitio'r wasg yma yng ngogledd Cymru.'

'Doedd 'na ddim byd yn y papurau newydd yn Wolverhampton chwaith. Yn anffodus, am fod cymaint o ddrygioni yn y byd 'ma tydi ymosodiad fel hwn ddim yn denu sylw'r wasg yn aml iawn.'

'Fedra i wneud dim ond diolch yn fawr i chi am yr holl wybodaeth, Dditectif Brif-arolygydd. Wyddoch chi nad oes fawr neb yn yr ardal 'ma'n gwybod beth achosodd y cyflwr sydd ar Morgan, nac yn gwybod faint o arwr ydi o. Wnaeth y teulu erioed rannu'r hanes.'

'Os fedra i helpu mewn unrhyw ffordd arall, cofiwch ddod yn ôl ata i,' meddai Slater.

Ar ôl rhoi'r ffôn i lawr yn ei grud, eisteddodd Jeff yn ôl yn ei gadair a syllu yn ei flaen heb edrych ar ddim byd neilltuol. Pam nad oedd Crwys Morris wedi dweud wrtho am amgylchiadau anaf Morgan?

'Wyt ti'n iawn, Jeff?' Daeth geiriau Sonia â fo'n ôl i dir y byw.

'Ydw, diolch, Sonia.'

'Rhaid i ni sylweddoli weithiau, does Jeff, fod rhywun wastad yn diodde'n waeth na ni.'

Pennod 27

Yn y gynhadledd fore trannoeth gofynnwyd i Jeff roi braslun o'r hyn a ddigwyddodd i Morgan Roberts ar strydoedd Wolverhampton y nos Sadwrn honno flynyddoedd ynghynt. Cyn iddo orffen, sylwodd fod pennau'r mwyafrif o'i flaen yn ysgwyd yn araf mewn cydymdeimlad. Roedd ei ddewrder y noson honno wedi eu cyffwrdd, ac roedd ganddynt barch newydd at y dyn oedd yn gofalu am ei dad mor dyner ar ôl y cyfan roedd o wedi'i ddioddef ei hun.

Wrth i bawb godi i adael, gofynnodd Lowri Davies i Jeff a Sonia ddod i'w swyddfa.

'Ewch i nôl coffi i ni'n tri gynta – mae hon yn debygol o fod yn sesiwn go hir.'

'Caewch y drws ar eich holau, yn sownd,' gorchmynnodd Lowri pan gyrhaeddodd Jeff a Sonia yn ôl, 'a steddwch i lawr.'

Ufuddhaodd y ddau, a thynnodd Lowri baced o fisgedi siocled o ddrôr ei desg. Ciledrychodd Jeff a Sonia ar ei gilydd – roedd y Ditectif Siwper wedi meddalu rhywfaint ers y prynhawn cynt.

'Amser i glirio'r aer,' dechreuodd Lowri. 'Ro'n i'n ddig pnawn ddoe fel y gwnaethoch chi sylweddoli, dwi'n siŵr. Ond ar ôl ystyried y cwbwl dros nos mi fedra i ddallt eich rhesymeg chi, Sonia, wrth beidio ag adrodd am y gamdriniaeth yn syth. A Jeff, dwi'n falch o'r ffaith eich bod chi wedi'i chefnogi hi i'r carn, fel y dylai cyd-weithwyr wneud mewn lle fel hwn.' Gwenodd Lowri a chymryd llymaid o'i choffi. 'Ond mi ydw i o 'nghof fod y fath beth yn digwydd o dan fy nhrwyn i. Mae pwy bynnag sy'n gyfrifol, yn anffodus, yn un ohonan ni, ac mi fyswn i'n lecio'r cyfle i ddatrys hyn cyn riportio'r mater i'r pencadlys. Ella y bydd yn rhaid i mi newid fy meddwl os na chawn ni lwyddiant, ond ar hyn o bryd dwi'n meddwl ein bod ni'n tri yn ddigon o dditectifs i ddal pwy bynnag sy'n gyfrifol. Ond does neb arall i gael gwybod. Iawn?'

'Cofiwch fod Meira a Pete yn ymwybodol o'r sefyllfa hefyd,' atgoffodd Jeff hi.

'Wrth gwrs. Rŵan 'ta, oes 'na rywun rydach chi'n ei amau?'

'Dwi'n meddwl y dylsan ni ystyried y posibilrwydd nad ydi'r aflonyddwr yn aelod o'r heddlu,' meddai Jeff. 'Dwi wedi dechrau gwneud ymholiadau ynghylch y staff sifil, ac mae un o'r glanhawyr, Charles Edmunds, dyn o Leeds yn wreiddiol, wedi dal fy sylw. Dim ond am chydig wythnosau mae o wedi bod yn gweithio yma – roedd o yn y gwersyll gwyliau ar gyrion y dre am flwyddyn cyn dod aton ni. Mae fy ymholiadau i yn fanno wedi datgelu ei fod o dan amheuaeth ar un adeg o beintio fflag Jac yr Undeb ar garafán oedd yn cael ei defnyddio gan deulu o Bacistan. Chafodd o 'mo'i gyhuddo. Mae ganddo fo fynediad i bob rhan o'r adeilad 'ma.'

'Oes ganddo euogfarnau blaenorol?' gofynnodd Lowri.

'Dim. A does ganddo ddim gwybodaeth na mynediad i'n system gyfrifiadurol ni. Ond mi allen ni fod yn chwilio am fwy nag un troseddwr: un sy'n gwybod ei ffordd o gwmpas ein system ni, a'r llall efo rhywbeth yn erbyn pobol

Ddu,' awgrymodd. 'Gallai'r ddau fod yn gweithio efo'i gilydd.'

'Mae o'n rhywbeth i'w ystyried,' meddai Lowri. 'Sonia? Be amdanoch chi?'

'Neb, ond fedra i ddim deall sut mae popeth – yr aflonyddu hiliol a seicolegol –wedi digwydd mor gyflym ar ôl i mi ddechrau yma.'

'Mae'n edrych yn debyg, yn anffodus, eich bod wedi cael eich targedu o'r munud y cyrhaeddoch chi yma, Sonia,' atebodd Lowri. 'Ydi hi'n bosibl fod pwy bynnag sy'n gyfrifol wedi cael ei siomi fod y bwlio seicolegol, y *gaslighting*, ddim wedi gweithio cystal â'r disgwyl, a dyna pam roedd rhaid newid tac a throi at fwlio hiliol?'

Gwyrodd Lowri yn nes at y ddau arall. 'Yn eich swyddfa chi mae'r rhan fwyaf o'r digwyddiadau hiliol wedi digwydd, a hynny pan mae'r ddau ohonoch chi yn rhywle arall. Oherwydd hyn dwi wedi trefnu i gamera bach gael ei guddio yn eich swyddfa chi – mi fydd o yn ei le erbyn fory. Does dim rhaid i mi ddeud wrthoch chi am ymddwyn yn berffaith naturiol.'

'Gobeithio y gall pwy bynnag fydd yn ei osod o gau ei geg,' meddai Jeff.

'Gadewch hynny i mi,' atebodd Lowri. 'Ond mae'r mater arall, y bwlio seicolegol, yn llawer iawn mwy clyfar. Rhaid i bwy bynnag sydd wrthi fod â gwybodaeth am system gyfrifiadurol ymchwiliad mawr ac yn gyfarwydd â sut mae ymchwiliad mawr yn cael ei reoli. Pwy sydd â'r wybodaeth honno?'

'Does 'run o dditectifs y timau, hyd y gwn i, wedi cael hyfforddiant ar weinyddu'r system, a dim ond mynediad er mwyn darllen datganiadau ac adroddiadau sydd ganddyn nhw. Allan nhw ddim addasu a golygu'r hyn sydd wedi cael ei fewnbynnu iddo.'

'Beth am y staff gweinyddol?' gofynnodd Sonia. 'Mae'r staff sy'n teipio'r mwyafrif o'r gwaith papur, y datganiadau a'r adroddiadau, yn gyfarwydd iawn â'r system ers blynyddoedd. Cam bychan fyddai cloddio ymhellach i fol y system a darganfod sut i newid petha.'

'Yr unig bethau maen nhw'n gallu'u gwneud ydi teipio a mewnbynnu dogfennau, a'u symud ymlaen yn y system,' atebodd Lowri.

'Yr un peth â fi,' ychwanegodd Jeff. 'Faint o bobol yn yr ymchwiliad 'ma sydd â mynediad pellach na hynny?' gofynnodd.

'Fi, Sonia a Peter Edwards,' atebodd Lowri. 'Mae dau ohonan ni yma felly dewch i ni ganolbwyntio ar Ditectif Sarjant Edwards.'

'Ditectif da, sy'n gwybod ei waith yn drwyadl,' meddai Jeff yn syth. 'Mae o'n gwybod ei ffordd o gwmpas cyfrifiaduron yn iawn – dyna ydi'i arbenigedd o – ond fedra i ddim ei weld o'n gwneud hyn i Sonia. Dwi'n ei nabod o'n rhy dda.'

'Rhaid cofio, wrth gwrs, fod pwy bynnag wnaeth addasu a dileu fy ffeiliau i wedi medru gwneud hynny heb ddefnyddio fy nghyfrinair i,' meddai Sonia.

'Hmm,' meddai Jeff, 'mae hynna'n fy atgoffa o rwbath ddeudodd Peter pan ddangosodd o lun y mwnci i mi ar ei liniadur. Mi soniodd am y posibilrwydd fod rhywun wedi medru pasio neu osgoi ei gyfrinair o er mwyn rhoi'r llun yno. Roedd o fel petai'n deud mai dyna sut roedd y peth wedi digwydd. O sbio'n ôl, dwi'n dechrau amau tybed oedd o'n gwybod hynny o brofiad?'

Gorffennodd Lowri ei choffi ac edrychodd ar Jeff. 'Ydach chi'n cofio, Jeff, pan oeddan ni'n gweithio efo'n gilydd ddwytha, i Ditectif Sarjant Prydderch gael ei wahardd o'i waith ar ganol yr ymchwiliad?'

'Cofio? Sut fedra i anghofio?'

'Er gwybodaeth, Sonia, Ditectif Sarjant Edwards gymerodd drosodd wedi i Prydderch fynd,' esboniodd Lowri. 'Chydig funudau'n unig gymerodd o i ddarganfod cyfrinair Prydderch er mwyn mynd i mewn i'w waith o. Fel soniodd Jeff, dyna'i arbenigedd o.'

'Os ydi o mor ddawnus â hynny, fyddai o'n gallu newid yr hyn mae Sonia wedi'i roi yn y system?' gofynnodd Jeff.

'Mae hynny'n bosib,' atebodd Sonia.

'A gwneud hynny o'i gyfrifiadur ei hun?' gofynnodd Jeff eto.

'Yn sicr. Neu o unrhyw gyfrifiadur arall sy'n rhan o rwydwaith Heddlu Gogledd Cymru. Ond rhaid i ni gofio hefyd y byddai'n bosib i unrhyw un yn adran technoleg gwybodaeth y llu gael mynediad llawn i holl rwydwaith Heddlu Gogledd Cymru.'

'Rargian, faint o bobl sydd 'na i'w hamau felly?' gofynnodd Jeff. Doedd o ddim wedi ystyried y fath bosibilrwydd.

'Yn anffodus, pawb sy'n gweithio yn yr adran ... degau,' atebodd Lowri.

'Ond i fynd yn ôl i'r cwestiwn pwysig, pam?' Wnaeth Jeff ddim cyfaddef fod ganddo syniad beth oedd yr ateb, ond cafodd yr amheuaeth honno ei chadarnhau gan Lowri Davies.

'Cenfigen,' meddai hi'n syth. 'Cenfigen, arian a statws. 'Ydach chi'n cofio diwrnod cyntaf yr ymchwiliad 'ma, Jeff?

Y diwrnod yr aethoch chi â fi i ffarm Felin Wen er mwyn gweld lle darganfuwyd y sgerbwd? Mi ofynnoch chi i mi ai Ditectif Sarjant Peter Edwards oedd i gael ei benodi'n ddirprwy i mi.'

'Ydw, dwi'n cofio hynny. Ro'n i'n meddwl fod Peter yn ymgeisydd delfrydol.'

'Roedd yntau o'r un farn, ac mi fyddai o wedi cael ei ddyrchafu a'i wneud yn Dditectif Arolygydd dros dro petai hynny wedi digwydd. Roedd yn rhaid i mi ddeud wrtho fod rhywun arall wedi cael eu penodi ac y byddai o'n siŵr o gael cyfle arall cyn hir.'

'Rhaid bod hynny ar ei feddwl o,' meddai Jeff. 'Mi ddeudodd o wrtha i ei fod o'n awyddus i gael ei ddyrchafu, ond rhaid i mi ddeud 'mod i'n ei chael hi'n anodd credu mai Pete sy'n gyfrifol am hyn i gyd.'

'Mae'r gallu ganddo, ac mi gafodd o ddigon o gyfle,' meddai Sonia, 'ond chi'ch dau sy'n ei nabod o orau.'

'Reit, be am edrych ar yr ongl arall,' cynigiodd Lowri. 'Y ffrwythau a'r lluniau.'

'Wnes i ddim meddwl llawer am hyn ar y pryd,' meddai Sonia. 'Ond mi ddaeth Peter i'n swyddfa ni a dechrau siarad Saesneg pan welodd 'mod i yno. Chydig funudau'n unig oedd wedi mynd heibio ers i chi, Siwper, fy nghyflwyno fi yn y gynhadledd a deud wrth bawb fy mod i wedi dysgu Cymraeg yn rhugl.'

'Dwi'n cofio,' atebodd Jeff, 'ond wnes i ddim meddwl llawer o'r peth.'

'Ond roedd o'n arwydd o ddiffyg parch, o edrych yn ôl,' meddai Sonia.

'Mae o wedi bod yn holi am Sonia hefyd, Siwper. Yn ystod y daith i Lundain roedd o'n gofyn sut roedd hi'n dod ymlaen ac ati. Tybed ai holi am ei chyflwr meddyliol oedd o, i weld a oedd ei driciau yn cael effaith arni? Mi wnaeth o hefyd wneud sylwadau amdanat ti, Sonia, maddeua i mi am ddeud, fel petai o'n trio 'nghael i i drafod pa mor rhywiol wyt ti.'

'Nid fo ydi'r unig ddyn yma sydd â'r farn honno,' ychwanegodd Lowri. 'Neu dyna glywais i, beth bynnag.'

'Hefyd,' ychwanegodd Jeff, ' mae o wedi bod yn gwneud sylwadau ynglŷn â sut rydach chi'ch dwy wedi bod yn ceisio cael y gorau ar eich gilydd, i drio awgrymu bod 'na ddrwgdeimlad rhyngthoch chi. Ymgais i daflu'r bai arnoch chi tybed, Siwper? Ar ben hynny, mi ddeudodd ei fod o wedi clywed un o'r dynion yn stafell yr ymchwiliad yn defnyddio iaith amharchus pan oedd o'n sôn am Sonia.'

'Be ydi arwyddocâd hynny?' gofynnodd Lowri.

'Taflu bai i bob cyfeiriad, gan wybod y bysa'r cwbwl yn dod allan yn y diwedd? Tynnu'r ffocws oddi arno fo'i hun.'

'Mae hyn i gyd yn peintio darlun dychrynllyd,' meddai Lowri, 'a'r flaenoriaeth ydi ei ddal o. Y lluniau ydi'r allwedd, dwi'n credu. Doedd Peter ddim yma ar y dydd Sadwrn pan ffeindioch chi'r llun, Sonia, ond mi fuasai wedi bod yn hawdd iawn iddo ei adael yn y fasged yn y swyddfa yn hwyr bnawn Gwener. Ond y llun oedd i fod i gael ei arddangos yn y cyflwyniad PowerPoint sy'n creu penbleth i mi,' meddai Lowri. 'Wedi'r cyfan, Sarjant Edwards ddaeth i'ch gweld chi, Jeff, er mwyn tynnu sylw ato.'

'Pam fysa fo'n gwneud hynny os mai fo oedd yn gyfrifol?' gofynnodd Sonia.

'Yr un ateb sydd gen i eto,' meddai Jeff. 'Taflu llwch i'n llygaid ni. Tynnu'r amheuaeth oddi arno'i hun. A hefyd, yr un mor bwysig ella, i sicrhau nad oedd neb arall yn dod i wybod am y gamdriniaeth hiliol. Dwi'n meddwl ei fod o'n gamblo ar y ffaith y byswn i'n ei ddangos o i ti, Sonia. Wedi'r cwbwl, tasa pawb wedi gweld y llun yn y gynhadledd fore Mawrth mi fysach chi, Siwper, wedi gorfod riportio'r mater i'r pencadlys. Nid dyna mae o isio. Y bwriad ydi i Sonia dorri i lawr yn seicolegol, cael chwalfa nerfol neu rwbath fel ei bod yn gorfod gadael yr ymchwiliad, ac yna mi gaiff o gamu i'w swydd hi.' Allai Jeff ddim credu ei fod yn dweud hyn am un yr oedd, tan y funud honno, yn ei ystyried yn gyfaill.

Arhosodd y tri yn fud am ennyd, yn ystyried y sefyllfa, cyn i Lowri Davies ei chrynhoi.

'Er bod yr hyn rydach chi'ch dau wedi'i ddeud yn gwneud synnwyr, damcaniaeth ydi hi, wrth gwrs. Mae Peter Edwards yn dditectif profiadol, a tydi o ddim yn mynd i gyfaddef mai fo sy'n gyfrifol. Allwn ni ddim gwneud dim heb dystiolaeth – dim ond gobeithio y bydd y camera yn eich swyddfa chi yn rhoi hwnnw i ni ar blât.'

Pennod 28

Wrth yrru'n araf ar hyd y lôn fawr allan o'r dref ganol y bore, ceisiodd Jeff beidio â meddwl am sefyllfa Sonia. Arafodd y car wrth basio Maen y Wern, cartref Crwys Morris, ond doedd y BMW coch ddim y tu allan i'r tŷ. Ychydig ymhellach ymlaen daeth at Golden Sands Holiday Supplies and Restaurant, ar dir oedd yn arfer bod yn rhan o fferm Cwningar. Stopiodd y car tua chanllath i ffwrdd. Roedd chwe acer o gaeau glas o amgylch yr adeiladau a thir a redai yn syth i lawr tua'r twyni ac yna'r traeth y tu ôl iddo. Roedd maes parcio mawr a glanfa, i fynd â'r cychod i lawr at y traeth. Hyd yn oed yn yr hydref fel hyn, roedd tipyn o ymwelwyr yn dal i fod o gwmpas, a thipyn o fynd a dod yn Golden Sands. Doedd dim llawer ers i'r tir gael ei ddefnyddio ar gyfer gwartheg pori, a rhyfeddodd Jeff sut roedd y perchnogion wedi cael caniatâd cynllunio i adeiladu'r ffasiwn le, oedd yn graith ar y tir.

Roedd fferm Cwningar yn rhan o bortffolio Eiddo Glan Morfa Cyf. ers dyddiau Ethni, a fu'n rhentu'r tir i'r un ffermwr lleol am flynyddoedd. Y cwmni hwnnw oedd yn berchen y tir a'r hen ffermdy hyd heddiw, ond bod y siop a'r bwyty yn eiddo i gwmni Eiddo Glan Morfa Cyf. a Sandy Lane Ltd, cwmni Glenda Fairclough o ganolbarth Lloegr, ar y cyd. Gan fod Jeff wedi gyrru Nansi i fusnesa yn y bwyty, ei flaenoriaeth o oedd dysgu pwy oedd yn byw yn y tŷ fferm, a beth oedd yn cael ei gadw yn yr adeiladau o'i gwmpas.

Cododd sbienddrych ac edrych i'r cyfeiriad hwnnw.

Doedd dim golwg o gar ger y ffermdy ond gallai Jeff weld bod cryn ymdrech wedi cael ei wneud i ddiogelu'r lle, gyda chamerâu a llifoleuadau diogelwch yma ac acw. Yn rhyfeddol, roedd mwy o gamerâu i'w gweld o gwmpas y ffermdy a'r beudai nag oedd i'w gweld o amgylch y siop a'r bwyty. Beth oedd angen ei warchod yno, tybed?

Yn y pellter, gwelodd fan Swyddfa'r Post yn agosáu, gan stopio bob hyn a hyn er mwyn i'r postmon neidio allan i ddosbarthu llythyrau i ambell dŷ ar y ffordd. Ar ôl galw yn siop Golden Sands gyrrodd y fan i fyny'r trac byr i ffermdy Cwningar. Gwenodd Jeff pan welodd mai Andy Hughes oedd y postmon – dyn hwyliog oedd wedi dod yn dipyn o gyfaill iddo dros y blynyddoedd, a'r un y soniodd Sydney Potter amdano ddeuddydd ynghynt. Dilynodd Jeff y fan goch am bron i hanner milltir er mwyn sicrhau eu bod yn ddigon pell o dir Cwningar, a phan welodd le cyfleus i barcio y tu ôl iddi, cymerodd y cyfle. Galwodd ar Andy wrth iddo gerdded yn waglaw tuag ato.

'Sut wyt ti'r hen fêt?' gofynnodd.

'Dew, Jeff, ers talwm. Fydda i ddim yn dy weld di gymaint y dyddia yma ers iddyn nhw symud fy rownd i oddi wrth Rhandir Newydd. Paid â deud dy fod ti'n dal i gefnogi'r un hen dîm pêl-droed gwael 'na?'

'Ma' nhw'n ddigon da i roi cweir i dy fois di yn eu crysau glas ryw dro, 'ngwas i. Ond isio gair bach sydyn, a chyfrinachol, efo chdi ydw i.'

'Ti byth yn newid, Jeff. Be 'ti isio?'

Roedd Andy Huws yn ei bedwardegau hwyr, yn cario tipyn gormod o bwysau a'i ben yn hollol foel. Fel nifer o'i gydweithwyr, byddai'n gwisgo shorts rownd y flwyddyn.

'Pwy sy'n byw yn ffermdy Cwningar, Andy, a be sy'n mynd ymlaen yno?'

Gwenodd Andy o glust i glust. 'Sut nad ydw i'n synnu mai dyna ti isio'i wybod? Wel, mae'r llythyrau sy'n cyrraedd yno i gyd wedi'u cyfeirio at Mr K. Finch ers tro rŵan, ond wn i ddim mwy na hynny. Dwi wedi'i weld o unwaith neu ddwy – cymeriad reit od, yn agos i hanner cant fyswn i'n deud, a golwg reit ryff arno fo. Acen Brymi go iawn.'

'Be am y ddynes, Glenda Fairclough?'

'I siop Golden Sands mae ei phost hi'n mynd, ac ma' hi'n gyrru llwyth o barseli o'na hefyd – dwsinau bob yn ail ddiwrnod. 'Dan ni'n gorfod casglu parseli rŵan yn ogystal â'u danfon nhw, 'sti, ond 'dan ni ddim yn cael mwy o gyflog am wneud chwaith. Gwarthus o beth. Ond ta waeth am hynny, dwi 'di gweld faniau cwmnïau eraill yno'n casglu stwff hefyd. Does gen i ddim syniad be sydd ynddyn nhw, ond ro' i fet i ti nad oes gan y parseli ddim byd i'w wneud efo gwerthu cychod.'

'Cyffuriau?' gofynnodd Jeff.

''Swn i ddim yn meddwl, ond cofia, ella 'mod i'n rong.'

'Be ti'n feddwl ma' hi'n neud 'ta?'

'Anodd deud, Jeff. Mae'r parseli i gyd o wahanol faint, yn fach a mawr, caled a meddal, ac mae'r ffaith ei bod hi'n gyrru'r stwff drwyddan ni'n awgrymu nad cyffuriau sydd ynddyn nhw. Fysa neb mor stiwpid â hynny. I gyfeiriadau personol maen nhw'n mynd i gyd, dros y wlad 'ma i gyd.'

'Oes 'na bosibilrwydd fod Crwys Morris yn rhan o'r peth?'

'Mi fydda i'n ei weld o yno o dro i dro, o gwmpas y lle, ond dim mwy na hynny. Ond mi fydd 'na ryw ddau foi arall o gwmpas weithiau, ac mae'r rheiny'n edrych fel tasan nhw'n fistars ar Finch a'r ddynes Fairclough 'na. Dim yn aml fydda i'n eu gweld nhw, ond fyswn i ddim yn dadlau efo'r naill na'r llall. Bois caled iawn yr olwg, bob amser yn gwisgo siwtiau. Mae gan un ohonyn nhw drwyn cam, 'fatha bocsar. Y ddau yna sy'n rhedeg y sioe, siŵr i ti.'

'Diddorol, Andy. Diolch i ti. Os weli di nhw eto, ac os cei di gyfle, gwna nodyn o rif eu car nhw os fedri di.'

'Siŵr o wneud, mêt. A chofia, mae'n hen bryd i ti ddechra cefnogi tîm pêl-droed gwell.'

Dewisodd Jeff beidio ag ateb, a chlywodd y postmon yn chwerthin wrth iddo gerdded ymaith.

Doedd dim dwywaith, roedd rhywbeth amheus yn mynd ymlaen yn Cwningar, ac roedd Jeff yn amau'n gryf nad oedd Crwys Morris ymhell o'r miri.

Edrychodd ar ei watsh. Pum munud ar hugain i un. Roedd Nansi i fod wedi mynd i fwyty Golden Sands y noson cynt, ac roedd hwn yn amser da i gysylltu â hi – ar ôl iddi ddadebru a chyn i'r botel fodca ddyddiol gael ei hagor.

'O, Jeff bach, ti ddim wedi fy nal i ar fy ngorau,' meddai Nansi ar ôl ateb y ffôn. 'Mae gen i uffar o ben mawr ar ôl neithiwr, a dy fai di ydi o i gyd.'

'Mi est ti a dy chwaer i'r bwyty felly?'

'Do, yn union fel gwnest ti ofyn. Neis cofia, nes i mi orffen efo'r port a brandis. Dyna pryd aeth hi'n flêr.'

Doedd Jeff ddim wedi rhyfeddu, ond gwyddai y byddai Nansi, yn feddw neu'n sobor, yn ddigon 'tebol i wneud ei gwaith. 'Welaist ti rywbeth o bwys?' gofynnodd.

'Do, dipyn go lew, a gwneud ffrind newydd hefyd. Ty'd draw i mi gael deud yr hanes wrthat ti.'

Er ei bod hi wedi gwisgo amdani erbyn i Jeff gyrraedd ei

chartref, roedd golwg digon cysglyd ar Nansi druan.

'Newydd godi wyt ti, Nansi?' gofynnodd.

'Ryw hanner awr cyn i ti ffonio, ond be ti'n ddisgwyl a finna allan tan wedi dau bore 'ma yn gwneud dy waith plismona di?'

'A gwario pob ceiniog rois i i ti ma' siŵr?' meddai gyda gwên.

'Siŵr iawn, ond roedd o'n werth bob ceiniog, cofia. Ew, am fwyd neis.'

Roedd Jeff yn dechrau colli amynedd. 'Wel ty'd 'ta, deud wrtha i be sgin ti i mi?'

'Ar ôl i ni gael bwyd, aethon ni draw i'r bar i gael coffi a neit-cap bach. Dyna lle ddechreuis i ar y port a'r brandis, a dyma'r boi 'ma'n dod draw i siarad ac yfed efo ni. Kenny oedd ei enw fo, ac mi wnes i ddallt yn syth ei fod o'n rwbath i neud efo'r lle. Boi smart yn gwisgo dillad drud a watsh fawr grand. Rolex, a honno'n aur. Digon o bres, siŵr gen i.'

'Be mae o'n wneud yno?'

'Ddaru o ddim deud yn iawn er i mi drio gwasgu mwy o wybodaeth ohono fo, yn llythrennol. Y cwbl ddeudodd o oedd ei fod yn prynu a gwerthu ar y we. Prynu a gwerthu be, medda fi. Bob math o betha, medda fo. Erbyn hyn ro'n i'n rhwbio'i ben-glin o, ond ddaru hynny ddim gweithio chwaith. Roedd dynes y lle i mewn ac allan o'r bar hefyd, ac ella bysa fo wedi deud dipyn mwy tasa hi heb fod yno.'

'Ydi'r ddau yn ŵr a gwraig?'

'Na, tydw i ddim yn meddwl. Ond mi ges i'r argraff eu bod nhw'n agos. Brawd a chwaer, ella?'

'Rwbath arall?'

'Dal dy ddŵr, Jeff bach! Erbyn i mi drio ffonio am dacsi adra mi oedd hi ymhell wedi un o'r gloch y bore, a doedd 'na 'run i'w gael yn nunlla. Cynigiodd y Kenny 'ma roi lifft i ni, ond mi fysa'n rhaid i ni ddisgwyl ryw awr medda fo, am fod ganddo betha i'w gwneud gynta. Dwi'n cofio meddwl be uffar oedd o angen 'i neud yr adeg honno o'r nos.'

'Lle oedd y ddynes arall erbyn hyn?'

'Roedd hi ar y ffôn dipyn, a mwya sydyn doedd 'na ddim golwg ohoni. Ella'i bod hi efo Kenny, wn i ddim. Dim ond y barman oedd ar ôl yn clirio. Erbyn hynny ro'n i wedi cael llond bol ac isio mynd adra, a drwy lwc mi gafodd fy chwaer afael ar dacsi o rwla. Cyn mynd, mi o'n i isio deud wrth Kenny 'mod i wedi cael lifft, ac mi ofynnis i i ddreifar y tacsi fynd cyn belled â'r ffermdy i chwilio amdano fo. Mi oedd 'na lorri fach yno'n dadlwytho llwyth o focsys i'r siediau tu ôl i'r tŷ. Pan welodd Kenny y tacsi mi redodd draw a deud wrth y dreifar am 'i heglu hi o'na, ond pan welodd o mai fi oedd 'na isio deud nos dawch, mi oedd o'n iawn. Dwi wedi deud y gwela i o yn y Rhwydwr ryw noson.'

'Mi wnest ti'n dda,' meddai Jeff.

'Fedra i ddim gweld 'mod i wedi bod gymaint â hynny o help i ti.'

'Mwy nag wyt ti'n feddwl,' atebodd Jeff.

Eisteddodd Jeff yn ei gar ym maes parcio gorsaf yr heddlu yn ystyried yr hyn roedd o wedi'i ddysgu mewn ychydig oriau. Kenny Finch oedd yn byw yn Cwningar. Finch a Fairclough oedd yn rhedeg y sioe yn y siop, y bwyty a'r ffermdy, beth bynnag oedd yn digwydd yn fanno. Gwerthu nwyddau ar y we – ond pa nwyddau? A pham fod yn rhaid iddyn nhw gael eu cario i Cwningar yng nghanol y nos? Petai'n rhaid i Jeff ddyfalu, byddai'n fodlon roi bet mai gwerthu nwyddau ffug oedden nhw. Digon o waith y byddai'r hen Nansi'n medru dweud y gwahaniaeth rhwng Rolex go iawn ac un ffug. Ond beth ar y ddaear oedd gan hyn i'w wneud â llofruddiaeth William Roberts?

Pennod 29

Wrth i Jeff ruthro at ei gyfrifiadur er mwyn cofnodi'r wybodaeth ddiweddaraf, cododd Sonia'i phen o'i gwaith papur i wenu arno. Roedd y wên honno'n ddigon o arwydd i Jeff ei bod hi'n hapusach – am y tro, beth bynnag.

'Rwbath newydd?' gofynnodd Jeff.

'Na, dim. Dim ond mwy o ddatganiadau, y rhan fwyaf yn ymwneud ag Isla Scott a'i chariad, Caldwell. Yr hyn sy'n rhyfedd ydi bod nifer o'r bobol sydd wedi cael eu cyfweld yn meddwl bod Isla wedi bod yn byw yng Nglan Morfa am gyfnod o rai blynyddoedd cyn iddi fod yn gariad i Wiliam Roberts. Ond mae'n anodd cael neb i gadarnhau hynny'n bendant. Mae awgrym fod hyn yn mynd yn ôl ugain mlynedd neu fwy, ond does neb yn cofio am faint fu hi yma.'

'Hogan ifanc iawn fysa hi'r adeg honno felly. Ac os ydi hynny'n wir, pam na ddeudodd hi wrthon ni ddydd Sadwrn?'

'Ta waeth am hynny, sut fore gest ti?' gofynnodd Sonia.

Dywedodd Jeff rywfaint o'r hanes wrthi.

'O, gyda llaw,' meddai Sonia. 'Mi oedd y Ditectif Siwper isio i ti fynd i'w swyddfa hi y munud y basat ti'n dod yn ôl.'

'Be sydd mor bwysig?'

'Ddaru hi ddim dweud, ond mi oedd o'n swnio'n reit bwysig.'

Curodd Jeff ar ddrws swyddfa Lowri a rhoi ei ben rownd y gornel.

'Jeff, dewch i mewn a chaewch y drws ar eich ôl.'
Tynnodd Lowri allweddau o'i phoced a defnyddio un
ohonynt i ddatgloi un o ddrôrs ei desg. Tynnodd ddwy ddol
ohoni – dau goliwog nad oedd Jeff wedi gweld eu tebyg ers
blynyddoedd maith. Syllodd arnynt yn gegagored.

'Lle goblyn gawsoch chi'r rheina?' gofynnodd.

'Es i mewn i'ch swyddfa chi gynna i chwilio amdanoch
chi. Roedd un wedi cael ei roi i eistedd ar gadair Sonia.
Diolch byth nad oedd hi wedi cyrraedd ei gwaith. Mi wnes
i ei guddio fo yn fy siaced er mwyn dod â fo o'na.'

'A'r llall?'

'Un o ferched y staff gweinyddol gafodd hyd iddo yn
nhoiledau'r merched – wedi cael ei roi i eistedd ar y silff
uwch ben y sinc, reit o dan y drych fel bod pawb fysa'n
cerdded i mewn yn ei weld o.'

'Pwy oedd y ferch?'

'Dim ots am hynny ar hyn o bryd, Jeff, ond mae hi wedi
cael rhybudd i beidio dweud wrth neb, a dwi'n ei thrystio
hi.'

'Ydi Sonia'n gwybod?' gofynnodd, ond cofiodd nad
oedd y ditectif arolygydd wedi dangos unrhyw fath o bryder
wrth siarad efo fo rai munudau ynghynt.

'Na,' atebodd Lowri, 'a dwi isio i bethau aros felly.
Wela i ddim pwynt deud wrthi a phoeni mwy arni heb fod
angen.'

'Wyddwn i ddim fod y ffasiwn betha yn dal ar gael y
dyddia yma.'

'Na finna, nes i mi wneud ymchwil ar y we ar ôl eu
darganfod nhw. Mae 'na un cwmni yn arbenigo ynddyn
nhw ac yn eu gwerthu, er ei bod hi'n anghyfreithlon i'w
harddangos nhw'n gyhoeddus.'

'A dydi'r camera yn ein swyddfa ni ddim wedi cael ei osod eto, ma' siŵr?'

'Nac'di. Yn ystod y nos heno mae o'n dod.'

'Mi wyddoch chi be mae hyn yn ei olygu,' meddai Jeff. 'Hyd yn hyn, mae'r aflonyddwr wedi gwneud y bygythiadau yn gudd, heb i neb arall fod yn gwybod am y peth. Ond heddiw, mae o, neu hi, wedi mynd gam ymhellach, a gwneud y peth yn gyhoeddus. Ydi'r ffaith fod y peth 'na wedi cael ei adael yn nhoiledau'r merched yn golygu mai merch sy'n gyfrifol, deudwch?'

'Ella, ella ddim,' atebodd Lowri. 'Dwi ddim yn gweld bod digwyddiadau heddiw yn fwy mentrus na'r hyn sydd wedi cael ei wneud yn flaenorol.'

'Mi fysa dyn yn mynd i mewn i doiled y merched yn sicr o dynnu sylw,' meddai Jeff, 'ond dydi o ddim allan o'r cwestiwn chwaith.'

'Dwi'n dal i ffafrio Ditectif Sarjant Edwards fy hun, am yr un rhesymau rois i bore 'ma.'

'Os hynny,' meddai Jeff, er bod yn gas ganddo feddwl mai ei ffrind oedd yn gwneud y fath beth, 'ddylen ni ddim disgwyl am ei gam nesaf o. Rhaid i ni achub y blaen arno, camera neu beidio. Does dim dal be wneith o nesa. Mi allai o wneud rwbath i gar Sonia, sydd yn y maes parcio yng ngolwg pawb drwy'r dydd.'

'Ond sut allwn ni wneud hynny?' gofynnodd Lowri.

'Rhoswch am funud ...' Oedodd Jeff tra oedd o'n meddwl. 'Car Sonia ... ond be am gar Pete? Os mai fo sy'n aflonyddu arni mae'n debyg y bysa ganddo fo gyflenwad o betha i'w defnyddio yn ei gar. Bananas, lluniau, a rŵan y goliwogs ... ma' raid bod pwy bynnag sydd wrthi yn eu cadw wrth law. Mewn car fysa'r lle mwya amlwg, a saff...'

'Fysa fo mor wirion â gwneud hynny?' gofynnodd Lowri, 'a beth bynnag, dwi ddim yn meddwl fod ganddon ni ddigon o dystiolaeth i gael gwarant i chwilio'i gar o ar hyn o bryd. A be tasan ni'n anghywir? Mi fysa'i enw da o'n cael ei chwalu tasa fo'n ddieuog – a fysan ninnau ddim yn dod allan ohoni'n rhy dda chwaith.'

Sylwodd Lowri fod Jeff yn pendroni, a doedd hi ddim yn siŵr oedd hi eisiau gwybod beth oedd ar ei feddwl.

'Gadewch y cwbl i mi,' meddai wrthi. 'Ella na fyddwn ni angen gwarant, ac os nad oes dim o ddiddordeb i ni yn ei gar o, fydd o ddim callach ein bod ni wedi chwilio. Yr unig beth mae angen i chi ei wneud ydi sicrhau fod y gynhadledd bore fory yn para cyn hired â phosib.'

Suddodd calon Lowri. 'Peidiwch â deud mwy wrtha i, Jeff. Mae'n well os nad ydw i'n gwybod y manylion.'

'Peidiwch â phoeni,' atebodd yntau gyda gwên ddireidus. 'Dim ond un peth arall,' ychwanegodd. 'Dwi'n meddwl y bydd rwbath yn bod efo thermostat system wresogi'r adeilad 'ma fory, ac y bydd hi'n ofnadwy o boeth. A pheth arall, pan welwch chi fi'n eistedd wrth ymyl Pete Edwards, galwch o draw atoch i drafod rwbath neu'i gilydd. Dim ond hanner munud dwi angen.'

Cyn mynd adref y noson honno, cafodd Jeff air yng nghlust Sarjant Rob Taylor.

'Pwy 'di sarjant y shifft gynnar bore fory o chwech tan ddau?' gofynnodd.

'Fi,' atebodd Rob. 'Pam?'

'A pwy ydi'r sarjant nos?'

'Alwyn.'

'Da iawn. Gofynna i Alwyn roi gwres y stesion 'ma

ymlaen tua thri o'r gloch y bore, wnei di? Mor uchel ag yr eith o.'

'Rargian, Jeff, tydi hi ddim hanner digon oer i roi'r gwres ymlaen eto. Wyt ti'n troi'n sofft yn dy henaint?'

'Mae gen i reswm da, Rob bach. Jyst deuda wrth Alwyn ei fod o'n bwysig. Pan fyddi di'n dod ar ddyletswydd am chwech yn y bore, gwna'n siŵr fod pob ffenest wedi'u cau yn dynn. Os bydd rhywun yn cwyno'i bod hi'n boeth, deud wrthyn nhw bod y thermostat wedi torri a dy fod di wedi ffonio'r peirianwyr i ddod i'w drwsio fo.'

Roedd yn ddigon hawdd gweld fod Rob wedi drysu'n lân, ond roedd o'n nabod Jeff yn dda felly roedd o'n gwybod nad oedd pwynt dadlau.

'A dwi angen i ti wneud rwbath arall i mi hefyd,' ychwanegodd Jeff, gan egluro'r rhan roedd o angen i Rob ei chwarae yn ei gynllwyn. Rhan fechan oedd hi, ond byddai ei gyfraniad yn allweddol.

'Gyda llaw, Rob,' meddai cyn gadael, 'gest ti gyfle i wneud yr ymholiad bach ffug 'na yn Golden Sands eto?'

'Dwi'n mynd i weld y ddynes Fairclough 'na amser cinio fory.'

'Diolch, mêt.'

Cyrhaeddodd Jeff adref ychydig wedi saith y noson honno, yn ddigon cynnar i gael swper efo Meira a'r plant ac ymlacio yn eu cwmni cyn i'r plant fynd i'w gwlâu. Pan oedd y tŷ wedi distewi, eisteddodd Jeff a Meira yn yr ystafell haul. Dywedodd Jeff wrth ei wraig am y datblygiadau ynghylch Sonia, a thrafod pa mor anodd oedd dod i delerau â'r ffaith fod rhywun roedd o mor ffond ohono'n cael ei amau o wneud y cyfan.

'Ond mae gen i syniad, a dwi angen dy help di i'w weithredu o, Meira. Ti'n fodlon?'

'Ydw, os wnaiff o helpu i ddal pwy bynnag sy'n gyfrifol am fwlio Sonia mor greulon.'

Eglurodd y cyfan iddi, gan gynnwys ei rôl hi yn y cyfan.

'Un drwg wyt ti, Jeff Evans,' meddai Meira ar ôl iddo orffen. 'Dim rhyfedd dy fod ti'n cael y ffasiwn enw i lawr tua'r swyddfa 'cw. Ond mi wna i unrhyw beth i Sonia, mi wyddost ti hynny.'

Roedd hi'n chwilboeth pan gerddodd Jeff i mewn i'w swyddfa fore trannoeth, a phawb yn cwyno. Pan ddechreuodd ystafell y gynhadledd lenwi roedd mwy byth o gwyno, a gwelodd Jeff fod pawb, y dynion a'r merched, wedi tynnu'u cotiau a'u siacedi. Aeth draw at Pete Edwards fel yr oedd Lowri a Sonia'n cerdded i mewn i'r ystafell, ac eisteddodd wrth ei ochr.

'Pete, gwranda,' meddai, 'mi fues i'n gwneud ymholiadau ddoe ym musnes Golden Sands, ac mae 'na dipyn mwy o dyrchu i'w wneud yno. Pan ddaw o ar y system, wnei di roi unrhyw weithrediadau i mi?'

'Iawn, Jeff, dim problem.'

Galwodd Lowri ar Peter Edwards, gan amneidio arno i fynd draw at y llwyfan bychan, a chymerodd Jeff ei gyfle. Teimlodd bwysau allweddi Peter drwy ddefnydd ei siaced ar gefn y gadair, ac o fewn eiliad roedden nhw ym mhoced Jeff. Cododd a symud i'w sedd arferol yng nghefn yr ystafell. Dechreuodd gwyno wrth y rhai o'i gwmpas.

'Ydi'r ffenestri 'ma'n agor?' gofynnodd, wrth gerdded at y ffenest agosaf ato. 'Dwi'n meddwl bod hon wedi sticio,' ychwanegodd, wrth wneud sioe o geisio'i hagor. 'Wnaiff hi ddim agor mwy na chydig fodfeddi.'

'Mae'r cwbl yr un fath,' meddai llais rhwystredig rhywun.

Ceisiodd Jeff ei hagor ymhellach, ac wrth wneud hynny gollyngodd allweddi Peter allan trwyddi, yn syth i ddwylo Meira a oedd yn disgwyl amdanyn nhw yn y maes parcio islaw. Doedd neb arall o gwmpas. Gwyliodd Jeff hi'n croesi'r maes parcio a defnyddio'r botwm digidol i ddatgloi car Ditectif Sarjant Edwards. Agorodd Meira y bŵt ac edrych i fyny i gyfeiriad Jeff. Cododd ei dau fawd arno cyn cau'r bŵt a'i gloi. Rhedodd i gyfeiriad y drws ffrynt, lle'r oedd Rob Taylor yn aros amdani.

Teimlai Jeff fwrlwm o emosiynau yn llifo drwyddo. Ar y naill law roedd o'n falch fod rhan gyntaf ei gynllwyn wedi gweithio, ond ar y llaw arall, yn hynod o siomedig fod Pete Edwards, dyn roedd o wedi ymddiried ynddo a'i gyfri'n ffrind, yn debygol o fod wedi ymddwyn mor warthus tuag at Sonia.

Fel yr oedd y gynhadledd yn dod i ben daeth Rob Taylor at y drws ac amneidio ar Jeff. Aeth Jeff ato, a rhoddodd Rob bentwr o bapurau iddo. Yn eu mysg roedd allweddi Pete Edwards. Mater bach oedd eu gollwng yn ôl i boced ei siaced yn y bwrlwm ar ddiwedd y gynhadledd.

Camodd Jeff allan o'r ystafell i ffonio Meira.

'Wel?' gofynnodd yn eiddgar.

'Dim amheuaeth,' atebodd Meira. 'Mae bocs ym mŵt ei gar o yn llawn o stwff: mwy o luniau tebyg i'r un yrrwyd i Sonia, bananas a theganau meddal o fwncis.'

'Diolch, 'nghariad i. Wela i di heno.'

Ymhen rhai munudau roedd Jeff yn swyddfa Lowri a'r drws wedi'i gau.

'Mae gen i warant yn fama i chwilio car Ditectif Sarjant Edwards,' meddai.

'Ro'n i'n meddwl ein bod ni wedi cytuno i beidio â gwneud hynny ar hyn o bryd a ninnau heb dystiolaeth. Dyna oedd fy ngorchymyn i, Jeff.'

'Y syniad 'na oedd gen i ... hwnnw nad oeddach chi isio gwybod y manylion,' eglurodd Jeff. 'Wel, mi fues i'n llwyddiannus, ac mae'r dystiolaeth ym mŵt ei gar o.'

'Ers pryd gwyddoch chi hyn?'

'Ers tuag ugain munud.'

'A sut gawsoch chi warant mor handi?'

'Mi es i i weld ynad heddwch neithiwr ar y ffordd adra. Tasan ni ddim wedi ffendio tystiolaeth bore 'ma, mi fysa wedi bod yn ddigon hawdd i mi anghofio'r warant.'

'Digon teg, ac eto, dwi ddim isio gwybod sut gwyddoch chi fod tystiolaeth yn y car.'

'Efo'ch caniatâd chi, Siwper, mi a' i â Peter allan at ei gar rŵan.'

'Na, mi ddylai rhywun o reng uwch na fo wneud hynny.'

'Sonia?' gofynnodd Jeff.

'Na, mae Sonia'n rhy agos i'r achos. Mi wna i,' meddai Lowri Davies. 'Mi fydd yn bleser.'

'Mi ddo' i efo chi.'

Cerddodd y ddau i ystafell y gynhadledd a gweld nad oedd Edwards wrth ei ddesg. Rhuthrodd y ddau i lawr y grisiau tuag at y maes parcio – roedd Edwards yn cerdded at ei gar.

'Aros am funud, Pete,' gwaeddodd Jeff ar ei ôl.

Trodd Edwards a gweld y ddau yn brasgamu tuag ato. Datglodd Edwards ei gar gan ddefnyddio'r botwm digidol, a gafaelodd Jeff yn ei war fel roedd o'n camu i sedd y gyrrwr.

'Hei, be sy, Jeff?' gofynnodd. 'Picio allan i nôl rwbath o'r siop ydw i.' Ceisiodd gau'r drws ond camodd Jeff ymlaen i'w atal.

'Allan, Pete, rŵan. Mae'r Ditectif Uwch-arolygydd Davies isio gair.'

Cafodd Peter Edwards hanner ei lusgo o'r car gan Jeff, cyn ysgwyd ei hun o'i afael.

'Be ddiawl ydi hyn? Be sy'n bod arnat ti?' gwaeddodd.

Cipiodd Jeff yr allweddi o'i law, a chamodd Lowri rhwng y ddau.

'Peter Edwards, rydw i angen chwilio'ch car chi,' meddai.

'Dim peryg,' atebodd Edwards. 'Mi wyddoch chi'n iawn nad oes ganddoch chi hawl i wneud y fath beth heb warant.'

Tynnodd Lowri'r papur o'i phoced. 'Y warant yma?' Rhoddodd hi o flaen wyneb Edwards er mwyn iddo allu'i darllen.

Rhoddodd Edwards ochenaid uchel fel petai'n cydnabod fod y gêm ar ben.

Agorodd Lowri fŵt y car ac edrychodd y tri ar y dystiolaeth fyddai'n sicrhau diwedd gyrfa Ditectif Sarjant Peter Edwards. Y bananas, y lluniau, y teganau meddal, i gyd yn barod ar gyfer y rhan nesaf o'i ymgyrch ffiaidd. Chwiliwyd trwy weddill ei gar, a daethpwyd o hyd i baced o gondoms agored yn y blwch menig.

Wrth ei arestio, eglurodd Lowri y byddai rhywun o Adran Safonau Proffesiynol y pencadlys yn dod i'w gyfweld cyn hir. Yn y ddalfa, roedd Sarjant Rob Taylor yn aros amdano.

Edrychodd Jeff ar ei gyn-gyfaill. 'Fedra i ddim deud pa mor siomedig ydw i ynddat ti,' meddai. Trodd a cherdded ymaith heb air arall.

Erbyn i Lowri gyrraedd ei swyddfa i ffonio'r pencadlys roedd y si am arestiad Edwards wedi lledaenu fel tân gwyllt. Galwodd ar Sonia, er mwyn cael torri'r newydd cyn iddi glywed gan rywun arall.

'Sonia, mae Jeff a finna newydd arestio'r cyn-dditectif Sarjant Edwards am aflonyddu arnoch chi'n hiliol a seicolegol. Mae ganddon ni dystiolaeth mai fo sy'n gyfrifol, ac mae o mewn cell ar hyn o bryd yn disgwyl cael ei holi gan y swyddogion Safonau Proffesiynol.'

Safodd Sonia'n fud, a llanwodd ei llygaid â dagrau.

'I Jeff mae'r diolch,' ychwanegodd Lowri, wrth i Jeff ymddangos yn y drws.

Camodd Sonia ymlaen a'i gofleidio.

'Hei,' meddai Lowri gan chwerthin, 'dyna ddigon o hynna. Cofiwch ei fod o'n ddyn priod, Sonia!'

'Ac yn ffrind,' atebodd Sonia.

Difrifolodd wyneb Lowri. 'Reit, rhaid i ni gofio bod ganddon ni lofrudd i'w ganfod o hyd, ac un aelod yn llai o'r tîm rheoli i wneud hynny. Sonia, fedrwch chi gymryd dyletswyddau Edwards am y tro? Dwi'n sylweddoli y bydd llawer iawn mwy o bwysau arnoch chi, ond mi gymera i rywfaint o'r baich oddi ar eich sgwyddau chi, a dwi'n siŵr y gwnaiff Jeff yr un peth. Ydach chi'n fodlon?'

'Ydw,' atebodd Sonia heb orfod meddwl ddwywaith.

'Ffwrdd â chi 'ta. Wnawn ni ddim dal y llofrudd drwy sefyll yn fama.'

Pennod 30

Yn ôl yn ei swyddfa, edrychai Sonia McDonald fel petai baich wedi cael ei godi oddi ar ei hysgwyddau.

'Sut mai ti oedd yn gyfrifol am hyn, Jeff?' gofynnodd.

Penderfynodd Jeff rannu'r hanes, gan egluro rhan Meira yn y cyfan, a pha mor bwysig oedd hi nad plismon wnaeth ddarganfod y dystiolaeth ym mŵt car Edwards.

'Dwi'n dysgu mwy amdanat ti bob dydd, Jeff,' meddai Sonia ar ôl iddo orffen. 'Dwyt ti ddim yn lecio sticio at reolau'r gyfraith bob amser, dwi'n gweld.' Roedd gwên ar ei hwyneb.

'Rhaid i ni ddefnyddio tipyn bach o ddychymyg yn y job 'ma weithiau, Sonia, neu ddown ni byth at y gwir. Yn fy marn i, y canlyniad sy'n bwysig nid, o anghenraid, y dull o'i ddarganfod.'

Canodd ffôn symudol Jeff a gwelodd y llythrennau cyfarwydd N. N. ar y sgrin. Penderfynodd ateb yr alwad yng ngŵydd Sonia i brofi ei bwynt blaenorol.

'Sut wyt ti, Nansi bach, y ddynes orau ond un yng Nglan Morfa?' Rhoddodd winc i Sonia i sicrhau ei bod hi'n deall y sgôr.

'Gwranda, Jeff,' meddai Nansi, heb y cellwair arferol. Roedd hyn yn bwysig, mae'n rhaid. 'Es i am ddrinc i'r Rhwydwr neithiwr, a phwy welais i yno ond Kenny Finch o'r lle Golden Sands 'na. Dwi'n siŵr mai chwilio amdana i oedd o. Dwi'n meddwl ei fod o'n fy ffansio fi 'sti. Mi oedd o wedi gwisgo'n smart a bob dim.'

'Oes gen ti rwbath o ddiddordeb i mi, Nansi bach? Dwi ddim angen gwybod am dy lyf-leiff di a sgin i ddim diddordeb mewn ffasiwn, mae hynny'n amlwg i bawb.'

'Dal dy wynt, ar f'enaid i, dwi'n trio deud wrthat ti. Mi oedd o'n uffernol o smart mewn dillad drud iawn.'

'Ac?'

'Ges i olwg ar y we neithiwr ar ôl mynd adra, a fedrwn i ddim coelio'r peth. Trowsus Louis Vuitton glas golau oedd o'n wisgo, sy'n costio dros chwe chant o bunnau. Mi welais i'r label ar ei boced din o. Crys du neis ofnadwy, mêc Eton sy bron yn ddau gant, a bŵts croen crocodeil du. Dwy fil ydi rhai tebyg ar y we. Mi sonis i wrthat ti am ei watsh o, yn do, ac mi oedd o'n gadael ei ffôn ar y bwrdd o'i flaen er mwyn gwneud yn siŵr 'mod i'n sylwi arno fo. Samsung Galaxy newydd sbon gwerth dros fil. Be uffar ma' rhywun efo cymaint o bres â hynna'n neud mewn lle mor ryff â'r Rhwydwr, medda chdi? Ta waeth, mi oedd petha'n symud ymlaen yn reit ddel rhyngddan ni, a thafod Kenny'n llacio efo bob diod. Ond yn sydyn – a dyma be o'n i isio'i ddeud wrthat ti, Jeff – mi ddaeth y ddau foi 'ma i mewn pan o'n i'n sefyll wrth y bar. Doeddan nhw ddim callach 'mod i efo Kenny, gan fod 'na dipyn go lew o bobol yno. Y munud welon nhw fo mi oedd yn amlwg eu bod nhw'n flin ofnadwy efo fo. Dyma nhw'n gafael ynddo fo â'i lusgo fo allan i'r cefn. Wrth gwrs, mi es i ar eu holau nhw a chuddio, i weld be oedd yn mynd ymlaen. Roedd 'na lot o weiddi, y rhan fwya gan y ddau foi 'ma, ac mi gafodd Kenny goblyn o gweir gan y ddau.'

'Pam?'

'Y cwbwl fedris i glywed oedd eu bod nhw'n gandryll ei fod o wedi gwisgo fel roedd o, a fflashio'r ffôn o gwmpas, mewn lle mor gyhoeddus. Roeddan nhw i weld yn cyfeirio at yr ardal i gyd, nid jyst y Rhwydwr. Mi ddeudon nhw ei fod o'n idiot am wneud peth mor wirion.'

'Be fedri di ddeud wrtha i am y ddau foi roddodd gweir iddo fo?'

'Welais i rioed mohonyn nhw o'r blaen. Roedd y ddau yn eu pedwardegau, yn gwisgo siwtiau. Brymis, yn ôl eu hacenion. Cap pig gan un ohonyn nhw, a gwallt tywyll a thrwyn cam gan y llall. Hwnnw oedd yn gwneud y rhan fwyaf o'r waldio.'

Roedd Jeff mor sicr ag y gallai fod mai'r rhain oedd y ddau roedd Andy Huws, y postmon, wedi'u gweld yng nghyffiniau Cwningar. Ai'r rhain oedd yn rhedeg yr holl sioe, y tu ôl i Fairclough a Finch, tybed?

Wedi iddo orffen siarad â Nansi, eisteddodd yn ôl yn ei gadair i ystyried ei gam nesaf. Ar ôl ychydig funudau, rhoddodd Lowri Davies ei phen rownd y drws.

'Dim ond isio holi sut ydach chi'n teimlo erbyn hyn, Sonia,' meddai.

'Llawer iawn gwell yn barod, diolch,' atebodd honno.

'A chitha, Jeff?' gofynnodd Lowri. 'Dach chi'n edrych fel tasa'ch meddwl chi'n bell i ffwrdd.'

'Mae o,' cyfaddefodd, gan sôn am yr hyn glywodd rai munudau ynghynt.

'Pam fod ganddoch chi gymaint o ddiddordeb yn y lle, a'r ddau ddyn?' gofynnodd Lowri.

'Dwi'n meddwl mai'r ddau yma sy'n rhedeg Golden Sands go iawn, a'u bod nhw'n defnyddio'r lle i fasnachu nwyddau ffug.'

'A sut yn union mae hyn yn gysylltiedig â llofruddiaeth William Roberts bum mlynedd yn ôl? Mae'n anodd gen i weld bod 'na gysylltiad o gwbl. Fyswn i'n awgrymu i chi gysylltu ag Adran Dwyll y pencadlys a gofyn iddyn nhw ymchwilio i'r amheuaeth ynglŷn â'r nwyddau ffug.'

'Na, dim eto, bòs,' atebodd Jeff yn bendant. 'Dim nes fydda i'n fodlon nad oes gan y bobol 'ma ddim byd i'w wneud â'r llofruddiaeth. Mae'r cysylltiad rhwng Golden Sands a Crwys Morris yn dal i chwarae ar fy meddwl i.'

'Gwnewch hynny'n reit sydyn 'ta.'

'Y dewis amlwg ydi mynd i weld Crwys Morris ei hun, a gofyn i hwnnw'n blwmp ac yn blaen pwy ydyn nhw. Ond dwi'n gyndyn o wneud hynny rhag ofn iddo fo redeg yn syth atyn nhw a deud bod gen i ddiddordeb ynddyn nhw. Mi fyddan nhw'n siŵr o ddiflannu wedyn, a'r nwyddau ffug a phob siawns am wybodaeth i'w canlyn nhw.'

'Crwys Morris amdani felly, Jeff,' meddai Lowri wrth fartsio allan o'r swyddfa.

Gyrrodd Jeff i gyfeiriad Maen y Wern, cartref Crwys Morris, ond doedd y BMW coch ddim yno. Teithiodd yn ei flaen tuag at Golden Sands a Cwningar, ond doedd y car ddim yno chwaith. Yn Felin Wen y daeth o hyd iddo yn y diwedd, a pharciodd wrth ymyl y BMW. Morgan agorodd y drws.

'Helô, Sarjant Evans,' meddai. 'Dewch i mewn.'

'Galwa fi'n Jeff, Morgan,' meddai gan wenu. 'Pasio o'n i a meddwl y byswn i'n stopio am air bach. Sut mae pawb?'

'Dad yr un fath ag arfer, a ceg Crwys yn brifo, ond dwi'n iawn.'

'Lle mae Crwys?' gofynnodd gan nad oedd golwg ohono.

'Dwn i'm. Mi oedd o yma funud yn ôl,' atebodd Morgan.

Galwodd ar ei gefnder ond doedd dim ateb. 'Rhyfedd,' meddai. 'Fydd o ddim yn bell.'

Agorodd Jeff ddrws ffrynt y ffermdy a gweld Crwys yn cerdded at ei gar o gyfeiriad cefn y tŷ. Rhaid ei fod o wedi mynd allan drwy ddrws y gegin. Oedd o'n ei osgoi? Byddai hynny'n anarferol iawn gan ei fod fel arfer yn gwneud yn siŵr ei fod yn bresennol pan fyddai Jeff angen siarad efo Morgan. Galwodd Jeff arno a throdd Crwys, yn anfodlon, yn ôl pob golwg, i'w wynebu.

'O, mae'n ddrwg gen i Jeff,' meddai, 'fedra i ddim aros.' Roedd ei law chwith yn cwpanu ei ên a'i foch. 'Mae gen i gasgliad poenus yn fy ngheg a dwi ar fy ffordd at y deintydd am driniaeth. Dant wedi mynd yn ddrwg, maen nhw'n meddwl.'

Wrth iddo agosáu gwelodd Jeff y chwydd a'r cochni o dan ei law. 'Hwnna'n edrych yn boenus, Crwys,' meddai, 'wna i 'mo'ch cadw chi'n hir.'

'Oes rhaid, heddiw?' gofynnodd. 'Mae'r boen yn annioddefol.'

'Eiliad dwi angen, Crwys. Dim ond isio gofyn am berchnogion Golden Sands ydw i.'

'Glenda Fairclough a Kenny? Chydig iawn dwi'n wneud â nhw,' meddai'n aneglur.

'Ond dwi ar ddallt eich bod chi'n rhan o'r busnes?'

'Mae gen i ddiddordeb ariannol yn y lle, ond dim byd i'w wneud â rhedeg y busnesau, y siop na'r bwyty.'

'Be am y busnes sy'n cael ei redeg o dŷ Cwningar?' Penderfynodd Jeff beidio datgan yr hyn roedd o'n ei amau.

'Wyddwn i ddim fod busnes yn cael ei redeg oddi yno.'

Ni wyddai Jeff a ddylai ei goelio, ond penderfynodd beidio â phwyso arno. 'I fynd yn ôl at Golden Sands,' meddai, 'fedra i yn fy myw â dallt sut gawsoch chi ganiatâd i adeiladu'r fath le ar dir amaethyddol siort ora yn y lle cynta,' meddai.

'Doedd gen i ddim byd i'w wneud â'r cais cynllunio,' atebodd Crwys yn bendant. 'Er mai fi sy'n berchen ar y tir, Sandy Lane Ltd wnaeth hynny i gyd. Rhoddais ganiatâd o flaen llaw iddyn nhw, wrth gwrs. Petai'r cais yn llwyddiannus, mi wyddwn y byddai hynny'n fanteisiol o safbwynt ariannol i mi.'

'Ac mi oedd o, siŵr o fod.'

'Dyna ydi busnes, Jeff,' atebodd. 'Ond ylwch, rhaid i mi fynd.'

'Un peth arall. Mae 'na ryw ddau ddyn o gwmpas y lle weithiau, a nhw sydd i weld yn rheoli'r sioe o be glywais i. Dau o ddynion reit galed yr olwg.'

Ochneidiodd Crwys. 'Dau frawd o ochrau Birmingham. Fyswn i ddim yn awgrymu i chi eu croesi nhw.'

'Pwy ydyn nhw?'

'Miles a Marcus ydi'u henwau nhw. Miles ydi'r hynaf. Does gen i ddim syniad be ydi eu cyfenw nhw, a phrin iawn maen nhw o gwmpas.'

'Pa un sydd â thrwyn cam?' gofynnodd Jeff.

'Dach chi'n gwybod dipyn eisoes, dwi'n gweld. Marcus, y fenga, ydi hwnnw. Roedd o'n baffiwr proffesiynol ar un adeg yn ôl be dwi'n ddallt.'

'Sut ddaethoch chi ar eu traws nhw, Crwys, a phryd oedd hynny?'

'Pedair, pump ... ella chwe mlynedd yn ôl os dwi'n cofio'n iawn. Ddaethon nhw ata i a gofyn fyswn i'n fodlon gwerthu neu rentu tir Cwningar iddyn nhw. Yn y diwedd, ar ôl dipyn o drafod, mi gytunais i fentro efo nhw mewn busnes i adeiladu'r siop a'r bwyty, gan ariannu'r peth yn rhannol. Roedd well gen i beidio gwerthu Cwningar felly mi wnes i rentu'r lle iddyn nhw. Mi weithiodd y cwbwl yn dda. Sgin i ddim i'w wneud efo rhedeg y lle – partner tawel ydw i – a bellach dwi'n cael incwm o elw'r siop a'r bwyty. Ond fel ro'n i'n deud, nhw oedd yn gyfrifol am y cais cynllunio a'r adeiladu.'

'Ond mi roeson nhw Glenda Fairclough i mewn i redeg y busnes iddyn nhw.'

'Do, o'r dechrau.'

'Pam oedd y ddau yng Nglan Morfa i ddechrau, pan ddaethon nhw i'ch gweld chi am y tro cynta?'

'Wn i ddim. Busnes o ryw fath, neu ar wyliau.'

'Oeddan nhw'n edrych fel tasan nhw ar wyliau, Crwys?'

'Dim dyna'r argraff ges i.'

'Triwch gofio pryd oedd hi, plis?'

Meddyliodd Crwys am ychydig eiliadau. 'Ganol yr haf oedd hi. Dwi'n siŵr o hynny. Yng nghanol gwyliau'r ysgol, achos roedd 'na lot o ymwelwyr o gwmpas ar y pryd.'

'Fedrwch chi gofio oedd hynny cyn neu ar ôl i Billy ddiflannu?'

Gallai Jeff weld nad oedd Crwys yn disgwyl y cwestiwn hwn. Roedd o fel petai'n ceisio dewis beth i'w ddweud.

'Mi ddechreuodd proses y cais cynllunio rai wythnosau ar ôl i Billy ddiflannu,' meddai, 'ond doedd y ddau frawd ddim o gwmpas tra oedd hynny'n digwydd. Roeddan nhw a'u cyfreithwyr yn delio efo'r gwaith papur o ganolbarth Lloegr.'

'Maddeuwch i mi, Crwys, ond sut yn y byd ydach chi'n bartner busnes i'r ddau ddyn 'ma a ddim yn gwybod eu cyfenw nhw?'

'Enw eu busnes sydd ar bob dim, a Glenda Fairclough yn arwyddo bob dim ar eu rhan.'

'Wela i. Oedden nhw wedi bod yn edrych ar diroedd eraill yn yr ardal ar gyfer y datblygiad cyn dod atoch chi?'

'Synnwn i ddim.'

'Sut felly?'

'Roeddan nhw'n gofyn i mi am ffermydd eraill yn yr ardal, a phwy oedd yn byw yno. Siŵr eu bod nhw wedi bod yn holi sawl un.'

'Wel, wna i ddim eich cadw chi, Crwys. Rydach chi'n edrych fel tasach chi angen cyrraedd eich deintydd cyn gynted â phosib.'

Ystyriodd Jeff yr amserlen. Roedd y ddau frawd, Miles a Marcus, wedi cael eu gweld am y tro cyntaf yn ystod gwyliau'r haf rhwng pedair a chwe mlynedd ynghynt. Pum mlynedd oedd ers llofruddiaeth William Roberts, ac ym mis Awst y diflannodd o. Oedd cysylltiad?

Penderfynodd mai'r cam nesaf fyddai mynd yn ôl i adran gynllunio'r Cyngor i gael golwg ar gopi o'r cais i adeiladu'r siop a'r bwyty. Byddai'r dyddiad ar hwnnw.

Pennod 31

Byddai'n well gan Jeff fod wedi cyfarfod Martyn Huws yn swyddfa'r adran Gynllunio, ond yn anffodus roedd o allan yn arolygu safleoedd drwy'r dydd. Gwyddai fod ceisiadau cynllunio hanesyddol yn ddogfennau cyhoeddus felly gofynnodd i ysgrifenyddes yr adran am gael gweld y cais a gyflwynwyd i ddatblygu canolfan Golden Sands ar dir fferm Cwningar. Bu'n aros yn eiddgar am dros hanner awr, ond pan ddychwelodd yr ysgrifenyddes esboniwyd iddo fod y dogfennau perthnasol ar bapur yn yr archif, yn hytrach nag yn ddigidol. Cafodd ei arwain i ystafell ddarllen oedd â waliau gwydr iddi, a rhoddwyd y ffeil ar y bwrdd o'i flaen.

Caeodd yr ysgrifenyddes y drws ar ei hôl, a thrwy'r gwydr gallai Jeff weld iddi ddod wyneb yn wyneb â Tom Harris, pennaeth yr adran a ffrind Crwys Morris, yn ôl Martyn Huws. Gwyliodd y ddau yn siarad â'i gilydd, a throdd yr ysgrifenyddes i amneidio at Jeff yn ystod y sgwrs. Roedd yn amlwg mai trafod ei bresenoldeb o yno roedd y ddau – roedd Harris yn ymwybodol pam ei fod o yno, felly. Ond doedd dim ots. Roedd ganddo berffaith hawl i fod yno.

Agorodd y ffeil a dechrau gwneud nodiadau. Gwelodd ar unwaith mai yn Nhachwedd 2019 y cafodd y cais ei gyflwyno, dri mis ar ôl i William Roberts ddiflannu. Eisteddodd Jeff yn ôl yn y gadair ac ochneidio. Oedd hynny'n arwyddocaol, neu oedd o'n darllen gormod i mewn i'r peth? Waeth beth oedd yr ateb, doedd yr afanc yn sicr ddim am ddiystyru'r cyd-ddigwyddiad. Darllenodd ymhellach.

Fel y dywedodd Crwys Morris wrtho, doedd ei enw ddim ar gyfyl y cais. Yn enw cwmni Sandy Lane Ltd y cafodd y cwbl ei wneud, a llofnod Glenda Fairclough a rhyw gyfreithiwr o Birmingham oedd ar y papurau. Doedd dim sôn am neb arall. A oedd hynny'n beth od? Os mai'r ddau frawd, Miles a Marcus, oedd yn berchen ar Golden Sands, roedden nhw wedi mynd i gryn drafferth i sicrhau nad oedd eu henwau ar gyfyl y fenter.

Gwelodd fod nifer wedi gwrthwynebu'r cais ar y pryd, gan gynnwys y ffermwr oedd wedi bod yn pori ei wartheg yno am flynyddoedd. Roedd mwy na dwsin o lythyrau eraill gan aelodau o'r cyhoedd yn gwrthwynebu'r datblygiad am wahanol resymau, a phob un, yn ôl pob golwg, wedi'i ddiystyru gan y pwyllgor cynllunio pan ddaeth y cais o'u blaenau. Llofnod Tom Harris yn unig oedd ar y dogfennau o ochr y Cyngor, a hwnnw'n cefnogi'r cais am resymau economaidd a thwristaidd. Doedd dim sôn am ffermdy Cwningar.

Synnodd Jeff pan welodd fod y cais wedi cael ei basio ddechrau'r flwyddyn ganlynol, a dechreuwyd ar y gwaith adeiladu yn Chwefror 2020. Roedd y cwbl wedi'i orffen mewn chydig dros flwyddyn. Pan wnaeth o a Meira gais i adeiladu Rhandir Newydd yn gartref i'r teulu, roedd y broses wedi cymryd llawer mwy o amser ... oedd rhywun wedi dylanwadu ar Tom Harris i ruthro'r cais drwodd, tybed?

Canodd Jeff y gloch wedi iddo orffen, a daeth yr ysgrifenyddes yn ôl i gasglu'r ffeil. Fel roedd o'n gadael, ymddangosodd Tom Harris yn y drws. Suddodd calon Jeff.

'Ditectif Sarjant Evans,' meddai, 'dwi'n gobeithio bod fy staff i wedi edrych ar eich ôl chi pnawn 'ma?'

'Do, diolch yn fawr i chi,' atebodd Jeff heb ymhelaethu.

'Fedra i fod o unrhyw gymorth ychwanegol i chi? Dwi'n meddwl ei bod hi'n ddyletswydd ar bawb ohonon ni i helpu'r heddlu bob amser.'

'Dim diolch, Mr Harris.'

'Dwi'n ei chael hi'n rhyfeddol fod gan yr heddlu ddiddordeb mewn cais a wnaethpwyd bum mlynedd yn ôl,' meddai, yn amlwg yn ceisio dysgu mwy.

'Fel'na mae petha weithiau, Mr Harris. Pnawn da i chi, a diolch eto,' meddai, a throi i adael gan nad oedd Harris wedi dewis gofyn unrhyw gwestiwn uniongyrchol iddo.

Pan gyrhaeddodd yn ôl i'r swyddfa gallai weld bod Sonia yn boddi mewn gwaith gan ei bod yn delio â llwyth y cyn-Dditectif Sarjant Peter Edwards hefyd, ond roedd gwên ar ei hwyneb.

'Bob dim yn iawn?' gofynnodd iddi.

'Ydi,' atebodd. 'Fedra i ddim credu pa mor gefnogol ydi pawb.'

'Da iawn,' meddai Jeff. 'Fel'na ma' hi yma fel arfer, 'sti.'

'Gyda llaw,' meddai Sonia, 'pan orffennodd Sarjant Rob Taylor ei shifft am ddau, mi ddaeth o yma i chwilio amdanat ti. Wnei di roi caniad iddo fo? Rwbath am yr ymholiad mae o wedi bod yn ei wneud ar dy ran di.'

'Diolch, Sonia. Mi wna i hynny rŵan cyn i mi anghofio.' Cododd y ffôn i wneud yr alwad. 'Hei, Rob, sut aeth hi yn Golden Sands?'

'Iawn, ond does gen i ddim llawer o wybodaeth ddefnyddiol i ti mae gen i ofn, mêt. Mi ddeudis i wrth Glenda Fairclough ein bod ni angen cael pob darn o waith papur mewn trefn er mwyn hwyluso'r dasg o adnewyddu'r drwydded i werthu alcohol ddechrau'r flwyddyn.'

'Ddaru hi lyncu'r stori?'

'Do, dim lol. Ond ches i ddim llawer ganddi hi yn y diwedd, ddrwg gen i ddeud, ac ella dy fod ti'n gwybod dipyn o hyn yn barod. Crwys Morris sydd berchen y tir o hyd, heblaw am y plot lle mae'r siop a'r bwyty'n sefyll, ac mae o'n cael rhent am y ffermdy'n fisol. Mae'r siop a'r bwyty yn fenter ar y cyd rhwng Eiddo Glan Morfa Cyf. a Sandy Lane Ltd ac mae Crwys yn cael rhan o'r elw o incwm y ddau fusnes.'

'Digon i'w gadw o'n hapus, siŵr gen i.'

'Hollol. Fairclough oedd unig gyfarwyddwr Sandy Lane Ltd yn wreiddiol ac mae ganddi gyfranddaliadau yn y cwmni hefyd. Ond nid hi sy'n dal y drwydded alcohol – mae honno yn enw Kenneth Lynch. Bu'n rhaid ei wneud o'n gyfarwyddwr y cwmni ar yr un pryd. Chaiff Fairclough ddim dal trwydded gan fod ganddi euogfarnau blaenorol. Ond dwi ddim wedi llwyddo i gael mwy o wybodaeth na hynny, mae gen i ofn. Cyfranddaliwr arall Sandy Lane Ltd ydi cwmni o'r enw Gulf Sea Assets Ltd sydd wedi'i gofrestru yn Ynysoedd Cayman, ac mae Glenda Fairclough yn taeru nad ydi hi'n gwybod pwy sy berchen y cwmni hwnnw.'

'Sut cafodd hi ei gwneud yn gyfarwyddwr ar Sandy Lane felly?'

'Trwy ffyrm o gyfreithwyr yng Nghanolbarth Lloegr, ond waeth i ni heb â gofyn i'r rheiny. A waeth i ni heb chwaith â thrio darganfod pwy sydd tu ôl i Gulf Sea Assets Ltd. Rhaid i'r ymholiadau hynny fynd trwy lywodraeth yr ynysoedd, a dim ond ymholiadau i droseddau difrifol iawn fysa'n llwyddo i gael unrhyw ymateb. Hyd y gwn i, does 'run drosedd wedi'i chyflawni gan Gulf Sea Assets.'

'Yr unig esboniad felly,' meddai Jeff, 'ydi bod pwy

bynnag sy'n berchen ar Sandy Lane Ltd go iawn wedi cymryd camau eithafol iawn i guddio pwy ydyn nhw. Synnwn i ddim mai'r ddau foi 'na o ochrau Birmingham ydyn nhw. Ddaru hi sôn am y ddau ddyn sy'n dod yno bob hyn a hyn?'

'Naddo. Hi ydi'r bòs, medda hi.'

'Nid dyna dwi wedi'i ddysgu. Ond diolch i ti am fynd i drafferth, Rob. Mae'n edrych yn debyg nad ydan ni ddim nes at y gwir.'

Pan alwodd Lowri Davies yn ei swyddfa, bachodd Jeff ar y cyfle i rannu'r wybodaeth ddiweddaraf â hi, yn unol â'r gorchymyn.

'Felly mi welwch chi fod 'na ddigon o sail i dyrchu mwy i'r cais cynllunio ar dir Cwningar, sy'n mynd yn ôl bum mlynedd,' meddai i orffen.

'Mi wn i fod hynny'n cyd-fynd â diflaniad William Roberts ym mis Awst yr un flwyddyn,' meddai Lowri, 'ond mae 'na lawer iawn mwy o waith i'w wneud er mwyn darganfod y cysylltiad. Wyddon ni ddim pwy ydi'r Miles a Marcus 'ma, ond petaen ni'n holi mwy ar Glenda Fairclough neu Kenny Finch ynglŷn â nhw, mi fyddai hynny'n siŵr o gyrraedd clustiau'r ddau. Dwi'n siŵr fod 'na well ffordd.'

'Efallai mai'r peth gorau fyddai i mi gysylltu eto ag Adran Dwyll Heddlu Gorllewin y Canolbarth, a gofyn iddyn nhw wneud dipyn bach mwy o dyllu.'

'Mi adawa i hynny i chi felly, Jeff. Gadewch i mi wybod sut ma' hi'n mynd.' Trodd y Ditectif Uwch-arolygydd at Sonia. 'Y rheswm pam y gwnes i alw, Sonia,' parhaodd Lowri, 'oedd i adael i chi wybod 'mod i newydd dderbyn galwad ffôn gan y swyddog fu'n cyfweld Peter Edwards. Mae o wedi cyfaddef y cwbl. Bob dim.'

'Be goblyn oedd ar ei feddwl o?' gofynnodd Jeff.

'Fel roeddan ni'n tybio,' atebodd Lowri, 'cenfigen. Mae'n edrych yn debyg ei fod o wedi disgwyl cael ei wneud yn ddirprwy i mi yn ystod yr ymchwiliad yma, a chafodd ei siomi unwaith eto. Nid yn unig roedd dynes wedi cael ei apwyntio yn hytrach na fo, ond roeddach chi hefyd, Sonia, yn newydd i'r llu yma. Roedd o am i chi wneud smonach o betha, gorfod gadael eich swydd, a byddai ei ffordd o'n glir wedyn i gymryd drosodd.'

'Yn union fel y gwnaeth o ar ôl i Arfon Prydderch orfod camu i lawr,' meddai Jeff.

'Ac os ydi o rywfaint o gysur i chi, Sonia, mae o isio ymddiheuro i chi.'

'Be ddigwyddith iddo fo rŵan?' holodd Sonia.

'Mae o wedi cael ei gyhuddo ac ar fechnïaeth i ymddangos o flaen Llys yr Ynadon ymhen y mis.'

Roedd llawer i'w drafod yn y gynhadledd y noson honno, a cheisiodd Lowri lywio'r cyfarfod i ffwrdd o ymddygiad Peter Edwards. Roedd llawer iawn mwy o wybodaeth wedi dod i law ynglŷn â Michael Caldwell ac Isla Scott a'u perthynas, ond doedd dim tamaid o hwnnw'n taflu goleuni newydd ar lofruddiaeth William Roberts.

Ar ôl y gynhadledd aeth Jeff yn ôl at ei ddesg er mwyn gorffen llwytho'r wybodaeth roedd o wedi'i chasglu yn ystod y dydd i'r system. Roedd hi'n tynnu at hanner awr wedi wyth erbyn iddo orffen, a chan fod Sonia wedi galw i weld Meira, teimlai Jeff fod ganddo amser am beint bach ar y ffordd adref.

Wnaeth o ddim aros yn hir yn y Rhwydwr – doedd 'na ddim llawer o bobl yno ac roedd ei fol wedi hen ddechrau crefu am fwyd – felly gyrrodd tuag adref.

Roedd y gwynt yn hyrddio'r glaw trwm yn syth yn erbyn sgrin wynt y car, a phrin roedd y weipars yn gallu ymdopi. Oherwydd y tywyllwch a'r storm, wnaeth o ddim gweld y car du oedd ar draws y ffordd gul o'i flaen nes roedd hi bron yn rhy hwyr. Gwasgodd ei droed ar y brêc gan lwyddo i stopio droedfeddi yn unig cyn ei daro. Beth oedd ar ben pobol yn stopio mewn lle mor wirion, heb fath o oleuadau? Canodd ei gorn, ond chafodd o ddim math o ymateb. Yng ngolau lampau ei gar ei hun, dringodd allan o'i gar a cherddodd at ddrws gyrrwr y car arall. Ceisiodd ei agor.

Dyna pryd y teimlodd yr ergyd drom ar gefn ei ben. Trawodd y ddaear fel tamaid o blwm. Erbyn iddo ddod ato'i hun roedd rhywun cryf wedi'i godi a'i roi i bwyso yn erbyn y car dieithr. Gallai weld bod person arall yno hefyd, a'r ddau yn gwisgo mygydau fel na allai eu hadnabod. Teimlodd ergyd dwrn yng nghanol ei stumog ac un arall yn ei asennau a wnaeth iddo roi bloedd o boen. Gafaelodd un yn ei gorn gwddw a'i wasgu, ac yn y golau gwan gwelodd ddwrn noeth wedi'i gau fodfeddi yn unig o'i wyneb. Clywodd lais, acen Seisnig, yn gweiddi uwchben sŵn y gwynt a'r glaw.

'Cadwa'n glir o betha sy'n ddim o dy fusnes di. Fyddwn ni ddim mor garedig efo chdi tro nesa. Rhybudd ydi hwn. Nid rhybudd fydd y nesa.'

Drwy lygaid cilagored, a chyn iddo gael ei daflu i'r gwrych, llwyddodd Jeff i weld bod modrwy ar fys canol y dwrn, a rhyw fath o goron fawr neu ben anifail arni. Wnaeth o ddim sylwi pa fath o gar oedd o, heb sôn am gael cip ar y plât cofrestru.

Pan oedd o'n sicr fod y car a'r dynion wedi mynd yn ddigon pell, ceisiodd godi. Er gwaetha'r boen yn ei asennau llwyddodd i hanner cerdded, hanner cwympo at ei gar ei hun, oedd â'i injan yn dal i redeg. Eisteddodd y tu ôl i'r llyw yn wlyb domen er mwyn ceisio cael ei wynt ato. Doedd yr holl ddigwyddiad ddim wedi para am fwy na munud.

Roedd Jeff yn ymwybodol iawn y byddai'r ddau ddyn wedi medru ei ladd petaen nhw am wneud hynny, ac wedi dewis peidio. Byddai llofruddio plismon wedi creu llawer iawn gormod o sylw. Fel y dywedodd un ohonyn nhw, rhybudd oedd hwn. Ond rhybudd i be? Cadw'n glir o Cwningar ynteu'r cais cynllunio i adeiladu siop a bwyty Golden Sands? Yr amheuaeth fod nwyddau ffug yn cael eu gwerthu o Cwningar? Ystyriodd ymhellach. Tybed oedd o newydd ddod wyneb yn wyneb â'r ddau frawd, Miles a Marcus, ynteu oedden nhw wedi gyrru rhywun arall i wneud eu gwaith budr? Os mai nhw oedd yn gyfrifol am ymosod arno, roedd yn rhaid eu bod nhw wedi cael gwybodaeth o rywle amdano. Crwys Morris neu Tom Harris? Y ddau, efallai?

Yn boenus, gyrrodd weddill y ffordd adref. Erbyn iddo gyrraedd Rhandir Newydd roedd Sonia wedi gadael a'r plant wedi mynd i'w gwlâu, a diolchodd am hynny. Gwnaeth esgus i Meira ei fod o wedi gwlychu at ei groen a'i fod angen cawod yn syth, ac ar ôl i'r dŵr cynnes lifo drosto am bum munud, teimlai'n well o lawer. Edrychodd yn nrych yr ystafell molchi – roedd clais wedi codi dros ei asennau yn barod. Byddai wedi medru bod yn waeth o lawer, a byddai'n rhaid iddo benderfynu sut i ymateb i'r digwyddiad cyn hir. Ond nid heno.

Pennod 32

Y bore wedyn roedd Jeff yn ôl yn y gawod pan glywodd ei ffôn symudol yn canu yn yr ystafell wely. Atebodd Meira'r alwad, a chafodd gyfarwyddyd gan Sarjant Rob Taylor i alw ar ei gŵr ar unwaith.

'Rargian, be 'di'r clais 'na?' oedd ei chwestiwn cyntaf.

'O, baglu wnes i,' meddai, wrth gymryd y ffôn ganddi. O leiaf roedd yn sicr bellach nad oedd asen wedi'i thorri. Trodd oddi wrthi i siarad i mewn i'r ffôn. 'Be sy, Rob, mor fore? Fydda i i mewn ymhen hanner awr – fedar hyn aros tan hynny?'

'Mae 'na gorff arall wedi cael ei ddarganfod tua hanner awr yn ôl. Llofruddiaeth arall, mae gen i ofn. Michael Caldwell.'

Rhewodd Jeff. 'Yn lle, a phryd?' gofynnodd.

'Ar y llwybr wrth ochr ei dŷ. Y ddynes drws nesa ffoniodd yma chydig yn ôl yn deud bod golau'r garej wedi bod ymlaen ers deuddydd, nos a dydd, ac nad oedd hi wedi bod yn clywed y twrw bangio arferol. Ein hogia ni ddaeth o hyd iddo fo. Maen nhw wrthi'n diogelu'r lleoliad ar hyn o bryd. Dwi wedi ffonio'r Ditectif Siwper ac mae hi ar ei ffordd, a'r patholegydd hefyd.'

'Sut gwyddost ti mai llofruddiaeth ydi hi os nad ydi'r patholegydd wedi cyrraedd?'

'Y gwaed ar ei ddillad ac ar y tir o'i gwmpas. Mi oedd o wedi gwaedu'n drwm iawn ac mae'n edrych yn debyg ei fod o wedi cael ei drywanu.'

'Dwi ar fy ffordd.'

Ymhen llai na chwarter awr roedd wedi cyrraedd Ponc y Fedwen, lle gwelodd ddau gar heddlu wedi'u gosod i gau'r ffordd bob ochr i'r rhes o dai. Roedd y tâp glas a gwyn arferol yn rhybuddio pawb i gadw draw o dŷ rhif un a'r tir o'i amgylch.

Cwnstabl Dylan Rowlands oedd y swyddog cyntaf a welodd. Doedd dim golwg o Lowri, na'r patholegydd.

'Be 'di'r sefyllfa, Dylan?' gofynnodd Jeff.

'Y ddynes drws nesa ffoniodd, Mrs Mary Thomas. Yn ôl Mrs Thomas roedd Caldwell ei hun yn y tŷ gan fod ei fam i ffwrdd ar wyliau. Mae'n edrych yn debyg ei bod hi'n eitha cyfarwydd â symudiadau Caldwell, ac mi feddyliodd fod rwbath o'i le pan sylwodd nad oedd golau'r garej wedi cael ei ddiffodd ers echnos. Pan gyrhaeddis i mi wnes i guro ar ddrws ffrynt Caldwell ond ches i ddim ateb, felly cerddais rownd y cefn i gyfeiriad y garej. Yn anffodus mi gerddodd Mrs Thomas efo fi er mwyn dangos y ffordd, ac mi welodd hi'r corff ond dim llawer mwy na hynny, diolch i'r drefn. Roedd yn rhaid i mi fynd yn reit agos i weld ei fod o wedi marw.'

'Sut gwyddost ti mai wedi cael ei lofruddio mae o?'

'Tasach chi wedi gweld be welais i, Sarj, mi fysach chi'n gwybod hefyd. Roedd 'na goblyn o lanast arno fo.'

'Mae hynny'n ddigon da i mi heb farn doctor, Dylan.'

'Pan ddaw'r amser,' parhaodd y cwnstabl, 'mi ddangosa i i'r swyddogion lleoliad trosedd yn union lle wnes i gamu, a lle gerddodd Mrs Thomas. Mae PC Ceridwen Davies efo hi ar hyn o bryd ac mi fedrwch chi ddychmygu ei bod hi wedi cynhyrfu'n arw.'

'Mi wyt ti wedi gwneud yn dda, Dylan. Mi arhosa i yma

efo chdi nes bydd y Ditectif Siwper a'r patholegydd wedi cyrraedd, ac mi gei di ddeud yr un peth wrthyn nhw.' Diolchodd Jeff mai Dylan Rowlands oedd wedi cyrraedd gyntaf – er nad oedd o'n brofiadol iawn, roedd ganddo ddigon o synnwyr cyffredin, ac wedi dysgu digon ynglŷn â rheoli lleoliad trosedd ers iddo ddechrau yng Nglan Morfa.

Ymhen ugain munud roedd Lowri wedi cyrraedd, a'r patholegydd ddeng munud ar ei hôl hi. Fel roedd y ddau yn newid i'w dillad di-haint ymddangosodd John Owen, y ffotograffydd, yng nghwmni swyddog fforensig y llu. Gadawodd Jeff i Dylan Rowlands egluro'r sefyllfa iddynt, cyn cychwyn i weld Mrs Thomas drws nesa.

Cerddodd y patholegydd a Lowri i gyfeiriad y corff yn araf, gan ddilyn yr union lwybr a ddangoswyd iddynt gan Rowlands. Dilynwyd y ddau yn ofalus gan John Owen a'r swyddog fforensig, a dechreuodd John Owen dynnu'r lluniau, yn ôl y drefn arferol. Yna, yn araf ac yn drwyadl, ar ei bengliniau, dechreuodd y patholegydd ei archwiliad.

Agorodd Cwnstabl Ceridwen Davies ddrws rhif dau, cartref Mrs Thomas, i Jeff.

'Sut mae hi erbyn hyn?'

'Dipyn gwell nag oedd hi gynna. Tydi hi ddim wedi sylweddoli mai wedi cael ei lofruddio mae o. Aeth hi ddim yn ddigon agos, a doedd hi ddim wedi gwawrio'n iawn.'

Aethpwyd â Jeff i'r parlwr, a chododd Mrs Thomas ar ei thraed. Dynes fer yn ei chwedegau oedd hi, yn cario llawer iawn gormod o bwysau ac yn gwisgo'r un barclod blodeuog â'r tro cyntaf i Jeff ei gweld hi.

'Mi hoffwn i ddeud bore da,' meddai Jeff, 'ond yn anffodus tydi'r geiriau ddim yn addas iawn heddiw. Jeff ydw i. Ydach chi'n cofio i mi ddod draw i chwilio am Michael chydig ddyddiau'n ôl?'

'Ydw,' atebodd. 'Ofnadwy wir, iddo fo farw'n ddyn mor ifanc.'

'Mae'n ddrwg gen i ddeud, Mrs Thomas, nad marw o achosion naturiol wnaeth o.' Teimlodd Jeff nad oedd ganddo ddewis ond dweud wrthi. Byddai'r gwir yn siŵr o'i chyrraedd cyn hir, ac roedd yn well iddi ei glywed tra oedd Ceridwen yn gwmni iddi. 'Mae'n edrych yn debyg mai cael ei lofruddio ddaru o.'

Cododd Mrs Thomas ei dwylo at ei brest mewn braw ac eistedd yn ôl ar y soffa.

'Does gen i ddim mwy o fanylion ar hyn o bryd, ond mi hoffwn i ofyn un neu ddau o gwestiynau i chi, os ydach chi'n fodlon. Dwi isio dysgu cymaint â phosib cyn gynted â phosib am yr achos 'ma.'

'Mi wna i fy ngorau.' Daeth dagrau i'w llygaid. 'O, meddwl am ei fam o, druan, ydw i. Mi dorrith 'i chalon.'

'Pryd welsoch chi Michael ddwytha?'

'Rai dyddiau yn ôl. Dwi ddim yn siŵr welis i o ar ôl i chi fod yma ddydd Llun, ond ro'n i'n gwybod ei fod o ar hyd y lle 'ma gan 'mod i'n clywed ei sŵn o yn y garej. Yn y fan honno fydda fo nes iddi ddechra nosi bob dydd. Byddai goleuadau'r garej yn cael eu diffodd fin nos, ac wedyn mi o'n i'n clywed ei sŵn o yn y tŷ, drwy'r waliau. Mi o'n i wedi dod i arfer efo'r curo a ballu ... mi oedd yn braf gwybod fod rhywun wrth ymyl.'

'Mae hi'n ddydd Gwener heddiw, Mrs Thomas. Ydi hi'n wir i ddeud felly mai ryw dro ddydd Mercher glywsoch chi Michael Caldwell ddwytha yn mynd o gwmpas ei betha fel arfer?'

Ystyriodd Mrs Thomas y cwestiwn. 'Dwi'n meddwl eich bod chi'n iawn, Sarjant Evans, dydd Mercher oedd hi. Fel ddeudis i wrth y plisman bach 'na gynna, mi oedd y golau mlaen yn y garej echnos, dwi'n siŵr. Ro'n i wedi arfer cymaint efo twrw'r garej, do'n i ddim yn sylwi arno fo, rywsut, felly dyna pam na wnes i'ch ffonio chi'n gynt. Ella taswn i wedi cymryd mwy o sylw y bysa fo'n dal yn fyw, creadur.'

'Does 'na ddim y bysach chi wedi medru'i wneud, Mrs Thomas.'

Ar ôl sicrhau nad oedd ganddi fwy o wybodaeth i'w gynnig, gadawodd Jeff ar ôl rhoi gorchymyn i Ceridwen gymryd datganiad tyst ganddi. Gofynnodd i'r blismones hefyd wneud ymholiadau ynglŷn â lleoliad mam Caldwell.

Roedd gan Jeff ddigon i feddwl amdano wrth gydweithio â Sonia i drefnu bod plismyn mewn iwnifform a rhai o'r timau o dditectifs yn gwneud ymholiadau o ddrws i ddrws yng nghyffiniau Rhes Ponc y Fedwen. Agorwyd ymchwiliad newydd ar y system gyfrifiadurol i ddelio â llofruddiaeth Michael Caldwell, ond doedd dim modd i Sonia greu unrhyw gysylltiad rhwng llofruddiaeth Caldwell a William Roberts – doedd ganddi ddim digon o awdurdod na gwybodaeth i wneud hynny.

Galwyd holl staff yr ymchwiliad i'r ystafell gynhadledd ar ôl cinio er mwyn rhoi gwybod i bawb am y digwyddiadau diweddaraf. Safodd Lowri ar y llwyfan bychan a dechreuodd annerch ei chynulleidfa yn ôl ei harfer.

'Fel y gwyddoch chi,' dechreuodd, 'mae ganddon ni lofruddiaeth arall i ddelio efo hi. Cafodd corff dyn 43 oed o'r enw Michael Caldwell ei ddarganfod ar dir ei gartref bore 'ma. Dwi newydd gyrraedd yn ôl o'r post mortem.'

Rhoddodd grynodeb o'r digwyddiad a thynnu sylw pawb at y ffaith fod enw'r dioddefwr yn y system eisoes, yn gysylltiedig â llofruddiaeth William Roberts.

'Mae pawb ohonoch chi'n gyfarwydd â'i gysylltiad ag Isla Scott, a'r rheswm y gwnaethon ni ei holi o yn y lle cyntaf. Tydi hyn ddim yn golygu fod y ddwy lofruddiaeth yn gysylltiedig, serch hynny, gan fod pum mlynedd rhwng y ddwy drosedd.' Edrychodd Lowri o amgylch yr ystafell cyn parhau. 'Cafodd Caldwell ei drywanu â chyllell fawr oedd â llafn lydan, a honno bron droedfedd o hyd. Rhywbeth tebyg i gyllell cegin, efallai, ond ei bod hi'n un fawr ac yn ddychrynllyd o finiog. Aeth honno trwy ei fol, o dan ei asennau, ac i fyny i gyfeiriad ei ysgyfaint ac i mewn i'w galon. Roedd hynny'n ddigon i'w ladd o ar unwaith. Yn ôl y patholegydd, mae'r llofrudd yn rhywun eitha cryf gan fod angen tipyn o nerth i wneud y fath beth, ac mae'n debygol ei fod o – neu hi – wedi defnyddio'i law dde. Mae amryw o farciau ar gorff y dioddefwr sy'n awgrymu ei fod wedi ceisio amddiffyn ei hun: marciau'r llafn ar ei ddwylo ac ar gymalau ei law dde. Roedd llawer iawn o waed o'i gwmpas ac ar ei ddillad, a hwnnw wedi ceulo a sychu, felly mae'r patholegydd yn amcangyfrif ei fod wedi marw rhwng 24 a 36 awr cyn iddo gael ei ddarganfod. Bydd angen cadarnhau hyn, ond mae'n saff i ni gymryd bod y llofruddiaeth wedi digwydd rywdro ddydd Mercher.'

Agorodd drws yr ystafell gynhadledd a cherddodd y Dirprwy Brif Gwnstabl Tecwyn Owen i mewn. Edrychai'n drawiadol yn ei iwnifform a chododd pawb ar eu traed ar unwaith. Tynnodd ei gap a gwnaeth arwydd ar bawb i eistedd.

'Cariwch 'mlaen, os gwelwch chi'n dda,' meddai, 'fel taswn i ddim yma.'

Cododd Sonia o'i chadair wrth ymyl Lowri ar y llwyfan, a'i chynnig iddo. Gwnaeth yntau arwydd iddi aros lle'r oedd hi, gan eistedd mewn cadair wag ymysg y ditectifs.

'Felly ar hyn o bryd, fel ro'n i'n dweud,' parhaodd Lowri, 'rydan ni'n edrych ar brynhawn dydd Mercher.'

Yng nghefn yr ystafell cododd Jeff ei law a chafodd wahoddiad ganddi i siarad.

Safodd ar ei draed. 'Ges i air efo Mrs Mary Thomas sy'n byw drws nesa i'r ymadawedig bore 'ma, ac mae hi'n tueddu i gadarnhau'r amser hwnnw.' Dywedodd rywfaint o'r hanes wrthynt. 'Mae PC Ceridwen Davies yn cymryd datganiad llawn ganddi ar hyn o bryd.'

Cododd aelod o un o'r timau eraill ei fraich a chafodd yntau ganiatâd i siarad.

'Cyllell eto,' meddai. 'Yr un math o arf ddefnyddiwyd i ladd William Roberts, er bod hynny bum mlynedd yn ôl. Ddylen ni ystyried mai'r un llofrudd sy'n gyfrifol am ladd y ddau?'

'Wrth gwrs, mae popeth yn bosib,' atebodd Lowri, 'a dyna pam dwi wedi eich galw chi i gyd yma i ddysgu am lofruddiaeth Mr Caldwell. Mae tîm fforensig llawn yn gweithio ar leoliad y drosedd a gobeithio y cawn ni rywfaint o dystiolaeth cyn hir. Daliwch ati efo'ch gwaith ar achos William Roberts gan gadw'r digwyddiad diweddar hwn mewn cof.' Gwyddai y byddai'n rhaid i'r penderfyniad gael ei gymryd yn o fuan i uno'r ddau ymchwiliad, neu beidio, ac roedd y person oedd â'r awdurdod i wneud hynny newydd gerdded i mewn i'r ystafell.

Ar ôl y gynhadledd galwyd Sonia a Jeff i swyddfa Lowri i ymuno â hi a'r Dirprwy Brif Gwnstabl. Tecwyn Owen agorodd y drafodaeth.

'Dau ymchwiliad, dwy system gyfrifiadurol, dau bennaeth a dau griw o dimau yn gweithio o wahanol lefydd. Yn amlwg, mae angen i mi benderfynu a oes angen uno'r cyfan. Ond y peth dwytha dwi isio ydi bod un ymchwiliad yn cael effaith negyddol ar y llall ac yn creu llanast diangen. Eich barn chi os gwelwch yn dda?' gofynnodd i'r tri.

'Y peth pwysicaf i'w ystyried i ddechrau,' meddai Lowri, 'ydi'r posibilrwydd fod y ddau ddigwyddiad yn gysylltiedig. Ond dydi'r ffaith fod Caldwell ar system ymchwiliad William Roberts ddim yn golygu bod cysylltiad, o reidrwydd.'

'Ond rhaid i ni gofio natur y cysylltiad,' meddai Jeff, 'ac mae o'n gysylltiad eitha cryf. Cymar Caldwell tan yn ddiweddar oedd Isla Scott, oedd hefyd yn gariad i William Roberts. Mae 'na bosibilrwydd fod Isla wedi bod yn gweld y ddau ddyn ar yr un pryd – roedd hi'n feichiog ar un adeg ac yn ôl yr hyn rydan ni wedi'i ddysgu, does dim sicrwydd pa un o'r ddau oedd y tad. Mae hynny wedi bod yn ddigon i ni amau Caldwell o ladd William, er nad oedd tystiolaeth i awgrymu hynny. Beth petai rhywun yn amau mai Caldwell laddodd Billy Roberts, ac wedi dial arno oherwydd hynny? Mae rhywun yn sicr yn gwybod mwy na ni.'

'Reit, dwi wedi cael fy narbwyllo y dylen ni drin y ddwy lofruddiaeth fel un ymchwiliad. Oes rhywun yn anghytuno?'

Pan ddaeth yn amlwg fod y pedwar yn gytûn, siaradodd Sonia.

'Os felly, dwi'n awgrymu ein bod ni'n defnyddio system gyfrifiadurol wahanol ar gyfer yr ymchwiliad i lofruddiaeth Caldwell. Dwi wedi sefydlu un, ond does dim gwybodaeth arni eto gan nad oedd y penderfyniad wedi cael ei wneud.

Mi fues i'n gweithio ar ddau achos cysylltiedig tebyg yn Lerpwl, ac mae o'n gweithio'n dda cyn belled â bod y ddolen rhwng y ddau yn gryf a bod modd cymharu pob tamaid o wybodaeth ar y ddwy system.'

'Fedrwch chi fod yn gyfrifol am hynny, Sonia?' gofynnodd Lowri ar ôl i Tecwyn Owen nodio'i gytundeb.

'Medraf,' atebodd, 'ond bydd yn rhaid i ni gael mwy o staff ar y timau er mwyn delio efo'r gwaith ychwanegol.'

Edrychodd Lowri i gyfeiriad y Dirprwy eto. Gwenodd yntau. 'Gadewch hynny i mi,' meddai. 'Ond rŵan 'ta, sut mae'r ymchwiliad i lofruddiaeth William Roberts yn datblygu?'

Cymerodd Lowri ddeng munud i roi crynodeb iddo. 'Mae Ditectif Sarjant Evans wedi dod ar draws gwybodaeth eitha diddorol yn y dyddiau dwytha 'ma,' ychwanegodd. 'Mae dau unigolyn reit amheus o ochrau Birmingham yn rhedeg busnes ar y cyd â chefnder William Roberts, y Crwys Morris y soniais i amdano funud yn ôl. Siop nwyddau hamdden a bwyty ar gyrion y dref. Mae'n edrych yn debyg fod cysylltiad y ddau â'r ardal hon yn dyddio'n ôl i'r adeg pan ddiflannodd William Roberts. Yr union adeg.'

'Tydw i ddim wedi medru dysgu mwy hyd yma,' meddai Jeff, 'ond mae'n edrych yn debyg fod y ddau, sy'n frodyr, wedi gwneud eu gorau i gadw'u henwau oddi ar gofnodion y busnes. Mae'r dystiolaeth fyddai'n cadarnhau hynny yn Ynysoedd Cayman a does ganddon ni ddim gobaith o'i gael o fanno, ond nhw sy'n rheoli petha, heb os. Dwi'n amau hefyd eu bod nhw'n gyfrifol am werthu nwyddau ffug, a'u bod yn defnyddio fferm ar yr un tir â'r busnes hamdden i'w dosbarthu. Mi fuaswn i wedi gwneud mwy o ymholiadau i hynny heddiw oni bai am y llofruddiaeth newydd 'ma.'

'Oes tystiolaeth i gysylltu'r ddau frawd efo llofruddiaeth William Roberts?' gofynnodd y Dirprwy.

'Dim hyd yn hyn, mae gen i ofn. Dim ond eu bod nhw wedi cyrraedd yma ar yr un pryd ag y gwnaeth o ddiflannu, a'u bod wedi gwneud cysylltiad â Crwys Morris, y cefnder. Mae Morris yn ddyn fysa'n gwneud unrhyw beth am y geiniog, ac mae gen i ryw deimlad annifyr am y cwbl. Dwi'n amau mai yng nghanolbarth Lloegr mae'r ateb i gefndir y ddau frawd.'

Edrychodd y Dirprwy ar Lowri. 'Mae gan y dyn 'ma hanes o ddilyn ei drwyn, yn does? Gobeithio y cewch chi rwydd hynt i ddilyn y trywydd, Jeff,' meddai.

'Ella bydd yn rhaid i chi aros am chydig cyn gwneud hynny,' meddai Lowri. 'Gan fod Michael Caldwell wedi cael ei lofruddio hoffwn roi blaenoriaeth i gyfweld Isla Scott eto. Ac am mai chi aeth i'w chyfweld hi'r tro cynta, mi fysa'n well gen i petaech chi'n mynd i'w gweld hi eto. Cawn drafod sut yn union i wneud hynny.'

Wrth i'r Dirprwy Brif Gwnstabl adael, trodd at Sonia.

'Dwi ar ddeall,' meddai, 'eich bod chi wedi cael amser anodd iawn ers i chi ddod i Lan Morfa. Ro'n i'n siomedig iawn o glywed am hynny. Ar ran y llu i gyd, ga i ymddiheuro i chi o waelod fy nghalon am yr hyn ddigwyddodd i chi. Tydi Heddlu Gogledd Cymru ddim isio ymddygiad fel hyn yn agos i'r llu, a dwi'n falch fod y troseddwr yn mynd i gael ei haeddiant.'

Pennod 33

Er ei bod hi'n ddydd Sadwrn, roedd y rhan fwyaf o staff yr ymchwiliad yn eu gwaith. Yn rhyfeddol, fu dim llawer o gwyno am y peth – roedd darganfod corff Michael Caldwell wedi creu mwy o frwdfrydedd yn eu mysg na'r ymchwiliad i lofruddiaeth William Roberts. Ganol y bore aeth Jeff a Sonia i'r cantîn am baned a thamaid i'w fwyta, ac ymunodd Lowri â hwy. Roedd yr ystafell yn eitha gwag gan fod y mwyafrif o'r timau allan yn gwneud ymholiadau.

'Un da ydi'r Dirprwy, chwarae teg,' meddai Sonia wrth i'r tri eistedd i lawr mewn cornel.

'Mae o wedi treulio rhan helaeth o'i yrfa yn dditectif ei hun, dyna pam,' atebodd Lowri, 'ac mae o'n gwybod am bwysau gwaith y CID.'

Gwenodd Jeff iddo'i hun. Roedd Tecwyn Owen ac yntau wedi gweithio'n agos iawn dros y blynyddoedd, oedd yn beth anarferol o ystyried y gwahaniaeth yn eu rheng, ond doedd o ddim yn un i frolio am hynny.

'Ydach chi wedi gwneud trefniadau i fynd lawr i Lundain i weld Isla Scott eto, Jeff?' gofynnodd Lowri.

'Yn anffodus, naddo,' atebodd. 'Dwi wedi methu cael gafael arni. Mi ofynnis i i fois y Met fynd i'w fflat hi i chwilio amdani, ond dim lwc.'

'Oes 'na bosibilrwydd ei bod hi'n trio osgoi'r heddlu?'

'Dwi ddim yn meddwl. Pan aeth Pete a finna i'w gweld hi wythnos i heddiw, mi ddeudodd ei bod hi'n mynd am wyliau byr efo dwy ffrind o'r gwaith. Sbaen, dwi'n meddwl ddeuodd hi. Wnes i ddim meddwl dim am y peth ar y pryd, wrth gwrs, gan fod Caldwell ar dir y byw bryd hynny. Yn ôl y plismon o Lundain, mae'r tair yn cyrraedd yn ôl nos Lun ac yn dychwelyd i'w gwaith ddydd Mawrth. Mi ga i afael arni bryd hynny.'

'Ewch â phlismones efo chi,' awgrymodd Lowri, a sylwodd yn syth ar Jeff a Sonia'n edrych ar ei gilydd. 'Dim peryg,' meddai'n syth. 'Rŵan bod Peter Edwards wedi'n gadael ni, mae gan Sonia fwy na digon ar ei phlât.'

'Oes 'na rwbath newydd wedi dod i mewn bore 'ma?' gofynnodd Jeff.

'Oes. Adroddiad manwl cyntaf y patholegydd sy'n rhoi mwy o wybodaeth nag oedd gen i yn y gynhadledd gynna,' atebodd Lowri. 'Roedd ewinedd Michael Caldwell yn hir, a chan ei fod yn treulio'r rhan fwyaf o'r amser yn gweithio yn y garej, roedd 'na dipyn go lew o olew, saim a baw oddi tanyn nhw. Mae hwnnw wedi cael ei gasglu a'r gobaith ydi y bydd 'na ddarnau bach o groen a ffibrau o ddillad pwy bynnag a'i lladdodd o yng nghanol y baw. Mae'r marciau ar ei ddwylo'n awgrymu iddo fod yn agos iawn at ei lofrudd.'

'Oes 'na rwbath o leoliad y drosedd?' gofynnodd Jeff.

Sonia atebodd y tro hwn. 'Rydan ni wedi cael cryn dipyn o dystiolaeth fforensig yn barod,' meddai. 'Llwybr concrit sy'n arwain tuag at ddrws y garej, ond fel y gwelwch chi o luniau John Owen, mae glaswellt sydd dipyn yn wlyb a mwdlyd bob ochr i'r llwybr hwnnw. Mae 'na olion traed yn fanno – dau wahanol fath o batrymau gwadnau esgidiau. Esgidiau Caldwell ei hun ydi un, ac esgidiau rhywun arall.'

'Cwnstabl Dylan Rowlands neu Mary Thomas o'r drws nesa?' mentrodd Jeff.

'Na,' atebodd Sonia. 'Yn ôl datganiad PC Rowlands, dim ond ar y concrid gerddodd o, ac aeth Mrs Thomas ddim ar gyfyl y darn o'r llwybr lle cafwyd y corff. A hefyd, yn ôl yr adroddiad fforensig, mae'r marciau yn y mwd meddal yn anwastad. Chawson nhw ddim eu gwneud gan rywun oedd yn cerdded yn naturiol – mae'n fwy tebygol fod y person hwnnw'n pwyso mwy i'r naill ochr na'r llall.'

'Fel petai'n cwffio efo rhywun,' awgrymodd Lowri.

'Yn hollol,' cytunodd Sonia.

'Be am y tu mewn i'r tŷ?' gofynnodd Jeff. 'Oes 'na dystiolaeth o ymladd yn y fan honno?'

'Dim o gwbl,' atebodd Sonia. 'Mae'r lluniau dynnodd John Owen wedi cyrraedd, ac er nad ydi'r tŷ yn dwt iawn, does 'na ddim arwydd o frwydr na bod y llofrudd wedi bod i mewn yno. Mae ein swyddogion olion bysedd ni'n chwilio rhag ofn, ond bydd rhaid cael olion bysedd Mrs Caldwell, mam Michael, hefyd er mwyn gallu eu diystyru.'

'Be ydi hanes honno?' gofynnodd Jeff.

'Mae hi ar ei ffordd yn ôl adra o Gernyw, ac mae trefniadau wedi'u gwneud iddi aros efo un o'i ffrindiau yn y dref nes i ni orffen archwilio'r tŷ,' esboniodd Lowri.

'Druan ohoni,' meddai Jeff.

'Ond mae 'na un peth diddorol iawn wedi dod i'r amlwg,' parhaodd Sonia. 'Yn ystafell wely Michael Caldwell, mewn drôr yn y cwpwrdd wrth ochr ei wely, roedd swp o ddatganiadau banc yn mynd yn ôl rai blynyddoedd. Mewn cangen o fanc Barclays yng ngogledd Llundain gafodd y cyfrif ei agor. Pan oedd Caldwell yn byw yn y fan honno, roedd incwm eitha iach yn cael ei dalu i mewn i'w gyfri'n gyson. Yna, ar ôl iddo ddod yn ôl i Lan Morfa ar ei ben ei hun, dim. Dim byd ond ei fudd-dal diweithdra bob pythefnos, a hwnnw'n cael ei wario fel roedd o'n dod i mewn. Tan chydig wythnosau'n ôl roedd gan Caldwell orddrafft o dros dair mil o bunnau.'

'Fel y bysa rhywun yn disgwyl, mae'n debyg,' sylwodd Jeff.

'Ond yr hyn sy'n ddiddorol,' parhaodd Sonia, 'ydi bod y ddyled honno wedi'i thalu'n ôl i'r banc bythefnos yn ôl. Talwyd pum mil o bunnau'n union i'w gyfrif, felly roedd ganddo chydig llai na dwy fil yn y cyfrif pan fu farw.'

'Lle cafodd dyn di-waith gymaint o arian?' gofynnodd Lowri.

'Unlle cyfreithlon, synnwn i ddim,' meddai Jeff. 'Fedra i ddim meddwl ei fod o wedi gwerthu un o'i geir rhacs am gymaint â phum mil.'

'Be ydi'ch damcaniaeth chi?' gofynnodd Lowri iddo, wrth weld ei feddwl yn crwydro.

'Ceisio ystyried o'n i oes 'na gysylltiad rhwng llofruddiaeth Caldwell a William Roberts. Mae 'na debygrwydd, oes, ond dim gymaint â hynny. Cyllell gafodd ei defnyddio i ladd y ddau, a dyna'r unig debygrwydd hyd y gwela i. Mae'r corff cynta'n cael ei gladdu a'i guddio mor dda fel na chafwyd hyd iddo am dros bum mlynedd, ond yr ail yn cael ei adael mewn lle go amlwg. Cynllwyn oedd y cyntaf, am wn i, ond does 'na ddim arwydd o gynllunio'n agos i'r ail. Fysa rhywun sydd wedi arfer lladd, ac yn byw yn y byd tywyll hwnnw, ddim yn gadael cymaint o ôl traed wrth ymyl y corff. Nid llofrudd proffesiynol ydi o felly. Os ydw i'n gywir yn hynny o beth, dwi'n siŵr nad ydi'r gyllell a ddefnyddiwyd i ladd Caldwell yn bell iawn. Cofiwch fod y golau yn y garej ymlaen trwy nos Fercher a nos Iau. Mae hynny'n gwneud i mi feddwl mai fin nos, nos Fercher y digwyddodd yr ymosodiad. Ar ôl iddi ddechrau tywyllu, gan fod Michael eisoes wedi rhoi golau'r garej ymlaen. Mae'r llofrudd yn dianc yn y tywyllwch yn syth ar ôl ei ladd, a'r gyllell yn dal ganddo. Dydi o, neu hi, ddim yn mynd i'w chario hi ymhell, ddim liw nos, hyd yn oed, rhag ofn iddo gael ei weld. Pa ffordd redodd o oddi yno? Yn ôl i gyfeiriad canol y dref, heb os. Dydi'r ffordd arall ddim yn mynd i unlle arbennig, dim ond i gyfeiriad y mynydd, a byddai wedi gorfod dychwelyd heibio'r tŷ wedyn ar ei ffordd yn ôl.'

'A'r gyllell?' gofynnodd Lowri.

'Rhywle rhwng rhif un, Ponc y Fedwen, a chanol y dref, yn fy marn i. Mae goleuadau'r stryd yn nes at ei gilydd ac yn fwy llachar fel mae rhywun yn agosáu at ganol y dref. Mae 'na resi o dai ar y chwith yn dilyn Ponc y Fedwen i'r cyfeiriad hwnnw, a dim byd ond gwrychoedd a chaeau ar y llaw dde am bron i hanner milltir, efo ffos fechan yn nhin y clawdd. Rwla yn y fan honno gawn ni afael ar y gyllell. Faint o chwilio sydd wedi cael ei wneud yn barod?'

'Dim, heblaw yng nghyffiniau'r llofruddiaeth. Mi fydd raid i ni ddefnyddio tîm chwilio arbennig – mi wna i'r trefniadau,' meddai Lowri.

'A beth am y cymhelliad?' rhoddodd Sonia ei phig i mewn.

'Fel soniais i ddoe o flaen y Dirprwy, mae rhywun yn gwybod mwy na ni am lofruddiaeth William Roberts. Ydi llofruddiaeth Michael Caldwell yn gysylltiedig â hynny? Neu ydi'r ateb yn fwy syml? Alla i ddim peidio â meddwl am yr arian gafodd Caldwell, a dwi'n cael fy nhynnu at y gair "blacmel". Oedd Caldwell yn gwybod pwy laddodd William

Roberts, ac yn blacmelio hwnnw? Mae hynny'n werth ei ystyried hefyd.'

'A be am y ddau 'ma o ochrau Birmingham rydach chi wedi bod mor awyddus i'w olrhain nhw, Jeff?' gofynnodd Lowri.

'Duw a ŵyr, ond mae pob asgwrn yn fy nghorff i'n deud na ddylen ni 'mo'u hanwybyddu nhw.'

Cafodd Jeff ddiwrnod o seibiant y diwrnod canlynol i fynd â'r plant i'r pwll nofio, yn ôl yr arfer ar foreau Sul. Ymunodd Meira â nhw, yna aeth y pedwar ag Enfys, y ci, am dro ar hyd y traeth.

'Sut mae Sonia erbyn hyn?' gofynnodd Meira wrth iddyn nhw gerdded fraich ym mraich.

'Llawer iawn gwell, cofia,' atebodd Jeff. 'Tydi hi ddim yr un un ar ôl i Edwards gael ei arestio, ac mae pawb, wrth gwrs, yn ei chefnogi hi.'

'Mae hi wedi dechrau mynd i'r gampfa yn y dref bob gyda'r nos – dwi 'di clywed ei bod hi wedi gwneud tipyn o argraff ar y merched yn fanno hefyd.'

'A'r dynion hefyd, dwi'n siŵr,' chwarddodd Jeff. 'Mae hi yn Lerpwl heddiw yn sortio rwbath i'w wneud â gwerthiant ei thŷ. Dim ond Lowri Davies sy'n gweithio heddiw.'

Roedd Jeff yn yr ardd gefn yn twtio rhywfaint arni cyn y gaeaf pan ganodd ei ffôn yn ei boced. Enw Lowri Davies oedd ar y sgrin.

Heb fath o raglith, meddai: 'Mae'r gyllell ganddon ni.'

'Lle oedd hi?'

'Yn y cae ar yr ochr dde i'r lôn sy'n arwain i gyfeiriad canol y dref. Tua phum can llath o dŷ Caldwell. Roedd hi wedi cael ei thaflu dros y clawdd i gyfeiriad y ffos, gan lanio mewn llystyfiant trwchus. Fysan ni ddim wedi dod o hyd iddi heb y cyfarpar chwilio arbennig oedd gan yr hogia heddiw.'

'Sut gwyddoch chi mai honno laddodd Michael Caldwell?'

'Wel, allwn ni ddim bod yn sicr eto, dim nes bydd y profion wedi cael eu gwneud, ond mae olion gwaed amlwg arni.'

'Sut fath o gyllell ydi hi?' gofynnodd Jeff.

'Un ddur o safon broffesiynol, gwneuthuriad Jean Patrique, gyda llafn wyth modfedd o hyd. O'r ymchwil dwi wedi'i wneud eisoes, maen nhw i'w cael yn hawdd ar Amazon, a heb fod yn ddrud o gwbl, ond mae hon yn cael ei gwerthu yn rhan o set o dair. Mae'r ddwy arall â llafnau chwe modfedd a phedair modfedd.'

'Rydan ni'n chwilio am rywun sy'n berchen ar y ddwy arall felly, os nad ydi'r llofrudd wedi cael gwared arnyn nhw?'

'Bosib iawn.'

'Cyllyll ar gyfer cogyddion proffesiynol ...' myfyriodd Jeff. Pwy oedd yn coginio ym mwyty Golden Sands, tybed?

Pennod 34

Ar y dydd Llun teithiodd Jeff i lawr i Lundain unwaith eto, ond y tro hwn yng nghwmni PC Ceridwen Davies. Roedd o wedi penderfynu cyfweld Isla Scott yn ei chartref eto, a hynny y peth cyntaf fore trannoeth cyn iddi gychwyn i'w gwaith. Doedd o, unwaith yn rhagor, ddim wedi rhoi rhybudd iddi – roedd yr hen deimlad yn ei fol yn dweud wrtho fod gan y ddynes lawer mwy o wybodaeth i'w rannu ... a doedd o ddim ymhell o'i le.

Wnaeth yr ymweliad ddim dechrau'n rhy dda. Roedd y ddau yn aros yn y car mewn glaw trwm y tu allan i fflat Scott yn Elmgate Gardens am hanner awr wedi chwech ar y bore Mawrth, gan wybod bod gweithwyr Dinas Llundain yn arfer cychwyn i'w gwaith yn gynnar. Gallent weld bod y golau ymlaen yn yr ystafell fyw ar y llawr cyntaf, a phan ddiffoddwyd hwnnw am ddeng munud i saith aeth Jeff a Ceridwen i sefyll wrth y drws ffrynt i aros amdani.

'Be dach chi'n da yma?' oedd geiriau cyntaf Isla ar ôl eiliad o sioc.

'Rhaid i ni gael gair efo chi eto, Isla,' meddai Jeff.

'Dim bore 'ma,' atebodd Isla. 'Dwi ar y ffordd i 'ngwaith.'

'Mae hyn yn bwysicach na'ch gwaith chi,' atebodd Jeff.

'I chi, ella. Mi gawsoch chi ddigon o f'amser i y tro dwytha. Be ar y ddaear sydd mor bwysig i chi fod ar fy stepen drws i yr adeg yma o'r bore? Mi fydda i'n gwneud cwyn am eich ymddygiad chi. Symudwch i mi gael pasio –

mae gen i fws i'w ddal.' Ceisiodd wthio'i ffordd rhwng y ddau.

Roedd ei hagwedd yn awgrymu nad oedd gan Isla Scott syniad bod ei chyn-gariad yn farw. Penderfynodd Jeff fod yn blwmp ac yn blaen i gael ei sylw. 'Isio gair efo chi am farwolaeth Michael Caldwell ydan ni, Isla, gan eich bod chi'ch dau mor agos ar un adeg.'

Gwelodd yr wybodaeth yn ei tharo fel gordd. Doedden nhw ddim wedi trafod Caldwell y tro diwethaf iddynt gyfarfod – gan Michael Caldwell ei hun y cafodd Jeff yr wybodaeth am eu perthynas.

'Mae Michael wedi marw?' gofynnodd, gan stopio'n stond o'u blaenau.

Doedd hi ddim wedi gofyn sut roedden nhw'n gwybod am ei pherthynas hi a Caldwell, sylwodd Jeff, ac roedd ei hymateb yn ddigon i'w ddarbwyllo nad oedd hi'n gwybod am y llofruddiaeth. Nid hi oedd wedi'i ladd o felly.

'Cael ei lofruddio wnaeth o,' eglurodd Jeff yn ddiemosiwn. 'Darganfuwyd ei gorff fore Gwener dwytha.' Doedd o ddim am ddweud gormod am y tro.

Dechreuodd Isla grynu trwyddi a bu'n rhaid i Ceridwen afael ynddi rhag iddi ddisgyn. Ymateb chydig bach dros ben llestri, ystyriodd Jeff, ond roedd hi'n edrych fel petai hi wir wedi cael sioc.

'Well i chi ddod i mewn,' meddai.

Wedi i Jeff gyflwyno Ceridwen iddi, eisteddodd y tri yn y lolfa, Jeff ar gadair freichiau, a Ceridwen wrth ochr Isla ar y soffa.

'Pam na ddeudoch chi wrthon ni wythnos i ddydd Sadwrn eich bod chi wedi bod mewn perthynas â Michael yng Nglan Morfa?' gofynnodd Jeff.

'Ddaru chi ddim gofyn,' atebodd Isla heb oedi.

'Doeddach chi ddim yn meddwl y bysa hynny o ddiddordeb i ni, gan eich bod chi wedi dechrau perthynas efo Michael, gadael Glan Morfa, a gadael Billy hefyd o fewn cyfnod mor fyr?'

Arhosodd Isla'n ddistaw.

'Wrth gwrs, mae'n edrych yn debyg i ni erbyn hyn eich bod chi wedi dechrau perthynas efo Michael pan oeddech chi'n dal efo Billy.'

Dim ateb.

'Plentyn pwy oeddach chi'n ei gario pan adawsoch chi Lan Morfa, Isla? Plentyn Billy 'ta plentyn Michael?'

Cododd ei phen, a chododd ei llais yr un pryd. 'Ol-reit, does dim rhaid i chi rwbio halen i'r briw. Do'n i ddim yn gwybod babi pwy oedd o, a dwi'n difaru'r cyfnod hwnnw hyd heddiw.' Llanwodd ei llygaid â dagrau. 'Be ddigwyddodd i Michael?' gofynnodd o'r diwedd.

Anwybyddodd Jeff y cwestiwn. 'Lle oeddech chi ganol yr wythnos dwytha?' gofynnodd Jeff. 'Dydd Mercher, yn benodol.'

'Yma, yn y gwaith.'

'Allwch chi brofi hynny?'

'Rargian, dydach chi rioed yn meddwl mai fi laddodd Michael? Ro'n i yn fy ngwaith ddydd Mercher a dydd Iau, ac er bod Michael a finna wedi gwahanu roeddan ni'n dal yn ffrindiau.' Dechreuodd chwarae â'r hances bapur damp yn ei dwylo.

Beth oedd hi'n ei guddio, tybed, ystyriodd Jeff?

'Cael ei drywanu efo cyllell gegin fawr ddaru Michael,' eglurodd. 'Oes ganddoch chi gyllyll yn y fflat 'ma? Rhai o'r gwneuthuriad Jean Patrique?'

'Nag oes! Ewch i chwilio os liciwch chi. Fyswn i byth yn brifo Michael, heb sôn am ei ladd o. Ar y blydi Crwys 'na ddylech chi edrych – 'swn i'm yn rhoi dim heibio i hwnnw.'

'Pam Crwys?'

Mi wneith o rwbath am bres. Trio twyllo'i deulu ei hun, hyd yn oed, er mwyn cael ei fachau ar yr hen felin ddŵr 'na.'

Beth ar y ddaear oedd gan y felin ddŵr i'w wneud efo Caldwell, dyfalodd Jeff. Roedd rhywbeth wedi gwneud iddi geisio'u cyfeirio at Crwys rŵan – beth oedd hi'n wybod? Neu beth oedd hi ofn ei ddweud? Cofiodd Jeff nad oedd hi wedi ateb ei gwestiwn ynglŷn â bod mewn perthynas â Crwys y tro cyntaf iddyn nhw gyfarfod.

'Mi ofynnais i hyn i chi'r tro dwytha, Isla, ond wnaethoch chi ddim ateb. Dwi am ofyn i chi eto: fuoch chi mewn perthynas efo Crwys erioed? Yr un adeg â Billy, efallai? Yr un adeg â Michael? Mae'n edrych i mi fod 'na rwbath wedi gwneud i chi droi'ch meddwl at Crwys a rŵan ydi'ch cyfle chi i ddeud.'

'Na, do'n i ddim mewn perthynas efo Crwys ar yr un pryd â Billy na Michael. Ond mi oeddan ni'n dau'n gariadon ar un adeg, flynyddoedd maith yn ôl.'

Arhosodd Jeff yn dawel er mwyn ei hannog i ymhelaethu.

'Roedd hynny ymhell cyn i mi ddod i nabod Billy a'i deulu. Ugain mlynedd ynghynt, pan oedden ni'n dau yn ifanc iawn.'

Cafodd Jeff ei synnu gan y datganiad annisgwyl cyn iddo gofio fod rhai o'r ditectifs yng Nglan Morfa wedi clywed sôn fod Isla Scott wedi byw yn y cyffiniau flynyddoedd lawer ynghynt. Edrychodd ar Ceridwen, ac roedd yn amlwg ei bod hithau wedi sylweddoli'r goblygiadau hefyd. Os oedd Isla wedi celu hyn rhagddyn nhw, beth arall oedd hi'n ei guddio?

'Dwi'n meddwl ei bod hi'n amser i chi esbonio, Isla. Pryd oedd hyn?'

'Ro'n i'n ifanc ar y pryd, fel ddeudis i. Wnes i erioed feddwl y bysa petha'n troi allan yn gymaint o lanast. Arna i mae'r bai!'

Llifodd ei dagrau a rhoddodd Ceridwen hances bapur arall iddi.

'Dwy ar bymtheg oed o'n i pan ddois i i Lan Morfa am y tro cynta, tua 2002 neu 2003 oedd hi. Ro'n i newydd orffen yn yr ysgol yn Seland Newydd, ac isio teithio a gweld tipyn o'r byd. Mi ddois i i Brydain, i Gymru ac i Lan Morfa, a chael gwaith mewn parc gwyliau drwy'r haf cyntaf. Wedi i'r tymor ymwelwyr ddod i ben mi ddaeth y swydd i ben hefyd, ond ro'n i mor hoff o'r ardal, mi benderfynais aros. Doedd gen i ddim gwaith a dim lle i aros, ond buan y dois i o hyd i job newydd a fflat i fyw ynddo dros y gaeaf. Glanhau o'n i – tai gwag, tai gwyliau, cartrefi pobol oedd yn rhy brysur i wneud hynny eu hunain, a swyddfeydd yn y dref. Un o'r rhai ro'n i'n gweithio iddi oedd Ethni Roberts, mam Crwys – ro'n i'n glanhau ei thŷ hi a rhai o'r adeiladau roedd hi'n berchen arnyn nhw. Dyna pryd y gwnes i gyfarfod Crwys. Crwys Morris Roberts fel roedd o bryd hynny, ac mi oedd o flwyddyn neu ddwy yn hŷn na fi. Ro'n i'n ei weld o a'i fam yn eitha aml. Roedd hi'n ddynes ofnadwy, ac yn rêl hen ast efo fo. Roedd o'n gorfod gweithio iddi am y nesa peth i ddim. Rhedeg negeseuon iddi oedd o fwya, a chael dim llawer o bres na diolch am ei drafferth.

Allai o wneud dim byd yn iawn iddi. Mi fyddai hi'n cwyno amdano fo bob dydd, a hynny o 'mlaen i a phobol eraill. Mi fysa fo wedi bod wrth ei fodd yn gadael Glan Morfa a'i fam, ond doedd ganddo nunlle i fynd. Chafodd o ddim cyfle i wneud yn dda yn academaidd – roedd Ethni wedi'i dynnu fo allan o'r ysgol er mwyn ei hyfforddi i redeg busnes y teulu, medda hi, ond isio rhywun i slafio iddi am y nesa peth i ddim oedd hi go iawn. Roedd hi'n rheoli pob agwedd o'i fywyd o, hyd yn oed yn deud wrtho be i'w wisgo bob dydd, ac yntau bron yn ugain oed.'

Dewisodd Jeff beidio torri ar ei thraws, er ei fod yn ysu i ddysgu sut roedd llofruddiaeth Michael Caldwell yn ffitio i mewn i'r stori.

'Heb i Ethni fod yn gwybod,' parhaodd Isla, 'daeth Crwys a finna'n dipyn o ffrindiau, wedyn yn gariadon. Roedd popeth yn mynd yn iawn nes i Ethni ein dal ni'n dau yn ei wely o. Roedd hi wedi mynd i ryw gyfarfod i drefnu cymanfa ganu, a Crwys yn meddwl y bysa hi allan am oriau, ond mi ddaeth hi adra'n gynnar. Wel, mi aeth hi'n wallgof, a doedd gan Crwys 'mo'r nerth na'r gallu i ddadlau efo hi. Mi ges i fy hel o'r tŷ a chael y sac ganddi, wrth iddi 'ngalw fi'n bob enw.'

'Welsoch chi Crwys wedi hynny?' gofynnodd Jeff.

'Do, pan oedd ei fam o ddim o gwmpas. Mi ddeudis i wrtho 'mod i am fynd yn ôl i Seland Newydd, a gofyn iddo ddod efo fi. Gwrthod wnaeth o – doedd ganddo ddim digon o asgwrn cefn i godi yn erbyn ei fam. Ond mi wnaeth o ddeud ei fod o'n benderfynol o ddelio efo'r mater, un ffordd neu'r llall.'

'Beth oedd hynny'n ei olygu, Isla?'

'Do'n i ddim yn gwybod ar y pryd, ond mae gen i well

syniad erbyn hyn. Mi ddigwyddodd rhywbeth i Crwys wnaeth newid ei gymeriad o, a do'n i ddim yn hoffi'r Crwys newydd. Wnes i ddim aros yng Nglan Morfa yn hir ar ôl hynny.'

'Esboniwch, os gwelwch yn dda.'

'Mi welais Crwys yn stafell gefn y Rhwydwr un noson, wedi meddwi'n gaib ac yn crio, yn deud faint roedd o'n casáu ei fam. Yn gynharach y diwrnod hwnnw roedd o wedi bod yn chwilota drwy swyddfa ei fam tra oedd hi allan. Daeth ar draws ei dystysgrif geni mewn drôr, a darganfod pwy oedd ei dad. Rhywun o'r enw Potter, dyn lleol roedd Crwys, yn ôl pob golwg, yn ei nabod yn iawn, a welais i rioed mohono fo mor flin. Roedd Ethni wastad wedi dweud wrtho fod ei dad wedi marw pan oedd o'n fabi bach, ac roedd o newydd ddarganfod nid yn unig ei bod hi wedi dweud celwydd wrtho, ond ei bod hi, oedd mor barchus, wedi bod yn cael perthynas efo Potter y tu ôl i'w gefn o a phawb arall. Rhagrithiwr oedd hi, medda fo drwy ei ddagrau, a fo oedd wedi dioddef fwyaf.'

Roedd yr hanes yn mynd yn fwy a mwy diddorol, ac erbyn hyn roedd Jeff bron ag anghofio am lofruddiaeth Michael Caldwell.

'Mi adewais i Lan Morfa o fewn dyddiau, a gadael y wlad hefyd. Chwe neu saith mlynedd yn ôl penderfynais ddod yn ôl. Fedra i ddim egluro pam, ond mi wyddoch chi fy hanes ar ôl i mi gyrraedd Glan Morfa am yr eilwaith, ac mae pob dim ddeudais i wrthoch chi'r wythnos dwytha yn gywir.' Oedodd. 'Ond mae 'na fwy,' meddai. 'Mwy o lawer.'

'Mi ddeudoch chi gynna fod ganddoch chi well syniad erbyn heddiw am rwbath. Be oeddach chi'n feddwl?'

'Mi ddo' i at hynny mewn munud.'

'Cyn i chi fynd ymhellach, Isla, oedd Ethni, mam Crwys, yn dal yn fyw pan adawsoch chi Lan Morfa?'

'Oedd, ac yn brysur yn dweud wrth gymuned fusnes y dref gymaint o hen butain o'n i, er mwyn gwneud yn siŵr na fyddai neb arall yn fy nghyflogi i.'

'A phan ddaethoch chi'n ôl chwe neu saith mlynedd yn ôl, mi gawsoch chi wybod ei bod hi wedi marw, wrth gwrs.'

'Do, ond doedd hynny'n golygu dim byd i mi ar y pryd. A do'n i ddim isio dim byd i'w wneud â Crwys chwaith, er ei fod o wedi gwneud mor dda iddo'i hun. Roedd Billy yn llawer gwell dyn na fo.'

'A be ydi'r gwell syniad 'ma?' Doedd Jeff ddim yn ddyn amyneddgar ar y gorau.

'Roedd Michael a finna'n eistedd yma un noson, fisoedd ar ôl i ni'n dau ddechrau byw efo'n gilydd. Siarad oeddan ni, am ddim byd neilltuol, pan gododd enw Crwys. Dywedodd Michael fod ei fam yn ffrindiau mawr efo mam Crwys, a pha mor ddigalon oedd hi pan fu farw Ethni yn sydyn ac mor annisgwyl. Gofynnais iddo be ddigwyddodd ac mi ddeudodd yr hanes: ei bod hi wedi cael ei gwenwyno gan nwy carbon monocsid ar ôl i rywbeth fynd o'i le efo ffliw y boeler un noson. Roedd Crwys wedi'i chael hi'n farw y bore wedyn.'

'Efo chi, Isla, oedd Crwys, y noson honno? Mi ydan ni'n gwybod ei fod o wedi treulio'r noson pan fu farw ei fam allan yng nghwmni rhyw ferch.'

'Na, ro'n i wedi gadael Glan Morfa ddiwrnod neu ddau ynghynt. Ond mae'r hyn welais i cyn mynd wedi gwneud i mi feddwl nad damwain oedd marwolaeth Ethni. Dwi'n meddwl mai Crwys oedd yn gyfrifol. Fedrwn i ddim stopio meddwl am y peth, am wythnosau lawer, ar ôl i mi ddysgu be ddigwyddodd iddi.'

'Be welsoch chi, Isla?' Roedd Jeff ar binnau.

'Er nad o'n i isio dim i'w wneud efo Crwys, mi es i i ffarwelio â fo cyn gadael Glan Morfa. Ar ôl gwneud yn siŵr nad oedd car ei fam yno, mi es i i'r tŷ. Meddyliais i ddechrau nad oedd neb adra, ond pan es i rownd y cefn mi welais i Crwys yn ffidlan efo ffliw y boeler, a'i ddwylo'n faw i gyd a llawlyfr y boeler wrth ei ymyl. Mi ddychrynodd pan welodd fi yno, ond daeth ato'i hun ymhen dim. Glanhau'r ffliw oedd o, medda fo. Wyddoch chi ddim faint dwi wedi meddwl am hynny ers i Michael ddeud wrtha i am achos marwolaeth Ethni. Mi wnes i benderfynu rhannu'r hanes, a fy amheuon, efo Michael. A dyna, yn ôl pob golwg, Sarjant Evans, oedd y peth gwaethaf wnes i erioed.'

'Sut felly?' gofynnodd Jeff, er ei fod yn amau'n gryf beth fyddai'r ateb.

'Roedd Michael yn siŵr hefyd nad glanhau'r ffliw oedd o, ond creu rhwystr; stwffio'r ffliw â'r math o faw fyddai wedi medru hel yno'n naturiol. Ro'n i isio deud wrth yr heddlu ond roedd gan Michael syniad gwell, ffordd o wneud tipyn o arian. Roedd Crwys yn ddigon cyfoethog, meddai, a fysa talu chydig o filoedd i gau'n cegau ni yn ddim i rywun fel fo.'

Tybed oedd Isla Scott wedi'i helpu i ddatrys dwy lofruddiaeth, o leiaf, y bore hwnnw? Yn ôl pob golwg roedd Caldwell wedi dechrau blacmelio Crwys rai wythnosau ynghynt, yn fuan wedi iddo ddychwelyd i Lan Morfa. Dyma, tybiodd, oedd ffynhonnell yr arian yn ei gyfrif banc. Byddai hynny'n ddigon o ysgogiad i Crwys ei ladd, yn enwedig petai Caldwell wedi gofyn am fwy o arian. Ond beth am yr awgrym mai Crwys oedd yn gyfrifol am farwolaeth ei fam? Byddai angen llawer mwy o dystiolaeth i'w gyhuddo.

A beth am Isla Scott ei hun? Roedd ei hateb i'r cwestiwn nesaf am fod yn allweddol.

'Isla?' gofynnodd. 'Pan adawodd Michael i fynd yn ôl i Lan Morfa, oeddach chi'n gwybod ei fod o am flacmelio Crwys?'

'Dyna o'n i'n feddwl fysa'n digwydd,' atebodd. 'Fedrwn i ddim ei stopio fo, hyd yn oed petawn i wedi bod isio.'

'Os felly, does gen i ddim dewis,' meddai. 'Dwi'n eich arestio chi dan amheuaeth o gynllwynio ar y cyd â Michael Caldwell i flacmelio Crwys Morris.' Rhoddodd y rhybudd iddi, ond nid atebodd Isla.

Yn dilyn archwiliad manwl o'r fflat, darganfuwyd rôl o bapurau ugain punt newydd mewn pwrs oedd wedi'i guddio yn nhop wardrob yn yr ystafell wely. Roedd mil o bunnau yno i gyd.

'O lle ddaeth hwn?' gofynnodd Ceridwen.

'Gan Michael ges i o y tro dwytha ddaeth o i 'ngweld i.'

'Pryd oedd hynny?'

'Tua deng niwrnod yn ôl, ddeuddydd neu dri cyn i chi ddod gyntaf,' meddai wrth Jeff.

'Ac o lle cafodd Michael y fath arian, a fynta allan o waith?' gofynnodd Ceridwen.

'Oes raid i chi ofyn cwestiwn mor amlwg?' atebodd Isla gan wyro'i phen.

'Ewch i bacio bag – rydach chi'n dod efo ni yn ôl i Lan Morfa,' meddai Jeff. 'Paciwch ddigon am chydig ddyddiau o leia.'

Cyn gadael, gofynnodd Jeff i Isla ffonio'i gwaith i

ddweud na fyddai yno yn y dyfodol agos. Cymerodd Jeff y ffôn ganddi er mwyn cadarnhau ei bod hi'n bresennol yn ei gwaith ar y dydd Mercher a'r dydd Iau cynt.

Wedyn, roedd angen ffonio Lowri.

'Dewch yn ôl ar eich union felly, Jeff,' meddai'r Ditectif Uwch-arolygydd ar ôl clywed y cyfan. 'Mae eich stori chi'n cyd-fynd â'r hyn sydd wedi bod yn digwydd yma. Archwiliwyd tŷ Caldwell a'i fam yn fwy manwl ddoe ar ôl i chi adael, a daethpwyd o hyd i swp o arian parod wedi'i guddio dan lawr pren stafell wely Michael. Papurau ugain punt eto, a'r rheiny'n newydd. Pedair mil i gyd. Mae ymholiadau wrthi'n cael eu gwneud i olrhain eu ffynhonnell.'

'Ro' i fet i chi fod eu rhifau cofrestru nhw'n agos iawn i'r rhai sydd ganddon ni yn fama,' meddai Jeff. 'Be am Crwys Morris?'

'Bydd yn rhaid i ni ei arestio fo cyn gynted ag y medrwn ni. Welwn ni chi ymhen chydig oriau.'

Edrychodd Jeff ar ei watsh. Dim ond hanner awr wedi deg y bore oedd hi.

Pennod 35

Roedd y traffig yn drwm ar hyd y ffordd o Lundain yn ôl i ogledd Cymru, yn enwedig ar yr M6 heibio Birmingham. Wrth yrru trwy ganolbarth Lloegr ni allai Jeff beidio â meddwl am y ddau ddyn mewn siwtiau, Miles a Marcus, a'u cysylltiad â busnes Golden Sands. Roedd o'n ysu i droi ei sylw atyn nhw, ond roedd yn rhaid iddo ganolbwyntio gyntaf ar y datblygiadau newydd ynglŷn â Crwys Morris, Isla Scott a'r diweddar Michael Caldwell. Sut oedd yr hyn a ddywedodd Isla wrthyn nhw yn effeithio ar yr ymchwiliad i lofruddiaeth William Roberts, os o gwbl?

Roedd hi ymhell wedi chwech y noson honno arnyn nhw'n cyrraedd yn ôl i orsaf heddlu Glan Morfa. Yno, roedd yn rhaid mynd drwy'r drefn o gyflwyno Isla Scott i'r sarjant oedd ar ddyletswydd yn y ddalfa, trefnu cyfreithiwr iddi a pharatoi i'w chyfweld unwaith eto, a hynny ar dâp y tro hwn.

Dysgodd fod Crwys Morris eisoes yn y ddalfa, a theimlodd fymryn o siom. Byddai wedi bod wrth ei fodd yn cael arestio hwnnw ei hun. Roedd Crwys wedi bod dan glo ers canol y prynhawn ar ôl i'r heddlu fod yn chwilio amdano am oriau. Wedi iddynt fynd â fo i'r ddalfa dechreuodd tîm arbennig ar y gwaith o chwilio'n fanwl trwy ei dŷ, Maen y Wern, ac roedd Jeff yn edrych ymlaen i ddarganfod y canlyniad, er y gwyddai y byddai'n rhaid iddo fod yn amyneddgar. Dysgodd hefyd fod cyfreithiwr lleol, Robert Price, yn cynrychioli Crwys a'i fod yn y gell efo'i gleient. Yn ôl sarjant y ddalfa roedd Crwys wedi gofyn am Price gan fod ganddo enw da yn y maes troseddol – arbenigwr mewn cyfraith fusnes oedd ei dwrnai arferol.

Tra oedd twrnai arall yn cael ei benodi ar gyfer Isla Scott, rhuthrodd Jeff i fyny'r grisiau i gael gair â Lowri Davies. Yn ei swyddfa oedd hi, yng nghwmni Sonia McDonald. Curodd ar y drws cilagored a chafodd wahoddiad i fynd i mewn.

'Noswaith dda,' meddai'n frysiog. 'Pa newydd?'

'Rargian, cymerwch bwyll a steddwch i lawr, Jeff bach,' meddai Lowri wrth weld pa mor wyllt roedd o'n edrych.

Gwenodd Sonia wrth sylwi ar ei frwdfrydedd amlwg. Gallai weld ei fod yn teimlo'n rhwystredig o fod y tu ôl i lyw'r car am oriau a chanddo gymaint o bethau eraill y byddai'n hoffi mynd i'r afael â nhw.

'Wel,' meddai Lowri, 'mae petha wedi symud ymlaen gryn dipyn ers i chi ffonio bore 'ma, ac i'r cyfeiriad iawn, dwi'n falch o ddeud. Mi gawson ni dipyn o drafferth cael gafael ar Morris i ddechrau – roedd o wedi mynd i Fangor ar fusnes. Hogiau traffig welodd ei gar o'n teithio'n ôl i gyfeiriad Glan Morfa. Cafodd ei stopio ar y lôn a'i arestio ar amheuaeth o lofruddio Caldwell.'

'Be ddeudodd o?' gofynnodd Jeff.

'Am iddyn nhw beidio â bod mor wirion. Mi ddechreuodd ddadlau a bygwth a mynnu ei fod o'n ddieuog, ond mi dawelodd o pan roddwyd gefynnau llaw amdano a'i roi yng nghefn y car patrôl. Dydi o ddim wedi cael ei holi eto ond rydan ni wedi dechra chwilio'i eiddo fo, a hynny'n fanwl iawn.'

'Rwbath o bwys wedi codi'i ben?'

'Un neu ddau o betha, ond dwi ddim isio brysio. Mae

'na set o gyllyll Jean Patrique yng nghegin ei gartref. Set o dair, ond bod un ar goll o'r cas: y gyllell fwyaf, sydd yr un maint â'r gyllell waedlyd a ddarganfuwyd yn y cae ddydd Sul. Does dim olion bysedd ar honno gan fod pwy bynnag ddefnyddiodd hi wedi gwisgo maneg ... un rwber Marigold yn ôl y marciau mân sydd yn y gwaed.'

'Mae'r ffaith fod y llofrudd wedi mynd â maneg efo fo yn dangos fod ganddo fwriad i ddefnyddio'r gyllell. Roedd o wedi paratoi i lofruddio Caldwell o flaen llaw, felly, ac nid ar hap ddigwyddodd y peth. Ond ai Crwys oedd y llofrudd? Mae'n bosib y byddai unrhyw un wedi medru cymryd maneg Marigold o gegin Caldwell, ydi ddim? Dyna fydd cyfreithiwr Crwys yn ei ddadlau, beth bynnag.'

Gwenodd Lowri Davies. 'Choeliwch chi byth, Jeff, ond roedd menig rwber Marigold ym mŵt ei gar o pan arestiwyd o gynna. Gawn ni weld be fydd canlyniad yr archwiliad fforensig ar y rheiny. Fel y gwyddoch chi, mae marciau unigryw ar bob maneg sydd wedi cael ei gwisgo'n rheolaidd, ac mae modd cael DNA o'r tu mewn. Ond yn ogystal â'r faneg, mi oedd pâr o esgidiau yng nghartref Crwys sydd â phatrwm yn union yr un fath â'r marciau a adawyd yn lleoliad y drosedd. Eto, bydd yn rhaid i ni aros am yr adroddiad llawn o'r labordy.'

'Be am yr arian parod gafwyd yn nhŷ Caldwell?' gofynnodd.

'Mwy o dystiolaeth o flacmel.' Sonia atebodd y tro hwn. 'Rydan ni wedi olrhain y rheiny hefyd. Mi gawson nhw eu dosbarthu i gangen Glan Morfa o fanc HSBC dair wythnos yn ôl ac yna, ymhen rhai dyddiau, eu rhoi dros y cownter i Morris yn bersonol. Mae'r rhifau yn rhedeg yn yr un dilyniant â'r rhai gawsoch chi o dŷ Isla Scott y bore 'ma, sy'n dangos yn glir fod Caldwell a Scott wedi bod yn rhan o'r blacmel – ac, wrth gwrs, mai Morris oedd y ffynhonnell.'

'Mi fydd 'na dîm o'r labordy yn gweithio ar y cwbl i ni ddydd a nos,' ychwanegodd. Lowri. 'Does dim amser i'w wastraffu.'

'Wel, mae un peth yn glir,' meddai Jeff. 'Ella bod Crwys Morris yn ddyn busnes craff, ond does ganddo ddim syniad sut i fod yn droseddwr gwerth ei halen. Mae'n gadael tystiolaeth ym mhob man, a diolch i'r nefoedd am hynny. Ond sut mae hyn i gyd o help i ni efo llofruddiaeth William Roberts? Rhaid bod cysylltiad efo Crwys Morris ryw ffordd neu'i gilydd.'

Mae'n anodd gen i weld ein bod ni damed yn nes at gael gwybod pwy laddodd William Roberts,' meddai Lowri. 'Ond o leia mae 'na un llofruddiaeth yn agos iawn i gael ei datrys.'

'Dwy, o bosib,' meddai Jeff. 'Llofruddiaeth Ethni Roberts hefyd.'

'Ella wir,' atebodd Lowri. 'Mae 'na arbenigwr arall o'r labordy fforensig wedi bod yn archwilio ffliw y boeler yn nhŷ Morris pnawn 'ma. Ma' hi'n rhy fuan i gael canlyniad pendant ar hyn o bryd, wrth gwrs, ond ei sylwadau cyntaf oedd bod gormod o amser ers y digwyddiad iddo allu dod i unrhyw benderfyniad. A beth bynnag, dwi'n dallt i ryw fath o archwiliad gael ei wneud ar y pryd, yn dilyn marwolaeth Ethni Roberts. Heb fwy o dystiolaeth, mi fydd hi'n anodd i ni fedru ei gyhuddo fo o ladd ei fam. Bydd yn ddigon hawdd iddo ddeud mai glanhau'r ffliw oedd o pan welodd Isla fo, ac mi fyddai'n anodd iawn i neb ddadlau efo hynny.'

'Ond mae'r dystiolaeth amgylchiadol yn ei le eisoes,'

meddai Sonia. 'Pam oedd Crwys Morris yn fodlon talu'r fath arian i Caldwell os nad oedd o'n euog o ladd ei fam? Mae'n edrych yn debyg ei fod o wedi gwneud dau daliad, cofiwch, yr arian parod sydd ganddon ni erbyn hyn, a'r arian a dalwyd i mewn i gyfrif banc Caldwell dair wythnos yn ôl.'

'Roedd Michael Caldwell yn ddyn barus iawn i ofyn am fwy, a hynny mor fuan wedi'r tro cyntaf,' ychwanegodd Jeff, 'ac ella mai dyna pam y penderfynodd Crwys Morris ei ladd. Fedra i ddim dychmygu y bysa Crwys yn mwynhau gorfod edrych dros ei ysgwydd am weddill ei oes, yn poeni y bysa Caldwell yn dod yn ôl i'w boeni o.'

'Be ydi sefyllfa Isla yn y ddalfa, Jeff?' gofynnodd Lowri.

'Aros i gael ei chyfweld yn swyddogol dan rybudd ac ar dâp. Mae hi wedi deud y rhan fwya wrtha i'n barod, ond mae angen bob dim yn swyddogol.'

'All Ceridwen wneud hynny?'

'Gall – mae hi'n gwnstabl da.'

'Sonia, wnewch chi eistedd i mewn ar y cyfweliad os gwelwch chi'n dda?'

'Siŵr iawn,' atebodd hithau, yn falch o gael bod yn rhan o waith plismona go iawn yn hytrach nag eistedd y tu ôl i sgrin cyfrifiadur.

'Mi fydd hynny'n rhoi digon o amser i chi baratoi i gyfweld Crwys Morris, Jeff,' meddai Lowri, 'os nad ydach chi wedi blino gormod ar ôl eich diwrnod hir,' ychwanegodd.

'Oes rhywun wedi crybwyll wrtho ein bod ni am ei holi ynglŷn â lladd ei fam?' gofynnodd.

'Nag oes.'

'Gadewch hynny i mi,' meddai Jeff, gan wenu o glust i glust.

Pennod 36

Ymhen yr awr roedd Jeff yn eistedd mewn ystafell gyfweld pan ddaeth Ditectif Gwnstabl Owain Owens â Crwys Morris i mewn yng nghwmni Robert Price, y cyfreithiwr. Edrychodd Morris yn syth i lygaid Jeff heb ddweud gair. Roedd yr elyniaeth yn ddigon amlwg heb orfod dweud dim. Eisteddodd y pedwar i lawr, rhoddwyd y tapiau yn eu lle yn y peiriant recordio, ac ar ôl rhoi'r rhybudd a'r rhaglith angenrheidiol iddo, dechreuodd yr holi. Doedd Jeff ddim yn ffyddiog o gwbl y byddai gair yn dod allan o ben Morris, ond cafodd ei siomi ar yr ochr orau. Yn amlwg, roedd gan Crwys ddigon o ffydd ynddo'i hun, a digon o ffydd yn Price i adael iddo geisio siarad ei ffordd allan o'i sefyllfa bresennol. Ym mhrofiad Jeff roedd hyn yn gamgymeriad, ond doedd o, yn sicr, ddim yn mynd i egluro hynny i Crwys.

'Mi wyddoch chi pam rydach chi yma?' gofynnodd Jeff i ddechrau'r cyfweliad.

Nodiodd pen y cyfreithiwr i gyfeiriad Morris.

'Ydw,' atebodd hwnnw. 'Rhyw syniad hurt gan rywun 'mod i'n gyfrifol am fwrdro rhyw foi o'r enw Caldwell. Dydw i ddim hyd yn oed yn ei nabod o'n dda, ond mi wn i pwy oedd o.'

'Pwy oedd o, felly?' gofynnodd Jeff gan geisio peidio â gwenu. Byddai troseddwr profiadol wedi cau ei geg, ond yn lle hynny roedd Morris wedi dechrau ar ei gelwyddau, a'r mwya yn y byd o'r rheiny roedd o'n mynd i'w dweud, y gorau yn y byd. Roedd Jeff yn bwriadu rhoi digon o raff iddo.

'Rhyw foi o'r dre 'ma. Dyna'r cwbwl wn i.'

'Cariad a chyn-gymar Isla Scott,' meddai Jeff.

'Os dach chi'n deud. Wn i ddim.'

'Y ddau yma oedd yn eich blacmelio chi, am ryw reswm.' Penderfynodd Jeff fod yn gynnil efo'r hyn a wyddai, am y tro.

'Blacmel? Fi? Chlywais i erioed y fath lol,' atebodd Crwys, gan siglo yn ei gadair a throi am eiliad i edrych ar ei gyfreithiwr. 'Hy!' ebychodd.

'Deudwch i mi, Mr Roberts … o, mae'n ddrwg gen i, Mr Morris ydach chi yntê, ar ôl gollwng eich cyfenw.' Gwelodd Jeff lygaid y carcharor yn culhau, ond dim ond am eiliad. 'Oes 'na arian parod wedi cael ei drosglwyddo o'ch dwylo chi i Mr Caldwell yn ystod yr wythnosau dwytha 'ma?'

'Na, dim dimai. Pam fysa 'na?' atebodd yn bendant gan sythu yn ei gadair.

'Y rheswm dwi'n gofyn ydi bod miloedd o bunnau, mewn papurau ugain punt newydd, wedi cael eu darganfod yn nhŷ Mr Caldwell ar ôl iddo gael ei lofruddio. Yn ôl eu rhifau cyfresol, cafodd yr arian papur newydd hwnnw ei ddosbarthu i fanc HSBC yng Nglan Morfa ychydig wythnosau yn ôl. Yna, o fewn chydig ddyddiau, mi gawson nhw eu rhoi dros gownter y banc i chi yn bersonol.'

Cododd Morris ei ysgwyddau heb ddweud gair.

'Oes ganddoch chi unrhyw gof o hynny? Mae'r ferch ar y cownter yn y banc yn cofio'ch ymweliad chi'n iawn.'

'Fel y gwyddoch chi, Ditectif Sarjant, dyn busnes ydw i, ac mi fydda i'n delio mewn arian parod yn weddol gyson.' Edrychodd ar ei gyfreithiwr am unrhyw arwydd o gymorth, ond roedd Price yn rhy brysur yn gwneud nodiadau yn ei lyfr glas A4.

Synnodd Jeff nad oedd dyn busnes fel fo wedi ystyried y byddai papurau ugain punt newydd yn llawer haws i'w holrhain na hen rai, ond fel yr oedd o wedi sylweddoli, doedd meddwl Morris ddim yn gweithio fel un troseddwr cyfresol. Parhaodd yr holi.

'Mae'r union arian yma, rhan helaeth ohono, beth bynnag, wedi cael ei ddarganfod wedi'i guddio o dan styllod y llawr yn nhŷ Caldwell, a chyfran lai yng nghartref Isla Scott yn Llundain.'

'Pam fod hynny'n berthnasol i mi? Mae'n bosib fod yr arian wedi newid dwylo sawl gwaith yn y cyfamser.'

'Be wnaethoch chi efo'r pum mil o bunnau mewn arian parod gawsoch chi o'r banc, Mr Morris?'

'Does gen i ddim cof, wir,' atebodd. 'Dwi'n ddyn prysur.'

'Dim cof am be wnaethoch chi efo cymaint o arian parod? Mae'n anodd gen i goelio hynny.'

'Dim sylw,' atebodd Morris, am y tro cyntaf.

'Mae ganddoch chi set o gyllyll yn y tŷ 'cw, Mr Morris.' Newidiodd Jeff ei dac. 'Cyllyll wedi'u gwneud gan gwmni o'r enw Jean Patrique.'

'Os ydach chi'n deud.'

'Set o dair cyllell oeddan nhw yn wreiddiol, ond dim ond dwy sydd yno bellach. Lle mae'r drydedd wedi mynd? Yr un fwyaf?'

'Does gen i ddim syniad. Mi dorrodd rhywun i mewn i fy nhŷ i chydig wythnosau'n ôl. Ella bod y gyllell wedi cael ei dwyn yr adeg honno.'

'Ddaru chi riportio'r mater i'r heddlu?'

'Naddo. I be? A beth bynnag, mae gan yr heddlu ddigon

ar eu platiau y dyddiau yma.' Edrychodd i gyfeiriad ei gyfreithiwr unwaith eto, fel petai wedi gwneud pwynt gwerth ei wneud.

'Gafodd unrhyw beth arall ei ddwyn?'

'Fedra i ddim cofio.'

'Lle roeddech chi ddydd Mercher dwytha, Mr Morris? Mae hyn yn bwysig.'

'Heb fy nyddiadur, does gen i ddim syniad. Dwi'n ddyn prysur, fel ro'n i'n deud. Mae pob munud o bob dydd yn llawn, a fedra i ddim cofio lle o'n i ar unrhyw ddiwrnod neilltuol.'

'Oes teclyn yn eich car chi, y BMW coch, sy'n cysylltu â'ch ffôn symudol chi, un sy'n gwneud cofnod o bob taith?'

'Fydda i byth yn ei ddefnyddio fo.'

'Ond mae'r cofnod yno, ei ddefnyddio fo neu beidio. Ond ta waeth am hynny am rŵan. Mi gawn ni'r wybodaeth o rywle arall.'

Am y tro cyntaf, edrychodd Morris yn hynod o anghyfforddus.

'Roedd olion esgidiau yn y mwd ger corff Mr Caldwell, ac mae nifer o'r marciau yn cyfateb i bâr o'ch esgidiau chi. Mi ddaethon ni o hyd iddyn nhw yn eich cartref chi heddiw.'

'Amhosib,' atebodd ar unwaith. 'Rhywun arall sydd wedi'u rhoi nhw yno.'

'Pam?'

'Wel, er mwyn fy fframio fi, siŵr iawn.'

'A phwy fysa isio gwneud y fath beth?'

'Dydi hi ddim yn hawdd bod yn ddyn busnes mor llwyddiannus â fi heb wneud gelynion mewn lle fel Glan Morfa.'

Gallai Jeff gredu bod hynny'n wir. 'Wyddoch chi, Mr

Morris, ei bod hi bron yn amhosib llofruddio rhywun efo cyllell heb i beth o'r gwaed gael ei drosglwyddo i ddillad yr ymosodwr. Mi fydd pob tamaid o'ch dillad chi'n cael ei archwilio'n fanwl, yn cynnwys y menig rwber Marigold ffeindion ni ym mŵt eich car chi heddiw.'

Nid atebodd Crwys, ond roedd yn aflonydd yn ei gadair.

'A gyda llaw, sut mae'ch dant chi? Roeddach chi mewn poen y tro dwytha i ni gyfarfod. Ar y ffordd at y deintydd oeddach chi ar y pryd, os dwi'n cofio'n iawn, a doedd ganddoch chi ddim amser i siarad efo fi.'

'Llawer gwell nag oedd o, diolch. Pam ydach chi'n poeni cymaint am fy iechyd i mwya sydyn?'

Anwybyddodd Jeff y cwestiwn. 'At pa ddeintydd aethoch chi, Mr Morris?'

'Wnes i ddim. Mi wellodd cyn i mi orfod mynd.'

'Dwi'n awgrymu mai dwrn Mr Caldwell achosodd y marc a'r chwydd ar eich wyneb chi, yn ystod y frwydr rhwng y ddau ohonoch chi pan ddefnyddioch chi'r gyllell i'w drywanu.'

'Fues i erioed yn agos at Mr Caldwell, ac yn sicr ddim yn cwffio efo fo.'

'Y peth rhyfedd yn fy marn i, Mr Morris, ydi 'mod i wedi dechrau'r cyfweliad 'ma drwy sôn am flacmel. Tydach chi, ddim unwaith, wedi gofyn i mi pam y gwnes i ddefnyddio'r gair "blacmel". Tydi rhywun ddim yn cael ei flacmelio am ddim rheswm. Cael ei flacmelio mae rhywun am fod ganddo rywbeth i'w guddio. Be oedd gan Mr Caldwell arnoch chi? Pa wybodaeth oedd ganddo fo oedd yn ddigon i wneud i chi dalu'r ffasiwn arian iddo fo?'

'Ond dwi'n gwadu 'mod i wedi talu unrhyw arian iddo fo.'

'Mi ddeuda i wrthach chi, Mr Morris, pa reswm oedd

gan Mr Caldwell i'ch blacmelio chi. Roedd ganddo dystiolaeth mai chi oedd yn gyfrifol am lofruddio eich mam, Ethni Roberts, ugain mlynedd yn ôl.'

Roedd yn ddigon hawdd gweld bod y datganiad wedi taro Morris fel mellten, ond ni chafodd amser i ymateb ymhellach.

'Arhoswch am funud,' torrodd Robert Price ar draws y cyfweliad am y tro cyntaf. 'Dyma'r tro cyntaf i ni glywed am hyn. Oes ganddoch chi dystiolaeth fod Mr Morris wedi gwneud unrhyw niwed i'w fam?'

Cododd Jeff ar ei draed a rhoi ei law dde ar ysgwydd Crwys Morris. 'Dwi'n eich arestio chi ar amheuaeth o lofruddio eich mam, Ethni Roberts, ar yr unfed ar hugain o fis Ionawr 2004.' Rhoddodd y rhybudd swyddogol iddo unwaith yn rhagor.

Mynnodd y cyfreithiwr gael sgwrs breifat efo'i gleient, ac o dan yr amgylchiadau ni allai Jeff wrthod y cais. Aeth Ditectif Gwnstabl Owain Owens â'r ddau i ystafell breifat yn y ddalfa, yna dychwelodd i'r ystafell gyfweld lle'r oedd Jeff yn dal i eistedd yn ystyried y cyfweliad ac yn cynllunio rhan nesaf yr holi.

'Mae'n ddrwg gen i Sarj,' meddai Owens, 'ond fedrwn i ddim helpu be ddigwyddodd allan yn y fanna.'

'Be ddigwyddodd felly, Sgwâr?'

'Pan es i â Morris a Price trwy'r ddalfa, daeth Crwys wyneb yn wyneb ag Isla Scott, oedd ar ei ffordd o'r celloedd i'r ystafell gyfweld arall efo Ceridwen a Ditectif Arolygydd McDonald.'

'Ddaru nhw gydnabod ei gilydd?'

'Do, yn sicr. Roedd y sioc ar wyneb Morris yn werth ei weld.'

'Ddaru nhw siarad?'

'Naddo, dim gair, ond mi drodd ei wyneb yn wyn fel y galchen yr eiliad y gwelodd o hi.'

Ystyriodd Jeff y sefyllfa am eiliad. 'Paid â phoeni, Sgwâr,' meddai. 'Synnwn i ddim petai'r cyfarfod annisgwyl 'na'n gwneud byd o les i ni.'

Aeth Jeff yn ôl i fyny'r grisiau i'w swyddfa i aros i Robert Price orffen ei gyfarfod preifat efo Crwys Morris. Edrychodd ar ei watsh. Roedd tri chwarter awr wedi mynd heibio ers i'r cyfweliad gael ei oedi, ond eto, doedd hynny fawr o syndod. Roedd yr ail gyhuddiad hwn yn fater hynod o ddifrifol, a gwyddai y byddai Price yn ceisio'i orau i gynghori ei gleient yn drylwyr, yn enwedig gan fod y cyhuddiad o fod wedi lladd Caldwell yn cydblethu â marwolaeth ei fam drwy gyfrwng y blacmel. Byddai Price wedi sylweddoli bellach fod y dystiolaeth oedd ym meddiant yr heddlu yn haeddu atebion gwell nag yr oedd Morris wedi'u cynnig hyd yma. Aeth chwarter awr arall heibio cyn i'r ffôn ar ei ddesg ganu i ddatgan fod angen iddo fynd yn ôl i'r ddalfa.

Pan gyrhaeddodd, synnodd nad cyfweliad Crwys Morris oedd yn galw. Roedd Ceridwen angen gair efo fo ar fyrder, felly aeth y ddau i ystafell wag gyfagos.

'Ma' hi 'di newid ei stori,' meddai Ceridwen wrtho'n wyllt.

'Peidiwch â deud ei bod hi'n gwadu gweld Crwys Morris yn ffidlan efo ffliw y boeler. Mi fysa hynny'n drychinebus.'

'Na, dim o gwbl. Mi welodd hi Crwys ar y ffordd i'r ystafell gyfweld ac mi ddechreuodd grio o flaen ei thwrnai a ninnau'n dwy. Mi gawson ni andros o job i'w stopio hi rhag deud y cwbwl cyn i ni roi'r tapiau yn eu lle a pharatoi'r cyfweliad. Roedd hi'n ysu i ddeud y gwir, medda hi.'

'Be ma' hi'n ddeud rŵan, Ceridwen?'

'Mai hi a Crwys ddaru greu'r dagfa yn y ffliw efo'i gilydd. Ma' hi'n cyfadda fod y ddau wedi cynllwynio i ladd Ethni, er mai syniad Crwys oedd gwneud hynny. Roedd yn gas ganddi Ethni oherwydd yr hyn a wnaeth hi iddi – chwalu ei henw da a chodi cywilydd arni drwy'r ardal – a'r ffordd warthus roedd hi wedi bod yn trin Crwys. Dim ond y diwrnod ar ôl i gorff Ethni gael ei ganfod y gwnaeth hi sylweddoli'r fath gamgymeriad oedd hynny. Roedd hi'n teimlo mor sâl, medda hi, roedd yn rhaid iddi adael Glan Morfa, gadael Crwys a mynd adra i Seland Newydd. Dianc o 'ma.'

'Mi ddywedodd gelwydd, felly, nad oedd hi'n gwybod am farwolaeth Ethni Roberts. Ond be wnaeth iddi ddod yn ôl tybed, gymaint o flynyddoedd wedyn?'

'Rhyw dynfa at Crwys, medda hi. Ond ar ôl iddi gyrraedd yma doedd o ddim isio dim byd i'w wneud â hi. Ddywedodd o wrthi mai'r peth gorau oedd iddyn nhw beidio cael eu gweld efo'i gilydd, hyd yn oed.'

'Ond eto, mi ddechreuodd hi ganlyn William Roberts, cefnder Crwys.'

'Wyddai hi ddim eu bod nhw'n perthyn tan rai misoedd ar ôl iddi hi a William ddod yn gariadon. Roedd hi'n rhy hwyr i gyfaddef erbyn hynny.'

'Yna, mae hi'n cynllwynio efo Michael Caldwell i flacmelio Crwys. Pam hynny, a hithau wedi bod mor hoff o Crwys yn y gorffennol?'

'Roedd hi a Caldwell yn agos erbyn hynny, ac roedd hi wedi gweld gwir bersonoliaeth Morris o safbwynt William a'i deulu, a sut roedd o'n eu trin nhw. Ella'i bod hi hefyd wedi gweld ffordd hawdd o wneud lot o bres.'

'Mae hynny'n gwneud synnwyr,' atebodd Jeff. 'Roedd

hi'n hawdd iddi ochri efo Caldwell gan ei bod hi'n gwybod popeth am lofruddiaeth Ethni. Ydi'r cyfweliad ar ben?' gofynnodd.

'Na. Ei thwrnai ofynnodd am egwyl er mwyn iddi gael seibiant, ac iddyn nhw siarad yn breifat.'

'Wel, Ceridwen, mae'n edrych yn debyg eich bod chi a Ditectif Arolygydd McDonald wedi gwneud gwaith ardderchog. Gawn ni air eto ar ôl i chi orffen.'

Edrychodd Jeff ar ei ffôn symudol, a gweld bod Nansi'r Nos wedi ceisio cael gafael arno droeon. Ystyriodd roi caniad iddi ond roedd Robert Price a Crwys Morris yn barod i ailddechrau'r cyfweliad. Byddai'n rhaid i Nansi aros, penderfynodd.

Yn ôl yn y stafell gyfweld, daeth Sgwâr â'r ddau i mewn ac ailddechreuwyd yr holi.

'Cyn i chi ofyn am egwyl, ro'n i'n eich holi chi am farwolaeth eich mam, Mr Morris.'

Nid atebodd Morris.

'Mi wyddoch chi erbyn hyn fod Isla Scott yn y ddalfa 'ma.'

'Dim sylw,' atebodd.

'Er gwybodaeth, mae Isla Scott wedi bod yn sôn am y cyfnod pan oeddach chi'n gariadon dros ugain mlynedd yn ôl.'

'Dim sylw.'

'Pan oedd eich mam yn fyw.'

'Dim sylw.'

'Mae hi'n sôn am y cynllwyn rhyngoch chi'ch dau i fwrdro eich mam, Mr Morris.'

'Dim sylw.'

'Ac mai'r ddau ohonoch chi, efo'ch gilydd, ddaru greu rhwystr yn ffliw y boeler y diwrnod hwnnw, fel y byddai'ch mam yn cael ei gwenwyno trwy anadlu carbon monocsid.'

'Dim sylw.'

Ylwch, Ditectif Sarjant Evans,' meddai Robert Price, 'Mae'n siŵr eich bod chi wedi sylweddoli bellach 'mod i wedi cynghori Mr Crwys Morris i beidio ag ateb yr un cwestiwn arall. Mae ganddo berffaith hawl i wneud hynny.'

'Digon teg,' atebodd Jeff. 'Ydi hynny'n cynnwys unrhyw gwestiynau ynglŷn â llofruddiaeth William Roberts, ei gefnder, hefyd?'

Crwys Morris ei hun siaradodd y tro hwn. 'Sarjant Evans, dwi wedi deud wrthach chi fwy nag unwaith nad oes gen i unrhyw wybodaeth o ddiddordeb i chi am hynny. Does gen i ddim byd i'w ychwanegu.'

Daeth Jeff â'r cyfweliad i ben drwy ddweud y byddai Morris yn cael ei gadw dan glo tra byddai'r ymholiadau a'r archwiliadau gwyddonol yn parhau.

Pennod 37

Roedd hi'n tynnu at un ar ddeg y nos, a Jeff wedi bod ar ei draed ers cyn pump y bore hwnnw. Ar ôl trafod cynnwys cyfweliad Crwys Morris gyda Lowri a Sonia, trafododd y tri yr hyn oedd gan Isla Scott i'w ddweud hefyd. Roedd popeth yn disgyn i'w le yn well na'r disgwyl. Ar ôl i Jeff roi tapiau'r cyfweliadau i'r staff gweinyddol oedd yn gweithio'r shifft hwyr, doedd dim arall allai o ei wneud tan y bore. Byddai mwy o dystiolaeth yn dod i law gan y gwyddonwyr fforensig bryd hynny. Pan oedd o ar gychwyn am adref, cofiodd am Nansi'r Nos, oedd wedi ceisio'i ffonio bum gwaith a gadael pedair neges iddo. Gallai'r hen Nansi fod yn dipyn o boen weithiau, ond gwae iddo ei hanwybyddu pan oedd rhywbeth yn ei phoeni.

'Lle ddiawl ti 'di bod, Jeff?' oedd ei chyfarchiad. 'Dwi wedi bod yn trio cael gafael arnat ti ers oriau!'

'Be fedra i wneud i ti, Nansi bach?' gofynnodd ar ôl ymddiheuro'n llaes iddi.

'Be fedrai *i* wneud i *ti* ti'n feddwl. Mae gen i fwy i ti am y Golden Sands 'na a'r bobol sy'n rhedeg y lle. Ro'n i yn y Rhwydwr yn gynharach heddiw a digwydd gweld Kenny Finch yno. Wel, am uffar o olwg sydd arno fo ar ôl y gweir gafodd o gan y ddau foi 'na. Gan ein bod ni'n dau wedi dod ymlaen mor dda tro dwytha, mi es i ato fo i siarad. Doedd ei ddillad o ddim mor smart heddiw, gyda llaw. Mi wnes i dipyn o ffŷs ohono fo – dach chi ddynion i gyd yn lecio hynny – a mwytho'r briwiau a'r cleisiau ar ei wyneb o, druan ohono fo. Wrth i mi bwyso yn ei erbyn o mi chwyddodd ei drowsus o, cofia.' Chwarddodd yn uchel. 'Beth bynnag, ti'n cofio fi'n deud bod un o'r bois yn cwffio fel bocsar proffesiynol? Wel, ma' raid ei fod o'n gwisgo modrwy go fawr, achos roedd hi wedi torri i mewn i'w foch o gan adael marc ar y cnawd.'

'Sut fath o fodrwy?' gofynnodd Jeff yn awyddus.

'Mi wnes i ei holi o am y peth heb wneud hynny'n amlwg ... mi fasat ti'n falch ohona i, Jeff, ro'n i'n disgrît iawn. Un efo pen neu goron neu rwbath arni oedd hi, ac mae'r boi yn ei gwisgo hi drwy'r amser, medda fo.'

Gwibiodd meddwl Jeff yn ôl i'r nos Iau cynt pan ymosodwyd arno ar ei ffordd adref. Gan fod pethau pwysicach wedi codi, doedd o ddim wedi cael cyfle i ymchwilio i hynny, ond yn sicr, roedd y cysylltiad wedi'i wneud erbyn hyn.

'Ddeudodd o pwy ydyn nhw?'

'Dal dy wynt am funud, Jeff. Mi fu raid i mi weithio dipyn arno fo er mwyn ei gael o i 'nhrystio i. Wyddost ti be 'sgin i ... mwytho'i glun o, addo pob math o betha iddo fo – petha jyst fel dwi isio'u gwneud i ti.'

Roedd Jeff yn dechrau colli amynedd ar ôl diwrnod mor hir, ond allai o ddim ei stopio hi ar hanner stori, yn enwedig stori mor ddifyr.

'Mi oedd Kenny'n deud ei fod o wedi cael llond bol i fyny yn Cwningar, yn enwedig ar ôl cael ei golbio, ac yn meddwl ei heglu hi o 'na rhag ofn iddyn nhw wneud yr un peth eto. Ddeudis i y bysa fo'n cael dod i aros ata i os nad oedd ganddo le i guddio. Fyswn i ddim yn gadael iddo fo ddod go iawn, ond roedd yn rhaid i mi fod yn neis efo fo, er mwyn ei gadw fo i siarad. Beth bynnag, mi ddeudodd o wrtha i mai'r ddau foi 'ma, rheiny welis i yn y Rhwydwr, sy'n rhedeg y sioe yn y lle Golden Sands 'na, a hynny yr holl ffordd o ganol Lloegr yn rwla. Dau frawd ydyn nhw, a Miles a Marcus Forecroft ydi'u henwa nhw. Bastards drwg ydyn nhw, medda Kenny. Wn i ddim os ydi hynna rywfaint o help i ti Jeff.'

'Nansi bach, ti'n werth y byd.'

'Mae arnat ti botel o fodca i mi felly. A sws fawr, hir.'

'Wn i ddim am y sws, ond gei di botel, â chroeso.'

Erbyn iddo ddiffodd yr alwad, roedd Jeff wedi cael ail wynt. I ddechrau, roedd Nansi wedi cadarnhau, mwy neu lai, mai'r ddau ddyn o Cwningar oedd yn gyfrifol am ymosod arno rai dyddiau'n ôl. Yn ail, roedd o wedi cael cadarnhad mai'r ddau hyn roedd Crwys Morris wedi'u cyfarfod tua'r adeg y bu i William Roberts ddiflannu bum mlynedd yn ôl. Ond yn bwysicach fyth, roedd Ditectif Brif-arolygydd Slater yn Birmingham wedi dweud wrtho mai Forecroft oedd cyfenw'r ddau frawd a garcharwyd am ymosod ar Morgan Roberts yn Wolverhampton ugain mlynedd ynghynt. Nid cyd-ddigwyddiad oedd hynny, roedd Jeff yn bendant.

Dechreuodd ystyried ymhellach. Roedd Slater wedi dweud wrtho fod y ddau wedi cael eu carcharu am bymtheng mlynedd, a chawson nhw ddim parôl. Tua phum mlynedd yn ôl, felly, y cafodd y ddau eu rhyddhau, tua'r un adeg ag y gwnaeth Crwys Morris eu cyfarfod am y tro cyntaf. Oedd y ddau wedi dod i Lan Morfa yn unswydd er mwyn dial ar y sawl oedd yn gyfrifol am eu rhoi yn y carchar flynyddoedd ynghynt, tybed? Ond nid Morgan gafodd ei ladd, ond William, ei efell a oedd yr un ffunud â fo.

Anadlodd Jeff allan yn uchel. Camgymeriad oedd y

cyfan. Llofruddiwyd y dyn anghywir. Roedd hynny'n gwneud synnwyr, yn sicr, ond byddai angen iddo wneud llawer iawn mwy o ymchwil er mwyn cadarnhau hynny.

Er gwaetha'i flinder llethol bu Jeff yn troi a throsi drwy'r nos. Ceisiodd ddadebru yn y gawod am hanner awr wedi saith, ac roedd ei feddwl yn bell i ffwrdd wrth iddo lowcio'i uwd a phaned o de ar ei draed yn y gegin. Gwyddai Meira nad oedd diben ceisio cynnal sgwrs efo fo pan oedd o fel hyn, felly rhoddodd gusan ar ei foch wrth ffarwelio â'i gŵr.

Erbyn hanner awr wedi wyth roedd Jeff yn eistedd wrth ei ddesg. I ddechrau, cysylltodd ag adran gudd-wybodaeth Heddlu Gorllewin y Canolbarth. Ymhen dim cafodd fynediad at hynny o wybodaeth a oedd ganddyn nhw am y ddau frawd, Miles a Marcus Forecroft. Ar ôl i'r ddau gael eu carcharu am yr ymosodiad ar Morgan a'r ferch ifanc roedden nhw wedi'i threisio, cawsant ei gyrru i wahanol garchardai. Rhyddhawyd y ddau yn 2019: Miles ym mis Ionawr a Marcus ar ddydd Gwener yr ugeinfed o Orffennaf, bythefnos yn unig cyn i William Roberts ddiflannu ar y pumed o Awst.

Roedd y ddau frawd wedi denu digon ar sylw'r heddlu dros y blynyddoedd – yn eu harddegau oedden nhw pan ddaethon nhw i sylw'r awdurdodau am y tro cyntaf. Miles oedd yr hynaf, ac roedd o'n cael ei ystyried yn fwy peniog na'i frawd bach, oedd â natur seicopathig. Fel roedd y ddau yn tyfu i fyny edrychodd Miles ar ôl Marcus, a'i arwain at yrfa o baffio er mwyn ceisio ffrwyno'i dueddiadau treisgar – dyna oedd y bwriad, beth bynnag. Er hynny, roedd y ddau mewn trwbwl yn gyson, yn dwyn, bwrglera, lladradau treisgar, ac yn y blaen.

Wnaeth yr un o'r ddau newid tra oedden nhw dan glo.

Roedd Miles Forecroft yn anodd i'w drin yn y carchar, ond roedd Marcus yn saith gwaith gwaeth. Yn dilyn trafferthion di-baid, gyrrwyd o i Wakefield, un o'r carchardai mwyaf diogel yn y wlad, lle gorffennodd ei ddedfryd.

Ychydig iawn o wybodaeth oedd amdanynt ar ôl i'r ddau gael eu rhyddhau, a doedd gan yr heddlu lleol ddim syniad ble roedden nhw'n byw ers blynyddoedd. Ystyriodd Jeff a fyddai'n werth iddo gysylltu â charchar Wakefield er mwyn cael gwybod mwy am Marcus – byddai'r staff yn siŵr o gofio carcharor mor drafferthus.

Daeth Sonia i mewn i'r swyddfa ychydig cyn naw.

'Bore da, Jeff,' meddai, 'oes 'na ryw newydd?'

'Oes. Dwi'n gweithio ar rywfaint o wybodaeth ddiddorol ges i cyn mynd adra neithiwr. Dwi'n trio cadarnhau chydig o bethau cyn i mi ei rannu o efo Lowri a titha.'

'Edrych ymlaen i gael gwybod mwy. Gyda llaw, mae un o'r gwyddonwyr fforensig efo Lowri yn ei swyddfa ar hyn o bryd,' meddai Sonia. 'Gobeithio fod 'na dipyn mwy o dystiolaeth erbyn bore 'ma. Darganfod olion o waed Caldwell ar ddillad Morris fysa'n handi,' meddai.

Ar ôl i Sonia fynd at Lowri a'r gwyddonydd fforensig, ffoniodd Jeff Garchar Wakefield, a chafodd siarad â swyddog yn yr adran ddisgyblaeth. Y drefn oedd bod yn rhaid i'r swyddog ei ffonio'n ôl cyn rhoi unrhyw wybodaeth iddo, er mwyn gwneud yn siŵr fod Jeff yn ffonio o orsaf heddlu, ond chymerodd hynny ddim yn hir.

'Holi ydw i am gyn-garcharor oedd efo chi tan ryw bum mlynedd yn ôl. Marcus Forecroft ydi'i enw o. Mae gen i ddiddordeb ynddo fo ar hyn o bryd.' Dechreuodd Jeff roi dyddiad geni Forecroft, ond torrodd y swyddog ar ei draws.

'Does dim isio i chi drafferthu rhoi'r manylion i mi,'

meddai, 'dwi'n ei gofio fo'n iawn. Mae nifer fawr o'n carcharorion ni'n creu dipyn go lew o drafferth i ni, ond Forecroft oedd un o'r rhai gwaethaf. Dwi ddim wedi gweld fawr neb mwy treisgar na fo. Roedd angen i hyd at bedwar ohonan ni ei warchod bob tro roedd o allan o'i gell am y flwyddyn neu ddwy gynta roedd o yma. Ffansïo'i hun yn dipyn o focsiwr – mae'r carcharorion yn cael paffio fel rhan o'u hymarfer corff yma, ac mi oedd o'n gwneud yn iawn nes i un o'r carcharorion eraill ei gnocio fo allan mewn cystadleuaeth un noson a thorri'i drwyn o.'

Trwyn cam – roedd o wedi clywed hynny gan Nansi.

'Oedd o'n ymddwyn yn well ar ôl y ddwy flynedd gyntaf felly?' gofynnodd Jeff.

'I ryw raddau, ac roedd hynny'n rhyfedd. Rhoddwyd o i rannu cell efo dyn llawer iawn hŷn na fo, un nad oedd Forecroft yn ei ystyried ei fod yn fygythiad iddo. Dyn o'r enw Phillip Wynne.'

'Pam oedd Wynne yn y carchar?'

'Llofruddio. Arhoswch i mi gael golwg ar ei ffeil o ar y cyfrifiadur 'ma.'

Arhosodd Jeff am funud neu ddau cyn i'r swyddog barhau.

'Cafwyd Wynne yn euog o lofruddio dynes yn ei saithdegau yn 1979 pan oedd o'n ddeugain oed. Cafodd ei ryddhau yn 1991 ar ôl deuddeng mlynedd, ac o fewn blwyddyn a hanner roedd o wedi mwrdro dwy ddynes arall yn eu saithdegau hwyr. Roedd o'n targedu'r merched – bod yn gyfeillgar efo nhw, gwneud neges iddyn nhw a jobsys o gwmpas y tŷ a'r ardd, a phan oedd o wedi ennill eu hymddiriedaeth roedd o'n eu crogi efo'i ddwylo. Yn ôl adroddiad meddygol wnaethpwyd ar gyfer y llys, doedd ganddo ddim rheolaeth ar yr ysfa i ladd. Gan ei fod o'n berygl i'r cyhoedd doedd gan y barnwr ddim dewis ond ei garcharu am oes.'

'Fedra i ddim gweld bai arno fo, ond peth rhyfedd ei fod o a Marcus Forecroft wedi gwneud mor dda efo'i gilydd.'

''Dan ni'n gweld y peth yn aml yma. Roedd Wynne yn gwybod na fyddai o'n cael ei ryddhau felly mi ddysgodd sut i fod yn garcharor. Gan fod ganddo addysg reit dda roedd o'n dysgu carcharorion eraill i ddarllen a sgwennu. Byddai'n gwneud crefftau o bob math i ddiddori'i hun ac eraill, ac roedd o'n wych am drin gardd y carchar.'

'Ydi o efo chi o hyd?' gofynnodd Jeff. 'Mi hoffwn i gael gair efo fo.'

'Nac'di. Mae o mewn hosbis yn Swydd Caer yn marw o ganser, ac wedi bod yno ers tua mis.'

'Mi gafodd ei ryddhau felly?'

'Coeliwch chi fi, mae Phillip Wynne yn ddyn mor wael ar hyn o bryd, dydi o ddim yn beryg i neb bellach.'

'Lle mae'r hosbis?' gofynnodd Jeff.

Rhoddodd y swyddog y manylion iddo. 'Well i chi frysio os ydach chi'n meddwl mynd i'w weld o,' meddai. 'Fydd o ddim efo ni'n hir.'

'Sut mae llofrudd yn teimlo wrth ddysgu eu bod nhw'u hunain yn mynd i farw, 'sgwn i?'

'Pawb yn wahanol,' atebodd y swyddog. 'Troi at grefydd ddaru Wynne. Roedd hi'n anodd ei gadw fo allan o eglwys y carchar.'

'Pa enwad?'

'Yr eglwys Babyddol. Roedd o'n mynd i'r gyffesgell yn gyson.'

'Dwi'n siŵr fod ganddo ddigon i'w ddweud.'

Pennod 38

Roedd Jeff ychydig funudau'n hwyr yn cyrraedd y gynhadledd y bore hwnnw. Yn wir, fo oedd yr olaf i gyrraedd a throdd pawb i edrych arno. Ar ei ffordd i mewn i'r ystafell cododd ei law i gyfeiriad Lowri Davies i ymddiheuro. Nodiodd hithau'n ôl a cherddodd Jeff i'w gornel arferol yng nghefn y neuadd.

'Reit,' dechreuodd Lowri. 'Fel y gwyddoch chi, mae'r ymchwiliad 'ma'n symud yn ei flaen yn gyflym iawn, a rhaid i mi ddiolch i chi i gyd am eich brwdfrydedd, eich cydweithrediad a'r oriau hir rydach chi'n eu rhoi i'r job. Mae Crwys Morris ac Isla Scott yn dal yn y ddalfa a fydd 'run ohonyn nhw'n cael eu rhyddhau. Mae'r dystiolaeth yn ein harwain ni at gyhuddo Scott o fod yn rhan o gynllwyn efo Michael Caldwell i flacmelio Morris; hefyd mae hi'n cyfaddef ei bod, efo Morris, wedi cynllwynio i lofruddio ei fam, Ethni Roberts, ugain mlynedd yn ôl.

'Mae Crwys Morris wedi cael ei arestio dan amheuaeth o ladd ei fam, a hefyd o ladd Michael Caldwell rai dyddiau'n ôl. Dydi o ddim wedi cyfaddef ei fod yn euog o 'run o'r ddwy drosedd.' Cymerodd Lowri chwarter awr i roi crynodeb o gyfweliadau'r ddau. 'Mi fyddwn ni'n dibynnu'n drwm iawn ar y dystiolaeth fforensig yn achos Crwys Morris.' Cerddodd yn araf o un ochr i'r llwyfan bychan i'r llall wrth feddwl. 'Yr olion traed ger corff Caldwell i ddechrau,' meddai. 'Erbyn hyn mae 'na dystiolaeth gadarn yn profi mai esgidiau y gwnaethon ni eu cymryd o dŷ Morris oedd yn gyfrifol am y rheiny. Nesaf, y gyllell y daethpwyd o hyd iddi yn y brwyn rhwng cartref Caldwell ym Mhonc y Fedwen a chanol y dref. Roedd pwy bynnag ddefnyddiodd hi i ladd Caldwell yn gwisgo maneg Marigold, sydd wedi gadael marciau ar handlen y gyllell. Hen faneg oedd hi, a'r marciau mân arni wedi cael eu creu drwy iddi gael ei gwisgo a'i defnyddio dros gyfnod o amser. Mae'r marciau'n unigryw i'r faneg honno, ac yn cyd-fynd â'r marciau ar y menig ddarganfuwyd ym mŵt BMW Morris.'

Cododd un o'r ditectifs ei law i ofyn cwestiwn. 'Oes ganddon ni syniad menig pwy oeddan nhw? Dwi ddim yn meddwl fod Morris yn debygol o fod yn llnau ei dŷ ei hun.'

'Gwir,' atebodd Lowri, 'ond nid pwy oedd yn berchen ar y menig, a phwy oedd yn arfer eu defnyddio, sy'n bwysig, wrth gwrs. Y ffaith ydi fod maneg a gafodd ei defnyddio i afael yn y gyllell laddodd Caldwell wedi cael ei darganfod ym meddiant Morris. Bydd un ohonoch chi yn dangos y menig i'r ferch sy'n glanhau tŷ Morris yn ddiweddarach heddiw, a gawn ni weld be fydd ganddi hi i'w ddweud. Ond y ffaith eu bod nhw ym meddiant Crwys Morris sy'n bwysig.

'Rydan ni wedi llwyddo i gael data oddi ar gyfrifiadur mewnol BMW Morris, felly mae ganddon ni gofnod o'r teithiau wnaethpwyd gan gar Crwys dros y pythefnos dwytha,' parhaodd Lowri. 'Yn ôl y patholegydd, mae'n edrych yn debyg mai fin nos, nos Fercher diwethaf y lladdwyd Caldwell. Y noson honno, parciwyd car Morris yn y maes parcio yng nghanol y dref sydd ddeng munud ar droed o 1 Ponc y Fedwen. Roedd y car yno am chwe munud ar hugain, sy'n rhoi digon o amser i Morris fod wedi cerdded o'r maes parcio i Bonc y Fedwen, lladd Caldwell a cherdded yn ôl i'w gar. Cyn cychwyn oddi yno, agorwyd y bŵt am eiliad, a'i gau. Fyswn i'n awgrymu mai lluchio'r menig Marigold i'r fan honno ddaru o.'

'Pam na chafodd o wared ar y menig?' gofynnodd un llais o'r llawr. 'Dyna'r peth callaf i'w wneud dan yr amgylchiadau, fyswn i'n meddwl.'

'All neb fod yn sicr,' atebodd Lowri Davies. 'Efallai fod Morris yn meddwl y gallai ei DNA fod y tu mewn iddyn nhw. Mae hynny'n ddigon gwir, wrth gwrs. Taith nesaf y BMW, un fer iawn, oedd i'r maes parcio bychan sydd y tu ôl i dafarn y Rhwydwr. Bu yno am hanner awr cyn cael ei yrru eto, i gartref Crwys Morris y tro hwn, ac arhosodd yno drwy'r nos. Mae ymholiadau yn y dafarn wedi datgan fod Crwys Morris yno yn ystod yr amser y bu'r car tu allan yn y maes parcio, felly mi fydd yn anodd iawn iddo wadu mai fo oedd yn gyrru'r car y noson honno. Prynodd rownd o ddiodydd i hanner dwsin yn y bar a chael tipyn o hwyl yn eu cwmni. Fyswn i'n meddwl mai tric bach i roi alibi iddo'i hun oedd hynny. Un peth sylwodd Sam Little, y tafarnwr, arno oedd nad oedd Crwys Morris wedi'i wisgo "mor dwt a dandi", ei eiriau o, ag y mae o fel arfer. Mae ganddon ni ddisgrifiad o'r dillad hynny.

'Ond rŵan, dwi am sôn am y gwaed. Mae 'na olion bychan iawn o waed ar un o'r menig, yr un sy'n cyd-fynd â'r marciau ar y gyllell, ond mae gwaed hefyd wedi cael ei ddarganfod ar ddillad sy'n perthyn i Crwys Morris – y dillad sy'n cael eu disgrifio gan Sam Little a'i gwsmeriaid. Mewn bag plastig du oedd y rheiny, wedi'u claddu ym mhen draw ei ardd gefn.'

'Mi fysa rhywun wedi disgwyl iddo'u llosgi nhw,' cododd yr un llais o gefn y neuadd.

'Dyna fyddai troseddwr profiadol wedi'i wneud,' atebodd Lowri, 'ond mae 'na lawer o bethau wedi codi yn yr achos hwn sy'n awgrymu nad oedd Morris yn ymddwyn nac yn meddwl fel rhywun sydd â'r math hwnnw o brofiad. Dwi wedi bod yn ceisio rhoi fy hun yn esgidiau Morris. Oedd o mewn panig? Yn sicr. Oedd o'n bwriadu llosgi'r dillad ryw dro yn y dyfodol? Ella wir. Y gwir ydi na wnaeth Morris ystyried y byddai'r heddlu'n cnocio ar ei ddrws o ar ôl i gorff Caldwell gael ei ddarganfod. Wedi'r cwbwl, doedd dim cysylltiad rhwng y ddau i bob golwg. Doedd Morris ddim yn gwybod fod Isla Scott wedi bod yn byw efo Caldwell ers bron i bum mlynedd.

'Er bod gwaed ar y faneg a'r dillad, fel dwi'n dweud, tydi'r tîm fforensig ddim wedi cadarnhau eto mai gwaed Caldwell ydi o. Gobeithio y cawn ni ganlyniadau'r profion yn ddiweddarach heddiw.'

'Sut ma' hi'n mynd efo'r cyhuddiad arall o ladd ei fam?' gofynnodd llais un o'r ditectifs benywaidd.

'Dim cystal,' atebodd Lowri. 'Mae ganddon ni dystiolaeth gan y cyd-droseddwr, sef Isla Scott, ond efallai na fydd hynny'n ddigon i Wasanaeth Erlyn y Goron ar ei ben ei hun. Ond mae'r ymholiadau ynglŷn â'r ffliw yn dal i gael eu cynnal. Hefyd, wrth gwrs, mae ganddon ni'r blacmel, sef y rheswm fod Crwys wedi llofruddio Caldwell. Pam lladd Caldwell os nad oedd o'n euog o lofruddio'i fam? Gawn ni weld sut bydd y dystiolaeth yn datblygu.'

'Sut mae hyn i gyd yn taflu goleuni ar ein hymchwiliad gwreiddiol ni? Fedra i ddim gweld fod 'na gysylltiad,' gofynnodd yr un llais eto.

'Chydig iawn o wybodaeth 'dan ni wedi llwyddo i'w gael yn y dyddiau diwetha 'ma, ers i gorff Caldwell gael ei ddarganfod, mae gen i ofn,' atebodd Lowri, 'felly bydd raid i ni droi ein sylw i'r cyfeiriad hwnnw eto.'

Cododd Jeff ei law i fyny a chafodd ganiatâd i siarad.

'Dwi wedi cael gwybodaeth newydd yn hwyr neithiwr, ac eto y bore 'ma,' meddai. 'Dyna pam ro'n i'n hwyr yn cyrraedd y gynhadledd. Tydw i ddim wedi cael amser i gadarnhau'r wybodaeth eto, nac ystyried ei werth yn iawn, ond cyn gwneud adroddiad, hoffwn i gael gair efo chi, os gwelwch yn dda.'

'Dewch i'm swyddfa i yn syth ar ôl i ni orffen yn fama os gwelwch chi'n dda, Sarjant Evans,' meddai Lowri. Trodd at weddill ei chynulleidfa. 'Mae faint fynnir o weithrediadau i chi i gyd,' meddai, 'a diolch i bawb am eich ymdrechion unwaith eto.'

Ymhen deng munud roedd Lowri, Sonia a Jeff yn eistedd o gwmpas y ddesg yn swyddfa'r Ditectif Siwper gyda phaned o goffi bob un. Agorodd Lowri'r drôr yn ei desg a thynnodd y paced bisgedi ohoni. Gwenodd Jeff.

'Reit 'ta. Be sy ganddoch chi, Jeff?'

'Nid yr wybodaeth yn unig sy'n bwysig, ond sut i'w drin o,' dechreuodd Jeff. 'Mi wyddoch chi 'mod i wedi bod yn cadw llygad ar yr hyn sy'n digwydd yn Golden Sands. Dau o ddynion o gyffiniau Birmingham sy'n rhedeg y lle yng nghysgod cwmni wedi'i gofrestru yn Ynysoedd Cayman, a phur anaml y byddan nhw'n dod i'r ardal 'ma.'

'Ia,' atebodd Lowri, 'mi sonioch chi rwbath am nwyddau ffug. Wnaethoch chi basio'r wybodaeth ymlaen i'r adran dwyll?'

'Naddo, a diolch i'r nefoedd na wnes i ddim.'

Gwelodd Jeff y ddwy yn moeli'u clustiau.

'Mi ges i alwad yn hwyr neithiwr gan hysbysydd i mi sydd wedi bod yn gwneud y math o ymholiadau na alla i eu gwneud fy hun, ac mi ydw i wedi medru darganfod eu henwau. Dau frawd ydyn nhw o'r enw Miles a Marcus Forecroft.' Oedodd Jeff am eiliad neu ddwy er mwyn i'r frawddeg nesaf gael yr effaith roedd hi'n ei haeddu. 'Y ddau frawd yma, ac un dyn arall, gafodd eu carcharu am ymosod yn rhywiol ar ferch ifanc yn Wolverhampton ugain mlynedd yn ôl, yr un ddaru Morgan Roberts ei hachub rhag mwy o niwed. Cafodd y tri hefyd eu cyhuddo a'u cael yn euog o geisio lladd Morgan ar yr un noson.'

Gwelodd Jeff y datganiad yn taro'r ddwy. Cododd Lowri o'i chadair a cherdded at y ffenest, fel petai'n chwilio am ysbrydoliaeth.

'Mae 'na fwy,' meddai Jeff. 'Llawer iawn mwy.'

Aeth Lowri yn ôl i'w chadair cyn i Jeff barhau. Yn bwyllog ac yn fanwl, adroddodd yr holl hanes o'r dechrau i'r diwedd. Eisteddodd Lowri a Sonia yn fud, a gwnaeth Lowri ambell nodyn ar ddarn o bapur.

'I ddechrau, pam na wnaethoch chi sôn wrtha i bod rhywun wedi ymosod arnoch chi nos Iau dwytha?' mynnodd Lowri. 'Mae chwe diwrnod ers hynny!'

'Ar y pryd, wnes i ddim sylweddoli arwyddocâd y digwyddiad, a doedd o ddim llawer o beth, beth bynnag. Y bore wedyn daeth corff Michael Caldwell i'r fei, ac roedd hynny'n cymryd blaenoriaeth.'

Nodiodd Lowri fel petai'n deall a derbyn ei safbwynt. 'Ond er hynny,' meddai, 'rhybudd i chi beidio â holi mwy yn Golden Sands oedd o.'

'Siŵr iawn, ond yn gynharach y diwrnod hwnnw ro'n i wedi bod yn Adran Gynllunio'r Cyngor yn gwneud ymholiadau am y cais i ddatblygu'r lle bron i bum mlynedd yn ôl. Roedd 'na awgrym o lygredd bryd hynny, a dwi'n siŵr fod y ddau yma, y brodyr Forecroft, yn meddwl mai ar hynny ro'n i'n edrych. Tasan nhw wedi sylweddoli mai ymchwilio i lofruddiaeth William Roberts oeddwn i, ella y bysa'r canlyniad wedi bod yn wahanol.'

'Ella na fysan nhw wedi ymosod arnoch chi o gwbl,' cynigiodd Sonia, 'fysan nhw ddim wedi tynnu sylw atyn nhw'u hunain yn ddiangen.'

'Mae'n amheus gen i ydyn nhw'n ymwybodol fod 'na ymchwiliad ar y gweill i lofruddiaeth ddigwyddodd bum mlynedd yn ôl. Yr unig beth sydd ar eu meddyliau nhw ydi rhedeg eu busnes – a dwi'n grediniol mai drwy werthu a dosbarthu nwyddau ffug o ffermdy Cwningar y mae eu helw mwya'n dod. Ydyn, maen nhw ynghlwm â Golden Sands drwy gwmni Sandy Lane Ltd, er mai Glenda Fairclough a Kenny Finch sy'n rhedeg y lle o ddydd i ddydd, ond dwi'n meddwl mai ffrynt ydi hwnnw.'

'Mae'n rhaid i mi ddeud, Jeff, fod yr amseru i weld yn daclus iawn. Diflaniad William, y ddau frawd yn cael eu rhyddhau o'r carchar a'r cais i ddatblygu Golden Sands. Ond rydach chi'n awgrymu fod y brodyr wedi dod i'r ardal i ddial ar Morgan Roberts am roi tystiolaeth yn eu herbyn, yn tydach.'

'Ydw. Roeddan nhw'n siŵr o gofio enw Morgan Roberts, a chofio'i wyneb o. Ella'u bod nhw wedi sylweddoli yn ystod y digwyddiad neu'r achos llys fod ganddo acen Gymraeg, a byddai hynny'n ddigon iddyn nhw ddod i chwilio amdano. Synnwn i ddim mai drwy holi o gwmpas yr ardal y daethon nhw ar draws Crwys Morris, a dyna sut y dechreuodd y syniad am fusnes Golden Sands.'

'Tybed fyddai ffermwyr eraill yr ardal yn cofio dau Sais yn holi am Morgan Roberts bum mlynedd yn ôl?' gofynnodd Sonia.

'Go brin,' meddai Lowri. 'Ond os mai dod i ddial ar Morgan wnaethon nhw, ai Morgan oeddan nhw'n bwriadu ei ladd? Wedi'r cwbwl, does dim cymhelliad o gwbwl iddyn nhw ladd William. Coblyn o gamgymeriad.'

Bu'r tri yn ddistaw am ennyd hir.

'Be ydi'n cam nesaf ni felly?' gofynnodd Lowri o'r diwedd, gan edrych ar y ddau yn eiddgar.

'Ar hyn o bryd, does ganddon ni ddim syniad lle mae'r ddau yn byw,' meddai Sonia. 'Maen nhw'n dod i Golden Sands o dro i dro, ond petaen ni'n dechrau holi yn fanno mi fydden nhw'n siŵr o ddod i wybod, a diflannu. A pheth arall, tydw i ddim yn gweld troseddwyr cyfresol fel Miles a Marcus Forecroft yn cyfaddef i ddim.'

'Digon gwir,' cytunodd Lowri. 'Jeff? Be amdanoch chi?'

'Mi fyswn i'n lecio mynd i'r hosbis i weld Phillip Wynne, hwnnw fu'n rhannu cell efo Marcus yng Ngharchar Wakefield. Does gen i ddim i'w golli – mae'r dyn ar ei wely angau.'

'Fyswn i ddim yn meddwl y gwnawn nhw adael i chi fynd i mewn i le fel hosbis i holi dyn sydd mor wael,' meddai Lowri.

'Gadewch chi hynny i mi,' atebodd Jeff.

Pennod 39

Brysiodd Jeff a Sonia yn ôl i'w swyddfa. Aeth Sonia ati i drefnu mwy o weithrediadau ar gyfer y timau ditectifs, yn cynnwys gwneud ymholiadau i geisio darganfod a oedd y brodyr Forecroft wedi cael eu gweld yn yr ardal gan rywun heblaw Crwys Morris yn agos i'r amser y bu i William Roberts ddiflannu.

Cododd Jeff ei ffôn bach er mwyn gwneud galwad.

'Meira, cariad,' meddai ar ôl i'w wraig ateb, 'ti'n cofio'r gân actol honno y buost ti ynddi, yn y noson elusennol 'na? ... Ia, dyna chdi. Pregethwr oeddat ti'n 'i chware 'de? Ydi'r crys llwyd tywyll a'r goler wen 'na wisgaist ti yn dal i fod acw?'

Oedodd Jeff am bron i funud y tro hwn wrth i Meira siarad. Tynnodd Sonia ei sylw drwy chwifio'i llaw arno.

'O, dim ond isio'u benthyg nhw. A'r sgarff sidan piws neis 'na ti'n 'i wisgo i fynd allan weithia. Sonia'n cofio atat ti, gyda llaw.'

Roedd ychydig mwy o oedi.

'Iawn, cariad. Na, dwi ddim yn mynd i wneud rwbath gwirion. Mi ddo' i adra i'w nôl nhw mewn munud. O, a chwilia am fy siwt orau i yn y wardrob wnei di, plis? Wela i di mewn munud.'

Roedd Sonia'n edrych yn ddryslyd arno. Roedd ganddi syniad beth oedd yn mynd ymlaen ond allai hi ddim credu'r peth, chwaith.

'Anghofia be ti newydd 'i glywed, a phaid â meiddio sôn

wrth Lowri. O, ac os weli di Meira, paid â sôn wrthi fod rhywun wedi ymosod arna i'r noson o'r blaen. Mae hi'n tueddu i boeni gormod.'

Trodd Jeff ar ei sawdl cyn iddi gael cyfle i ymateb.

Pur anaml roedd Jeff yn gwisgo'i ddillad gorau, ond heddiw, teimlai'r ditectif sarjant yn reit smart. Stopiodd mewn siop ar gyrion y dref a rhoi'r hyn a brynodd yno yn y briffces du roedd o'n ei gario. Roedd o'n defnyddio'i gar ei hun yn hytrach nag un o geir yr heddlu, a throdd y llywiwr lloeren ymlaen a rhoi cod post Hosbis Santes Agnes yn Knutsford yn y cof. Ymhen dwy awr parciodd ei gar ym mhen draw maes parcio'r hosbis. Rhoddodd y goler wen am ei wddw ac edrych yn y drych. Ni allai beidio â gwenu. Roedd o'n edrych y part. Gafaelodd yn ei gês bach du a cherdded i gyfeiriad y drws ffrynt. Canodd y gloch ac o fewn byr amser daeth merch ifanc wedi'i gwisgo mewn iwnifform wen i'w agor. Gwenodd arno.

'Prynhawn da,' meddai Jeff. 'Y Tad Brendan O'Neill ydw i, wedi dod i weld Phillip Wynne. Dwi'n meddwl eich bod chi'n gwybod 'mod i am alw.'

'Dewch i mewn,' meddai'r ferch, a gofynnodd iddo arwyddo'r llyfr ymwelwyr.

Tra oedd Jeff yn gwneud hynny, edrychodd y ferch trwy lyfr arall. Trodd y tudalennau yn ôl ac ymlaen fwy nag unwaith.

'Wela i ddim cofnod ein bod ni'n eich disgwyl chi,' meddai. 'Dwi'n nabod un neu ddau o'r offeiriaid lleol fydd yn galw yma'n weddol gyson. Ydach chi wedi bod yma o'r blaen?'

'Naddo,' atebodd Jeff. 'Cydweithio efo'r Gwasanaethau

Carchardai ydw i, ac o gwmpas Wakefield a charchardai eraill y gogledd-ddwyrain fydda i'n gwasanaethu fel arfer. Efallai eich bod chi'n gyfarwydd â hanes Mr Wynne. Yng Ngharchar Wakefield oedd o cyn iddo ddod yma. A sut mae o erbyn hyn?' gofynnodd.

'Yr unig beth allwn ni ei wneud ydi sicrhau ei fod o'n gyfforddus a di-boen.'

'Wel, efallai y galla i wneud rhywbeth i edrych ar ôl ei gyflwr ysbrydol o. Mi wna i be fedra i.' Ceisiodd Jeff siarad ychydig yn fwy ffurfiol a pharchus nag arfer.

'Dilynwch fi, os gwelwch yn dda, Father O'Neill,' meddai'r ferch gyda gwên.

Roedd hi wedi llyncu'r stori, ond roedd ganddo sawl pont i'w croesi cyn diwedd y prynhawn.

Dilynodd Jeff y nyrs ar hyd y gwahanol goridorau nes iddynt gyrraedd ystafell Phillip Wynne. Gorweddai'n gysglyd yn ei wely. Edrychai'n hŷn na'i oed ac yn denau – roedd esgyrn ei ysgwyddau i'w gweld drwy grys ei byjamas, ond roedd ei wyneb yn llyfn ac wedi cael ei eillio'r diwrnod hwnnw. Edrychai'n debyg ei fod yn cael gofal ardderchog. Roedd tiwb yn disgyn o fag o hylif uwch ei ben ac yn cysylltu â chaniwla yn ei law chwith, a thiwb arall yn amlwg o gathetr i fag arall o dan y gwely.

Stwyriodd Phillip Wynne pan afaelodd y nyrs ifanc yn ei ysgwydd yn dyner. Ffocysodd ei lygaid llaethog ar wyneb Jeff, a gwenodd yr hen ŵr yn wan. Rhoddodd y nyrs obennydd y tu ôl i'w gefn i'w gynnal.

Ar ôl sefyll yn dawel am ennyd, siaradodd Jeff.

'Y Tad Brendan O'Neill ydw i, Phillip. Wedi dod yma am sgwrs, rhag ofn y galla i wneud rhywbeth i chi.'

'Diolch i chi, Y Tad O'Neill. Eisteddwch i lawr,' atebodd.

Roedd ei lais yn wan, ond eto'n ddealladwy.

'Mi wnaiff Y Tad Brendan yn iawn,' atebodd Jeff.

Eisteddodd Jeff ar gadair wrth ochr y gwely, a rhoi ei gês du i lawr wrth ei ochr. 'Diolch yn fawr i chi,' meddai wrth y nyrs. 'Fydd hi'n iawn i mi alw arnoch chi os bydd angen?' gofynnodd. 'Dydi hi ddim yn arferol i rywun arall fod yn bresennol pan mae rhywun yn siarad â'i offeiriad.'

'Nac'di siŵr,' atebodd hithau. 'Pwyswch y gloch 'na os fyddwch chi angen rwbath.'

Caeodd y nyrs y drws ar ei hôl, a throdd Jeff i wynebu Wynne.

'Hoffech chi i ni ddweud gweddi fach efo'n gilydd, cyn i ni gael sgwrs?' gofynnodd. Gobeithiai Jeff i'r nefoedd y byddai'n gwrthod y cynnig gan fod ei wybodaeth grefyddol yn bytiog iawn. Roedd o hefyd yn ysu i gael ei holi am ei gyfnod yn Wakefield efo Marcus Forecroft.

'Does dim rhaid,' atebodd Wynne. 'Mae gen i ddigon o amser i weddïo fy hun. Well gen i ofyn am faddeuant tra byddwch chi yma.'

'Wrth gwrs,' atebodd Jeff. Plygodd i lawr i agor ei gês, a thynnodd ddwy gannwyll ohono. Gosododd nhw ar y byrddau bob ochr i'r gwely a'u goleuo. Tynnodd sgarff sidan piws Meira allan o'r cês a'i roi o amgylch ei wddf gan adael i'r ddau ben hongian i lawr. Gobeithiai, unwaith eto, na fyddai Phillip Wynne yn sylweddoli nad oedd y dilledyn yn un go iawn.

'Yn enw'r Tad, a'r Mab, a'r Ysbryd Glân,' meddai'r ditectif sarjant, gan wneud arwydd y Groes o'i flaen.

Gwnaeth Wynne yr un peth.

'Does gen i ddim llawer ar ôl yn yr hen fyd 'ma,' meddai Wynne yn sigledig. 'Mae gen i ofn be ddaw, ac mae'n rhaid i mi gael cyffesu fy holl bechodau cyn i mi fynd. Wnewch chi gymryd fy nghyffes i?'

Doedd Jeff ddim wedi disgwyl hyn. Ceisiodd gofio sut roedd offeiriaid go iawn yn ymddwyn. Gan nad oedd wedi bod mewn na chapel nag eglwys ers cyn cof, dim ond ar raglenni teledu a ffilmiau roedd o wedi eu gweld wrth eu gwaith. Gobeithiai fod y rheiny'n o agos at eu lle.

'Bendithiwch fi, o Dad. Dwi wedi pechu,' meddai Wynne. 'Dwi wedi treulio'r rhan fwyaf o f'oes yn y carchar am ladd, llofruddio pobol llawer iawn mwy diymadferth na fi.'

Ni ddywedodd Jeff air, dim ond gadael i Wynne ddweud ei ddweud yn ei amser ei hun.

'Dwi wedi cael fy nghosbi ar y ddaear 'ma am rai troseddau,' parhaodd, 'ond tydw i ddim isio croesi'r afon heb gael maddeuant am y gweddill.'

'Rydw i yma i wrando arnoch chi ... fy mab,' meddai Jeff, yn trio'i orau i chwarae ei ran a pheidio ag ymddangos yn rhy eiddgar i glywed mwy.

'Dwi wedi gwadu, ar hyd y blynyddoedd, i mi gyflawni mwy o droseddau, ond rŵan dwi angen dweud y gwir wrthach chi, Tad Brendan, er lles fy enaid tragwyddol.'

Bu bron i Jeff ebychu'n uchel wrth glywed y datganiad, ond llwyddodd i'w droi'n besychiad. Doedd o ddim wedi disgwyl hyn. Dechreuodd anghofio am ei gymeriad newydd.

'Pa droseddau ac yn lle?' gofynnodd.

Enwodd Phillip Wynne bedair dynes arall roedd o wedi'u llofruddio dros gyfnod o dair blynedd ym Manceinion, Leeds, Bradford a Preston. 'Margaret Knowles, Hilary Parker, Doris Swanson a Sylvia Goodman oedd eu henwau,' meddai trwy ei ddagrau. 'Ro'n i'n ffond iawn ohonyn nhw.'

Buasai Jeff wrth ei fodd petai wedi medru cofnodi'r wybodaeth, yn enwedig pan ddechreuodd Wynne roi'r dyddiadau perthnasol iddo, ond doedd o ddim eisiau gwneud unrhyw beth a fyddai'n torri ar lif geiriau yr hen ddyn. A doedd ganddo ddim syniad sut i lywio'r sgwrs at Marcus Forecroft chwaith.

Bu'n rhaid iddo eistedd yn ddistaw a pharchus wrth i Wynne enwi nifer o fenywod eraill roedd o wedi bod ar eu trywydd gyda'r bwriad o'u lladd. Roedd o'n cynnwys y math o fanylion na fyddai neb ond y llofrudd yn ei wybod. Ble ar y ddaear roedd hyn yn mynd i'w adael o, meddyliodd Jeff? Fel plismon roedd ganddo ddyletswydd i roi'r holl wybodaeth i'r lluoedd perthnasol, ond sut allai o wneud hynny ac yntau wedi cael yr wybodaeth drwy'r fath dwyll? Ceisiodd lywio'r sgwrs oddi wrth y troseddau erchyll.

'Diolch i chi am eich cyffes, fy mhlentyn. Ond cofiwch, mae drwg a da ym mhob un ohonom ni, Phillip.'

'Does dim llawer o dda yndda i. Drwy fy mywyd mae fel petai rwbath yn fy nhynnu fi i wneud y pethau drwg 'ma. Dwi'n sylweddoli rŵan, yn rhy hwyr, mai fy newis i oedd o, bob tro, er gwaetha'r holl wadu. Ac erbyn hyn mae'r ofn y tu mewn i mi'n tyfu. Ofn yr uffern sy'n disgwyl amdana i ydw i.'

'Meddyliwch am y da wnaethoch chi, Phillip. Faint o ddynion ydych chi wedi'u helpu yn y carchar? Dysgu pobol i ysgrifennu a darllen. Dysgu iddyn nhw arddio, a dysgu crefftau iddyn nhw. A dysgu un neu ddau, rwy'n siŵr, sut i ymddwyn yn y carchar, er eu budd eu hunain.'

Ystyriodd Wynne y geiriau'n ofalus. 'Wel, oes, mae rhywfaint o wir yn hynny, am wn i, ond dim digon i wneud iawn am fy mhechodau.'

'Dwi'n siŵr y byddai sawl un yn anghytuno. Ydych chi wedi bod yn ddylanwad da, yn ddylanwad mawr ar rywun?'

'Mi oedd 'na un, un gwyllt ofnadwy roedd pawb, y swyddogion a'r carcharorion eraill i gyd, ei ofn o.'

'Pwy oedd hwnnw?'

'Marcus oedd ei enw fo. Marcus Forecroft. Roedd o i mewn am bymtheng mlynedd am drais rhywiol a cheisio lladd rhyw hogyn ifanc oedd yn dyst i'r trais. Roedd Marcus yn casáu hwnnw. Yr unig beth oedd ar ei feddwl o, ddydd a nos, am dair blynedd gyntaf ei ddedfryd, oedd dial arno a'i ladd.'

Bingo, meddyliodd Jeff. Ceisiodd feddwl sut i barhau heb godi amheuon Wynne. 'Wnaethoch chi ei atal o rhag gwneud hynny?'

'Naddo. Dim peryg. Ond mi lwyddais i sianelu'r casineb hwnnw, a'i egni, i gyfeiriadau eraill. Mi wnes i ei annog o i focsio yn y gampfa i gael gwared o'i holl egni, a thawelu ei feddwl drwy ei ddysgu i wneud modelau o longau hwylio efo matshys. O ganlyniad mi wnaeth ei berthynas â'r carcharorion eraill, a'r swyddogion, wella. Mi dreuliodd dipyn o amser ar un o'r llongau – roedd o am ei rhoi yn anrheg i rywun yn syth ar ôl iddo gael ei ryddhau o'r carchar, medda fo.'

Y matshys wrth y corff! Roedd popeth yn ffitio'n daclus i'w le erbyn hyn, ond sut yn y byd allai o ddefnyddio'r wybodaeth ac yntau wedi'i chael mewn modd anghyfreithlon? Yn sydyn, cafodd syniad. Doedd ganddo ddim byd i'w golli.

'Mi hoffwn i faddau'n llawn i chi, Phillip, ond mae rhwystr i'r cam ysbrydol hwnnw.'

'Rhwystr? Ond pam?' plediodd y dyn gwan a orweddai o'i flaen. 'Dwi ar fy ngwely angau – dwi angen maddeuant cyn croesi.'

'Fel offeiriad, does gen i ddim hawl i sôn wrth neb am y sgwrs rydym ni wedi'i chael y prynhawn yma. Ond petaech chi'n cyfaddef popeth i'r awdurdodau, byddai perthnasau'r menywod y gwnaethoch chi eu lladd yn medru dod i delerau â'r peth, a chau pen y mwdwl ar eu colled. Fydd dim cosb i chi, yn eich gwendid fel hyn. Os gwnewch chi gyfaddef i'r heddlu fel rydach chi wedi cyffesu i mi heddiw, bydd eich llwybr i'r nefoedd yn agor o'ch blaen.'

'Gwnaf,' atebodd yn syth, 'os ga i faddeuant. Pa ddewis arall sydd gen i?'

'Mi wna i'r trefniadau i chi. Yn y cyfamser, ar ôl i mi fynd, adroddwch yr Henffych Fair ddwsin o weithiau.'

'Mi wna i,' atebodd, 'a diolch yn fawr i chi, Tad Brendan.'

Diffoddodd Jeff y canhwyllau a'u rhoi yn ôl yn ei gês efo sgarff Meira. Ei obaith oedd medru gadael yr ystafell cyn i Phillip Wynne ofyn iddo roi'r Sacrament Olaf iddo. Trodd wrth y drws i edrych ar yr hen ddyn. Roedd ei wefusau yn symud bymtheg y dwsin wrth iddo adrodd ei benyd.

Gwelodd y nyrs ifanc ar ei ffordd allan, a diolchodd iddi. 'Gwrandwch,' meddai wrthi. 'Yn rhyfedd iawn, mae Mr Wynne wedi gofyn i mi drefnu i blismon i ddod yma i'w weld o.'

'Os mai dyna mae o'n ei ddymuno, popeth yn iawn efo ni,' atebodd y nyrs.

Ar ôl cyrraedd ei gar, gollyngodd Jeff ochenaid ddofn. Oedd yr hyn roedd o newydd ei wneud yn gyfiawn? Nagoedd. Ond roedd yr hyn a wnaeth Wynne ganwaith gwaeth. Roedd twyll bach er lles eraill yn dderbyniol, penderfynodd.

Edrychodd ar ei watsh. Dim ond tri o'r gloch y prynhawn oedd hi o hyd. Ar ôl tynnu'r goler anghyfforddus gyrrodd am adref. Defnyddiodd system sain ei gar i wneud galwad ffôn.

'Sgwâr,' meddai. 'Fi sy 'ma. Gwranda, mae hyn yn bwysig. Dwi isio i ti anghofio am beth bynnag rwyt ti'n wneud rŵan, a mynd i Hosbis Santes Agnes yn Knutsford. Dos â recordydd tâp efo chdi er mwyn cynnal cyfweliad dan rybudd. Datganiad gwely angau fydd o, ac mi fydd angen i ti gymryd datganiad tyst hefyd.' Dywedodd yr hanes wrtho, bob tamaid, gan gynnwys pam na allai wneud y gwaith ei hun.

'Dos rŵan, ar dy ben dy hun,' ychwanegodd Jeff, 'a phaid â deud wrth neb arall lle rwyt ti'n mynd. Os oes rhywun yn mynnu cael gwybod, deud dy fod ti'n gwneud tasg arbennig i mi. Wyt ti'n dallt?'

Ni allai Ditectif Gwnstabl Owain Owens beidio â chwerthin. 'Fyswn i wrth fy modd taswn i'n bry ar y wal, Sarj,' meddai.

Pennod 40

'Ti adra'n gynnar,' meddai Meira pan gyrhaeddodd Jeff adref am chwarter wedi pump.

'Dim ond picio adra efo dy ddillad di ydw i – a diolch i ti am gael eu benthyg nhw. Dwi angen newid o'r siwt 'ma cyn mynd yn ôl i'r swyddfa.'

'Ro'n i'n amau. Pam oeddat ti isio nhw beth bynnag?'

'Mae'n haws cael cyfaddefiad allan o rywun os ydyn nhw'n meddwl mai offeiriad wyt ti.'

'Jeff!' ebychodd Meira. 'Sgin ti ddim cywilydd, dŵad?'

Erbyn chwech o'r gloch roedd y gynhadledd nosweithiol ar fin gorffen. Cadwodd Jeff yn glir o'r neuadd rhag ofn i Lowri ei alw i mewn a holi am yr hyn roedd o wedi'i ddysgu yn ystod y dydd – roedd o angen llonydd i feddwl sut orau i gyflwyno'i hanes iddi. Byddai'n rhaid iddi gael yr wybodaeth newydd bwysig cyn gynted â phosib – doedd dim amser i aros i Sgwâr gyrraedd yn ôl.

Doedd dim pwynt oedi, penderfynodd, ac ymhen ychydig funudau roedd yn cnocio ar ddrws swyddfa'r Ditectif Uwch-arolygydd. Ymddangosodd Sonia ar ei ffordd o'r gynhadledd, a gofynnodd Jeff iddi hithau ymuno â nhw. Eisteddodd y tri i lawr a rhoddodd Jeff yr holl wybodaeth i'r ddwy.

Dechreuodd Lowri ofyn y cwestiynau roedd Jeff wedi bod yn eu hofni.

'Dwi'n cymryd bod hyn i gyd i lawr ar bapur neu ar dâp ganddoch chi?'

'Nac'di,' atebodd. 'Do'n i ddim mewn sefyllfa i wneud hynny.' Gwelodd edrychiad o syndod ar wyneb Lowri wrth iddi geisio deall pam nad oedd ditectif profiadol wedi recordio popeth yn fanwl yn ôl y drefn. Roedd Sonia, ar y llaw arall, yn cael trafferth cadw wyneb syth.

'Y peth ydi, Siwper,' meddai, 'fel sonioch chi bore 'ma, do'n i ddim yn meddwl y byswn i'n cael caniatâd i'w gyfweld o, dim mewn lle fel'na, ac yntau yn y fath gyflwr, felly roedd yn rhaid i mi ddefnyddio dipyn o ... ddychymyg er mwyn cael mynd ato.' Dewisodd beidio â defnyddio'r gair 'twyll'. 'Ond peidiwch â phoeni, mae Ditectif Gwnstabl Owain Owens efo fo ar hyn o bryd, ar gais Phillip Wynne ei hun ac efo caniatâd yr hosbis, a dwi'n gobeithio y bydd popeth yn ei le fin nos 'ma.'

'Dychymyg?' gofynnodd Lowri'n uchel. 'Dwi'n eich nabod chi erbyn hyn, Jeff, ac mae "dychymyg" yn fwy tebygol o olygu "twyll". Be dach chi wedi'i wneud?'

'Rwbath angenrheidiol, dan yr amgylchiadau,' meddai. 'Ond o leia mae'r wybodaeth ganddon ni rŵan.'

Ysgydwodd Lowri ei phen. 'Well gen i beidio gwybod. Ond diolch yn fawr.'

Trodd y sgwrs at gynnwys y cyfweliad, a sut y byddai'n dylanwadu ar yr ymchwiliad o safbwynt Miles a Marcus Forecroft.

'Un o'r pethau mwyaf arwyddocaol yn fy marn i,' meddai Sonia, 'ydi'r matshys a ddarganfuwyd ym medd William, a'r ffaith fod Marcus wedi bod yn adeiladu modelau o longau efo nhw. Mae'r ffaith fod darnau o un o'i longau yno – os mai dyna ydyn nhw – yn dyst i'r casineb roedd Marcus yn dal i'w deimlo at Morgan drwy gydol ei gyfnod yn y carchar.'

'Ond lle mae'r dystiolaeth mai Marcus, neu fo a'i frawd, oedd yn gyfrifol am lofruddio William Roberts?' gofynnodd Lowri. 'Hyd y gwela i, does 'na ddim byd cadarn i gysylltu 'run ohonyn nhw efo William.'

'Ac os fysan ni'n eu harestio nhw, a'r ddau yn dweud dim, fel y byswn i'n disgwyl, fyddwn ni ddim gwell allan,' meddai Sonia.

'Mae gen i syniad,' meddai Jeff, 'a synnwn i ddim petai'n gweithio hefyd.'

Edrychodd Lowri a Sonia ar ei gilydd yn ddisgwylgar.

'Mi wyddon ni dipyn, erbyn hyn, am gymeriad Marcus Forecroft, a phetai'n dod i wybod ei fod o wedi lladd y dyn anghywir bum mlynedd yn ôl, mi fyswn i'n betio mai'r peth cyntaf wneith o ydi trio cywiro'r camgymeriad, a hynny'n syth. Dyn fel'na ydi o – dwi wedi dod ar draws digon yr un fath â fo. Be am osod trap iddo fo?'

'Ond sut?' gofynnodd Lowri. 'Wyddon ni, na'r heddlu yng nghanolbarth Lloegr, ddim lle mae 'run o'r ddau yn byw.'

'Fel y gwyddoch chi, mae gen i gyswllt yn y wasg leol, Siwper. Emyr Huws o'r *Daily Post* – newyddiadurwr profiadol a dyn call sydd wedi bod yn gefn i mi fwy nag unwaith yn y gorffennol. Dwi'n siŵr y bysa fo'n fodlon ein helpu ni, ac mi wneith o rwbath am stori dda. Be am ofyn iddo fo sgwennu erthygl yn y papur – erthygl fydd hefyd yn ymddangos ar y wefan ac ar eu tudalennau cyfryngau cymdeithasol? Fel y gwyddoch chi, mae'r rhan fwya o bapurau lleol Cymru a Lloegr yn eiddo i'r un grŵp, felly mi fydd yr erthygl ar gael i'w gweld yn ochrau Birmingham hefyd, dwi'n siŵr.'

'A be fydd y stori?' gofynnodd Lowri.

'Darn am deulu Felin Wen, yn dilyn darganfod corff William Roberts ar dir y fferm ar ôl iddo fod ar goll am bum mlynedd. Mi fydd hi'n canolbwyntio ar sefyllfa drist Morgan Roberts, sy'n edrych ar ôl ei dad yn ei waeledd, a hynny ar ôl iddo fo'i hun ddioddef ymosodiad treisgar yn Wolverhampton pan oedd o'n fyfyriwr yng Ngholeg Harper Adams ugain mlynedd yn ôl. Efallai y byddai modd defnyddio pennawd tebyg i "Cymro dewr a anafwyd ar strydoedd Wolverhampton ugain mlynedd yn ôl yn dioddef eto". Rwbath i ddal sylw Forecroft.'

'Hmm,' meddai Lowri, wrth ystyried y syniad.

'Syniad da. Dim ond y person oedd yn gyfrifol am lofruddiaeth William fysa'n sylweddoli'r cysylltiad rhwng darganfod y corff a'r digwyddiad yn Wolverhampton,' meddai Sonia. 'Ond byddai'n rhaid i ni symud Morgan a'i dad allan o Felin Wen nes bydd popeth drosodd, a rhoi plismyn yno i aros i'r brodyr Forecroft ymddangos.'

'Byddai'r ffaith eu bod nhw wedi mynd yn unswydd i Felin Wen yn rhoi digon o dystiolaeth i ni i gyhuddo'r ddau, mi fyswn i'n tybio,' meddai Jeff.

'Reit, dyna wnawn ni,' meddai Lowri'n bendant. 'Wnewch chi gysylltu ag Emyr Huws, Jeff? Siŵr gen i ei bod hi'n rhy hwyr i ddal papurau fory, ond bydd angen i ninnau wneud trefniadau, felly tydi hynny ddim yn broblem. Sonia, trefnwch chi rywun i edrych ar ôl Morgan a'i dad – cartref preswyl dros dro efallai, i'r ddau. Dwi ddim isio'u gwahanu nhw os nad oes rhaid. Ac mae'n hanfodol nad oes neb yn gwybod be sy'n mynd ymlaen, dim hyd yn oed ymysg ein timau ni. Deudwch gyn lleied â phosib wrth bwy bynnag fydd yn edrych ar ôl teulu Felin Wen.'

'Reit,' meddai Jeff, 'be arall sydd wedi bod yn digwydd heddiw?'

'Ro'n i'n meddwl na fysach chi byth yn gofyn,' gwenodd Lowri. 'Dipyn go lew, Jeff, a'r cwbl o fantais i ni. Canlyniadau'r gwaith fforensig ydi'r peth pwysicaf. Mae'r adroddiadau wrthi'n cael eu paratoi, ond o be dwi'n ddeall, gwaed Caldwell sydd ar ddillad Crwys Morris, drostyn nhw ym mhob man, yn cynnwys coes dde ei drowsus ar ôl iddo fod yn cario'r gyllell cyn ei thaflu hi. Mae 'na fwy o waed ar y faneg rwber ac mae'r marciau hynny'n cyd-fynd yn berffaith â'r marciau ar y gyllell. Ar ben hynny, mae ffibrau o wisg ac olion o groen Morris dan ewinedd Caldwell, ac mae'r gwyddonwyr wedi cadarnhau fod yr olion traed yn lleoliad y llofruddiaeth wedi cael eu gwneud gan esgidiau Morris.'

'Digon o dystiolaeth i'w gyhuddo fo felly,' awgrymodd Jeff yn falch.

'Oes, ond dwi am i chi ei holi o eto er mwyn rhoi'r dystiolaeth iddo fo i gyd, ac er mwyn gweld oes ganddo fo rwbath i'w ddweud. Ond mi wnaiff hynny aros tan y bore. Wedyn, mi gewch chi'r pleser o'i gyhuddo fo'n swyddogol.'

'A'i gyhuddo o lofruddio'i fam hefyd?'

'Yn sicr.'

'A be am Isla Scott?'

'Mi fydd hithau'n cael ei chyhuddo o ladd Ethni Roberts hefyd, ar y cyd â Morris, ac yn cael ei chyhuddo ar y cyd â Michael Caldwell o flacmelio Morris.'

'Job dda,' meddai Jeff. 'Mi a' i i drio cael gafael ar Emyr Huws.'

Ychydig funudau'n ddiweddarach, ar y ffôn yn ei swyddfa, cafodd Jeff sgwrs â'r newyddiadurwr.

'Emyr, dwi angen dy help di i ddal llofrudd,' meddai. Gwyddai y byddai hynny'n cael ei holl sylw.

'Be dwi'n ei gael am wneud?' gofynnodd Huws.

Gwenodd Jeff. Roedd o'n newyddiadurwr o'r hen frid. 'Mae hyn yn ymwneud â chorff William Roberts, gafodd ei gladdu dan y ddaear yn Felin Wen. Mi ydan ni'n gwybod pwy sy'n gyfrifol, ond rydan ni angen dy help di i'w denu nhw allan o'u cuddfan. A chdi geith y sgŵp, wrth gwrs. Y cwbwl, o'r dechrau i'r diwedd.'

'Reit. Ti wedi 'machu fi. Be ydi'r hanes?'

'Dim dros y ffôn. Lle gawn ni gyfarfod?'

Gwnaethpwyd y trefniadau i wneud hynny o fewn yr awr yn y maes parcio islaw'r castell yng Nghaernarfon. Emyr gyrhaeddodd gyntaf, a neidiodd i gar Jeff, yn awyddus i gael yr hanes.

'Felly, be yn union wyt ti isio i mi neud?' gofynnodd dri chwarter awr yn ddiweddarach, ar ôl i Jeff ddweud y cwbwl wrtho.

Eglurodd Jeff ei gynllun, a nodiodd Emyr ei ben bob hyn a hyn i gadarnhau ei fod yn deall ac yn cytuno. Disgwyliodd Emyr iddo orffen cyn agor ei geg.

'Ti'n lwcus, Jeff. Dwi'n meddwl y medra i dy helpu di. Mae gen i gysylltiad yn adran olygyddol y *Birmingham Mail* a'r *Birmingham Post*, y papurau sy'n bwydo gwefan a chyfryngau cymdeithasol *Birmingham Live*. Rhwng y tri phlatfform mae ganddyn nhw filoedd o ddarllenwyr ar hyd ac ar led canolbarth Lloegr. Mae'r boi hefyd yn bwydo newyddion i Google News. Ond mi gymerith dipyn o amser i'w drefnu.'

'Tasan ni'n cael bob dim yn barod erbyn fory, fysa hynny'n rhoi digon o amser i ti ei gyhoeddi'r diwrnod wedyn, sef dydd Gwener?'

'Mae hynny'n ddigon posib, am wn i. Fysat ti'n synnu pa mor gyflym y medar y wasg symud, yn enwedig efo stori dda fel hon. Ond bydd yn rhaid iddyn nhw gael yr un hawl â fi i gyhoeddi'r stori gynta.'

'Dim problem, Emyr. I ti fydda i'n rhoi'r stori ac mi gei di ei phasio ymlaen i bwy bynnag leci di wedyn.'

'Gad o efo fi. Mi gysyllta i os oes problem. Os na chlywi di gen i, mi fydd pob dim yn ei le.'

Ar ei ffordd adref, cafodd Jeff alwad ffôn gan Sgwâr, a oedd yn falch iawn o fedru cadarnhau ei fod o wedi cael cyfaddefiad llawn gan Phillip Wynne, a hynny ar dâp, ynglŷn â'r llofruddiaethau ychwanegol, a datganiad tyst ynglŷn â'i gyfnod yng ngharchar Wakefield efo Marcus Forecroft.

'Wn i ddim geith y diawl brwnt ei faddeuant chwaith,' meddai Jeff yn sinigaidd.

Gwnaeth un alwad arall, i rif ffôn Lowri er mwyn gadael iddi wybod bod y cynllwyn yn ei le efo'r wasg, a bod Sgwâr wedi sicrhau fod y dystiolaeth ganddyn nhw'n gyfreithiol. Ar ôl hynny, cysgodd Jeff yn dawel.

Fore trannoeth roedd awyrgylch y gynhadledd yn drydanol. Gwyddai pawb fod Crwys Morris ac Isla Scott ar fin cael eu cyhuddo, a bod y rhan honno o'r ymchwiliad yn dod i fwcwl. Penderfynodd Lowri beidio sôn am y brodyr Forecroft na'r cynllun i arestio'r ddau – yr unig rai fyddai'n ymwybodol o hynny fyddai'r cwnstabl a benodwyd i ddarganfod llety dros dro ar gyfer Morgan a'i dad, a'r tîm arfog a fyddai'n cael ei roi yn ei le yn ystod y dydd, ynghyd â'r Dirprwy Brif Gwnstabl.

Ar ôl y gynhadledd, paratôdd Jeff i gyfweld Crwys Morris am yr eildro. Yn dilyn diwrnod a hanner mewn cell ddrewllyd, roedd Morris wedi newid yn gyfan gwbl. Cafodd ddigon o amser i feddwl, ac i ystyried ei ddyfodol. Roedd wedi gwrthod ymolchi ac eillio, ac roedd ei ddillad ymhell o fod yn ffres.

Yng nghwmni Price, y cyfreithiwr, holwyd Crwys am bob manylyn bychan oedd yn ei gysylltu â llofruddiaeth Michael Caldwell. Eglurodd Jeff ble yn union roedd pob dafn o waed wedi cael ei ddarganfod. Atebodd Crwys bob cwestiwn gan ddweud nad oedd ganddo sylw, a pharhau i ateb yn yr un modd pan ofynnwyd iddo am lofruddiaeth ei fam. Ond er na ddywedodd yr un gair, roedd yn amlwg fod pob cwestiwn yn lladd ei ysbryd fesul tipyn.

Ar ddiwedd y cyfweliad eglurwyd iddo y byddai'n cael ei gyhuddo o'r ddwy lofruddiaeth ac yn cael ei roi o flaen y llys y prynhawn hwnnw, lle byddai Gwasanaeth Erlyn y Goron yn gwneud cais am iddo gael ei gadw yn y ddalfa a'i drosglwyddo i Garchar y Berwyn tan ei ymddangosiad nesaf. Gwyddai Crwys Morris i sicrwydd, bellach, na fyddai'n gweld golau dydd fel dyn rhydd eto'r diwrnod hwnnw nac, yn ôl pob golwg, am amser maith.

Ychydig lathenni i ffwrdd, y ochr arall i'r wal drwchus, roedd Isla Scott mewn sefyllfa debyg.

Pennod 41

Er iddo gael ei gyhuddo, ei gael yn euog a'i yrru i'r carchar am bymtheng mlynedd, doedd Marcus Forecroft ddim yn fodlon derbyn ei dynged. Ar ôl i'r achos yn ei erbyn ddod i ben yn Llys y Goron, daeth yr un hen atgof yn ôl iddo, ddydd ar ôl dydd. Yn ddiddiwedd, yr un ddelwedd a ymddangosai i'w gythruddo gan gyniwair yn ei ben. Hyd yn oed yn ei freuddwydion, gwelai wyneb y dyn ifanc a roddodd dystiolaeth mor niweidiol yn ei erbyn. Roedd y llanc wedi sefyll ym mocs y tystion fel petai menyn ddim yn toddi yn ei geg, ac roedd y rheithgor wedi'i gredu o. Enillodd barch y barnwr am yr hyn a wnaeth y noson honno yn Wolverhampton, a pharch pawb arall yn y llys gan gynnwys lloc y wasg. Soniwyd am yr anaf aruthrol gafodd o i'w benglog a'i ymennydd, a'i fod yn ffodus i fod wedi gwella cystal. Yn y doc, roedd Marcus Forecroft yn gresynu nad oedd o a'i gyfeillion wedi cicio pen y diawl yn galetach fel na fyddai wedi gallu cyrraedd y llys i gyflwyno tystiolaeth yn y lle cyntaf.

Allai Marcus ddim byw yn ei groen ar ôl i bwt o ffermwr o Gymro lwyddo i'w drechu, a difetha'i hwyl o a'i ffrindiau. Doedd neb erioed, cyn hynny, wedi cael y gorau ar Marcus Forecroft. Am y ddwyawr a mwy a gymerodd Morgan Roberts i roi ei dystiolaeth, edrychodd Marcus arno drwy ei lygaid cul, llawn casineb, gan geisio serio'i wyneb ar ei gof. Penderfynodd yr eilliad honno y byddai'n dial arno, waeth faint o amser fyddai hynny'n ei gymryd. Ac ym myd Forecroft, dim ond un ffordd oedd o wneud hynny. Byddai'r Cymro'n talu â'i fywyd.

Pan dderbyniodd Miles a Marcus eu dedfrydau o bymtheng mlynedd yr un, aeth Marcus ddim i lawr yn dawel. Ymosododd ar swyddogion y llys, a bu'n rhaid cael pedwar dyn i'w drosglwyddo i'r fan oedd i'w gludo i'w gartref newydd. Dechreuodd ei garchariad yn yr un modd, ac o fewn rhai wythnosau penderfynwyd ei drosglwyddo i garchar diogelwch eithaf Wakefield oherwydd ei ymddygiad treisiol tuag at swyddogion a charcharorion eraill. Parhaodd yr un ymddygiad yno wrth i Marcus barhau i feddwl am Morgan Roberts a sut yr oedd hwnnw wedi difetha'i fywyd o. Tyfodd ei awydd i ddial fesul diwrnod.

Doedd gan Marcus ddim ffordd o wybod fod cyflwr Morgan Roberts wedi newid: bod yr anaf i'w ymennydd wedi ailwaedu, gan achosi niwed dwys. Ni wyddai ei fod wedi treulio wythnosau mewn gwahanol ysbytai ac y bu ond y dim iddo farw.

Ymhen peth amser, oherwydd gorlenwi yn y carchar, bu'n rhaid i Marcus rannu cell efo carcharor llawer hŷn na fo. Y gobaith oedd y byddai'r Cymro, Phillip Wynne, yn ddylanwad da ar Forecroft, ond doedd neb o swyddogion y carchar yn dal eu gwynt, chwaith.

Yn rhyfeddol, gweithiodd y cynllun. Dysgodd Wynne i Marcus sut i dderbyn ei dynged, ac nad oedd pwynt tynnu'n groes gan na fyddai neb yn dioddef ond fo'i hun. Dros yr wythnosau a'r misoedd nesaf dysgodd Forecroft dipyn go lew gan yr hen ddyn: sut i harneisio'i sgiliau paffio, sut i dyfu llysiau yng ngardd y carchar, ac yn bwysicach na dim, sut i basio'r amser heb fynd yn rhwystredig. Dyna pryd y dysgodd Marcus sut i adeiladu modelau o longau hwylio allan o fatshys.

Dechreuodd y llongau bychain gymryd rhan helaeth o'i amser. Roedd y gwaith yn hir ac yn gymhleth, ac roedd angen nifer fawr o fatshys i gwblhau un llong. Ond roedd y gallu a'r amynedd ganddo bellach, a dechreuodd y carcharorion eraill edmygu ei waith. Treuliodd fwy o amser yn mireinio un llong yn fwy na'r gweddill, gan egluro i bwy bynnag a holai ei fod yn mynd i'w rhoi yn anrheg i rywun ar y tu allan.

Ond wnaeth Marcus Forecroft ddim anghofio am y ffermwr ifanc o Gymru, nac anghofio'i wyneb. Un noson dywyll yn y gell, wrth i'r ddau orwedd yn eu gwlâu, gofynnodd Marcus Forecroft gwestiwn i Wynne.

'Pa mor boblogaidd ydi'r cyfenw 'Roberts' yng Nghymru?'

'Poblogaidd iawn,' atebodd hwnnw. 'Pam ti'n gofyn?'

'Meddwl ailgysylltu efo rhywun wnes i ei gyfarfod flynyddoedd yn ôl ydw i.'

'Oes gen ti syniad lle mae o'n byw?'

'Dim ond syniad bras,' atebodd Forecroft. 'Rhywle yng ngogledd Cymru, ac roedd dau air yn enw i'r lle. Rwbath Morfa, os dwi'n cofio yn iawn. Roedd yr enw Felin yn y cyfeiriad hefyd.'

'Mae 'na ddau le sy'n dod i'm meddwl i: tref ar lan y môr o'r enw Glan Morfa, a phentref bach o'r enw Morfa Bychan.'

Pennod 42

Ben bore, ar ddydd Gwener yr ugeinfed o Orffennaf 2019, agorwyd drysau'r carchar o flaen Marcus Forecroft. Llyncodd y cyn-garcharor lond ei ysgyfaint o awyr iach yn yr haul cynnes. Caewyd y drysau ar ei ôl. O'i flaen roedd ei frawd Miles yn aros amdano yn ei gar, ar ôl cael ei ryddhau rai misoedd ynghynt.

Pan gyrhaeddodd y ddau adref, aethant yn syth i'w hoff dafarn am beint a chael croeso cynnes yno. Beint neu ddau yn ddiweddarach, eglurodd Marcus i'w frawd mai'r peth cyntaf roedd o am ei wneud oedd delio â'r ffermwr o Gymru a roddodd dystiolaeth yn eu herbyn. Ceisiodd Miles ei berswadio mai annoeth fyddai hynny, a'i bod yn well gadael y gorffennol y tu ôl iddyn nhw. Roedd y byd wedi newid yn ystod y pymtheng mlynedd diwethaf, eglurodd, ac roedd yn rhaid defnyddio mwy ar y pen a llai ar y dyrnau bellach. Eglurodd Miles ei fod wedi gwneud cysylltiadau newydd defnyddiol tra oedd o dan glo – gan fod ei natur yn wahanol i un ei frawd, roedd o wedi cael treulio'i ddedfryd yng nghwmni twyllwyr a ffugwyr yn hytrach na llofruddion, ac wedi dysgu cryn dipyn am y byd hwnnw. Roedd nifer o ddrysau eisoes yn agored iddynt, meddai.

Daeth y ddau i gyfaddawd anfodlon. Roedd yn amlwg i Miles nad oedd o am allu newid meddwl ei frawd, a phenderfynodd mai'r unig beth allai o ei wneud oedd cadw llygad arno. Wedi'r cyfan, roedd o wedi bod yn gwneud hynny ar hyd ei oes.

'Iawn, Mi ddo' i efo chdi i Gymru i chwilio am y boi 'ma, ond ar un amod,' meddai Miles wrtho.

'Be ydi honno?' gofynnodd Marcus.

'Dy fod ti'n gwrando arna i. Mae'n rhaid i ni fod yn ofalus a gwneud hyn gan bwyll bach, nid rhuthro i mewn fel rhyw darw, fel ti'n dueddol o wneud. Be oedd enw'r ffarmwr 'na?'

'Morgan Roberts. Wna i fyth anghofio ei enw fo, na'i wyneb o,' meddai Marcus. 'Felin rwbath oedd y cyfeiriad,' ychwanegodd, 'a dwi bron yn siŵr mai Glan Morfa oedd enw'r dref.'

'Iawn,' atebodd Miles. 'Awn ni draw ben bore dydd Sul i ddysgu be fedrwn ni. Mi ddeudwn ni ein bod ni'n ddynion busnes yn chwilio am dir i adeiladu arno. Felly mi fydd ganddon ni esgus i loetran o gwmpas ffermydd.'

'Lle mae'r hen gleddyf Rhufeinig 'na oedd gen i flynyddoedd yn ôl?' gofynnodd Marcus. 'Yr un efo'r llafn byr sy'n hawdd i'w guddio dan dy gôt?'

'Yn yr atig, ond dwyt ti ddim i wneud dim byd gwirion, dallt? Wedi deud hynny, does 'na ddim min arno fo erbyn hyn beth bynnag, dwi'n siŵr.'

'Mater bach ydi sortio hynny.'

Yn fuan fore Sul, y pumed o Awst, roedd y brodyr Forecroft wedi cyrraedd Glan Morfa, y ddau yn gwisgo siwtiau smart, ond doedd ganddyn nhw ddim syniad ble i ddechrau chwilio. Wrth deithio o gwmpas, gwnaeth y dref a'r ardal argraff ar y ddau yn syth – gan ei bod yng nghanol gwyliau'r haf roedd pobman yn llawn ymwelwyr, ond eto i'w weld yn eitha heddychlon o'i gymharu â chanolbarth Lloegr.

'Dyma i ti le da i fuddsoddi mewn busnes,' awgrymodd Miles.

'Paid ag anghofio pam 'dan ni yma,' atebodd ei frawd. 'Nid dynion busnes ydan ni go iawn.'

'Ond mi allen ni fod. Meddylia be fysat ti'n gallu'i guddio mewn ardal mor ddiarffordd â hon. Ty'd, awn ni am dro,' meddai Miles. 'Rwyt ti 'di bod yn cynllwynio i dalu'r pwyth yn ôl i'r boi Morgan 'na ers pymtheng mlynedd – wneith awr neu ddwy arall ddim gwahaniaeth.'

Ychydig yn ddiweddarach, parciodd y brodyr eu car mewn llecyn hyfryd ar y ffordd allan o dref Glan Morfa. Roedd caeau gwyrdd, fflat o'u hamgylch a'r twyni a'r traeth dafliad carreg i ffwrdd. Camodd y ddau allan er mwyn gwerthfawrogi'r olygfa, a stopiodd Mercedes gwyn gerllaw. Camodd dyn allan o'r car a cherdded tuag atynt.

'Bore da,' meddai Crwys wrth y ddau yn eu sbectols haul a'u siwtiau. 'Dydach chi ddim yn edrych fel ymwelwyr i mi. Ydach chi ar goll?'

Cyfle i wneud dipyn o holi, meddyliodd y ddau, ond roedd eu meddyliau ar ddau drywydd gwahanol.

'Na, tydan ni ddim yn ymwelwyr,' eglurodd Miles. 'Rydan ni'n cynrychioli cwmni mawr rhyngwladol sy'n chwilio am gyfleoedd i ehangu i'r ardal 'ma ... ar gyfer y diwydiant twristiaid.'

Roedd hyn yn fiwsig i glustiau Crwys. 'Rhywbeth tebyg ydi fy musnes innau hefyd,' atebodd. 'Sut fath o ddatblygiad sydd ganddoch chi mewn golwg?'

'Datblygu hen adeiladau ... ffermydd, plasau, melinau, y math yna o beth ... i fod yn atyniadau ar gyfer ymwelwyr.

Rhywle efo dipyn o hanes iddo. Rhywle fysa'n gwneud bwyty steilysh. Oes 'na lefydd tebyg i hynny o gwmpas 'ma, deudwch?'

Ystyriodd Crwys am funud. 'Nagoes,' meddai, 'dwi ddim yn meddwl.' Doedd o ddim yn mynd i adael i ddau o'r tu allan i'r ardal ymyrryd â'r cynlluniau oedd ganddo fo ar gyfer Felin Wen. Er hynny, roedd gŵr y geiniog yn barod i wneud busnes efo unrhyw un petai hynny'n fanteisiol iddo fo. 'Adeiladu o'r newydd fyswn i,' parhaodd. 'Fi sydd berchen y ffarm a'r tir yma. Edrychwch ar y tŷ fan acw,' meddai, gan bwyntio i gyfeiriad Cwningar. 'Does neb wedi gwneud defnydd proffidiol o'r lle ers blynyddoedd. Lle iawn i'w ddatblygu neu i adeiladu wrth ei ochr, ac edrychwch pa mor agos i'r môr ydan ni.'

'Be am ganiatâd cynllunio ar gyfer datblygiad o'r fath?' gofynnodd Marcus. 'Mae cynghorau gwledig fel arfer yn amddiffynnol iawn o'u tiroedd gwyrdd.'

'Dydi hynny ddim yn broblem os ydach chi'n nabod y bobol iawn,' meddai Crwys, gan gyffwrdd ei drwyn efo'i fys a gwenu.

'Diddorol. Mi fydd yn rhaid i ni gysylltu â gweddill bwrdd y cyfarwyddwyr.'

'Dyma fy ngherdyn busnes i,' meddai Crwys, gan dynnu un o'i boced. 'Cysylltwch â fi ryw dro.'

Wedi iddo yrru oddi yno, trodd Marcus at ei frawd. 'Wyt ti'n gall, yn trafod datblygu busnes yn fama a finna'n bwriadu lladd y diawl Roberts 'na, mwy neu lai ar stepen y drws?'

'Paid â phoeni,' atebodd ei frawd. 'Ac ydw, dwi o ddifri – mi fysa'r lle 'ma'n berffaith ar gyfer storio a dosbarthu'r stwff ffug 'na dwi wedi cael hanes amdano. Fysan ni ddim yn gorfod dod yn agos i'r lle 'ma byth eto – mae gen i dwrnai i ddelio efo'r holl waith papur, ac mi fysa Glenda, ein cyfnither, yn neidio at y cyfle i redeg y lle. Be ti'n feddwl?'

Roedd Marcus ar binnau eisiau cwblhau'r dasg fu ar ei feddwl cyhyd.

'Unwaith y bydda i wedi delio efo'r diawl Roberts 'na, mi wrandawa i ar yr hyn sgin ti i'w ddeud, a dim cynt.'

'Iawn. Os felly, 'dan ni angen map o'r ardal, un sy'n dangos lleoliad unrhyw hen felinau.'

'Pam na fedri di chwilio ar dy ffôn? Mae'r un newydd 'ma sgin i yn medru gwneud bob dim!' broliodd Marcus.

'Ydyn, dyna pam maen nhw'n cael eu galw'n ffonau clyfar, y ffŵl. Maen nhw mor glyfar mae posib i'r heddlu weld be mae rhywun wedi bod yn chwilio amdano ar y we, a dyna'r peth dwytha 'dan ni isio.'

Doedd hi ddim yn anodd cael gafael ar fap, a chymerodd hi fawr o amser chwaith i ddarganfod lleoliad fferm o'r enw Felin Wen tua dwy filltir y tu allan i'r dref. Cafodd Marcus afael ar lyfr ffôn a darganfod bod cannoedd o bobl gyda'r cyfenw Roberts yn byw yn yr ardal. Ond ar ôl chwilio'n fwy manwl gwelsant yr enw I. Roberts mewn cyfeiriad o'r enw Felin Wen.

'Be rŵan?' gofynnodd Marcus.

'Cadw golwg.'

Parciodd y brodyr eu car filltir oddi wrth ffermdy Felin Wen, a cherddodd y ddau yn nes at y tŷ, o lech i lwyn. Roedd Marcus yn cario sach gerdded ar ei gefn.

'Ydi'r cleddyf gen ti?' gofynnodd Miles.

'Ydi,' atebodd Marcus, 'a'r llong hwylio.'

Bu'r ddau yn cuddio o fewn golwg i'r ffermdy am oriau cyn iddyn nhw weld unrhyw symudiad. O'r diwedd gyrrodd dyn yn ei bedwardegau cynnar i gyfeiriad y fferm mewn car, a diflannu i mewn i'r ffermdy.

'Dyna fo,' meddai Marcus yn y guddfan o lystyfiant a dail trwchus ar ôl i William Roberts gau'r drws ffrynt ar ei ôl. 'Hwnna ydi o i ti.'

'Ia,' atebodd Miles. 'Ti'n iawn. Dwinna'n ei gofio fo hefyd.'

'Ty'd, awn ni i mewn ar ei ôl o,' meddai Marcus.

'Na,' atebodd ei frawd yn gadarn. 'Ella fod 'na rywun arall yn y tŷ, a'r peth dwytha 'dan ni ei angen ydi tyst. Mi arhoswn ni, er mwyn gweld be ddigwyddith.'

Roedd hi'n dechrau nosi. Ymhen llai na hanner awr, ymddangosodd yr un dyn eto a dechreuodd gerdded ar hyd y llwybr i lawr am y caeau. Daeth y ddau frawd allan o'u cuddfan a'i ddilyn. Wrth basio'r ffermdy gwelodd Miles raw fawr yn pwyso'n erbyn wal. Cododd hi, a sleifio ar ôl William Roberts i lawr i'r caeau pellaf, gan basio'r hen felin ddŵr.

Trwsio un o'r ffensys trydan oedd William Roberts pan sylweddolodd fod dyn yn cerdded tuag ato. Rhyfedd, meddyliodd, doedd hwn ddim yn edrych fel cerddwr ar goll. Daeth y dyn yn nes ato a sefyll o fewn ychydig lathenni iddo.

'Wyt ti yn fy nghofio fi?' gofynnodd y dieithryn mewn acen Brymi.

'Nac'dw,' atebodd William. 'Ddylwn i?'

'Mi fyswn i'n dy nabod di yn rwla. Dwi wedi meddwl amdanat ti bob dydd am bymtheng mlynedd a mwy. Dwi wedi dod ag anrheg i ti,' meddai, gan ddangos y llong wedi'i gwneud allan o fatshys yn ei law chwith. Roedd ei law dde y tu ôl i'w gefn, yn dal y cleddyf yn dynn.

Unwaith y clywodd William y geiriau 'pymtheng mlynedd' ac acen y dyn mawr o'i flaen, rhedodd ias oer i lawr ei gefn. Ni wyddai pam yn union, ond daeth teimlad o arswyd drosto. Ystyriodd geisio rhedeg yn ôl i gyfeiriad y ffermdy, ond gwyddai na allai ei dad na Morgan drechu'r dyn a safai o'i flaen.

Wnaeth William ddim sylwi ar y symudiad tu ôl i'w gefn. Trawyd o ar draws ei ben gyda'r rhaw roedd Miles yn ei chario, ond cyn iddo ddisgyn i'r llawr roedd Marcus wedi ei drywanu efo'r cleddyf byr. Un ergyd drom a nerthol i ganol ei fol ac i fyny i gyfeiriad ei galon, fel roedd o wedi'i ymarfer yn ei ben filoedd o weithiau.

Syrthiodd William Roberts i'r ddaear yn farw.

Ni chymerodd y ddau frawd fwy na hanner awr i dyllu bedd bas yn y pridd ffrwythlon, a rhoddwyd corff William Roberts i orwedd dan y ddaear. Taflwyd y llong bren ar ei ôl i'r twll.

Pennod 43

Erbyn y dydd Gwener roedd stori drist teulu Felin Wen wedi cael ei rhannu ledled Cymru a chanolbarth Lloegr. Cafwyd mwy o gyhoeddusrwydd nag yr oedd Jeff wedi breuddwydio amdano – roedd y BBC a chwmnïau teledu annibynnol wedi cael gafael ar yr hanes a'i ddarlledu ar newyddion y dydd am un o'r gloch a phob rhaglen newyddion wedi hynny. Byddai'n anodd i Miles a Marcus Forecroft osgoi'r stori.

Roedd tîm o bedwar heddwas arfog yn ffermdy Felin Wen, a phedwar arall yn yr adeiladau allanol. Yr unig beth allen nhw ei wneud bellach oedd disgwyl, disgwyl a gobeithio, ond doedd Jeff ddim yn un amyneddgar. Liw nos fyddai'r brodyr yn taro, os fydden nhw'n taro, felly trodd Jeff ei sylw at ei waith papur tan hynny. Dechreuodd baratoi'r ffeiliau o dystiolaeth yn achosion Crwys Morris ac Isla Scott ar gyfer Gwasanaeth Erlyn y Goron, a phasio'r gwaith o gysylltu â'r heddluoedd eraill i drafod camweddau Phillip Wynne i Sgwâr.

Roedd hi'n tynnu am bump y prynhawn pan ganodd ffôn symudol Jeff, a gwelodd y llythrennau N. N. ar y sgrin. Nid hon oedd y noson orau i wrando arni hi'n paldaruo, ond atebodd y ffôn i basio'r amser.

'Jeff. Fedri di siarad?' gofynnodd. 'Dwi ddim yn siŵr ydw i wedi gwneud peth call ai peidio.'

'Be sy, Nansi bach?'

'Ti'n cofio fi'n deud 'mod i wedi cynnig lle i Kenny Finch aros tasa fo isio gadael Cwningar? Wel, mae o ar y ffordd yma rŵan ac ofn trwy'i din. Tydi o ddim isio mynd yn agos i'r ffermdy 'na wrth ymyl Golden Sands.'

'Pam felly?' gofynnodd Jeff yn obeithiol.

'Mae'r ddau foi 'na'n ôl, y ddau roddodd gweir iddo fo, ac mae o ofn am ei fywyd. Mi welodd o'r bastads yn cyrraedd ryw ugain munud yn ôl, ac mae o'n taeru bod un ohonyn nhw'n cario gwn. Ac yn waeth byth, roedd y llall yn cario cleddyf. I mewn i'r ffermdy aethon nhw, ac mi aeth Kenny i guddio. Be wna i, Jeff? Ei gymryd o i mewn 'ta be?'

'Ia, dyna fysa orau, ond deud wrth dy chwaer am ddod acw atat ti, ac aros acw nes bydd o wedi penderfynu lle i fynd nesa. A phaid â deud wrtho fo, na neb arall, dy fod ti wedi cysylltu efo fi, dallt?'

'Wna i ddim, siŵr. Reit, mi a' i lawr i'r Rhwydwr rŵan – ddeudis i y byswn i'n ei gyfarfod o yno cyn dod â fo yma.'

Ar unwaith, dywedodd Jeff yr hanes wrth Lowri, a phasiwyd y neges i'r tîm o blismyn arfog yn Felin Wen.

Ffoniodd Jeff ei gyfaill, y postmon Andy Hughes.

'Andy, wyt ti wedi gorffen gweithio am y diwrnod?'

'Bron iawn, Jeff.'

'Ydi'r fan bost dal gen ti?'

'Ydi. Pam?'

'Ty'd rownd i'r stesion 'ma rŵan – mae gen i job sydyn i ti.'

Roedd Andy yno ymhen munudau, yn llawn chwilfrydedd, a phan glywodd beth oedd gan Jeff dan sylw cytunodd i wneud fel y gofynnodd Jeff iddo.

Neidiodd Jeff i gefn y fan gyda chamera yn ei ddwylo. Gyrrodd Andy ar hyd y ffordd oedd yn pasio Golden Sands a stopio nid nepell o'r fynedfa lle roedd golygfa dda o'r holl safle. Aeth allan ac agor boned y fan, a smalio'i fod yn ffidlan efo'r injan. Yn y cyfamser, trwy'r ffenestri, defnyddiodd Jeff y camera a'i lens bwerus i dynnu lluniau o bob car a welai yno. Roedd un yn neilltuol, Volkswagen Passat a oedd wedi'i barcio wrth ochr ffermdy Cwningar, wedi dal ei sylw. Pan roddodd Jeff yr arwydd, caeodd Andy'r boned a gyrru ymaith. Yn ôl yng ngorsaf yr heddlu, diolchodd Jeff iddo.

'Paid â deud wrth neb lle fuest ti, Andy. A phaid â gofyn be o'n i'n wneud chwaith. Dwi'n gobeithio y medra i ddeud y cwbwl wrthat ti dros beint ryw dro.'

Un alwad ffôn oedd ei hangen i ddarganfod bod y Passat yn eiddo i fusnes llogi ceir yn Dudley. Penderfynodd beidio â holi yn y fan honno. Roedd y lleoliad yn ddigon da am y tro.

Erbyn iddi ddechrau tywyllu, gwyddai pawb a oedd yn rhan o'r ymgyrch fod y foment dyngedfennol bron â chyrraedd. Y Ditectif Uwch-arolygydd Lowri Davies oedd y Comander Aur, a hi oedd yn gyfrifol am aros yng ngorsaf heddlu Glan Morfa er mwyn arolygu'r cwbl. Y Comander Arian oedd arolygydd y tîm arfog, a Ditectif Arolygydd Sonia McDonald a benodwyd yn Gomander Efydd. Ei chyfrifoldeb hi oedd bod yn ardal Felin Wen, yn ddigon pell o'r ffermdy i beidio ymyrryd na thynnu sylw, ond yn ddigon agos i gymryd rhan drwy alw am gymorth mwy o heddweision petai rhywbeth neilltuol yn digwydd. Penodwyd Jeff i fynd efo hi.

Am naw o'r gloch dringodd Sonia i mewn i sedd teithiwr y car heddlu yn gwisgo dillad hamdden cyffredin. Am ei thraed roedd esgidiau cerdded cryf, ac roedd ganddi siaced wrth-ddŵr yn y car petai ei hangen. Gwisgai Jeff ei jîns glas a'i got ddyffl, fel arfer. Doedd yr un ohonyn nhw wedi'i hyfforddi i ddefnyddio arfau.

'Sgin ti fwyd efo chdi, Sonia?' gofynnodd Jeff. 'Ella byddwn ni yna am oriau.'

'Ffrwythau a diod egni.'

'Pff! Porc pei a photel o lemonêd ti angen – dyna sydd gen i.'

Doedd Sonia ddim wedi synnu.

Taniodd Jeff injan y car a gyrru trwy'r glaw mân allan o'r dref i gyffiniau Felin Wen, gan guddio'r car mewn lle cyfleus yn ddigon pell o adeiladau'r fferm. Roedd y llecyn oddi ar y ffordd gul oedd yn arwain o Felin Wen i gyfeiriad y wlad, a phetai rhywbeth yn mynd o'i le, tybiodd Jeff mai'r ffordd honno y byddai rhywun yn ei chymryd i ddianc, yn hytrach na gyrru i gyfeiriad y dref.

Erbyn un ar ddeg y nos roedd y glaw wedi peidio a'r awyr yn llonydd. Am ychydig wedi hanner awr wedi hanner nos, o'u cuddfan, gwelodd y ddau olau car uwchben y cloddiau yn teithio ar hyd y ffordd gul o gyfeiriad y wlad tuag at Felin Wen.

'Dyma ni,' meddai Jeff. 'Synnwn i ddim fod petha ar fin symud.'

'Hwn ydi'r car cyntaf i ni ei weld ers i ni gyrraedd,' meddai Sonia. 'Pwy yn eu iawn bwyll fysa'n dod i le anghysbell fel hyn yr adeg yma o'r nos heb fod ar berwyl drwg?'

Roedd iasau'n rhedeg i fyny ac i lawr meingefn y ddau, a philipala yn corddi eu boliau, ond wnaeth 'run o'r ddau gyfaddef hynny i'r llall.

Ymhen rhai munudau clywyd sŵn ergydion yn torri

trwy'r awyr o gyfeiriad Felin Wen. Un glec, ac yna pedair arall yn gyflym ar ei hôl.

Taniodd Jeff injan y car a gyrru i fyny'r ffordd fach gul i gyfeiriad Felin Wen. Fel yr oedd o'n gwneud hynny daeth golau llachar car arall rownd y gornel ar wib. Roedd y lôn mor gul, doedd dim posib i'r ddau gar basio'i gilydd ... a daeth yn amlwg nad oedd y car arall yn mynd i arafu.

'Bydda'n barod!' gwaeddodd Jeff nerth ei ben ar Sonia eiliad cyn y glec.

Roedd amser fel petai wedi stopio wrth i'r ddau geisio dadebru. Brwydrodd Jeff i agor drws y gyrrwr a cheisiodd Sonia wneud yr un peth ar ei hochr hi. Sylwodd Jeff fod gwaed yn llifo i lawr ei thalcen – ei reddf oedd rhedeg rownd ati i'w helpu, ond wrth geisio gwneud hynny daeth yn ymwybodol o boen aruthrol yn ei glun. Sylweddolodd hefyd fod rhywun arall gerllaw.

Gwelodd amlinell Marcus Forecroft yn rhuthro tuag ato, ei freichiau uwch ei ben a chleddyf yn ei law, ei lafn llydan, syth yn disgleirio yng ngoleuadau llachar lampau mawr y ceir. Disgynnodd Jeff yn ôl a rowlio ar draws boned ei gar jyst mewn pryd i osgoi holl rym y cleddyf ... bron iawn. Daeth teimlad fel tân poeth i'w ysgwydd a chlywodd ddur y llafn yn taro metel y boned ger ei glust dde. Ceisiodd daflu dwrn i gyfeiriad bol Forecroft ond methodd. Roedd y boen yn ei glun a'i ysgwydd yn ei lethu. Gwelodd fodrwy gyfarwydd ar fys canol y dwrn a afaelai yn y cleddyf.

'Chdi eto! Dyma dy ddiwedd di'r tro yma,' bloeddiodd Marcus Forecroft. Yn amlwg, roedd o wedi'i adnabod.

'Dwi wedi defnyddio'r cleddyf yma bum mlynedd yn ôl a sgin i ddim problem ei ddefnyddio fo eto,' meddai. 'A fydd dim camgymeriad y tro yma.'

Fel yr oedd o'n codi'r cledd yn barod i'w drywanu, ceisiodd Jeff symud, ond sylweddolodd fod ei gôt ddyffl yn sownd ym metel drylliedig y car. Sylweddolodd Forecroft yr un peth a chwarddodd. Cymerodd ddau gam yn ôl, a daeth â'r llafn yn ôl i lawr yn araf, bryfoclyd i gyfeiriad bol Jeff, a oedd yn hollol gaeth. Rhoddodd Forecroft y floedd fwyaf ddychrynllyd wrth baratoi i'w ladd.

Roedd Marcus Forecroft yn canolbwyntio cymaint ar ei darged, wnaeth o ddim gweld y symudiad a ddaeth o'r tywyllwch wrth ei ochr. Fel mellten, tarodd cic gyntaf Sonia'r cleddyf allan o'i law, a chyn iddo sylweddoli beth oedd yn digwydd roedd hi wedi troi yn ei hunfan ddwywaith, gan daro ochr ei ben efo'i throed bob tro. Rhoddodd ei holl bwysau y tu ôl i bob cic cyn newid i anelu am ei asennau a'i bengliniau. Eiliadau yn unig ar ôl y gic gyntaf syrthiodd Forecroft i'r ddaear, ond nid cyn i Sonia roi un gic arall i'w ên a'i trawodd yn anymwybodol.

Rhedodd Sonia at Jeff.

'Anghofia amdana i, Sonia, ar f'enaid i. Rho fo o mewn gefynnau llaw cyn iddo fo ddeffro!'

Tra oedd hi wrthi, rhyddhaodd Jeff ei hoff gôt o'r dryswch o fetel. Rhwng y ddau ohonynt, llwyddwyd i droi Forecroft ar ei fol, a rhoi gefyn llaw am ei arddyrnau tu ôl i'w gefn. Safodd y ddau uwch ei ben yn tuchan – Jeff yn fwy na Sonia. Gafaelodd Jeff yn ei gyfaill newydd ac er gwaetha'r boen yn ei ysgwydd, cofleidiodd hi'n dynn. Wnaeth yr un o'r ddau sylwi ar oleuadau un o geir yr heddlu yn agosáu atynt.

'Ddrwg gen i os ydw i'n torri ar draws rwbath preifat,' meddai'r sarjant o'r tîm arfog gyda gwên ar ei wyneb, wrth ddod allan o'r car. Rhoddodd ei wn yn ôl yn ei wain pan welodd fod Forecroft yn ddiymadferth ar y lôn.

'Tydi o ddim ots gen i pwy welith ni,' atebodd Jeff yn bendant. 'Mae'r D.A. 'ma newydd achub fy mywyd i, a dwi'n ddiolchgar iawn iddi am hynny.' Newidiodd y pwnc. 'Cymerwch ofal o'r dyn acw wnewch chi, plis. Marcus Forecroft ydi'i enw fo. Mae o mewn gefynnau llaw, a hyd y gwn i mae ei unig arf – y cleddyf – ar lawr yn fan'cw. Y D.A. sy'n gyfrifol am hynny hefyd. Be ddigwyddodd i'w frawd o?'

'Wedi'i saethu'n farw. Doedd ganddon ni ddim dewis.'

Aethpwyd â Jeff a Sonia i Ysbyty Gwynedd er mwyn trin eu hanafiadau, a Marcus Forecroft i'r ddalfa ar ôl cael ei asesu gan barafeddygon.

Roedd hi'n bump o'r gloch y bore cyn i Jeff a Sonia gael eu rhyddhau o'r adran ddamweiniau. Deffrodd Meira pan ganodd ei ffôn.

'Wyt ti'n iawn, Jeff? Lle wyt ti, a be ti'n neud yn fy ffonio i ar y fath awr?'

'Wedi bod allan efo ryw ddynas arall drwy'r nos ydw i,' meddai. Rhoddodd winc i Sonia a oedd wrth ei ochr. 'Dwi'n dod â hi adra efo fi, cariad. Mae'r gwely sbâr yn barod iddi, tydi? Mae Sonia a finna wedi cael noson i'w chofio.'

'Ydach chi'ch dau yn iawn?' gofynnodd Meira.

'Dim llawer gwaeth nag arfer,' atebodd Jeff.

Epilog

Gyrrwyd Crwys Morris i'r carchar ar ôl cael dedfryd oes wedi i reithgor ei gael yn euog o lofruddio Ethni Roberts, ei fam, a Michael Caldwell. Rhoddodd y barnwr argymhelliad ei fod yn aros yn y carchar am o leia ddeng mlynedd ar hugain.

Plediodd Isla Scott yn euog i ladd Ethni Roberts ar y cyd â Morris, ac i gyhuddiad o flacmelio Morris ar y cyd â Caldwell. Gyrrwyd hi i'r carchar am bymtheng mlynedd.

'Chafodd Morris ddim amser hawdd yng ngharchar Walton. Rhywsut neu'i gilydd daeth y carcharorion eraill i wybod am ei gyfoeth, a cheisiodd mwy nag un o'r carcharorion caletaf a mwyaf dylanwadol ei reoli a'i gael i ddefnyddio'i arian er eu lles eu hunain. Cafodd ei lusgo i fyd y cyffuriau oedd yn cael eu smyglo i mewn i'r carchar, a thynnwyd ef i wahanol gyfeiriadau gan gangiau o fewn y carchar. Ei gamgymeriad mwyaf oedd croesi'r person anghywir, ac yn fuan un bore, yn dilyn toriad yng nghyflenwad trydan y rhan honno o'r carchar, toriad oedd yn golygu nad oedd y camerâu diogelwch yn gweithio, darganfuwyd corff Crwys Morris yn ystafell y gawod yn waed drosto, a chyllell fawr wedi'i gadael wrth ei ochr yn y swigod sebon.

Cynhaliodd Heddlu Glannau Merswy ymchwiliad, ond doedd neb yn gwybod dim am y digwyddiad.

Wythnosau yn ddiweddarach, roedd Jeff yn eistedd tu ôl i'w ddesg yn mynd trwy domen o waith papur diflas pan ganodd y ffôn wrth ei ochr.

'Ditectif Sarjant Jeff Evans,' atebodd.

'A, Ditectif Sarjant. Bore da. Iestyn Bowen o Ellis a Bowen, Cyfreithwyr, sy 'ma. Oes ganddoch chi funud, os gwelwch yn dda?'

'Siŵr iawn, Mr Bowen. Be fedra i wneud i chi?'

'Dipyn o gymorth, plis. Ond yn gyntaf mae gen i newyddion diddorol i chi yn dilyn marwolaeth Crwys Morris. Yn ystod yr achos yn ei erbyn yn Llys y Goron, soniwyd am ei dystysgrif geni, a'r ffaith fod enw ei dad, Sydney Potter, arni. Yn ôl y dystiolaeth yn y llys dyma un o'r pethau a'i gyrrodd dros y dibyn i ladd ei fam.'

'Ydi, mae hynny'n wir,' atebodd Jeff. 'Ro'n i'n siomedig iawn fod hynny – y ffaith mai Sydney Potter oedd ei dad o – wedi dod i glustiau'r cyhoedd. Mi achosodd hynny lot o glebran yn y dre 'ma, ac mi fu'n rhaid i mi ymddiheuro i Mr Potter. Ond pam fod ganddoch chi diddordeb yn hynny rŵan?' gofynnodd.

'Ble mae'r dystysgrif geni erbyn hyn?' gofynnodd Bowen.

'Mae hi yn ein meddiant ni o hyd. Roedd hi'n rhan o'r dystiolaeth i brofi'r achos yn ei erbyn.'

'Hoffwn ei gweld hi, os gwelwch yn dda. Mi alla i fynd drwy'r prosesau swyddogol i gael copi, wrth gwrs, ond mi fuaswn i'n hoffi cael golwg arni gynted â phosib, os alla i.'

'Dwi'n siŵr y medra i sortio hynny i chi,' atebodd Jeff. 'Ond be ydi'ch diddordeb chi ynddi?' gofynnodd eto.

'Ges i alwad ffôn gan dwrnai busnes Crwys Morris ym Mangor neithiwr, yn holi a oedd o wedi gwneud ewyllys pan o'n i'n gweithredu ar ei ran o flynyddoedd yn ôl. Mi ddeudais wrtho fo na wyddwn i ddim am 'run ewyllys.'

'O?' atebodd Jeff yn awyddus.

'Rai dyddiau cyn i Crwys Morris gael ei lofruddio yn y carchar, gofynnodd i'w dwrnai ym Mangor fynd i'w weld o yng Ngharchar Walton er mwyn gwneud ewyllys. Yn ôl pob golwg, roedd o wedi bod yn poeni nad oedd ganddo un.'

'Mae'n anodd gen i goelio nad oedd dyn fel Crwys Morris wedi gwneud yn siŵr fod ganddo ewyllys,' meddai Jeff.

'A finna hefyd. Ond coeliwch chi fi, does ganddo 'run. Yn ôl pob golwg roedd ei dwrnai wedi erfyn arno i wneud un ers blynyddoedd, ond doedd gan Morris ddim amser medda fo ar y pryd, a doedd o ddim yn bwriadu marw am amser hir. Ei eiriau o.'

'Dyn gwirion. Swnio'n nodweddiadol o Crwys,' meddai Jeff.

'Mae pob ymholiad posib wedi cael ei wneud, ac mae'n amlwg bellach ei fod o wedi marw yn ddiewyllys.'

'A fynta'n ddyn mor gyfoethog,' meddai Jeff. 'Pwy fydd yn etifeddu'r cwbl felly?'

'Ei berthynas agosaf o.' Oedodd Bowen am ennyd. 'Ei dad, Sydney Potter, gaiff y cwbwl. Efallai y bydd yn rhaid iddo roi sampl DNA i gadarnhau'r berthynas, ond dydw i ddim yn gweld bod hynny'n broblem. Fi fydd yn cynrychioli Mr Potter.'

'Wel, pob hwyl i chi,' meddai Jeff, 'ac i Mr Potter hefyd,

wrth gwrs. Os oes 'na rwbath y medra i ei wneud i helpu,
Mr Bowen, mi wyddoch chi lle i gael gafael arna i.'

Eisteddodd Jeff yn ôl yn ei gadair, a chwerthin.

Y FERCH AR Y CEI

Nofel gyntaf mewn cyfres newydd o nofelau trosedd am Bethan Morgan, gohebydd ar raglen deledu materion cyfoes wedi'i lleoli yng Nghaerdydd.

"... gafaelgar, gyda chymeriadau byw a phlot sy'n ymwneud â chynllunwyr llwgr â'u bryd ar wneud eu ffortiwn ar draul trigolion ardal y Cei ... cefais drafferth ei rhoi i lawr, yn enwedig wrth iddi garlamu tuag at ei diweddglo cyffrous. Mae'n darllen yn rhwydd a ffraeth, a cheir ynddi hefyd ddychan crafog a bwrw trem ar isfyd tywyll y ddinas."

– Elin Llwyd Morgan

Gwasg Carreg Gwalch, £9.99.

Cliciwch ar y QR i ddarllen y ddwy bennod gyntaf.